解 开 杨 红 樱 的 成 功 密 码

童书作家杨红樱

乔世华　著

作家出版社

目录

前言：时间的证明

第一章　传心切要探根底——杨红樱写作发生论　　／1

一、童年——最诗意的礼物　　／1

二、阅读——最美好的陪伴　　／9

三、经历——最宝贵的财富　　／17

四、性情——最自然的流露　　／25

五、教育——最坚实的支撑　　／30

六、童书——最持久的凝视　　／38

第二章　春云春水两溶溶——杨红樱科学童话论　　／48

一、生命·情怀·哲思　　／48

二、海洋·陆地·天空　　／60

三、有知·有趣·有益　　／69

四、新篇·新貌·新意　　／77

五、塑形·塑神·塑人　　／83

第三章　化为甘雨济田苗——杨红樱抒情童话论　　／90

一、爱的教育　　／91

二、情的洗礼　　／103

三、心的点拨　　／112

四、趣的展示　　／120

五、美的书写　　／134

第四章　凌云健笔意纵横——杨红樱教育小说论　　　/155

　　一、好老师：漂亮智慧有内涵　　　/157

　　二、好学校：人性塑造有气场　　　/168

　　三、好家长：阳光健朗有童心　　　/175

　　四、好学生：活泼幽默有担当　　　/180

　　五、好小说：步步为营有魅力　　　/185

第五章　竹杖芒鞋轻胜马——《淘气包马小跳》论　　　/203

　　一、让童心完整呈现　　　/205

　　二、让想象异乎寻常　　　/214

　　三、让人性得到关怀　　　/223

　　四、让教育得到凝视　　　/234

　　五、让幽默淋漓尽致　　　/247

　　六、让细节流光溢彩　　　/264

　　七、让书写无限延伸　　　/287

第六章　碧玉妆成一树高——《笑猫日记》论　　　/307

　　一、笑解童趣的心情宝典　　　/308

　　二、环环相扣的艺术构思　　　/320

　　三、冷观尘世的智慧之书　　　/326

　　四、洞悉人性的幽微曲折　　　/335

　　五、接轨世界的民族创造　　　/341

结语　会师在巅峰　　　/353

参考文献　　　/356

后记　　　/357

前言：时间的证明

1981 年发表第一篇作品时，杨红樱还只是万千文学写作大军中的一个很不起眼的爬格子者，随着时间的推移，她的文学成就和影响力才逐渐显现出来。起初，人们注意到她这么长时间的努力原来是在清理地基、浇筑地梁；接下来，当她一砖一瓦地搬运并搭建楼阁时，不断有天真烂漫的孩童们聚拢过来热烈地围观并啧啧称赞，另有几个匆忙路过的专家轻口薄舌地抛下几句风凉话。再到后来，任谁也没想到，一座别具特色的文学城池矗立起来，蔚为大观、金碧辉煌，在这座城池中流连忘返的已不再仅仅是小读者了。那些追随着杨红樱作品而成长起来的大学生、研究生，那些半路上被吸引过来的为人父母者、为人师长者、热爱文学者、关心教育者，他们都在这座城池里惊喜地看到自己一直寻寻觅觅的东西、一直渴望理解的东西。

据《出版人》杂志等多家权威媒体 2018 年的统计数字：在中国，每售出 100 本图书，就有 1 本是杨红樱的作品；而每售出 100 本童书，就有 4 本是杨红樱的作品，杨红樱一人销量"完爆"全国过半出版社，是名副其实的最具市场价值作家，其创作的儿童文学作品总销量已超过了两亿册。而且，杨红樱作品早就走向海外，先后被翻译为英语、法语、德语、西班牙语、日语、韩语、蒙语、泰语、越语、阿拉伯语、僧伽罗语等多种文字，产生了深远的国际影响力：2006 年，《淘气包马小跳》在法国出版；2007 年法兰克福书展上，德国艾阁蒙集团购买了《笑猫日记》的德语版权；美国哈珀·柯林斯出版集团 2007 年购买了《淘气包马小跳》的全球多语种版权，2008 年初买断了《笑猫日记》的英语、法语全球发行版权；2019 年，《杨红樱童话绘本》输出日语版权……一切如哈珀·柯林斯出版集团 CEO 布莱恩·莫雷所表示的那样："我发现，杨红樱已成为真正的国际性少儿作家。"2014 年，杨红樱获得国际儿童读物联盟颁发的"国际安徒生奖·提名奖"。2015 年，《笑猫日记》被联合国世界知识产权组织授予版权作品金奖。2016 年，杨红樱作为唯一的童书作家获得中宣部、国务院新闻办颁发"讲好中国故事文化交流使者"这一殊荣。其为学龄前儿童创作的系列启蒙图画书《熊猫日记》是中国本土作家作品首次被制作成 AR 图书走向全球的典范，该书 2021 年在海外上线不过半年时间，付费阅读量持续增长，销量已超过 3 万，该版权输出案例被中国版权协会评选为"2020 年度中国版权最佳版权实践奖"，更被美国出版行业最具专业影响力的《出版视角》杂志评为"精选全球版权输出作品"。毫不夸张地说，只要有孩子的地方，就一定有杨红樱、马小跳、笑猫、笨笨猪、蜜儿……

天南海北的大小读者给杨红樱写来一封封令人动容的信件，倾吐内心的惊喜与感动，亲切地称她为"不老的杨红樱妈妈"，把她看作心中那个"能闻出孩子味儿的乌龟"，诉说着自己在遇到她作品后所萌生的"作家梦""老师梦"，以及对"成为一个正直而善良的人"的坚定信仰和追求。

一个中学生这样表白："您写的书一直伴随我成长，我也相信在我的未来，您的书同样是我如影随形的老朋友。读了您的童话，似乎又听见了童心在跳，您的书让我找回了曾经的自己，曾经的童心，这是我一直支持您的理由。您的一本本书，就像一个个知心朋友，让我读起来有种久违的亲切感。您真的很理解孩子。我觉得您是每一个孩子心目中的知己，您不是以大人的角度居高临下地去看孩子的世界，而是把自己放在跟孩子平等的位置上，所以您才如此理解我们的欢乐与忧伤。杨红樱阿姨，我永远是您的忠实粉丝，感谢您让我们感受了真正的童年、童真、童趣，我将珍藏好您的书，将来有孩子的时候，就把这些书传给他。"

一个大学生如是说："我曾经被您赋予过多么广阔而神奇的世界啊"，"您注入的温柔和力量，我在如今也依旧能感受到，它化作水流淌在我的思维中"，"在曾经的我的眼中，您是以坚定的知者形象带我逐渐认识世界的人。父母和老师没有给我的答案，我能够在书中找到；生活没有给我的世界，在书中得以探寻。"

一位家长写来感谢信："因为我家小朋友的关系，我也爱上了您的书。谢谢您带给我们一个充满爱、充满童趣的世界，让我们成年人也暂时忘记了尘世繁杂。我喜欢杜真子，喜欢马小跳。我喜欢笑猫和虎皮猫的纯真的爱情故事。我也喜欢您——杨老师！"

一位语文老师这样分析杨红樱作品受孩子欢迎的原因："好看"是孩子们对杨红樱作品最直观的评价。"好看"在于杨红樱是用儿童的眼睛观察着世界，用儿童的思维理解着世界、感受着世界，她的书是立于儿童视野下的儿童文学，充盈着世上最美丽的东西——儿童的语言与儿童的心灵。和杨红樱作品相遇，孩子们听到了自己的心声，触摸到了自己的心跳。

这只是万千接受个案中的几例而已。许许多多读者在给杨红樱的信件中都由衷表达了同一种声音："谢谢您给了我一个快乐的童年！"2024 年 4 月 23 日世界读书日当天，一位成年书友在微博上写下这样的文字："这看起来挺离谱的，但实际上就是我最近在看的书——'笑猫日记系列'，还买了一堆'淘气包马小跳'系列。就是觉得生活压力太大了，工作让我看不到尽头，也感受不到快乐，对生活充满了厌倦，需要重新感受一下生活的美好。读了一些乱七八糟的杂书，可是后来读过的书都没有小时候看过的《笑猫日记》《淘气包马小跳》这样，它们让我觉得世界美好，生命浪漫而纯粹，不同于安徒生童话，我很清楚地知道那些是假的，但是杨红樱写的这些让我相信这个世界上真的有一个地方，发生着书里的故事，书里那样的爸妈、朋友、老师也是真实存在的，我愿意相信那些是真的，甚至还复刻过书里写到的一些美食，马小跳的家就是我心目中的完美家庭。所以，如果让我推荐，我很认真地想让大家都能读一读这样的故事书，感受一下儿时的快乐。"

中国儿童文学研究中心主任、亚洲儿童文学研究会会长王泉根教授一锤定音："杨红樱是中国儿童文学的杰出代表，她坚守'儿童本位'的写作立场，选择'儿童视角'的叙事方式，倾注'儿童情结'的诗性关怀，践行'儿童话语'的审美追求，向往'儿童教育'的理想形态，使杨红樱的作品水乳大地般地浸透到孩子们的心田，她所创造的'马小跳'和'笑猫'，已成为新世纪中国儿童文学的经典形象。一个为孩子写作的作家，难道还有比受到孩子们衷心热爱更为荣耀、幸福的事吗？现代中国儿童文学的历史，由于杨红樱的出现，已被重新改写。杨红樱的创作证明：真正儿童本位的儿童文学不但是属于中国儿童的，也是属于世界儿童的。"

的的确确，时间已经证明了，杨红樱是当之无愧的优秀的儿童文学作家，其构建起的童书殿堂魅力无穷。

时间还将继续证明：杨红樱的童书是属于孩子的，也是属于成人的；是属于中国的，也是属于世界的；是属于现在的，更是属于未来的。优秀的童书拥有强大的感召力，不同年龄、不同时空、不同语言、不同肤色的人都会感受到它的召唤，无问西东，不分南北。一切正如美国童话学家杰克·齐普斯所说："儿童文学是真正的民间文学，是为所有民众创作的文学，是男女老少都在阅读的文学。"

第一章

传心切要探根底——杨红樱写作发生论

在考察 20 世纪 90 年代以降中国儿童文学时，杨红樱一定是一个无可回避的文学个案，通过她，可以帮助我们更好地理解这数十年间中国儿童文学的发展变化、儿童审美趣味的嬗变。杨红樱当然不能代表中国儿童文学的全部，但她已经是、在未来也一定是世界儿童文学的重量级存在。尽管杨红樱的成功无法复制，但揭秘杨红樱的成功密码，必然会有助于人们对儿童文学的价值承诺、审美嬗变、发展走向、评价体系、传播接受等一系列相关问题的深入思考。

一、童年——最诗意的礼物

苏联作家帕乌斯托夫斯基在《金蔷薇》里有这么一段话："写作，像一种精神状态，早在他还没有写满几令纸以前，就在他身上产生了。可以产生在少年时代，也可能产生在童年时代……对生活，对我们周围一切诗意的理解，是童年时代给我们的最伟大的馈赠。如果一个人在悠长而严肃的岁月中，没失去这个馈赠，那他就是诗人或者是作家。"当我们展开杨红樱的人生画册，就会发

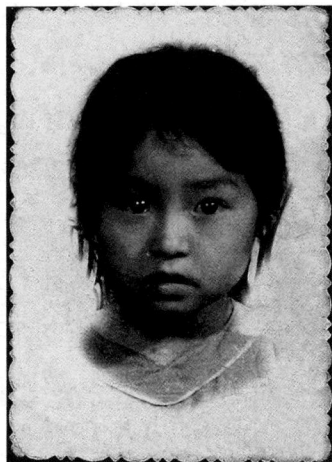

杨红樱童年

现，她能成长为今天这样一个优秀的儿童文学作家，在很大程度上和她拥有一个美好而完整的童年大有关系。就如蒙台梭利所说的那样："儿童并不是一个只可以从外表观察的陌生人。更确切地说，童年构成了人一生中最重要的一部分，因为一个人是在他的早期就形成的。"

1962年5月6日，杨红樱生于四川成都市一个开明的知识分子家庭。父亲杨天笑先生是教育界的一个普通职工，却具有田园居士的情趣和风范。每个周末，他都会兴致勃勃地带着杨红樱兄妹几个去公园爬山、划船、在山洞里玩"抓特务"的游戏，乐此不疲。一年四季，他总会带领全家开展各种符合节令的郊游活动：春天，去踏青；夏天，骑着自行车，前面载着杨红樱，后面载着哥哥和弟弟，一骑就是三十几里地，去新都的桂湖公园赏荷花，回来的时候，三个孩子头顶着荷叶当遮阳帽，回到家里把荷叶铺在水缸里，每天取一片做荷叶稀饭；秋天，去找有桂花的地方闻桂花香；冬天，则去少城公园（后更名为"人民公园"）赏腊梅花，少城公园有个著名的梅园，父亲会教孩子们先闻再看，去发现花瓣是透明的，然后把落地的腊梅捡起来带回家，打上一盆清水，撒得满满一盆。少城公园后来成了《笑猫日记》里的翠湖公园。瓜果成熟的时候，他一定会带着孩子们去果园采摘，让他们知道瓜果是怎么长出来的；哪个剧场演样板戏、哪个体育馆有篮球比赛，他一定会带着孩子去看，即使孩子常常是看到一半就睡着了，这也丝毫不影响他下次再带孩子去的热情。不难发现，《贪玩老爸》中那个没大没小能和孩子打水仗玩到一起去的马天笑身上就明显有他的影子。贪玩的父亲培养出来的孩子们小时候似乎也都不成器：杨红樱是个安静的笨女孩，哥哥喜欢养猫和下棋，弟弟则调皮捣蛋；可最后他们却分别成长为知名作家、经济学家和企业家。这个结果出人意料吧？父亲给了杨红樱很大的成长空间，为她的人生打下了明亮多彩的底色，这些培养了杨红樱对自然的敏感、懂得了感动。她曾这样讲述童年生活之于自己写作上的影响："我觉得写作技巧不会有什么问题，教来教去无非是写人怎么写、写事怎么写，开头、结尾，事件的起因、经过，这些东西孩子们都已经烂熟于心了。我觉得关键是今天的孩子生活单调，不会感动，这是一个很严重的问题。其实所有的好文章都是有感而发，没有这个源泉，写作文时就不知道写什么。现在我们对孩子的要求，有太多没道理的地方。孩子生活很单调，却要让他们写出很鲜活的生活。怎么写？他们只好去翻人家的作文书。我小时候作文就特别好，为什么？就因为我爸爸给了我丰富多彩的生活，《笑猫日记》全部是我的童年，那个翠湖公园，我爸爸每个周末都带我去。"

少城公园是杨红樱的童年乐园，她几乎每个周末都是在那里度过的，这个公园就是"笑猫日记系列"里的翠湖公园，少城公园里有一个精致的人工湖，湖边绿树葱茏，湖水绿如翡翠，便是"笑猫日记系列"里的翠湖。杨红樱每次去公园必不可少的一项活动便是在人工湖划船，他们把船划到露台下面，或者看露台上掺茶倒水的大爷如何把足有一米多长的长嘴铜壶扛在肩上，用眼花缭乱的高难动作，滴水不漏地为坐在那里摆龙门阵的茶客们倒盖碗茶，或者看自娱自乐的人翘着兰花指清唱川剧。杨红樱和小伙伴们则喜欢唱与茶馆相关联的童谣："王婆婆在卖茶，三个官人来吃茶。后花园，三匹马，两个童儿打一打。王婆婆，骂一骂。隔壁子幺姑说闲话。"划了船上岸，他们小孩子则跑到湖边假山上，在绿草坡上铺开碎花塑料布，把带来的桃酥、米花糖、红苕片儿和怪味胡豆全部倒在上面，用一根树枝当锅铲，煞有介事地在零食里铲来铲去，扮起姑姑筵，而后举杯分食。人工湖边有一座假山，小伙伴们最喜欢在这里玩"捉特务"的游戏，往往由一个脑瓜灵活的男孩子当"特务"，"特务"东藏西躲，凡是能藏身的地方几乎无所不到。只有一个地方不敢去，那就是假山下的防空洞，关于防空洞有很多可怕的传说，有说洞里面住着个白毛女的，有说里面住着一个青面獠牙的鬼的，她（它）白天藏在洞里，晚上就出来吓人。这个有着各种传说的防空洞对小孩子来说是个恐惧的诱惑，小孩子每次路过，都会跑过去，不敢往那里看，但又禁不住产生恐怖的想象，这个防空洞就成了孩子们心中的"秘密山洞"，多年后化身为《小猫出生在秘密山洞》中的"秘密山洞"，是笑猫和虎皮猫安身立命的场所。少城公园里的"保路英雄纪念碑"对杨红樱等小孩子而言，就是高耸入云的宝塔，纪念碑在"笑猫日记系列"里成为象征着诗和远方的"白玉塔"，美丽优雅的虎皮猫就曾在这座高耸入云的塔顶上让数不清的猫们羡慕嫉妒恨。少城公园里有一口古井叫"少城古井"，里面的井水清亮，可鉴人影。小孩子们每次去那里都会趴在井台上"照镜子"，习惯对着这口古井大叫彼此的名字，然后大声地念成都娃娃从小都会念的童谣："胖娃儿胖嘟嘟，骑马上成都，成都又好耍，胖娃儿骑白马，白马跳得高，胖娃儿要关刀，关刀耍得圆，胖娃儿滚铜圆，铜圆滚得远，胖娃儿跟到撵，撵又撵不上，白白跑一趟。""笑猫日记系列"里，笑猫和虎皮猫生的一只小猫就叫"胖头"，胖头就曾趴在井台边照镜子。

　　童年的杨红樱安安静静，常常出神地沉浸在自己的幻想世界中。上幼儿园的时候，中午要睡午觉，每次吃完午饭，杨红樱不用老师催促就主动躺下。她有一双会发现的眼睛和一颗敏感的心。她睡觉的位置靠墙，那时成都的墙的下面都是木板做的墙裙，木头有个洞眼，她可以透过那个洞眼向外张望。往下看，是青草地，好多蚂蚁在那儿搬东西；往上看，能够看见几株向日葵，向日葵在跟着太阳走；再往更高处，则可以望见天空和云朵。杨红樱喜欢独处，喜欢发呆，她喜欢看云、看树、看蚂蚁，将各种形状的云想象成各种各样不断变化的动物，俄而变成绵羊，俄而变成大白鱼；她将树干上的树洞想象成能听见声音的耳朵，再通过枝叶散发出沙沙的唯有自己才能听得懂的私语。父母和老师都没有因为杨红樱喜欢发呆而对她有过任何干涉和指责，而她的观察力和想象力正是这样得到了培养的。

从家到幼儿园的路上只隔着几座公馆和一座育婴堂。每次幼儿园放学，杨红樱都是自己回家，路过幼儿园隔壁一座不大的公馆时，都会有一个穿着旗袍、烫着卷发的女人从里面出来，牵着她的手通过一条不足一米宽的小道，小道两边的墙头上长着草，显得阴森森的。那个穿旗袍的女人把杨红樱带进一间镶着彩色花玻璃窗的小客厅，客厅里有一架脚踏风琴，女人会弹上几首曲子给杨红樱听，而后再把杨红樱送出公馆。整个公馆里只有那一个女人。杨红樱记得最后一次见到这女人的时候是在一次批斗会上，那时杨红樱已经上了小学，听说革命大院正在批斗女特务，就挤进人群去看热闹，无意间就看到那个总是穿着旗袍的风姿绰约的女人站在一条窄窄的长凳子上，穿着的是一件男式的中山装，头发被剪得乱七八糟。当杨红樱站在她的下面时，她竟笑了笑，显然是认出了杨红樱，杨红樱赶紧跑开了。接下来好长一段时间，她心里都很难过：这么美丽的一个女人，怎么会是女特务呢？多年以后，杨红樱甚至怀疑这一切会不会只是自己当年的一个梦。她曾向母亲求证，母亲说：你说的是李太太啊，她丈夫后来去了台湾啊。

上小学时，从杨红樱家到学校的路有好几条，每天上学、放学，她都会选择不同的路径。她很有些像张天翼笔下那个任性逍遥对世界发生着无数兴趣的罗应文，在经过一片草丛时，她会一直跟着一只蚂蚁走，看它怎么把一块比它身体大好多倍的馒头渣背回洞里；在经过一家商店时，她会去看玩具柜里的一面小鼓，那是她希冀已久的，生怕这面小鼓被别人买走，她的一个已经工作了的哥哥答应给她买了；在路过自由市场时，杨红樱会注意到马路对面儿童医院的一扇窗户，那里有一位女医生戴着听诊器给小孩子看病，医生的嘴巴鼻子被口罩遮住，只露出一双眼睛，但是杨红樱会据此想象她的模样，觉得她是全世界最温柔、最漂亮的女性。杨红樱还喜欢到中药铺，在那里一待就是很长时间。在她看来，那装中药的每个抽屉都有秘密，当营业员从小抽屉里抓出一些草根来，她想象着这抽屉里关着的是一片草地；当从小抽屉里抓出一只海马来，她想象着里面关着的是一片海洋。那人形的人参和何首乌被她想象成是从大山里来的小人精。离学校最近的一条路，因为要经过医院停尸房，没有多少人敢走，她每次都拼命跑过去，然后就非常有成就感，并自此有了一个小秘密，直到有一天，和另一个小伙伴在小床上放下蚊帐，仿佛整个世界上只有她们两个女孩子的时候，她才第一次把这个秘密告诉给小伙伴。《四个调皮蛋》中，因为拾到郑士杰董事长有着重要资料的软盘并原璧奉还，马小跳、张达、毛超和唐飞获得了一顶圆顶的野营帐篷作为奖励，四个调皮蛋就此有了属于自己的秘密和天地，在这顶他们自己的帐篷里快乐宿营；而洞悉了他们秘密的马天笑等四个童心未泯的爸爸悄悄守护着这一切。这温暖的场景与杨红樱的父母老师对杨红樱自然成长的尊重何其相仿？

小时候，杨红樱家一直养着一只猫。这只猫有一双绿色的眼睛，总是闪着幽幽的绿光。它总是眯着眼睛看杨红樱，看得杨红樱全身的汗毛都竖了起来。但在杨红樱的心里，她是喜欢猫的。她爱躲在猫看不见自己的地方观察猫。渐渐地她发现：猫会笑，猫有思想，猫很神秘，猫能听懂人的语言……这只猫每天早晨都要去公园，天黑之前准时回到家里来。那时，杨红樱一直想破解这个不解之谜：这只神秘的猫每天都去公园干什么？它和谁在一起？它们在一起发生了什么样的故事？多少年以后，在《淘气包马小跳》之《暑假奇遇》中，杨红樱童年记忆中这只行踪诡异的猫化身为马小跳奶奶家那只早出晚归、特立独行、富有理想的猪黑旋风，再后来又回归为《笑猫日记》中那只众所周知的笑猫。

杨红樱小时候居住的那条街上，街两边都是公馆，还有一座三层楼高的白房子，因为是被夹在两座较矮的公馆之间，就显得格外高了，人们都管它叫高房子。这些公馆和白房子的门从早到晚都是紧紧关着的，透着神秘之气。每一次经过这里，杨红樱都会想象这里面一定藏着很多故事和秘密，晚上躺在床上也会根据自己的想象编织公馆和高房子里面的故事。有一个夏天的傍晚，杨红樱路过高房子的时候，无意间发现门居然虚掩着，便偷偷溜了进去，里面竟然没有人。一层有一个大厅，地板的红油漆几乎剥落了，踩在上面嘎吱嘎吱响，上了楼，二层有几个房间，一看就是好久没住人了，墙上全部都是蜘蛛网。这时她的全身都起满了鸡皮疙瘩，但还是硬着头皮上了三楼，结果在三楼楼梯口看见两只闪着绿光的眼睛，还听见一声喊叫。杨红樱以为是鬼，都记不得自己是怎么跑出来的了，以后在心里就管这座高房子叫"鬼楼"。高中的一个暑假里，杨红樱还把自己编织的这些故事写了下来，也是几篇像模像样的侦探小说。如果不是因为后来当老师而转型成了童书作家，杨红樱很有可能在侦探小说写作上一展才华，但是我们可以从她写的《巨人的城堡》《侦探小组在行动》《孔雀屎咖啡》《和鹦鹉对话的人》《七天七夜》等诸多寻找真相的小说中感受到其结构故事峰回路转、抽丝剥茧的能力。

童年杨红樱最大的好奇是家附近的育婴堂，记忆中有两扇朱红大门，上面整齐地排列着苹果大小的铜钉。她从来没有看见这两扇朱红大门打开过，里面的一切对她来说都是永远的秘密。大人们告诉她，这里面曾经有许多婴儿。于是，杨红樱经常将耳朵贴在门缝那里，希望听见从里面传来婴儿的哭声。12岁那年，杨红樱家搬到一座天主教堂的附近，原来的家和育婴堂一起拆掉了。天主教堂不知为什么保存了下来，白天，教堂的小黑门总是紧闭着，没有一点动静，但有些傍晚，能听见唱诗班的歌声。起初，杨红樱还认为那是自己的幻觉，后来发现那歌声就是从教堂里传出来的，以后杨红樱注意到有一些表情虔诚的人悄悄地潜入教堂，过了一会儿，就从教堂里传出唱诗班的歌声。杨红樱特别想进去看个究竟，于是经常徘徊在教堂门口。终于有一天，教堂里敲钟的一个驼背老头儿同意她进去了，还带着她参观了教堂，她在那里看到了圣母圣婴的雕像和拉斐尔的油画，感受到了教堂的钟声，对圣经故事发生了兴趣。这段经历对杨红樱的影响很大，杨红樱后来写下一篇作文《上帝与你同在》，让语文老师赞叹不已，评语都是溢美之词，其中一句是"你具有作家的天赋，那就是一双会观察的眼睛和一颗感受细腻的心"。

小时候的杨红樱，人长得秀气，但是不爱说话，也不那么出风头。有一年，柬埔寨的西哈努克亲王要来成都访问，杨红樱被学校派定作为献花的小使者。有的同学不服气，向老师抱怨为什么选定杨红樱。老师就解释："因为杨红樱有气质。"那时候，"气质"是什么意思，同学们都不懂，想到杨红樱平时为人，终于明白了："哦，原来不爱理人就是有气质啊。"后来，西哈努克亲王没有来成都，小杨红樱反而松了一口气，她实在不喜欢抛头露面。不过，在她的作品《五·三班的坏小子》中可写过类似的一个故事：头发少、脑门大的小女孩萧依依被学校选派给前来参观的联合国教科文组织的玛丽女士献花，为此她接受了一个多月严格的形体训练，全家也为她忙得团团转，可是事到临头却因为紧张而不断地打嗝，最终失去了这次机会；倒是一个缺了一颗牙的一年级小女生临时救场，虽没经过任何训练，但出色而自然地完成了献花任务。还有，在《淘气包马小跳》中，杨红樱塑造了一个有脾气有性格的漂亮女生夏林果，她眼睛永远平视前方不看两边，下巴永远抬得老高，这就有不爱理人的童年杨红樱的影子。

对杨红樱发生深远影响的苏联教育家苏霍姆林斯基曾说过："经验证明，善良之情应当在童年扎下根来，而人性、仁慈、抚爱、同情心则在劳动中、在爱护和关怀周围世界的美中产生。善良情感、情绪素养——这是人性的核心。如果在童年培养不出善良情感，那就永远也培养不起来了，因为在心灵中确定真正人性的东西，是和认识最初的最重要的真理和体验与感受本民族语言的细微色彩同时进行的。人在童年时期应当经历一个培养情感的学校——培养善良情感的学校。"杨红樱的善良情感、丰富而细腻的心灵就在这样一所童年学校里得到了最好的培养。可能我们都还会感觉出来，杨红樱的童年生活在快乐、自由之外还有那么一点相伴而生的落寞和孤独，这对成就她内心的丰富大有帮助，而她也善于把这种落寞和孤独转化为自己丰富的精神体验。对于一个拥有赤子之心、从小就生活在自己丰富的精神世界中的作家来说，她不但有能力创造另外一个五彩斑斓的想象世界，也一定不会被外面芜杂的声音所困扰。童年带给杨红樱的记忆，永远留在她的人生里，并以各种方式呈现在她的作品中。这一切正应验了奥地利心理学家阿尔弗雷德·阿德勒所说的那句话："幸运的人一生都被童年治愈。"

二、阅读——最美好的陪伴

杨红樱的身体比同龄人都要好不少，这得益于成都老巷子里的牛奶和鸡汤的滋养；书籍则该是杨红樱精神上的牛奶和鸡汤，对帮助她成长为一个真正独立的个体居功至伟。这正如耶鲁大学一位文学教授所说："用最冷酷实用的方法来说，阅读好书可以让他们长成对自己对他人而言都更有趣的人。只有通过变成一个对自己对他人而言都更有趣的人，一个人才能真正发展出独立和独特的自我。所以，一个孩子若要成为一个真正的个体，看电视、玩游戏、听摇滚，是办不到的；只有在书的陪伴下，在威廉·布莱克或者 A.E. 豪斯曼的诗的陪伴下，在北欧神话的陪伴下，在《柳林风声》的陪伴下，他们才能成为一个真正独立的个体。"

在杨红樱的童年时代，小孩子能读到的图书非常有限，幸运的是，杨红樱家有个亲戚解放前是开书店的，"文革"中因为特别怕抄家，就把书存在了杨红樱家，还不到10岁的杨红樱由此大开眼界，她从中读到了全套的川剧剧本，像《柜中缘》《御河桥》里藏而不露的幽默，就让她受益良多。特别是《御河桥》机智幽默的语言简直让她着了迷，她反反复复地看了好多遍。多年以后，回顾这段阅读经历，杨红樱明确表示："我作品中的语言风格，无论是童话，还是小说，有一种不露声色的成都人的幽默，多多少少还是受了川剧文化的影响。"也是因为阅读川剧的缘故，杨红樱喜欢上了阅读剧本，她在少女时代，不仅阅读了《莎士比亚全集》，还读了莫里哀和易卜生的戏剧。杨红樱小时候很喜欢一个中国民间故事《田螺姑娘》。她常常透过纱窗，看母亲在厨房里忙碌的身影并浮想联翩，把母亲想象成这样一个下凡的天女。长大后，杨红樱也喜欢做饭，在她的影响下，她的女儿也喜欢《田螺姑娘》，同样喜欢做饭，两个人还经常在电话里一起切磋厨艺。《疯丫头杜真子》中厨艺上佳的杜真子身上就综合着杨红樱母女三代人的影子。

杨红樱少女时代

杨红樱从七八岁时开始接触《安徒生童话》，最初读的还是竖排版本的，其中《海的女儿》给她印象最深，当她日后在语文课上给小学生读这篇童话时，甚至还会读到泣不成声。《海的女儿》不但影响到了她对爱情的理解，还令她疯狂迷恋上了文学。童年的她甚至还读了《死魂灵》《静静的顿河》等名著，读得太早的结果是没读懂，后来也没有再读第二遍。《红楼梦》她读过好多遍，其中的家族与家族的社会背景的书写，她直到现在也没能都弄明白，但是这并没有破坏她任何的阅读兴趣。《红楼梦》里面的吃喝玩乐描写对杨红樱后来的细节描写影响特别大，尤其是黛玉教香菱写诗的故事让她对写诗产生了浓厚兴趣，她曾尝试着将自己的心灵世界融入长长短短的古体诗中，这些诗歌都会被语文老师当作范文当堂朗读并表扬。《西游记》是杨红樱反反复复阅读很多遍的一本书，她在后来就高度推许："就想象力而言，世界上没有一部作品可以超过《西游记》。"随着年岁的增长，杨红樱的涉猎范围越来越广，郭沫若的戏剧、余华的小说、钱锺书的《围城》、马识途的《夜谭十记》等等，杨红樱都认真阅读并汲取养分。文学阅读对杨红樱写作能力的提升助益良多。

7 岁那年，杨红樱和全班同学到九里堤附近为树苗除草。回校后，老师让同学们写下劳动的感受。大多数的同学都表达"劳动让我如何如何"的感受，杨红樱却反其道而行之，关注的是小树苗的感受："夕阳下，小树苗在晚风中向我轻摇着头，感谢我们帮它除草，让它能够吸收更多的养分……"她的语文老师非常喜欢这篇文章，在班上念，在各年级念，杨红樱由此成了学校的小名人。杨红樱的作文越写越好，天天都盼着上作文课，盼着老师再念她的作文，而老师每学期给她写的评语，都会有"思路开阔，想象力丰富"之类的话。杨红樱从小学二年级开始写日记，一直到现在还写，只不过现在记的都是事情，而在童年或者年轻的时候记下的更多的是心情和秘密。

初中读书期间，杨红樱从在云南当知青的哥哥的诸多家信中对云南以及知青的生活有所了解，在对信件内容仔细地揣摩后，杨红樱觉得云南是一个非常浪漫的地方，于是加进自己的想象，写出了一本

3万多字的小说《在那遥远的地方》，其中还涉及了一些浪漫的爱情故事。这个不曾发表的手抄本小说在同学间广泛传阅，最后回到杨红樱手中时，本子都被翻烂了。

杨红樱是一个什么书都读的人，直到今天，有两类书她都会精读：一类是儿童心理学和儿童教育学的图书，一类是百科知识图书。杨红樱一直希望自己写出来的书，既能让孩子们从中获得心灵慰藉，还能满足他们旺盛的求知欲。她喜欢在书上勾勾画画，还做笔记，从而建立起自己的知识结构。在杨红樱的书房中，占据主要位置也是最多的书籍都是埃里克森、华生、斯金纳、皮亚杰、谢弗尔森、苏霍姆林斯基、马卡连柯、布朗芬布伦纳等人关于儿童发展心理学和儿童教育学的专著。杨红樱不仅仅细致地阅读，还认真地做了许多读书笔记。有朋友开玩笑说：杨红樱的读书笔记比她出的书还厚。她刚当老师的那一年，在书店里看见一本厚厚的、绿色封面的书——苏霍姆林斯基的《把整个心灵献给孩子》，这是她读到的第一本关于儿童教育的书。苏霍姆林斯基也做过小学老师，把爱孩子看作自己生活中最重要的事情，他有"快乐学校"的成功创举，引导孩子观察大自然和学习思考，将童话和幻想看作打开儿童思考和言语之源的钥匙，主张孩子借助童话用智力和心灵认识世界。苏霍姆林斯基对儿童教育的独到见解和书中的诸多鲜活案例，对杨红樱教育理念的形成起到了至关重要的作用。杨红樱为此做了20多本读书笔记，还针对班上48个学生的个性特点建立了48份个性档案，在教育实践中渐渐形成自己的教育观和儿童观。苏霍姆林斯基认为学校教学不仅不能没有听故事，而且也不能没有编故事。我们该还记得，杨红樱最初的写作只是出于给班上的孩子们提供合适读物的单纯目的，并且她是从童话写作起步的。作为一个充分研究了儿童心理学和儿童教育学的儿童文学作家，杨红樱还特别推崇卢梭的自然教育法，她能在实际生活中给孩子足够的成长空间，也就并不奇怪了。正是扎实的儿童教育学和儿童心理学知识、对中国当下教育现状的持续关注，让杨红樱在创作中总能准确地把握孩子们的阅读期待与阅读接受能力，并总能触动当代学校教育和家庭教育的诸多症结，从而激起广大小读者、老师和家长深切的共鸣。

杨红樱在后来一直感到很庆幸的一件事，就是在她刚开始写作的时候，得以"遇见"了瑞典女作家塞尔玛·拉格洛芙。上世纪 80 年代中期，全中国正在热播一部动画片《尼尔斯骑鹅旅行记》，每天播放两集。这让杨红樱的学生们兴奋不已，每天下午放学都急着回家看电视。杨红樱是从学生的津津乐道中知道了那些已经住进他们心中的鲜活形象：小人儿尼尔斯，领头雁阿卡，狐狸斯密尔。杨红樱还从学生的精彩叙述中，明白了什么叫故事的"魔力"。无论是童话故事，还是民间传说，只要能吸引孩子，让孩子由衷地喜欢，这就是魔力。从学生满是神往的描绘中，杨红樱知道了世界上有个美丽的国家叫瑞典，知道了好多地方的风土人情和生长在那里的动物植物；最重要的是，她发现在《尼尔斯骑鹅旅行记》潜移默化的影响下，孩子们和尼尔斯一起成长了，《尼尔斯骑鹅旅行记》完成了一次没有说教的人格教育，这无疑是一部最有益于儿童的作品。这部作品的作者被杨红樱惊为天人，她特意去图书馆查找作者资料，得以知道作者塞尔玛·拉格洛芙是第一个获得诺贝尔奖的女作家，也是唯一凭借一部儿童文学作品获得诺贝尔奖的作家，她还是瑞典文学院第一位女院士。1904 年，还是中学地理老师的拉格洛芙应瑞典教育部的要求，为了写一本适合孩子们阅读的关于瑞典的书而爬山涉水到瑞典全国各地去考察，用生花妙笔智慧地将北欧美丽的自然风光与人物心灵的陶冶巧妙地熔于一体，创作出集文学性、科学性、教育性于一体的《尼尔斯骑鹅旅行记》，这部本来作为历史地理的教科书，后来成为儿童文学史上难以逾越的罕世经典，畅销百年。在瑞典，从国王首相到平民百姓，几乎每个人都是读着这本书长大的。

而且，凡是读过《尼尔斯骑鹅旅行记》的读者，都会对写出这部伟大作品的拉格洛芙心存感激。原来教科书可以写成这样！《尼尔斯骑鹅旅行记》自此成为杨红樱儿童文学创作上的教科书，如同一盏明灯，引导刚走上科学童话创作之路的杨红樱走出了迷茫。

科普作家其实需要大量的资料、知识储备。在最初写作科学童话时，《十万个为什么》《大不列颠百科全书》《安徒生童话》和《红楼梦》是杨红樱反反复复读的几部书。杨红樱家的藏书有近三分之一是百科类知识读物。杨红樱在当老师的时候，一个月挣 36.5 元工资，但那个时候她就开始攒钱买《大不列颠百科全书》，她清楚地记得一套卖价 168 元。她把其中涉及儿童应该具备的科学知识都抄成小卡片，当时书桌的十个抽屉里全部放满了这种小卡片。当写《了不起的鱼爸爸》这个科学童话时，她把所有动物中关于雄性动物哺育幼崽的小卡片集中在一起编成故事，比如海中、湖中的鱼妈妈下了卵就游走了，比如海马要孵出来就要靠父亲。编故事和语言表达是天赋，面对一堆卡片来编故事的经历给了她非常好的锤炼，才让她有了今天编故事的能力。

杨红樱从小所生活的羊市街是一条生产故事的街道，街道里有一个特别会讲故事的人叫五哥，他读了很多很多书，每天晚上都会给小孩子们讲故事，杨红樱是最忠诚的一个听众，每到晚上就第一个抬着小板凳在那儿等着五哥。五哥讲的故事引人入胜，让杨红樱每次在听的过程中不知不觉就学会了怎么讲故事才能吸引别人。在当了小学老师后，杨红樱便把这一段经历结合到一起，能精准地把握学龄前到中高年级儿童的心理。

因为儿童读物少，好看的故事总是看了又看，小时候的杨红樱喜欢自编自演，以床作舞台，以蚊帐当幕布，并乐此不疲。她当时演过《白雪公主》《豌豆公主》《卖火柴的小女孩》《马兰花》等。杨红樱后来在给孩子们上阅读欣赏课的时候，就经常让孩子自己来表

杨红樱看望她的小学老师

演，她认为爱演戏是孩子的天性，把演戏作为培养儿童阅读兴趣的行之有效的手段。首先她会为孩子选择课外读物，有意识地选择那些形象鲜明、适合角色表演的作品。在她看来，孩子是否读懂作品，可以通过他们对作品的理解表演出来，而看戏的孩子评价角色演得好不好，也会基于自己对作品的理解而做出判断。《疯丫头杜真子》中，杜真子就带领马小跳、唐飞、毛超等小伙伴们一起玩演戏的游戏；《笨女孩安琪儿》中有安琪儿在回答各类奇奇怪怪的脑筋急转弯问题时总是能够旗开得胜的描写；《白雪公主小剧团》则专注于讲述马小跳班级同学们成立白雪公主小剧团排演《白雪公主》获得成功的故事。这里都有杨红樱对孩子们演剧的关注和热衷的因素。

杨红樱还很喜欢观赏电影，《乱世佳人》的女主角费雯·丽是她非常崇拜的偶像。杨红樱最初工作时，就曾找裁缝照着电影画报上费雯·丽的穿着为自己做过一件红色连衣裙。她还模仿电影里林

15

青霞的发型留着一头中分长发，并托人从广州带回一条时髦的牛仔喇叭裤来。1978 年高中毕业的那个暑假里，杨红樱每天奔走于成都市内的各个电影院和礼堂，看遍了所有获得奥斯卡奖项的外国电影。看电影让她知道如何把一个故事讲得更吸引人，一个不经心的画面，当她用文学的语言把它写出来后，就会取得不错的效果。她后来在成都出版社工作时就曾编辑出版过一本书《奥斯卡金奖大观》，这本书在 1990 年出版时销量有 80000 册之多，是一部畅销书。20 世纪 80 年代初，杨红樱在录像厅里看到一部 1945 年拍摄的法国电影《一笼夜莺》，这部影片描写的是一群被认为无可救药的生活在感化院里的男孩子在循循善诱的音乐老师的教导下组成了合唱团，他们动听的男声形成了天籁之音。是音乐，也是这位音乐教师的仁爱和耐心感化了这些劣迹斑斑的男孩子，让他们得以洗心革面。这部影片在后来被法国导演克里斯托弗·巴拉蒂翻拍成电影《放牛班的春天》，得以为更多人所熟知。这部电影，杨红樱后来每年都会重温一遍，亦据此获得灵感写出了小说《奔跑的放牛班》：是夏林果的一个梦让她去少年宫为说话结巴的张达报名参加了合唱团，是马小跳和几个小伙伴的成功掩护让张达顺利进入了合唱团，又是富有爱心的慕容老师为孩子们团结协作的精神所感动而特别组建了放牛班合唱团，孩子们的梦想、耐心和友爱终于托举着张达告别了结巴。

读万卷书，行万里路。为着写作《寻找美人鱼》《再见野骆驼》《森林谜案》等几部介绍地球生态环境的长篇科学童话，杨红樱做足了"功课"上的准备——制作了几个抽屉的卡片，拜访请教了好多科学家，去沙漠、海洋、山谷等进行实地考察并拍摄了大量照片。她据此获得了丰富知识：骆驼刺是骆驼爱吃的植物，要用劲拔才能拔出它的根来，所以骆驼刺是沙漠里的宝，因为它不仅是骆驼的粮食，还能固化沙地；月牙泉水清如镜子，可它周围是风都能吹动的沙丘，之所以能山泉共处沙湖共生，这与独特地貌有关；深夜的鸣沙山的沙子表面有许多蜂窝状小孔洞，形成众多共鸣箱，在风力作用下故能发出鬼哭狼嚎的声音……如果没有实地的考察，杨红樱是不能读懂和破解这些自然奥秘的。显然，阅读以及阅读的衍生行为——演剧、观影、实地考察，对杨红樱的精神成长具有着重要的启迪作用；而注重学以致用、知行合一，保证了杨红樱写作的温暖与坚实。

三、经历——最宝贵的财富

杨红樱是在"文革"期间上的学，那个时候他们很少坐在课堂里听老师讲授，而是要经常去到农村、部队、工厂参加学农、学军、学工活动。在外人看起来，这些活动很艰苦，但杨红樱从中学到了很多东西。学农的那会儿在地里插秧，又小又瘦的杨红樱光着两只脚就踩在水田里；住在当地老农家里，吃的是用新鲜麦子粉做成的面疙瘩；晚上十几个女生住在一个大通铺上，半夜有人起夜，就会叫起来所有女生，然后大家一起兴奋地到外面去看萤火虫飞、听青蛙叫。直到现在她都觉得那种生活简直好玩极了，美妙极了。学工的时候，她们早上天不亮就要去赶车，走很远的路到工厂去。在她们做工的工厂里有一位女通讯员，她有一根长到腰间的大辫子，走起路来大辫子一摆一摆的，十分神气，而且她能在报纸上发表稿件。杨红樱一度最大的理想就是成为像女通讯员那样的文字工作者。

杨红樱读的是中师，毕业实习那一年，杨红樱在成都的一所重点小学实习，第一次登上语文讲坛上的是四年级课文《故乡的杨梅》。本来课程备得好好的，教案里的教学环节一环扣一环，但下面听课的老师比学生还多，初为人师的杨红樱十分紧张，临场时都忘了，好在学生们都看出了杨红樱的窘境，急中生智地帮她，杨红樱因此上了一堂别开生面的语文课，得到了听课老师极高的评价，还因此留在了这所学校当语文老师。这段经历就被杨红樱改头换面写在了作品里，《五·三班的坏小子》中，来小学实习的大男孩因为紧张在不到十分钟的时间里把课都讲完了，出现了冷场的尴尬情形，但机智的孩子们却帮助他成功地摆脱了窘境，讲了一堂绘声绘色的语文课。

杨红樱在重点小学做过七年的小学教师，她非常热爱这个职业，把这段经历看成是自己人生中最辉煌、最值得回味的一段经历。当老师时，杨红樱才 18 岁，穿白色连衣裙，长发飘飘，是一个从外表到内在都很漂亮的好老师。班上的男生女生都喜欢她，并因此爱上了语文课。班级学生参加学校的唱歌比赛，在穿什么服装、选什么曲目上，杨红樱都不太过问，更多的是让孩子自己做主和发挥。"我相信你们一定能做好"是杨红樱最爱说的一句话，而她班级的学生真就拿到了全校第一名。她当老师从来都是采取非主流的教育方式：从一年级到六年级，她认为自己是对的就坚持，不太会受周遭的影响，她自己给学生出测验题，而不用那些通用的卷子；很少给学生布置家庭作业，所有的教学内容都在课堂内完成，一到下课时间她就像赶鸭子一样让孩子们出去疯一会儿。她经常对孩子们说的一句话是："我们班上没有优等生，没有中等生，也没有差等生，对杨老师来说，你们都是我亲爱的宝贝。"一次，班上一个孩子爸爸骑着辆自行车一下子冲到杨红樱面前，直截了当地向她打听自己的小孩儿表现怎么样，

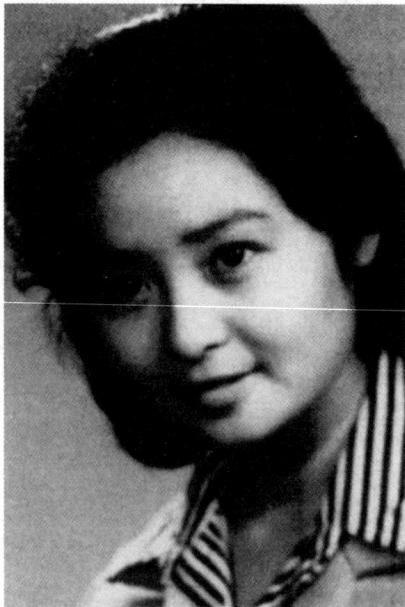

杨红樱当了七年小学老师

杨红樱本能地回答了一句："挺乖的。"结果当天下午，那个小男孩一直在杨红樱办公室外面磨磨蹭蹭。直到杨红樱询问他是不是有话跟自己讲时，他才鼓起勇气向杨红樱求证："杨老师，你真的说我乖呀？他们都说我'七岁八岁狗都嫌'，都这样骂我。"杨红樱再次表示了肯定："你是很乖啊。难道没有人说过你乖吗？"那个平时天不怕地不怕的捣蛋鬼从此变了样。多年以后，他成为国家干部了，还夹个公文包来看杨红樱，表示这个细节他记一辈子。

杨红樱在做老师的那几年里，每一年的暑假都是在夏令营里度过的，她把学生带到野外，住帐篷、野炊、采集标本和写观察笔记，让学生在大自然的怀抱中学到更多在课堂上学不到的东西。她对学生的最高期待，是希望他们都做一个好人，而班上的每一个孩子因为得到她的积极评价，都觉得杨红樱是爱自己的。杨红樱努力地去发现每一个学生身上优良的潜质，懂得从不同角度去欣赏和鼓励学生，总是顶着各种非议尽可能地保护孩子的个性，为他们的个性发展创造自由的空间，她的学生也因此一直都会对学习保持着积极主动的状态。她所带的这一届学生在参加升学考试时，语文平均成绩在整个区里排名第一。

杨红樱的作为不一定是很自觉的理论引导或者实践，而更可能是发自其内心的对自然人性的尊重，其中融合的诸如赏识教育、发现和捕捉意识、强化个体意识教育等都在当下很流行。《七个小淘气》中的猪笨笨、乖狐狸，《亲爱的笨笨猪》中的笨笨猪，《小男生杜歌飞》中的米老师，《漂亮老师和坏小子》中的米兰，《神秘的女老师》中的蜜儿，《女生日记》中的罗老师，《开甲壳虫车的女校长》中的欧阳雪校长，他们身上就都有杨红樱当年从教时的影子，读者不难发现杨红樱对教育较为独特前卫的理解。杨红樱把自己做老师的经历与感悟、对教育的所有理想和憧憬，全都寄托在这些文学形象身上，让他们去一一实现。《小男生杜歌飞》中，米老师很认真地和杜歌飞拉钩上吊一百年不许变，允诺为尿了裤子的杜歌飞保守秘密，她是俯下身子来和孩子交流对话的，发自内心地注意维护小男孩的自尊，由此赢得了孩子的信任和好感。《漂亮老师和坏小子》中，米兰不愿意戴着有色眼镜来打量自己即将接手的学生，她更愿意在实际接触中和学生建立起友好的关系，在课堂教学和主持班会中能充分调动每一个学生学习、参与的积极性和主动性。《女生日记》中，罗老师在教师节前夕向学生发出心灵邀约，让学生向自己道出心里话；她对学生一学期的表现反馈，是因人而异、热情而诗意的"寄语"，道出了自己对每一个学生的由衷肯定和期待。

杨红樱班上有个男孩总是尿床，班里的同学为此嘲笑他，他一直很自卑。杨红樱就把那个尿床的孩子带到安静的地方告诉他："其实尿床没什么了不起的，老师小的时候也会尿床的。"那个学生问杨红樱："你现在还尿不尿床了？"杨红樱回答说："不了，因为我长大了，你也一样，等你长大了也就不尿床了。"这个孩子非常相信杨红樱的话，而且还告诉别的孩子："你们不要再说我了，杨老师小的时候和我一样。"因为班里的孩子都比较喜欢杨红樱，觉得如果老师也这样就不能再说了，所以后来班里没人再提起这件事了。在《漂亮老师和坏小子》中，米兰去到学生豆芽儿家里，给这个尿床的孩子送去他特别需要的治疗尿床的偏方和药材，并编织善意谎言打消豆芽儿的自卑心理："尿床不过就是一种病，像有的人会有胃病、心病、脑病一样。告诉你吧，我小时候也尿过床。"《漂亮老师和坏小子》中有这样一个情节：米老鼠为着救一只猫而旷课半天，米兰在得知事情真相后，及时予以帮助，并且反对学校惩戒旷课的米老鼠："米奇是旷课，但他是在一种什么样的情况下旷的课呢"，"当你在面对一个生命即将死亡的时候，你能熟视无睹，无动于衷吗？何况，在这个即将死亡的生命里，还孕育着新的生命"，"如果今天米奇见死不救，他可以不旷课，但是他也许就错过了一次非常美好的情感

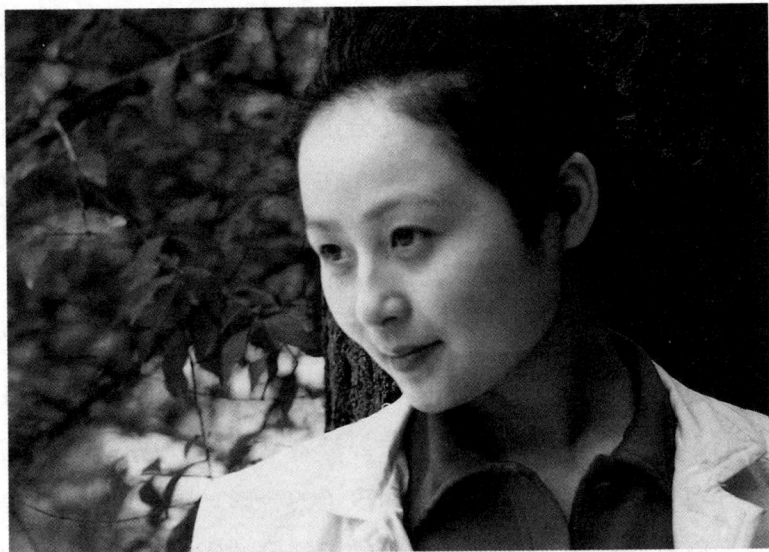

杨红樱做了七年的童书编辑

体验。今天的经历对米奇来说，他会终生难忘的……"这个情节得自于杨红樱在办公室听来的真事，一位同事抱怨自己的孩子居然不上课去救一只难产的猫。杨红樱却觉得孩子做得对，她更看重其中的情感体验。

　　杨红樱还在出版社从事过多年的童书编辑、儿童刊物主编、儿童报纸策划总监等工作。在出版社工作时，社里只有她一个童书编辑，负责从 3 岁至 12 岁每一个年龄段的读物，文学的、知识的，她都负责编辑。她会用很多时间到学校、幼儿园或图书馆去了解孩子们的阅读需求，了解成长中的孩子有着怎样的成长烦恼。她做这一切都是真正想让孩子从内心对阅读发生兴趣，她尊重儿童尚未发育健全的心智，努力使自己的语言、叙述方式能够为儿童所接受，那段时间，成都童书市场上有近一半的畅销书都是她编辑的，这些儿童读物往往一年之中要重印多次。即使是在已经成为一名知名童书作家之后，杨红樱也仍然愿意和孩子们保持着良好的沟通和亲密的互动关系：孩子们来信，她每每认真回复；她喜欢到孩子多的地方，特别喜欢坐肯德基、麦当劳，在这里她可以看到无数孩子的笑脸，有时看哪个孩子比较好玩，还会走过去逗他，当孩子把咬过的东西送到她面前时，她会咬上一口。在《漂亮老师和坏小子》中，刚从师范大学中文系毕业的漂亮老师米兰就是在肯德基店里与肥猫、豆芽儿等几个坏小子见面的。在《小白的选择》中，小白的主人是一个谜一样的美丽女人：她时常出门，带回来孩子们给她做的各种小礼物——用橡皮泥做的小动物、用彩色铅笔画的小卡片、用贝壳做的贴画……这些不值钱的东西都被她当成宝贝；在她的房间里还挂着好多相框，相框里都是她和孩子的合影。这个谜一样的美丽女人身上就有始终生活在孩子中间的杨红樱的影子。与儿童打交道的收获就是让她越来越清楚地知道自己必须把成人的眼光变成孩子的眼光，让她懂得给儿童的书应该怎么去写。

即使不当老师了，杨红樱和许多小学老师、校长、孩子还一直保持接触，从他们那里持续获得许多有益的信息和经验，对教育问题的思考也比较能贴近现实。比如，《女生日记》中冉冬阳的班主任罗老师的原型王春老师就很有想法：她在班级搞过主题"名牌与我"的活动，让学生们去了解名牌的种类、名牌的产生、分成正反两方辩论应不应该使用名牌产品，老师不给孩子们一个标准答案，让学生自己去思索，最后落脚到从小要学好本领，将来为祖国创造出更多更好的名牌产品的题旨上；班上有一名学生炒股并有所收益，她对此持肯定态度，认为炒股也是参加社会实践的一种方式；她还有过将男女生集中在一起讲解生理课的经历，还要求男生应多关心女同学，重活、脏活应抢着干。《女生日记》中就有这样的情节：当女生南柯梦在和男生发生争执突然月经来潮而手足无措之时，是罗老师拿着卫生巾及时出现在南柯梦面前，恭喜她的长大，还为此给男女生上了一堂很有必要的生理卫生课，旨在于帮助同学们顺利、健康地度过青春期，让男生懂得尊重女性，更加爱护自己的妈妈，更加关心和体贴女同学。《开甲壳虫车的女校长》中推行"教育新政"的女校长欧阳雪则是杨红樱以自己所认识的几位有魄力的成都女校长为原型的。

做母亲的经历同样让杨红樱受益良多。1986年的冬天，待产的杨红樱患上了胆囊炎，连水都不能喝，只能靠输液来维持，医生给她注射了催产素，想将孩子催生下来。冬天的成都异常寒冷，杨红樱虽只盖着薄薄的床单，却因为翻江倒海的疼痛而全身被汗湿透了，就这样苦苦折腾到第四天临近中午的时候，女儿呱呱坠地。当近乎虚脱的杨红樱看到被举到头上方的赤条条的女儿时，她感觉仿佛看到一道阳光照耀在女儿粉红的身体上，女儿简直就是一个小天使，她的眼泪止不住地流了下来，当时就决定女儿的名字中一定要含有"太阳"的意思，希望女儿的人生如阳光般灿烂、健康。她的这段分娩经历就真实地记录在《女生日记》中，小说的女主人公冉冬阳在"我的生日，妈妈的受难日"这篇日记里关于母亲自然分娩的诉说就是杨红樱的体悟："自然生下来的孩子在来到这个世界之前，就比剖腹产的孩子多了一次历险的经历，而这是一次了不起的历程，是这个勇敢的孩子和伟大无私的妈妈付出了痛苦的代价，共同完成的历程。"

杨红樱曾感慨："我的作品，几乎都来源于真实的生活。如果我没有当过老师，肯定写不出《袋隆隆老师》；如果我没有做过母亲，肯定写不出《天真妈妈》；如果我没有去当过'超级市长大赛'的评委，肯定写不出《超级市长》这本书。"就以《超级市长》来说，当时成都一家发行量比较大的报纸主办了一次面向小学生的竞选模拟市长的选秀活动，杨红樱受邀担任决赛评委，她去初赛现场看孩子们的表现时，注意到了一个个子高高、长相英俊的男孩子，但是比赛的两个项目他都不会，一个是市长的施政纲领，一个是才艺表演。

杨红樱觉得未免可惜，就询问他：如果你当了市长，会怎么做？他就提到要把城市建成有三层的立体城市，这是男孩子根据自己的见闻感受想到的：每天上学放学的时候，学校门口都会停满车子，交通堵塞，因此他想把城市建成三层以解决这个问题：第一层是花园，只有人和小鸟；第二层是汽车的道路；第三层是地铁。这让杨红樱很激动，觉得这朴素但富有想象力的回答远比那些得到高分但老气横秋的施政纲领要胜出一筹来。这个孩子虽然不会才艺表演，却还在台上表演了几个跆拳道的动作，表示如果自己当了市长，就要用跆拳道保护市民。当这个男孩子被淘汰出局而离开时，杨红樱跟他合影并告诉他："你就是我心中的超级市长。"尽管个性化的孩子在现实中输给了格式化的孩子，但是在《超级市长》中，个性化的孩子马小跳脱颖而出，还和笑起来嘴角有点歪的真正市长有了一张意味深长的合影。《暑假奇遇》写的青城山和峨眉山、《寻找大熊猫》写的卧龙山和四姑娘山，都是四川境内的风景区和野生动物保护区，离杨红樱居住的成都比较近，杨红樱就经常去这些地方。杨红樱年轻的时候曾经搭军车经川藏公路这条险峻的道路去往西藏，这段经历对她书写《男生日记》中吴缅随老爸由川藏公路进入藏区大有帮助。多年来，杨红樱在全国不少城市的学校观摩了好多孩子们自编自导自演的校园剧，在为孩子们朴素自然而成功的表演深深打动的同时，也获得了《白雪公主小剧团》的写作灵感。再以《笑猫日记》之《保姆狗的阴谋》来说，其中写到的牧羊犬帅仔和保姆狗老头儿两只狗的故事几乎是真实的：腊肠狗的体形要比牧羊犬的体形小很多，但是腊肠狗的年龄却比牧羊犬大很多。当才出生不久的牧羊犬刚来到腊肠狗的身边时，已经是成年狗的腊肠狗非常喜欢小小的牧羊犬，把牧羊犬当作毛茸茸的玩具，和它一起玩，带着它一起奔跑。牧羊犬一天天长大了，成了一只人见人爱的大狗，却仍旧十分依恋腊肠狗。这两只狗总是形影不离，但人们对它们的态度迥然不同。

比如杨红樱就只喜欢牧羊犬，每次见到它都会抱它，爱抚它，却从来不愿亲近腊肠狗，因为她觉得腊肠狗的样子十分阴险。后来，腊肠狗死于一场车祸。牧羊犬守着它的尸体，几天几夜都不吃喝。已经过了一个多月，杨红樱在它跟前提起腊肠狗的名字时，它还眼泪长流，呜咽不止。童话中，杨红樱在"不得而知"所留下的巨大空白中展开了合乎现实逻辑和情理逻辑的想象，为小读者结构了一个悬念十足、层层剥茧的"侦探"故事。

"问渠那得清如许，为有源头活水来"。归根结底，是无处不在的生活给予了杨红樱数不尽的素材和灵感，让她的写作丰盈而饱满，坚实地植根于现实大地上。

四、性情——最自然的流露

杨红樱是地道的成都人。她对成都这座生养她的城市很有感情，认为成都造就了自己："成都是一座充满时尚、充满温情的城市。成都人的生活质量很高，很安逸，特别适合潜心搞创作的人。我喜欢成都人的幽默，喜欢成都人的知足常乐，生活在这样的人群中，很容易保持一颗平常心。我常常在超市被人认出来，但他们会像老朋友一样跟我打招呼，跟我聊天，非常自然。"杨红樱就具有典型的成都人的性格，看淡名利："所谓的名气，对于我现在的写作心态，不会有任何影响。在很多年前我就可以做到'宠辱不惊'，如今更趋于平淡。"温和、恬淡、自然、幽默，这些成都人通常具有的东西，在杨红樱那里表现得更突出，待人谦和，与人为善，不骄不躁，宠辱不惊，对社会和他人始终抱持感恩和同情之心。熟悉杨红樱作品的人会很清晰地感受到她无处不在的人格魅力，会发现其四十年艺术征途上始终不曾移易的东西：优雅，从容，达观，通透，幽默，率真。文如其人，她的这些性情也都会自觉不自觉地流溢于其童书创

作中，成为其中最常见也最出彩的元素，并最终在她笔下的文学形象身上有所投射。《亲爱的笨笨猪》中的笨笨猪、《淘气包马小跳》中的马小跳、《笑猫日记》中的笑猫和老老鼠，都憨厚自然，随遇而安，很有人缘，说话做事富有幽默感，具有快乐的能力，这些都反映着成都人特有的性情。

当年，杨红樱在云南插队的哥哥曾给她的文学理想泼过冷水："妹妹，你不太适合当作家。因为你太简单、太单纯了。比如说那些写情感的女作家，她们想事情都比较复杂一点"，"她们在人情世故上也比你练达！"杨红樱在后来对自己也如是评价："我想我最大的性格特点是：简单。生活单纯，为人单纯。"的确，杨红樱的简单是出了名的。

因为上学偏早，杨红樱要比同班同学小上一两岁。在大家眼中，她是个笨小孩，她每天也都会为自己可能被老师定性为"差等生"而提心吊胆。所幸的是，她遇到的老师都很开通。读小学二年级，她还反着写"3"，她的数学老师从来没有因此批评她，而是抱以宽容和理解："因为你的年龄小，等你长到跟班级同学一样大了，就会写了。"直到小学三年级，杨红樱才终于把"3"写正了。在以前的邻居和老师的印象中，杨红樱是一个不爱说不爱动、十分安静的女孩子，他们往往会用"长着一双会说话的大眼睛，漂亮得像芭比娃娃"来形容杨红樱小时候的样子。杨红樱在后来解释过：不爱说，不爱动，都是因为自己笨。她的笨表现在动作极其不协调上，女孩子喜欢的跳橡皮筋、跳绳、踢毽子，她几乎都不会，但她心甘情愿地给伙伴们当拴橡皮筋的桩子，像木头人那样，一动不动；给伙伴们摇绳，使出全身的力气，胳膊都摇酸了也不肯停下来；大家踢毽子，她就在一旁等着人家把毽子踢飞了，赶紧跑去把毽子再捡回来。那时候，男生和女生一块儿玩"点兵点将"的游戏，点到最后，杨红樱总是那个没有被点到的人，因为她跑得慢，两边都不愿意要她，于是，她就成了给大家看守衣服的人。在看守衣服的过程中，杨红樱的眼睛片刻都不曾离开过那堆衣服，生怕丢一件。因为笨，选择常常没有那么多，反倒造就了她的一个优点，那就是做事情能从头到尾做到底，杨红樱养成了做事认真的好习惯。10岁时的那个暑假，一帮女孩子都去学用钩针钩桌布，别的女孩子桌布还没钩到一半就都放弃了，去学别的、干别的了，只有杨红樱用整整一个暑假钩成了一张很大的铺圆桌的桌布，她的父母都不相信自己的笨女儿居然能钩出这么精致漂亮的桌布。直到现在，杨红樱也只能专注地做一件事，比方做饭时，如果有人和她讲话，她就可能犯错——放上两次盐，或者不放盐。

在《淘气包马小跳》第三部《笨女孩安琪儿》中，杨红樱塑造了一个颇有特点的小女生——马小跳的邻居、同学安琪儿。她智商不高，外貌也不出众，个头儿矮，眉毛有点向下撇，两只眼睛分得很开，两个鼻洞朝着天，笑起来傻傻的。杨红樱特意提到过自己和安琪儿的"渊源"关系："马小跳和安琪儿都属于情商特别高的孩子。我是喜欢木讷一些的孩子，因为他们干事情很执着。我小时候就很木讷，安琪儿身上有我的影子，所不同的是我小时候比较漂亮。相比其他的同学，我显得有点笨，笨人比较认真，会一心一意地把手边的事情做好。"杨红樱对安琪儿这样的笨女孩是称赏有加的："就一个女人的一生而言，好性格远比好容貌重要得多。有句名言：性格决定命运。安琪儿的好性格，是容易得到幸福的；而她的纯真，

2012 年杨红樱在四川阿坝师范学院藏汉双语系设立奖学金支持乡村教育，坚持至今

会化作简单的力量，成就她感兴趣的事情。"

杨红樱的性格特点和较为单纯的生活阅历——缺少对成人世界的了解、较少生活磨砺，这些都成为她从事文学创作的"短板"，局限她写那种为成人看的复杂的文学作品；但也正因为杨红樱童心永驻、性情简单、感情纯粹、缺乏社会体验，这反倒令她在童书写作上具有他人难以企及的优势。当杨红樱在师范生、小学老师、童书编辑和童书作家等几种身份和职业角色间转换时，她从来没有刻意选择自己要成为什么样的人，而是始终保持一颗童心，做一个干干净净的人，"就算我活到了一百岁，我也是和孩子在一个世界里"。随遇而安、随性而动、心无旁骛，这是杨红樱的本真，同时这又继续滋养着她的性情。当老师时，她在课堂上会讲一些和课文无关但是学生又特别想听的趣事，会和学生们一道哈哈大笑，在给学生朗读安徒生童话《海的女儿》时会哭得读不下去；她最初专心致志地研读各种教育学和心理学著作，只是为着更好地帮助自己成长为一个合格的小学教师。为儿童写作童书，这本身就要求人物性格、人物之间的关系、情节设置都不能太复杂。童书自成体系的逻辑性和审美个性，与成人作品截然不同。以童话来说，其对于现实的反映是以幻想的形式来完成的，而杨红樱的性情恰恰与要求以幻想反映现实的童话精神若合符节。这又成为杨红樱从事文学创作的"长板"了："我是没有年龄感的人，简单、专注、一根筋，这是我保持童心的原因，也正是如此，才写了这么多的儿童文学作品"，"我跟小孩子在一起会一下子非常激动，会非常自然地知道他们在想什么、他们看事物的眼光、他们最近日常生活的状况，甚至于有很多小孩说杨阿姨你是不是隐身人，我们在做什么你都看得到，我们自己看不见的你也知道。这好像是一种天赋。另一方面，我又是一个简单、散漫、感性的人，到今天还是完全生活在自己的精神世界里，成人世界对我来说永远是一个未知的东西，有隔膜。"简单而单纯的杨红樱，在简单而单纯的童书天地中恰好能够大有作为，正是在这里，杨红樱能够充分显示自己的才情和文学修养，表达自己对世相的"评说"和对人生的感悟。

一个真正的儿童文学作家在生活中一定是这样一个人：澄净，透明，淡定，智慧；身处俗世，心在净土，有着细致的观察力、高度的同情心和无限的创造力，唯有如此，其艺术疆域才可能无限广大，一如其心灵的旷达包容；也唯有如此，一扇又一扇艺术大门才可能被其开启，不断带给人们别样的艺术惊喜。

五、教育——最坚实的支撑

儿童读者在阅读了杨红樱的作品后，都发自内心地认定她是

"能读懂孩子心的老师"，因为从她的作品中能感受到浓郁的人文关怀，能捕捉到自己的心声和脉跳。这实际上说明了一个事实：在今天要成为一名优秀的童书作家，仅止于掌握文学技巧是远远不够的；一个备受孩子欢迎和爱戴的童书作家一定首先是一个优秀的儿童教育学家、一个优秀的儿童心理学家。

杨红樱做教师的

时候，对教育就有自己许多独立的思考，后来离开教师工作岗位了，她的目光也依然没有离开教育，也一直对儿童教育进行认真而持久的关注和省思。可以说，她童书创作的巨大成功在很大程度上正得益于她作品中流溢出来的独到、新颖而人性化的教育观念。这种观念的获得，有家庭环境熏染，有扪心自问，也拜生活之所赐，更是主动研习有关教育理论的收获。

父母对杨红樱等几个孩子自小的要求并不高，就是希望他们将来做个好人。杨红樱曾认真地问过父亲："什么叫好人？"父亲的回答很简单："身体好、性格好，就叫好人。"这对于杨红樱的成长受益匪浅："我当老师也好，写作也好，都是出于非常善良的目的去做事情。"杨红樱后来在培养学生和教育女儿上就继承了这种"自然教育法"的衣钵。对此，她有解释："其实放手不是完全不管，孩子成长得究竟怎样，家长心里要有数。我们小的时候父母不是把那么多的精力放在我们身上，也没有特别高的期望值。他们不像现在的父母花太多精力在孩子身上，让孩子按照自己的想法生活，实现自己没有实现的梦想，强加给孩子很多东西。其实人像植物一样，生长应该是自然的。该经历的东西，在生命的过程中要经历。有时父母不愿意让孩子经历过多的东西，总希望孩子一夜间长成大人。人的终极目标无非是幸福和快乐，要活得有意义。但如果没有前期的生长期，就不会有最终的目标的实现。我和女儿的成长其实就是两个字——自然。"

杨红樱女儿的自然成长就颇能说明问题。女儿 3 岁那年，非常喜欢的玩具是一个手偶猪，她叫它"亲爱的笨笨猪"，杨红樱在陪女儿玩耍时，就把这个手偶套在手上，边演边讲，女儿在这些故事中一天天长大。在杨红樱看来，好故事能陶冶出好性格，而性格才是人生幸福的钥匙。后来，杨红樱便用这个形象写了一本童话《亲爱的笨笨猪》。童话中的笨笨猪确实很笨，但很快乐，它的好性格赢得了很多伙伴，大家都愿意跟它在一起。笨笨猪没有猫咪咪那样博学，没有狗汪汪那样的天才，但它做事情认真，能做到底，结果最终获得了成功。女儿4岁那年，杨红樱带她去峨眉山旅游，正值寒冬腊月，半夜三更的，母女俩乘坐的汽车在半山腰上抛锚，要想抵达山下的宿营地，唯一办法就是下车步行。杨红樱先是抱着睡眼蒙眬的女儿，深一脚浅一脚地走在漆黑的山夜中，无奈视野不好，又缺乏足够体力，杨红樱实在没有办法，便折断树上的冰碴子搁在女儿衣领里以让她保持清醒，女儿没哭没闹，硬是顶着寒风跟在杨红樱后面摸索前行，直到天亮才安全到达营地。杨红樱为此颇有感慨：生活就如同自然，既有温暖，也有严酷，孩子经过艰苦的自然环境的磨炼，在面对生活时才会更懂得坚强。女儿5岁时读《幼儿百科全书》，有一页画的是人的牙齿，女儿就用手指先去数图上的牙齿，再把手指伸进自己嘴里数牙齿，整整数了一个上午。杨红樱注意到这一切，并不去打扰她，让女儿沉浸在自己的世界里专心做这一件事，还为此奖励了女儿。后来，女儿做事情就很专注，学习弹钢琴、跳芭蕾都能坚持下来。

女儿上小学那会儿，可以进成都任何一所重点小学，因为当时成都几所重点小学的校长都是杨红樱的同学和朋友。但是，杨红樱让女儿上了离家最近的一所普通小学，那个小学的校长原以为杨红樱会给女儿选一位经验丰富、担任年级组长的老教师来做班主任，没承想杨红樱就提了一个要求：要年轻的。后来证明，杨红樱的这两个选择，绝对是正确的：因为上学离家近，当别的孩子还在上学放学路上奔波时，女儿已经做完作业在弹钢琴或者做自己想做的事情了；年轻老师更容易受小孩子喜欢，女儿因为喜欢老师而爱上老师所教的所有功课。女儿读一二年级的时候，杨红樱和她一起种下一盆土豆，并陪伴女儿每天一起观察这盆土豆，女儿发现每天都有变化，心情也随之不一样，每天都写观察日记，到土豆成熟的时候，

杨红樱和女儿一起成长

写了一篇作文《我种的土豆丰收了》，发表在报纸上。女儿小时候很胖，但在杨红樱的鼓励下学芭蕾，每次穿好练功服去跳舞时，别的家长都要笑，杨红樱站在玻璃门外边，对女儿报以鼓励的表情；女儿从没有因为胖而自卑过，因为杨红樱一直告诉她"胖也是很可爱的"，还告诉她：每个人学芭蕾都有自己的目标，别人的目标是表演，你的目标是练自己的身姿。在杨红樱巧妙而有意识的安排下，女儿减肥成功并一直保持着良好的体形，脖子长长的，走起路来腰杆挺得直直的。杨红樱女儿 4 岁开始学钢琴，6 岁时考级考过了三级，就面临着第一次选择：学钢琴是件苦差事，会越来越难，是放弃还是坚持？女儿选择了坚持，那是因为教她的钢琴老师亲切和善，女儿舍不得离开她。女儿 10 岁时通过了钢琴业余十级的考试。

女儿上六年级时，面临着异常残酷的小升初考试竞争，全校二百多名毕业生，只有七名保送重点中学的名额。杨红樱没有寄希望于女儿能成为这七名保送生之一，而只希望女儿在小学的最后时光里，不要失去天真和快乐。六年级寒假，当别的家长都忙着给孩子找补习班的时候，杨红樱带着女儿长途旅行，去了稻城，途经大雪山、小雪山，一路上遭遇的艰辛磨练了女儿的意志。女儿看到大片大片被烧毁的山林而灵感勃发，连夜写下一篇文章《哭泣的荒山》并发表。女儿在没有任何压力的自然状态下参加了小学毕业考试，结果考了全校第五名，她本来是可以被保送进重点中学的，但是选择了放弃，因为女儿更想去报考外语学校，那所外语学校吸引着全市的尖子生，成绩前八十名的考生可免费录取；八十名以后按分数高低收费。女儿明确表示：如果自己考进前八十名，就去，考不进前八十名，不会花杨红樱一分钱，会去读离家最近的一所普通中学。结果，女儿顺利地考进了前八十名，读上了这所全市最闻名的外语学校。

女儿放学回家时，杨红樱问的第一句话总是："妹妹，你今天过得开心吗？"因为想到回家第一件事就是回答妈妈的这个问题，所以女儿无论如何都要争取高高兴兴地过好每一天。久而久之，女儿每一天的基本目标就是"快乐地过好每一天"，她因此还发现，只要用心去寻找，其实快乐无处不在。当女儿在她面前抱怨同学或者老师的不是时，杨红樱总会要求女儿善于捕捉身边同学和老师身上的闪光之处："与人相处，去发现别人的优点就够了，因为一旦做到了这一点，一个人也就有了在自己身上发扬这种优点的潜质。去寻找别人的缺点是浪费时间和精力，因为别人的缺点跟你没关系。"女儿在学会了这种思维方式后，发现同任何人相处，无论强者还是弱者、上司或是同事、老师还是同学，都轻松而愉快，生活也因此而变得美好。因为看见的都是别人的可爱之处，所以身边的人们对她而言都是这样可爱。女儿也会非常乐意地将她所发现的优点告诉别人，让别人更加自信，更能够看到自己的价值。杨红樱有一篇童话《乖乖兔找朋友》，就表达了发现别人优点的主张：乖乖兔在妈妈的介绍下，先后结识了三个朋友，可他们都不完美，小猴聪明，但是淘气；小猪老实规矩，但不讲卫生；小白鹅很爱干净，但走路姿势难看。乖乖兔为找不到一个完美朋友而苦恼，但兔妈妈告诉乖乖兔这样一个道理："交朋友首先要有一颗宽容的心。"宽容就是不能要求朋友十全十美。懂得宽容，懂得为人之道，懂得欣赏别人的优点，这样才会有朋友，才会获得友谊。

上高中时，女儿学校组织英语舞剧汇报表演，女儿非常努力地争取剧中的主要角色，但当兴高采烈地应老师邀请来到排练场地时，却发现分给自己的角色是一个配角，而且这一角色没被安排进任何一场舞蹈。更多时候，女儿是在帮别人端茶倒水，看守衣服。回到家，女儿委屈得直哭。待女儿哭完，杨红樱平静地说："这再平常不过，你觉得难过，是觉得自己很重要，所以别人也应该觉得你很重要。而事实是，这个世界上，除了你自己，没有任何人会无缘无故地觉得你重要。你认为老师没有考虑到你的感受，但对老师来说，全班有六十几个人，你只是其中他无法时时刻刻都关心到的一员而已。伤害，都源于期待值太高。而真正快乐的人，只会对自己有要求和期待。"这令女儿懂得要将对别人的期待值降到最低，而将对自己的期待值和要求提到最高。高二结束时，女儿决定放弃高考，直接去考雅思出国留学。当时女儿在城西的外语学校住校，每天晚自习时都要乘公交车去城东的四川大学雅思冲刺班听课，其中艰辛可想而知；而这个雅思冲刺班里几乎都是四川大学的大学生、研究生。但在三个月后的雅思考试中，女儿考了这个雅思冲刺班的最高分，被她心仪的一所国外大学教育系录取。

读大二的时候，女儿在一所小学实习，在准备绘本《石头汤》的教案时，她立意把绘本故事《石头汤》上成音乐课、美术课、手工课、数学课和语言课的综合课，这时，女儿学过的钢琴、芭蕾舞、最有天赋的绘画和手工，都派上了用场，才情也得到了最充分的展示。那段时间女儿几乎天天和杨红樱通电话，话题都围绕着《石头汤》，每次通话时间都超过一个小时。在还有一年就要大学毕业时，女儿选择放弃小学教育专业而改学国际关系，大学毕业后女儿又选择金融作为自己的研究生专业。对女儿一次又一次的人生选择，杨红樱都不干预，给以充分尊重和理解。如今女儿是一个爱生活、爱工作、爱学习的普通人，活成了杨红樱想要的样子。

蒙台梭利说过："不应把儿童当作物，而应当把他当作人来对待；不应把他当作由成人灌注的器皿，而应该当作正在努力求得自身发展的人来对待；不应该把他当作由父母或教师来左右其个性的奴隶，而应该把他当作活生生的、主动的、独一无二的人来对待。"杨红樱在教育女儿上是这样的，在教育学生上也如此，她始终把"一步一步走进孩子的心灵"当作自己奋斗的目标："我没有什么密码，只是在孩子的成长阶段，研究和了解他们的烦恼。有个词是同情心，我对孩子就有这种同情心，也可以理解为同理心。我会把自己变小，想自己是怎么长大的。我做老师和妈妈做得不是那么焦虑，而是很开心。我总是觉得我的学生和我的女儿都比我小时候强多了，抱着很欣赏很羡慕的心态。"杨红樱肯定不是一个儿童崇拜者，她只是以自己自然成长的经验、以自己多年的教育实践、写作体会和教育专业理论习得告诉我们一个事实：孩子是不容小看的，"你必须把他们放在一个很高很高的位置上，充分地尊重他们"，"孩子感动成人、教育成人的时候很多，他们可以说是成人的老师，成人也应该向孩子学习"。她的宗旨是先让孩子们成为快乐的孩子，因此并不亟亟于学生的课业补习，因为她知道孩子们不进步只是一个短暂的过程，一旦进步，则会超乎人的想象。她喜欢带着孩子们出去郊游，领略大自然的美，与孩子们一同追逐嬉戏、一同大笑，在班里举办各种形式的才艺表演、智力竞赛，别班的同学都特别羡慕她所带的（4）班成绩好活动又丰富。蒙台梭利认为："儿童是向成人展示自然的伟大和神奇的尤物。他们通过自己的天赋毫不疲倦地进行学习，并且严格地遵守时间，最终长成了宇宙间最为神奇的作品——人。我们作为老师只能像奴仆侍候主人一样协助这一进程顺利进行。"杨红樱有关教育的思考得益于相关教育理论的学习钻研，来自于一线的教育实践经验，也来自于其对儿童"自然"成长的真心维护。

在《神秘的女老师》中，仙女蜜儿发现红宫学校什么都不缺，单单缺乏快乐，所以会向学生表达这样的由衷期待："我希望你们每一个人都快乐！我希望你们的每一天都快乐。"其实，"快乐"正是杨红樱对学生健康成长、对正常学校教育达成目标、对人生终极夙愿的诉求。在《神秘的女老师》中，杨红樱对教育尤其是学校教育有着集中、从容而深入的思考，这一方面是借着许多饶有趣味的故事（事实上是诸种匠心独运的教学改革的"案例"）来传递自己的教育理念，另一方面是直接借助蜜儿的"题记"来完成的，蜜儿的有关思考实则都来自杨红樱。我们看到，杨红樱主张快乐学习："学习本应该是一件快乐的事情，学校是生产快乐的地方。如果学习已变成一件不快乐的事情，那么在学校里还会有快乐吗？"她反对把学生变成只关心分数和名次的学习机器："为了分数和名次，一个个鲜活的生命把自己变成学习的机器。他们感受不到天高云淡，对于大自然的美丽，视若不见。他们不需要阳光，不需要激情，他们只要分数和名次，这是一群迷失了自己的孩子。"更反对成人出于现实利益考量而褫夺孩子的权益，以"为了孩子的将来"为幌子而牺牲孩子的童年："也许有许多的父母都不明白，正因为他们的爱子心切，望子成龙，用拳拳爱心残忍地剥夺了属于孩子们的童年的快乐。"她主张学生走进图书馆自主学习："图书馆是个好地方，是个使人终生受益的地方。不要老让孩子们坐在教室里，带他们到图书馆去吧！他们一生都将感激这个带他们走进图书馆的人。"她主张教育者善于发掘和激发每一个学生的潜力，而学校在这当中责无旁贷："每一个孩子都是世界的奇迹，因为每一个孩子都是世界的唯一。在学校，学习的目的应该是发现他们的潜能；行动的目的应该是发挥他们的潜能；教育的目的应该是鼓励他们善于运用他们的潜能。"

正是基于扎实的儿童教育学和儿童心理学知识，对中国学校教育有着持续而凝重的反思，在教学工作中身体力行着"教育应该把人性关怀放在首位"的理念，作为生活真实镜子的杨红樱的作品才一直以来会成为巨大的教育聚宝盆，每一位教师、家长、学生以及所有关心儿童教育的人士不但会感受到其作品的艺术魔力，更会受益于其中传达出来的先进而科学的教育理念。

六、童书——最持久的凝视

2017 年 9 月，由中国作家协会和瑞典作家协会联合主办的首届"中瑞文学研讨会"在瑞典斯德哥尔摩中国文化中心举行。研讨会上，作为唯一一个中国儿童文学作家（与会的另三位中国作家是格非、毕飞宇和东西），杨红樱在《遇见拉格洛芙》的发言中深情地回忆起了她对瑞典女作家塞尔玛·拉格洛芙的阅读与接受，谈到《尼尔斯骑鹅旅行记》对自己写作上的深刻启迪："在读到它之前，很难想象一部作品，文学性、科学性、教育性和趣味性可以如此完美地交融，拉格洛芙用她高超的写作技巧给我们做了最好的示范，故事和形象是将四者完美融合的两大法宝。"在遇见拉格洛芙之后，杨红樱形成了自己的童书创作观，即童书应该是"文学性、知识性、教育性、趣味性的有机结合，完美呈现"。她很清楚地认识到这样一个事实："儿童文学阅读的主体对象是儿童，无论是拉格洛芙的时代、拉格洛芙的国家，还是我的时代、我的国家，儿童阅读的心理、儿童阅读的需求是一样的，所有适合他们的读物，都必须满足他们的想象力，满足他们的求知欲，满足他们心灵成长的需要。"

"写关于瑞典的、适合孩子读的书"是瑞典女作家拉格洛芙创作《尼尔斯骑鹅旅行记》的初衷，深受启发的杨红樱则把"写关于中国的、适合孩子读的书"作为自己坚定而持久的创作信念。

杨红樱似乎与生俱来就有一种与孩子沟通交流的能力。而她后天的勤奋习得更令她的"天赋"得到了无限伸展：她认真研读了大量的儿童教育学、儿童心理学著作，而且她总是不断地走到孩子们当中，与孩子们同喜同悲，她的目光、心灵、笔触始终没有离开过孩子，孩子就是她的世界。她自小就徜徉在文学的世界里，这令她一直拥有异常敏锐的艺术感觉和扎实稳健的文字功底。由于谙熟孩子心理，她知道儿童在想什么、想说什么、有什么企望，所以她凝练而含蓄的文字总是能那样准确且传神地捕捉住真切自然的童真童趣，最终抵达儿童心灵深处。

杨红樱已是出版过十几本童话的童书作家

木秀于林，风必摧之。有人注意到杨红樱表示"我不太喜欢被称为儿童文家作家，而是喜欢被称为童书作家"，便欣欣然地认为杨红樱"颇有自知之明"，那意思就是连杨红樱自己都知道自己作品拿不到台面上来。其实，真正是批评者智商出了问题。你能说儿科医生不是医生、幼儿教师不是教师？童书作家照样还是作家啊！对于外界类似猜忌毁谤的声音，杨红樱一向泰然处之："如果没有信念，我早就坚持不下来了"，"我是个内心很有定力的人，关于'儿童文学'的各种言论很难影响我"。她只关心儿童喜欢读什么样的书、需要读什么样的书，她自有自己的童书理念，坚持走自己的创作之路；笑看风轻云淡，自得气定神闲。在各类访谈和专题研讨会的发言中，杨红樱都把自己对儿童文学创作的理解无保留地表达出来，在专门的理论文章中，她也讲述自己对儿童文学的看法，这些理论上的见解之于儿童文学创作者、研究者来说是颇有助益的。

首先，杨红樱对童书所表现的对象和童书的接受者——小学生群体有很细致的认知，这得益于她从事过小学教育工作，因而对各年级、各个年龄段的小学生的生活、语言、心理和思维都了如指掌：

我觉得一年级的学生就是感性的认识。他学什么都不重要，他主要是认知，认识老师、同学、学校。在这一年里还有很重要的是习惯的养成。

二年级的孩子开始真正进入学习的状态。三年级的孩子完全进入学校生活状态，班里的各方面趋于稳定。

三、四年级是小学时期最自由成长的阶段，也是孩子的许多世界观开始形成的时候。我写的马小跳是个 10 岁的孩子，基本就是这个阶段的孩子。首先他没有什么压力，他已经适应了学校的生活。没什么恐惧，老师同学都很熟悉，有低年级的孩子比他小，他很高兴有人叫他哥哥，上面有高年级的学生可能要面临升学考试，而他还没有，所以还很轻松。孩子的这种心态让我觉得这是童年中相对最好的时光……

孩子到了小学五六年级，身体开始发育，心理也开始变化，有了更多个人的判断，有的孩子开始出现叛逆，学习的竞争也开始激烈，成绩的压力相对开始加大，有时超出了孩子的年龄承受力。所以我写过《小大人丁文涛》，就是写有的孩子过早地成熟，这也增加了教育难度。

要看到，新时期之后二十年时间里，小学生的文学阅读和精神需求并不那么受到社会的关注和重视，这与小学生身体、视野、性情、心理、生活等都比较简单、可写的东西不多、可表现的空间不够大有一定关系。比较而言，那个时候，作家更愿意研究、关注和书写中学生、大学生，因为他们的生理、心理、语言、表达都更成熟了，接触社会也更多，身上更有"戏"，也更有看点。但在2000年之后这种景象得到彻底改观，小学生越来越明显地成为文学阅读的主力军，面向小学生的写作也最有市场。而此时杨红樱已经在童书写作领域持续精耕细作二十年之久了。

杨红樱对童书写作的分级和自己所能达到的写作区间有着深刻、透辟而清醒的理解："童书写作其实是一件专业性很强的事情，它要求作家对不同年龄的儿童心理一定要把握得相当准确。为什么我能写到的最高年龄段的儿童就是《假小子戴安》中的七年级女生戴安？因为再高一些年龄的儿童，我就都不了解了。童书比较发达的国家，在这个领域里年龄段划分得很细，比如日本，零岁、一岁、两岁，都有对应的不同读物。这是非常科学的。其实有一个简单的道理：医院为什么要专门设置儿科医生？因为儿童身体和成人身体不一样嘛。"因为从事过多年童书编辑工作，杨红樱对童书编辑职责的认识也值得注意："我觉得做一个童书编辑需要具备很高的素质，你肯定要懂教育，懂心理学，还有儿童的语言，儿童阅读的心理、阅读的习惯等等，肯定比做成人书的编辑要复杂得多。如果是编低

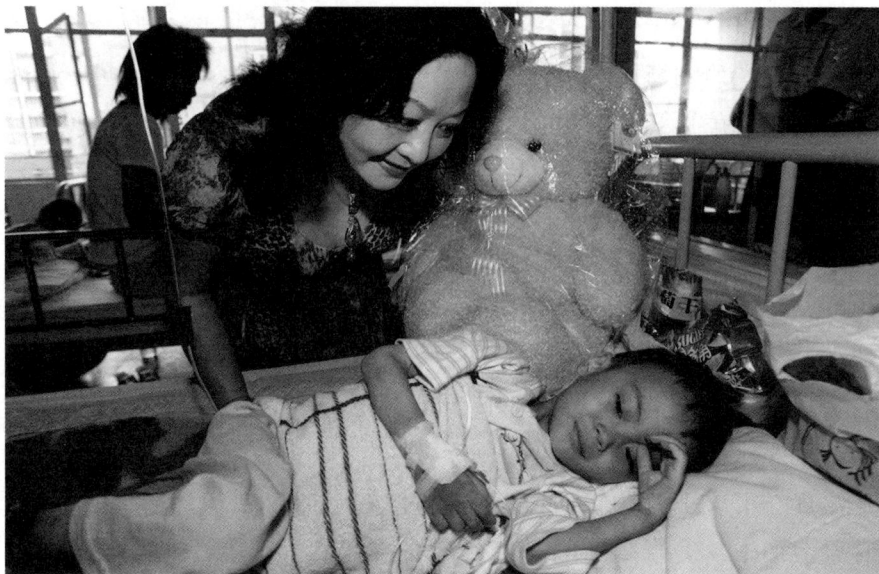

杨红樱看望患白血病的孩子

幼图书，它还有图哇、色彩呀，就需要你有美术的功底修养在里面。你必须把你的眼光变成孩子的眼光。而给每个年龄段孩子看的画面是不一样的，七岁的和三岁的不一样，三岁的和一岁的不一样，因为他们的心智发展、认知能力不一样。"正是基于对儿童、童书以及童书制作者职业素养、责任的种种认识，杨红樱意识到了一个优秀的童书编辑和作家都需要在儿童教育、心理、语言、艺术等各方面是通才，还需要有着很强的读者意识，要具有抓住儿童读者心理的能力："无论童书编辑，还是童书作家，都应该有这样的良知和责任感：怎样让一个孩子对最初的阅读产生自信，让他把一本书从头至尾顺利地读完，让他有成就感，让他觉得原来阅读这么快乐、这么容易。"

儿童文学负有着为儿童打下坚实的人性基础和审美意识的重任。因此，杨红樱特别看重对儿童阅读兴趣的培养："一生的阅读，最重要的阶段莫过于童年"，"好的儿童书就是要满足他们的想象力，满足他们的求知欲，满足他们心灵成长的需要。要让孩子爱上阅读，这是童书作家的责任。"她注意到不同性别、年龄、个性的儿童在阅读上的差别，也主张对儿童阅读进行基于兴趣的适时引导："人有个性，阅读也是有个性的，特别是儿童阅读。小学的孩子和学前班的孩子阅读兴趣不一样，学前班的孩子和婴儿的阅读兴趣也不一样，男生、女生不一样，好动的和好静的也不一样。老师和家长，一定要帮助孩子遇到孩子喜欢的书，只要有兴趣，就让他读。"其对儿童阅读需求有着精准分析："儿童阅读有三个需求：故事性、知识性、情感诉求。知识以故事为载体，更容易为孩子接受；情感诉求是要求我们的作品能感动人，让孩子在书中找到自己成长的影子，自己的烦恼能够得到安慰和解决，让孩子能更深地理解父母之爱，这是我这么多年写作得出来的结论。"当杨红樱写作的时候，就格外注意自己的表达是否能够契合与征服儿童读者，是否能够基于儿童本位，是否能够得到儿童读者的真心喜欢，其在塑造人物上就充分考虑到了表现对象的特点和儿童读者的接受能力："给孩子写东西，难度相当大，心里知道怎样的表达会更直接一些，但在给儿童写的东西里这么说就不行。它需要一些技巧的。比如我在写作中，就注意叙述节奏，静态描写要少。你可能会注意到，我在描写上不超过三个句子，否则孩子会感觉节奏慢。"

杨红樱非常看重戏剧这一认识世界的最显在、形象而动感的艺术形式，认可戏剧在培养儿童视觉、听觉、语言理解力、表达力、想象力和情感等方面的积极作用，也因此对儿童戏剧创作发表过不少真知灼见："不管是儿童文学还是儿童戏剧，关键都是讲故事，讲好故事，而故事核心内容离不开感动。一部为儿童创作的作品如果没有感动，那么，接受这些作品的孩子可能就会受一次骗，进而影响他未来对生活和社会的认识和判断。"好故事是一部戏剧的灵魂，戏剧在结构故事时要以能否打动观众、能否传递正确观念为要务。

她主张戏剧创作者重视观众的欣赏口味，反对作家不顾及观众感受的自恋式写作："为剧场写作的剧作家跟写书的儿童作家是不一样的，孩子们喜不喜欢现场就能看出来。如果他们聚精会神、津津有味地听，马上你就能感受到你写的故事小孩子是喜欢的。如果你自己很陶醉，迷恋于自己的文学性多高、品位多独特，模仿了什么流派，结果孩子们看得昏昏欲睡，这样就使创作变得非常残酷。"杨红樱在《轰隆隆老师》《神秘的女老师》《疯丫头杜真子》《白雪公主小剧团》等作品中也都浓墨重彩地关注和书写了孩子们课余的戏剧表演生活，这可是儿童日常生活中不可或缺的组成部分，对培养和展示儿童情商、玩商乃至智商都大有裨益。

2015 年 6 月 1 日，杨红樱在《人民日报》上发表《变"要我读"为"我要读"》的文章，对童书作家的写作宗旨有如是集中而明确的表述："每个时代的孩子都需要自己的现实主义作品。能否进入'时代的孩子'的生活与心灵空间，是对儿童文学作家最大的挑战。"她充分意识到了童书作家的写作责任："写孩子们喜欢读的书，让他们

最美的遇见

在阅读中受到正能量的世界观、人生观、价值观的影响，是一个儿童文学作家最最幸福的事。"毋庸置疑，杨红樱很好地迎接了时代的和文学的挑战，从而游刃有余地进入到了时代儿童的生活和心灵空间，也因此得到小读者的由衷热爱。在这篇文章中，杨红樱提到了童书写作的难度问题："儿童文学要进入'无为而为'的艺术境界，确实很有难度。愈是面向低龄孩子的写作，这一特征愈明显。居高临下的说教很难被儿童接受，这就需要用精彩的故事情节、生动的艺术形象去吸引、去感染，激发儿童主动阅读的积极性，将'要我读'变为'我要读'。这好比粗粮不好吃，但营养丰富，对人大有益处，需要厨艺高超的厨师，把粗粮做成可口的菜品、精美的点心。"也因此，杨红樱在写作中，认真地研究儿童、俯下身去和儿童交流，用儿童所能理解的语言艺术地表达了儿童所需，真正关注儿童的精神需求，努力追求"把性格培养、知识传递有机地融于有趣的故事，让孩子们爱上阅读。让他们乐意把自己放进一个角色中，在故事里满足他们的想象力、求知欲，满足他们心灵成长的需要"。当一个童书作家能认真做到这一切，这样的童书作品就一定能得到儿童的由衷喜欢，因为"真诚的写作，一定会收获真诚的阅读。这种回报，就是孩子们真诚的阅读，他们永远想在你的作品中找到感动，找到成长需要的东西。所以他们永远期待你的下一本书。"

所以，如果说杨红樱写作有成功秘诀的话，那就在于她在写作中真正践行着以儿童为本位的观念："作为儿童文学作家，你写的是儿童，读你的作品的也是儿童，你必须把他们放在一个很高很高的位置上，充分地尊重他们，这包括尊重他们在成长过程中所犯的错误。"当她意识到儿童文学之异于成人文学的地方，意识到为儿童写作就要熟悉和理解儿童的年龄特征、身心发展特征和思维特征，意识到为儿童的写作就要与儿童保持着思想和心灵的共鸣、就要在表达上尽可能贴近儿童的生活和思想之时，她赢得小孩子的衷心热爱

杨红樱给地震灾区的孩子送去儿童节的礼物

也就是水到渠成之事了。更何况，杨红樱作品自有它的深刻性，但
这并不是她刻意去制造的，她善于用浅语把最真的道理最艺术地表
达出来。杨红樱文字的纯净清新一方面是其淡泊心灵、优雅性情的
自然而然的流露，正所谓"金声玉韵，蕙心兰质"；另一方面则源于
其对儿童文学的理解，她知道儿童文学理所应当是一门浅语的艺术，
所以她一定要寻找到那最能触动孩子心弦，又一定能被孩子接受的
表达方式。杨红樱更看重作家是否能打动读者，更看重读者的阅读
自主性："真正成熟睿智的作家，是不会刻意在自己的作品中设置深
度、强调深度的，那是不自信的表现。所谓的'深度'，应该是读者
的阅读体验，结合自己的人生经验，在这个作品中读出自己的感动。
就像我们读《海的女儿》，男人和女人读出的感动是不一样的，小时候和成年时读出的感动也是不一样的。"

所以，当一再有小孩子为杨红樱这样一个大人却能把孩子们的生活写得活灵活现而纳闷时，当一再有小孩子发自内心地感到杨红樱已经破解了他们的童心、找到了通向孩子心灵的通道时，我们应该知道这其中的缘由。那实在是因为杨红樱是一个用心灵去感受、用心灵去写作的作家，在忠于内心的写作中，杨红樱融入了自己的人生体验，以生动洗练的文笔把她对于友谊、快乐、爱情、亲情、教育、责任、生命等的理解，把这些孩子们成长当中应该懂得的道理灵动而智慧地表达出来，她的每一部作品都融注着她的心血、投入了她的真情，氤氲着她对儿童的浓浓关爱和深深体贴，这种有温度的写作在忠于杨红樱内心的同时，也充分顾及到儿童的阅读感受。杨红樱借着笔下一个个灵动的艺术典型、借着他们身上发生的种种趣事为自己打开了一条幽邃深远的艺术通道，也别出心裁地对她所钟爱的孩子们实施着非常必要的情感教育、素质教育、现代公民教育。这让我们再清楚不过地看到，杨红樱是一位有社会理想、有创作热情、有个人担当和有文化责任感的童书作家。

第二章

春云春水两溶溶——杨红樱科学童话论

从 1981 年创作发表第一篇科学童话到 1986 年出版第一部科学童话集《快乐天地》，再到 20 世纪末先后推出《小蛙人游大海》（1999 年）、《再见野骆驼》（1999 年）、《神犬探长和青蛙博士》（2000年）等长篇科学童话，乃至 2016 年推出新作《毛毛虫的天空》《小蝌蚪成长记》，杨红樱一直能潜下心来，考察研究生活于海陆空的各种动物、植物和自然现象这些在常人看起来比较枯燥乏味的科学知识，再想方设法把这些知识转化成具有丰富幻想力和美妙故事的科学童话形式，实现着科学与童话、现实与幻想、真实与虚构之间的辩证统一，这种持之以恒的写作精神和对艺术、对科学孜孜以求的态度令人钦佩。杨红樱的科学童话给孩子打开一片知识的天空，让他们自小对科学童话、对科学、对童话有了清晰认识和瑰丽想象，让我们对科学童话这一文体有了更多期许。

一、生命·情怀·哲思

当杨红樱还是小学语文教师时，注意到可供孩子们阅读的读物不多，就想自己给所教的孩子们创作阅读课的读物，因为不知道孩子们喜欢什么样的读物，于是就学生究竟喜欢什么样的语文课文而展开调查。她发现，一本语文书里有着三十几篇课文，学生们最喜欢的还是像《小蝌蚪找妈妈》《小公鸡和小鸭子》《小马过河》《乌鸦喝水》这一类的文章，它们共同的文体特征是科学童话。对这些喜欢的课文，学生学得主动又轻松，课堂气氛也非常活跃。细心的她还发现，这一类科学童话除了有故事，有知识点，有优美的语言和意境，还有爱的教育蕴藏其中，这恰好迎合了儿童的阅读需求，能同时满足他们的求知欲、想象力以及心灵成长的需要。最初，杨红樱写好一篇科学童话，不好意思告诉学生那是自己写的，便装模作样地把写在几页纸上的文章夹在一本书中间，声情并茂地读给学生们听，此时，她就格外注意观察学生的"阅读"反应：看到学生听得津津有味，时而捧腹大笑时而泪流满面时，就知道这一处写得好，能抓住学生的心；当注意到有学生在下面做小动作、交头接耳或者埋头搞自己的东西时，就知道这一处描写得不够好——尽管可能这是她最得意的描写，但因为意识到孩子们不喜欢、不感兴趣，于是回过头来再对这一部分进行修改。显然，她是蹲着写作的，始终注意和孩子们保持着心灵的贴近、姿态的同一。

1981年，杨红樱在《少年报》发表了第一篇作品《穿救生衣的种子》，这首先是一篇地道的科学童话，是向孩子讲述睡莲种子的神奇传播功能和成长方式的，能最大程度地满足孩子的好奇心和求知欲。同时，这还是一篇具有唯美品质追求的艺术童话，其中所包孕的丰富内容与哲理耐人寻味。

可以肯定，它的写作得益于方惠珍、盛璐德创作于上世纪五十年代的《小蝌蚪找妈妈》这样的科学童话的启示。《小蝌蚪找妈妈》采取一系列的"误会法"让我们知道了蝌蚪变成青蛙的整个过程，同时这个科学童话还多多少少与母爱、成长、寻找的主题相关。《穿救生衣的种子》有模仿，但更有创造，它也同样采取了"误会法"：最初，小鲤鱼错把睡莲种子当成了"小球"；再后来，长大了的鲤鱼姑娘错把成长后的睡莲当成了掉进水里的花。借着这样的机缘，再由睡莲向鲤鱼介绍自己非同寻常的有趣的传播生长方式以解除误

杨红樱处女作《穿救生衣的种子》

会。在童话前半部分，睡莲种子向无知而好奇的小鲤鱼介绍自己的特殊本领——自己身上穿着一件充满空气的救生衣，所以能够"在水上自由自在的，一点也不用担心会沉下去"；在童话后半部分，睡莲向青春活泼的鲤鱼姑娘讲述自己何以跑到了地底下："我的种子在水里漂了很久很久，救生衣里的空气跑掉了，种子就沉到水底，到了春天，我就生长出来了。"童话中，杨红樱选择以"救生衣"这个孩子能理解的语词很形象地说明了睡莲种子是怎样漂在水面上的，以具体可感而又客观实在的叙述传递科学知识。同时，这篇童话还有一个关乎生命"成长"的主题——小鲤鱼成长为鲤鱼姑娘，种子成长为睡莲。杨红樱在书写生物时非常注意吻合它们的自然本性，动者如鲤鱼欢快活泼，静者如睡莲恬淡自然，都得到了很好的描绘。鲤鱼和睡莲间的友谊以及她们各自成长如蜕的幸福，也都洋溢在整篇童话中，让人内心感到一种淡淡的温暖。

这篇童话亦与"日本的安徒生"新美南吉的《去年的树》有异曲同工之妙。《去年的树》中，一只小鸟和一棵树是好朋友，鸟天天给树唱歌，树天天听着鸟儿唱。冬天要到了，小鸟必须飞到很远的地方去，它们约好明年春天再见面，鸟儿再给树唱歌听。春天，鸟儿飞回来了，它先后通过询问树根、工厂大门和小女孩，得知树已被工人伐倒、制成火柴，在煤油灯里燃烧着。小鸟最后找到了煤油灯里燃着的灯火盯着看了一会儿，唱起去年给树唱的歌，之后又对着灯火看了一会儿，就飞走了。这两篇短小的童话有着共通的意义指向和耐人涵咏的丰富性：首先，有时间的流淌——在《去年的树》中是由冬到春，在《穿救生衣的种子》中是由秋到夏；其次，有生命形态的转换——《去年的树》中，树被伐倒，被切成细条，被制成火柴，最终变为灯火；《穿救生衣的种子》中，小鲤鱼成长为鲤鱼姑娘，睡莲由种子成长为怒放的花朵；其三，有不变的友谊——时间的幕景在转换，鸟儿和树之间、鲤鱼和睡莲之间的友情恒久感人。所不同者，《去年的树》有生命逝去的忧伤，《穿救生衣的种子》有生命成长的欢愉。

《穿救生衣的种子》对故事情境的营造也同样成功。开篇是"秋天的池塘，水映着蓝蓝的天和洁白的云，显得非常清凉。鱼儿们成群结队，在水里快活地游来游去"，正是在这种环境里，小鲤鱼遇见了睡莲的种子；而到了第二年夏天，童话是这样写的："红的花、绿的树，映在池塘里，好看极了"，鲤鱼姑娘与睡莲重逢时是"天气晴朗，树上的鸟儿在快乐地歌唱，池塘边的柳树在轻轻地舞蹈"。正是在这种悠然静谧的环境里，发生着一个朋友相遇相互诉说的故事。还有，杨红樱是在写科学童话，要告诉读者一个科学事实；可是她又分明是在描摹着孩子的情态来书写小鲤鱼和睡莲种子之间是如何进行交流的，从而很巧妙地构思了这个科学童话。所以时隔多年，这篇科学童话依然熠熠生辉，让我们感受到它的丰富内涵。当小鲤鱼游到池塘中间的时候因为看到一个"小球"在水面上漂，便自言自语"嘻嘻，真好玩"，然后再"用头去顶了一下"，这可是一个活脱脱的天真顽皮的孩子啊。一旦小鲤鱼发现顶撞的不是小球，而是像自己一样的生物时，"连忙给她道歉"，这岂不是一个知错就改的好孩子吗？到后来，"小鲤鱼和种子玩了一会儿，便告别了她，找妈妈去了"，这一系列关于小鲤鱼的行为、性状、去向的叙述充满了童趣，且富有生活气息。再看作者描写睡莲种子的反应，为自己有本事浮在水面上而"得意地说"——"你没见我身上穿着救生衣吗？""得意"这个词语的使用是不是道出了一个自恃掌握某种特殊技能的孩子的心理？

值得特别指出的是，童话中写到了小鲤鱼"长成了一条美丽的红鲤鱼姑娘"之后的喜悦："在水里快活地游来游去。她一会儿扎进水里，一会儿跃出水面"，见到水里的粉红色花（即睡莲）后是"飞快地游了过去"；而睡莲呢，同样表现出顺时而动的成长的愉悦："早晨，当太阳从东方升起的时候，她仰起脸儿，向着太阳一个劲儿地笑。傍晚，太阳下山了，她也悄悄地把花瓣合拢，进入甜蜜的梦乡……"。写作这篇童话时，杨红樱只有十九岁，她个人成长的喜悦和对未来的美好憧憬、与孩子交流沟通时所获得的快乐以及对生活的感恩之心，也都尽情挥洒在其中。可以说，杨红樱的这篇开山之作已经色彩鲜明地呈现出来她个人心性中的很多东西了，同时亦导引着其后来童话写作的道路。其用独树一帜的写作告诉我们，好的科学童话不仅要能传递准确的科学知识，还能传递出写作者的情怀，把读者引入生命和哲理层面上的思考。

中篇科学童话《背着房子的蜗牛》就在成功传达科学知识之外，融汇了杨红樱对生命、情怀和哲思的深刻思考。这里有科学知识的传播：蜗牛、白头翁、蚯蚓、蚂蚁、鼹鼠、缝叶莺、蛞蝓、黑蜘蛛、寄居蟹等诸种生物营造自己的房子，均各有特色；这里有不同生命情态的展现：有安于现状的蜗牛，有大方洒脱的鼹鼠，有勤于创造的蚂蚁，有心灵手巧的缝叶莺，亦有心狠手辣的黑蜘蛛、巧取豪夺的寄居蟹；这里有哲理的传送，人需要通透达观的态度来看待生活；这里有趣味的传输，叙述轻松活泼，文字优美，情节巧妙。

第一节《没有房子的蚯蚓姑娘》的开篇就很带有动画片的情趣性、动作性：

鸟儿鸣，羊儿叫，还有庄稼汉子赶牛下地的吆喝声，

杨红樱著《背着房子的蜗牛》封面

惊醒了睡在路旁的一只蜗牛。他把柔软的身体从圆圆的壳里伸出来，有一对长、一对短的触角的脑袋抬得高高的："嗬，今儿天气真好，蓝蓝的天上白云飘……"

"快看！妈妈！"一只小鸟在他头上飞，"这小动物的背上驮着好多好多的东西。"

鸟妈妈笑起来："傻孩子，他叫蜗牛，他背上驮的是他的房子。"

"他为什么要把房子驮在背上？他一定很累吧？"

"我想他是很累的，不过，这是他自讨苦吃！"

匍匐在地上的刚从睡眠状态中醒来的懒洋洋的蜗牛和忙碌的庄稼汉子、牛羊以及在天上飞翔的鸟儿有意无意间已经形成了鲜明的

对比，而接下来蜗牛就鸟儿对自己的评价进行大声抗议："你们整天到处奔波，自己连个小小的房子也没有，哼……"这活画出蜗牛先生自得自满的习性来，而且蜗牛的这种自我封闭的性情在接下来还有更多的展示呢：蜗牛先是为着自己能把房子始终驮在背上的生活感到满意，为自己的舒适安全的生活而自得，还推心置腹地劝导蚯蚓姑娘也该像自己一样有一座房子把自己好好地保护起来，可是蚯蚓姑娘的选择不是房子，而是不停地钻泥土，以让泥土变得肥沃，蜗牛对于此的评价是连声的"真没有意思，没意思"，然后想着做个好梦，作品接下来的表达委婉、灵动而富有表现力：

"沙沙沙！""沙沙沙！"

什么声音？蜗牛仔细地听了听——这声音是从地下发出来的。哎哟，蚯蚓怎么还在钻泥土！明天，一定得委婉地告诉她们，这样干是会影响别人休息的。

"呼……""吱吱吱！"

这又是什么声音？蜗牛伸出头一看：一只猫头鹰从树上俯冲下来，尖利的爪子捉住了一只田鼠。

这里几处拟声词的使用耐人玩味："沙沙沙"是在模拟蚯蚓钻土，"呼"是在模拟猫头鹰捕食田鼠，"吱吱吱"是在模拟田鼠被捕食行将毙命。蜗牛对于两处声音的反应"仔细地听了听"和"伸出头一看"，毕肖地把蜗牛好奇、不满的情态写了出来。蜗牛晚间的休息被辛勤工作的人们所叨扰，蜗牛因此迁怒这辛勤工作的两者，并以小人之心度君子之腹，总结他们之所以不睡觉是"因为他们没有自己的房子"。这一系列的对比客观地道出了蜗牛的自私和狭隘。在第二节《"地下宫殿"三日游》中，睡到晌午才醒来的蜗牛在大晴天里"尽量把身子从他的小公馆里往外拉，他知道，日光浴对身体是很有好处的"。这一处的描写多么有趣！蜗牛对自己身体的保养十分重视，这是与这篇童话中蜗牛先生葆有的自恋性情很吻合的。当他不知不觉间走进了鼹鼠的地下宫殿时，童话这样写道：

"太阳呢？太阳怎么不在了？"蜗牛好奇怪，刚才太阳还明晃晃的在头上嘛。

"太阳没有丢，是你走错了地方。"不知是谁在说话。

"你是谁？这是什么地方？"

"我是鼹鼠，这里是我们的地下宫殿。"

原来是这样！蜗牛连忙道歉："对不起，我不是有意闯进来的，我这就回去。"

一头雾水的蜗牛以及他的小心翼翼尽在这简洁的语言中体现出来。我们仿佛看到的是一个摇头晃脑的、做张做致的老夫子误打误撞走进陌生场地与陌生人交流的情形。杨红樱写的是童话，跃然纸上的却是现实人生。杨红樱在这一节中有意制造了一系列"误会"，让这篇童话趣味性大大增强：

女王见蜗牛背上驮着一大堆东西，几乎盖住了整个身子，以为是送给她的礼物，便感谢道："蜗牛先生，欢迎你的光临。你太客气了，怎么还驮着那么多礼物来？"

蜗牛窘极了，如果是光线好的话，一定能看见他的脸要多红有多红。他结结巴巴地说："我……我没带礼物，我驮……驮的是……房子。"

"什么……"女王惊呼道，"你给我送来一座房子，这礼物太贵重了！"她高声唤来几个大力士，"快帮蜗牛先生把房子卸下来。"

"不不！"蜗牛吓得连连后退，他又结结巴巴地解释了好半天，才使女王听明白：这房子打他出生起就是驮在他背上的，在这个世界上他顶顶看重的便是他的房子。因此，他是绝对不会把这房子送人的。

女王一点儿也不生气，反倒哈哈大笑："你干吗要把房子驮在背上？这太滑稽了。"

蜗牛的困窘和对房子的"坚守"、鼹鼠女王的误解和不解，二者言语间的"冲突"，令小读者分明体会到叙述者蕴藏着的温婉的臧否——蜗牛的"小"和女王的"大"。蜗牛自以为是地认为"房子嘛，只要够自己住就行了，关键是要走到哪里，带到哪里，这样的房子才能算是好房子"，他的固步自封、狭隘保守与鼹鼠女王的大方爽朗形成鲜明对照。杨红樱将自己的心思藏得很深，不动声色地让笔下人物在一举一动中展现品性，但我们又分明能在她平易的叙说中体味到她对人与事暗寓的褒贬。

好的故事一定是有着无限生长空间的。在接下来的第三节《一心想要新房的新娘》中，蜗牛先生和蜗牛姑娘的约会出现了忸怩害羞的僵局：

奇怪的是，今天见面他俩都挺不好意思，蜗牛姑娘羞答答地低头不语，蜗牛半句话也说不出来，更谈不上向蜗牛姑娘求婚了。后来，还是蜗牛提出到河边散散步。

春日融融，柔柔的风儿，吐着新绿的芽儿，还有泛着细浪的河水，加上身边有一位可心的姑娘结伴而行，蜗牛的心情好极了。

在这优雅恬美的环境中，杨红樱巧妙构思，令蜗牛看到了处处洋溢着的爱的情景：孔雀开屏，鸳鸯戏水，特别是一对白头翁共同构筑自己的小窝的情形吸引并打动了蜗牛（白头翁筑巢的科学知识在这里得到了巧妙的传递），他向蜗牛姑娘求婚，获得了应允，心花怒放地为爱人献花，可是同时又引发了下面的情节：新娘要求蜗牛舍弃自己的房子，再造一座新房："我讨厌我背上的房子，它把我与这个可爱的世界隔开了，使我孤独，使我自私，使我到处受到别人的议论和嘲笑……"价值观受到新娘挑战的蜗牛不能容忍了，他的狭隘也继续得到了展现：

"住口！"蜗牛很生气，他不能容忍他的新娘这样说他最重要的东西，"我们的房子是我们祖先留给我们的最宝贵的财富。它使我们具有优越感和安全感，它……"

而新娘的回应——"你的房子很好，我的房子也很好，但是我们却永远不能生活在一起；白头翁的房子虽然粗糙简陋，他们却能永远生活在一起。即使新房被风雨毁掉了，他们还可以重新建造"，在表达出对共筑爱巢的美好生活的期冀的同时，也令二者的爱情观和价值观的碰撞因之升级了。蜗牛先生因为把个人小公馆看得比爱情更重要而与新娘分手了。因为失恋，蜗牛才会在下一节《林中的婚礼》中遇到乌龟并被带去散心，参观缝叶莺的婚礼并看到缝叶莺夫妇用爱和辛勤劳动构筑的温暖爱巢，在现实面前受到很好的教育，对自己的价值观有了初步反思和怀疑。就像乌龟对此事的品评："我说蜗牛老弟啊，你什么都好，就是把你背上的房子看得太重了。"杨红樱讲述故事总是注重一环紧扣一环，节与节之间相互联系承接并不断生发开去。第五节《蚂蚁城堡》中，蜗牛在参观了蚂蚁太太奇妙的城堡之后，还了解到了蚂蚁太太的人生追求："最令我高兴的事就是带我的孩子们整天忙着干活儿，每天都在创造中"，"我还想建一座比这城堡更好的房子，那将是一座顶顶美丽的带花园的房子"，蚂蚁太太的人生追求在挑战蜗牛的"道德法则"——"你怎么能一辈子就心满意足地住在这个小小的房子里，难道从来没想拥有一个比这更好的房子吗？"二人话不投机，当然就不欢而散。不过，蚂蚁太太那个还没有开始建造的顶顶美丽的带花园的新房却对蜗牛产生了莫大的吸引力，再次触发了他的心理变化："有生以来，蜗牛第一次感觉到自己背上的房子很重，很重"。杨红樱注意到了蜗牛心理细微曲折的变化，他对小公馆的重视也在一点点削弱。所以到后来，蜗牛梦想着抛弃自己的小公馆与心爱的人儿共沐爱河，这种转变就一点也不突兀了。

第六节《寂寞的玫瑰花儿》中，蜗牛担心原本同一家族的蛞蝓会觊觎自己的房子，而拒绝了蛞蝓的友谊，可接下来，当蜗牛因为眷恋玫瑰花儿而要靠近她时，却无端地遭受到猜疑和伤害。活生生的遭遇让蜗牛受到了教训、教育，此时蜗牛非常渴望友谊，在此心理的推动下，第七节《黑蜘蛛的诡计》里，蜗牛不小心上了居心叵测的黑蜘蛛的当，险遭杀身之祸，好在奇迹会不断出现：

一只癞蛤蟆跳过来，一口吃掉了黑蜘蛛。刚跳了两步，一条毒蛇蹿来，一口吞掉了癞蛤蟆。也许他还没将癞蛤蟆吞下肚，只听"咔嚓"一声，一位农夫举着明晃晃的刀，手起刀落，将毒蛇一分为二。

故事的"峰回路转"不但让蜗牛的历险故事得以继续下去，也顺带着把食物链的科学讯息很好地表达出来了，杨红樱还不失时机地在这一节的结尾由这样一个险象环生的情节总结出一个人生道理："自然界其实很公平，当你为了自己的生存而伤害别人，常常会糊里糊涂地丢掉了性命"。这个人生哲理的传达恰到好处、顺理成章。本篇童话中，人物关系的设置也很巧妙，第一节中出现的那个爱钻泥土的蚯蚓姑娘在这一节中再次出现，并帮助了蜗牛先生；在接下来的第八节《一件愉快的事》中，蚯蚓姑娘还在蜗牛的配合下冒着生命危险把小蜥蜴的尾巴从河蟹那里抢了回来送还给了蜥蜴，给予别人以帮助，让蜗牛收获了快乐，提升了他对友谊的认识。在第九节中，蜗牛去海滩俱乐部见识了各种漂亮的房子——被叫作"白住房"的寄居蟹的寄居习性以及像花瓣一样美丽实则有毒的海葵的"厉害"，美丽外表下会出其不意地隐藏着诸多凶杀与阴谋的故事。杨红樱在歌咏爱的同时，也绝不回避描写生活中的阴暗面，社会的复杂、人性的诡谲在这里借助物性有了很好的展现。

童话末节《梦中的乐园》里，南去的小雁的真诚善良感化了蜗牛，蜗牛对自己此前的言行有了深刻的自我反省——"他现在并不乐意称它是'小公馆'，也许真像小雁说的那样：它是一个累赘。"接下来是蜗牛的一个梦，梦中，蜗牛抛弃了自己的"小公馆"，还长出一对翅膀来，飞到四季如春的太阳岛上，与自己心爱的蜗牛姑娘相遇，这对分离的情侣共建了一座小屋，过上了愉快而充满友谊的崭新的生活；蜗牛有了大的感悟："感谢生活，生活给了他这么多美好的东西！蜗牛庆幸他抛弃那座背在身上、使他自我封闭的房子。没有了它，他却拥有了爱和友情，拥有了蓝天和大地。"童话有着理想化的追求，意图超越现实，让蜗牛意识到他对"房子"的看重框囿了自己对友谊、爱情的获取，从而能最终丢弃身上的这座"房子"；但童话又必须尊重现实中蜗牛的自然物性——蜗牛不可能脱离开自己背负的"房子"，所以会以六百多字的篇幅来描绘蜗牛的梦境，从而书写了一个理想化的也是完美的结局——蜗牛获得憬悟后放弃了"房子"这束缚心性的物质营求。显然，杨红樱对笔下角色的转变始终保持着善意和同情的理解，她以身上没有房子却长着一对翅膀的蜗牛边飞边唱"我们的未来不是梦"的书写肯定了蜗牛人生态度的改观。杨红樱对生活所抱持的开放豁达态度，对劳动、创造和精神营造的热情赞美在在可见。如果不是因为凡事都能冷静超脱，杨红樱是不可能在童书写作中如此游刃有余地载入深广内涵的。

二、海洋·陆地·天空

杨红樱说过，写科学童话的压力很大，"想给孩子们一杯水，自己就得有一桶水"。她对孩子们的最高期望是爱上科学童话，最低期望则是希望帮助孩子们知道什么是科学童话。当其在科学童话写作道路上展露锋芒之后，也渐次将视野扩大，写作篇幅亦逐步由短到长。在《森林谜案》《寻找美人鱼》

杨红樱科学童话书影

《再见野骆驼》等几部长篇科学童话中，她凝聚心力、笔力来对生活在海洋里、陆地上、天空中的各种物种进行了一番全方位的扫描，足见其写作雄心和魄力之宏大。杨红樱是注重科学童话的趣味性、可读性的，因而在故事的设计方式上颇费一番心机。

《森林谜案》中，杨红樱通过神犬探长破获一个又一个案子的方式，来揭示大自然中一个又一个的科学奥秘。侦探故事本身就能逗引起孩子的阅读兴趣，而杨红樱在其中处处设置迷局玄机，环环相扣，有效地吸引着小读者随同神犬探长去发现进而吸纳蕴藏于故事里的科学知识。《森林谜案》开篇介绍了神犬探长的"神犬"的称号、勋章如何得来——从警察局光荣退役时由局长那里获得的嘉奖；末篇《血战象坑》又与开篇巧妙呼应，神犬探长在该篇故事中为着保护大公象而用身体堵住偷猎者的枪口，伤愈之后：

神犬探长又回到了"神犬侦探所"，一切都与以前一样，不同的是现在他胸前挂着两块金光闪闪的金质勋章：一块是以前警察局授予他的，上面镌刻着"神犬"二字；一块是现在国家动物保护委员会授予他的，上面镌刻着"勇犬"二字。

本部童话已经开门见山向我们说明了神犬探长的"神"，后面各篇也都确实是在围绕着"神"来述说着神犬的断案如"神"的，而到了结尾又在"神"之外开发了神犬探长"勇"的一面，神犬探长由单一的"神"到"神""勇"兼备，这是故事发展的必然，可也是神犬探长性格、行为逻辑发展的实至名归。也正是在《森林谜案》中，我们看到了地球生态被破坏后的种种恶果：城市噪声让母鸡不下蛋，猫不咬老鼠（《都市罪犯》）；金钱豹因为被大量围捕，狒狒由此大量繁殖，翡翠森林的生态平衡遭到了破坏（《连环大案》）；大气污染令城市难见天日（《蓝烟飘过》）；工业发达给人类带来进步的同时也带来了灾难，造成了酸雨现象（《不祥乌云》）；氮肥厂的废水导致汞污染，令人、牲畜疯狂（《狂猫跳海》）；农药污染危害人的健康（《隐形杀手》）……杨红樱立足点并不在于写奇闻异事，而是抱持着很强的忧患意识吁求人们关注地球生态。

《寻找美人鱼》是以小蛙人和鲫鱼波卡共同游历大海作为全书的叙事线索的，在这次海洋旅行中，他们见识了海洋世界近百种生物的丰富生命形态。同样，杨红樱不仅仅满足于描述一个五彩斑斓的海洋世界，更要唤起读者的环保意识。在《营救海狗》一篇中，她就告诉我们"对海狗最大的威胁就是人，人的贪婪"，因为人们大量地捕杀海狗，是想得到海狗的毛皮。在《故乡河》中，热爱生命、热爱生活的大马哈鱼闯过了大海中的狂风巨浪，挺过了大江里的急流险滩，却在充满着美好回忆的故乡河里，被污染的水吞噬而死，"死去的大马哈鱼再不能逆水而行，他们只能随着江流与同伴们背道而驰。一江污水载着翻着鱼肚白的大马哈鱼向大海流去。缓缓的水流，恰似一支低泣的哀歌。"生与死的强烈反差、悲壮情景所构成的

"低泣的哀歌"，推动着读者去思考酿成这惨剧的罪魁祸首，让读者感受到杨红樱的哀挽叹息之情。

杨红樱不仅仅要讲述宇宙自然的奇妙，用以满足孩子的好奇心，让自己的科学童话"有意思"，更要紧的是，杨红樱在写作中巧妙开掘意义从而令童话富有教益，一如其所说："在童话故事里融入知识，融入爱的教育，这是我所追求的科学童话的最高境界。"以《寻找美人鱼》来说，其中《遭遇海怪》一篇里，章鱼这样又凶又狠的怪物对自己的后代却极具爱心：章鱼妈妈产卵时把卵连成一条长约二十厘米的"绳"，挂在洞穴里，每条约有一千多个卵，在孵卵期间，章鱼妈妈不仅不吃东西，而且日夜守卫在卵上一刻不离，还不断划动触腕，向卵喷水，使卵能得到充足的氧气，等小章鱼出世后，章鱼妈妈已经饿死了、累死了。《了不起的鱼爸爸》中，海马爸爸负责孵海马妈妈生在自己育儿袋里的卵而分娩，而且尽心尽力照顾自己的小海马。《鲸鱼家族》中，座头鲸妈妈在分娩的痛苦中"唱着生命的赞歌"。《海豚救鲸群》中，七十九条抹香鲸组成的友爱的群体，因为不愿抛下垂危的小抹香鲸而回到沙滩上，也都静静地躺在小鲸鱼的周围，简直就是要集体自杀。《奇异的婚配》中，当雌性和雄性的琵琶鱼一见钟情，就再也不愿分开，雄鱼嵌进雌鱼体内，雌鱼供给雄鱼所需的全部营养，一如琵琶鱼女王所说："虽然我们的生活是艰苦的，但我们的心是幸福的，因为能和我亲爱的丈夫终生相依，同生共死。"《最后的悲歌》中，大马哈鱼爸爸日夜守护着自己的孩子们，不吃食不休息，以保证他们能安全地孵化出来；当一百天过后，许多生命蓬勃开始之时，却是大马哈鱼最后的悲歌——"小鱼儿什么都不知道，他们在他们父母的尸体下面快活地游来游去"，而两至三年之后他们又将重复父母的悲壮经历。《爱河长流》中，丽鱼妈妈、斗鱼爸爸和刺鱼爸爸都是辛勤操劳的家长，对孩子的爱伟大无私。《南极企鹅城》中的企鹅阿迪阿丽夫妇相亲相爱，相继替换着孵化自己的宝宝……所以，小鲫鱼波卡游历大海河流的整个过程，就是在不断从自然中接受生命教育、爱的教育的过程。而小读者正是在随同波卡大开眼界的过程中、从原始朴素的生命形态中获得心灵熏陶的。

《森林谜案》中的《温柔杀手》这篇童话里，狼蛛太太和狼蛛先生彼此恩爱，但为着保证狼蛛太太的身体有足够的营养来哺育自己的孩子们，狼蛛先生必须献身，让狼蛛太太吃掉；而狼蛛太太在养育孩子上处处流露出无私的母爱来，待到小狼蛛们都能捕捉害虫独立生活了，此时狼蛛太太主动找到神犬探长请求逮捕自己。这个情节的设计又表达着作者对责任和担当的理解：作为母亲，狼蛛太太在家庭中需要对孩子成长负责任，作为"杀夫"者，她又需要为自己的"罪行"负责。杨红樱始终不忘赋予这些纯粹自然物性的生命现象以意义。《旅鼠行动》中，因为繁殖快而引起旅鼠族群大膨胀，一支数以百万计的旅鼠大军在顽强地迁徙，哪怕是遭遇狼群撕咬、哪怕是跳进江河大海也在所不惜，这当中表现出的壮烈场面和强大意志震撼人心。《幼虎之死》中，老虎母亲为着减轻抚养负担让另外两只幼虎健康长大而吃掉自己的一只弱小幼虎，在写到森林中发生的这种母亲撕咬儿子、兄弟相残的惨剧时，杨红樱做足了"文章"，从而让读者看到了老虎母亲做出这种选择的艰难和无奈。童话先是写到母老虎要到更远的地方去捕捉猎物，临出发之前先藏好三只幼虎，甚至一步三回头，对三只幼虎的母爱之情跃然纸上：

母老虎把三只幼虎藏在一个石洞里，用树枝和杂草把洞口遮掩好，临走的时候看了又看，好像很不放心似的。

但当母老虎久觅猎物不着，黯然神伤返回时，她依然对可能威胁到幼虎的不安全因素保持着高度的警惕：

也不知过了多长时间，母老虎迈着沉重的步子回来了，她没有带回任何猎物，可以想象她的心情是何等地沮丧。

母老虎并没有径直进洞去，而是背对着洞口向四周巡视着，两只又圆又大的眼睛在黑夜里宛若两盏明灯，闪烁着警惕的光。

足足有十来分钟，母老虎才进石洞去。

不一会儿，母老虎带着三只幼虎从石洞里出来，向茫茫的夜色里走去。

母老虎仍然希望能捕获到一只猎物，她执着地寻找着，寻找着……

正是在做了足够的铺垫之后，母老虎最终无奈"杀子"的选择就不会让读者停留在讶异的初体验中，读者也不会因此无原则地认同自然界优胜劣汰的生物法则：

东方已亮起了第一道曙光。

又累又饿的母老虎显得焦躁不安起来。突然，她昂起她那高贵的头，长啸一声，凄厉，悠远。

母老虎迅速地行动起来，她迫切地想寻找到一个隐蔽的地方。

神犬探长心头一紧，他似乎预感到将要发生什么。

终于找到了一个隐蔽的地方。三只幼虎偎依在母老虎的身边，抬起头来，巴巴地望着他们的母亲。

这时，母老虎的目光变得异常地温柔，好似一双温柔的手，一一地爱抚着她的三个孩子。最后，停留在最弱小的那只幼虎身上。她开始舔他。

这只弱小的幼虎似乎从来没有得到过这样的关爱，他幸福极了，微微闭上了双眼。

母老虎舔着舔着，突然在他的喉咙上一口咬下去。

在食物没有着落、母老虎一家濒临灭亡的情形下，母老虎因累饿而暴躁、由犹豫到决断，由执着地不辞辛苦地赴远寻食到无奈地"食子"解决，母老虎的抉择是那样地艰难，但又那样地令人同情。"老虎也吃自己的孩子"的现象会激发读者积极思考人类到底该怎样做才能避免这一类自然界的惨剧。如果在科学童话中，杨红樱只是以鸵鸟妻妾成群、海马海龙们是雄性来负责孵卵、琵琶鱼的交配是雄鱼嵌进雌鱼体内形成"肿瘤"、老虎"毒"也食子这些天下奇闻异事来吸引小读者的话，那么，这种写作就一定只是单纯的生物知识介绍、初级的猎奇、刻意地迎合小读者的探奇心理，属于"哗众取宠"了；但事实上，杨红樱在自己的写作中始终以人文的精神烛照生物界各种生物的生命状态，从而开掘出许多与爱、价值、生命思考有关的东西，令她的科学童话实现了"有意思"和"有意义"的完美对接。

《再见野骆驼》中，《巴格太太串门儿》一篇写的是沙漠中的裸鼹鼠的特殊生活习性，裸鼹鼠女王为巩固自己的统治地位而不准许自己的女儿们生孩子。之后，杨红樱写到了前去串门儿的沙鼠巴格太太的感受："阳光暖洋洋地照在巴格太太的身上，她从来没有什么时候像现在这么热爱阳光。她感叹那个拥有巨大权力的女王又是多么地可怜呀！一辈子连阳光都没见过。如果拿女王的宝座和阳光让她选择，她宁愿要阳光。"沙鼠巴格太太对阳光、对自由、对和谐的热爱，正与自私自利、权欲熏心的裸鼹鼠女王形成鲜明对比，二者孰高孰低，读者一目了然。《小密点儿和小黄点儿》是讲述麻蜥和沙蜥各自不同生活习性的，特别是麻蜥如同壁虎一样具有尾巴再生的功能。杨红樱是以麻蜥小密点儿和沙蜥小黄点儿之间的结识和彼此相互扶助这样一个有趣的故事来展开叙述的，这当中，小密点儿为着营救小黄点儿而咬断自己的尾巴，让我们品味到的是小孩子之间纯洁无瑕危难时挺身相救的无私友谊。《妻妾成群的模范丈夫》中的鸵鸟贝比为自己的妻子们日夜操劳，"白天，他要跑到很远很远的地方去寻找食物；晚上，他要精心地照顾坑里的鸵鸟蛋，真称得上是个尽职尽责的模范丈夫"，当小鸵鸟破壳而出，贝比已经没有了原来的英俊和潇洒，"可他的妻子们都更加爱他了"。显然，杨红樱从妻妾成群的鸵鸟那里发掘的是其中的积极意义，礼赞的是父爱和夫妻之爱。《艾鼬一家》中，小艾鼬生下来两个月后就要独自生活，艾鼬爸爸妈妈告诉自己的孩子："你们不要怪爸爸妈妈狠心，我们这是真正地为你们好，从小就要培养你们独立生活的能力。"如此书写，自然就激励小读者从小形成独立自主的精神。《湖在天边》介绍了出现在沙漠中的"海市蜃楼"的奇幻景观，同时也借着米奇受美丽幻影所骗而坚持穿过偌大戈壁滩这一事实，讲述了一个有趣的人生道理："有希望总比没希望要好"。再如《沙漠运动会》一篇讲述的是鸵鸟吉姆先后参加哺乳动物赛跑和鸟类飞行比赛而相继遭拒的故事，向读者解释了属于鸟类的鸵鸟为什么有翅膀却不能飞行，但却是一个有着每小时六十公里速度的运动健将的科学事实。杨红樱又绝不满足于就讲述这样一个事实，反倒以此作为一个起点，将自己对生活的深刻理解融入其中，比如"比赛必须在公平的基础上进行"亦即要遵守游戏规则，同时还借助大鸨的评价"其实，比赛并不是生活的全部内容""谁能否认，在各类鸟中，你们鸵鸟是最能适应沙漠生活的强者呢？"，令"做生活的强者才是最重要的"这个主题在自然而然的推论中得出，结尾"鸵鸟吉姆在他热爱的故乡——沙漠上，快活地奔跑着"，不但化解了鸵鸟吉姆原先比赛时自身身份认证上的尴尬，更展现了鸵鸟对生活乐观向上抱持积极态度的强者风姿，这个故事的意味由此变得深远悠长了。

《寻找美人鱼》《森林谜案》《再见野骆驼》这几部长篇童话都保持了各自独立成篇，而又篇篇相互联系的形式，一环紧扣一环地召唤儿童读者认知自然世界的五彩斑斓、感受地球母亲的无私恩赐。《寻找美人鱼》中，杨红樱是以练就一身高超的潜水本领的小蛙人偕同鲫鱼波卡游历大海见识奇"珍"异"宝"的方式展开对海洋生物知识的介绍的。在末篇《南极企鹅城》里企鹅夫妇阿迪和阿丽尽心竭力地养育着自己的孩子，并在孩子们长大后，送它们独立地横渡大海，一家人约定明年春天再次见面：

"亲爱的阿丽，我永远爱你，明年春天，我会在这里等着你！"

"亲爱的阿迪，明年春天，我一定来找你，我们还会在一起生儿育女。"

一个美丽的季节结束了。

拥有30万居民的企鹅城一片凋零。海豹也随着最后一批企鹅走了，小蛙人乘坐的破冰船也开走了，不久贼鸥也将离去。那时，这里什么生命都没有了，除了风暴和冰雪，就是严冬和黑暗，直到下一个春天到来。

当一座城市里生命迹象全无，小蛙人的游历冒险也到此结束，童话终篇余音袅袅，给人以期冀——"直到下一个春天到来"。孩子们对科学知识的探求、对真正成长起来后实地科学考察的心灵火苗被作家燃起的同时，也受到了一次很好的爱情教育。杨红樱一直主张向儿童读者进行必要的爱情教育，同时非常强调爱情当事方对彼此、对家庭、对下一代的责任。即使是在对生物世界的讲述中，杨红樱也没有忘记自己作为童书作家的社会责任担当。

《再见野骆驼》是以男孩米奇在沙漠历险探奇的方式来结构全篇的，米奇起的是导游的作用，在他的穿针引线下，读者得以从容进入到对沙漠生物世界的了解当中去。其中《失去的乐园》一篇写到灰伯劳大量吞食沙枣林中的蜥蜴，竟导致沙枣林遭到了害虫的破坏，最终"被沙枣林保护的那片绿洲，没有了沙枣树的遮挡，凶猛的风沙长驱直入，葱茏的绿洲顿时被淹没在厚厚的黄沙之中"，人和牲畜都失去了自己的乐园。自然界就是这样息息相关环环相扣的，保持生态物种平衡的必要性不言而喻。末篇《再见野骆驼》中，作家在讲述了关于野骆驼的生活习性等科学知识之后，还为我们讲述了美丽的骆驼姑娘铃儿与野骆驼迪戈的爱情，"他们在这最好的季节里度着最甜的蜜月"，到后来，迪戈要遵守野骆驼群冬天群居的规矩，这对有情人不得不分离，铃儿"在寒冷漫长的冬日里思念着她心爱的迪戈"，结尾是铃儿带着自己和迪戈的孩子到她和迪戈发生爱情的城堡守候的描写：

春末夏初，又是骆驼刺花开的时候。

铃儿每天都要带着她的小骆驼到城堡里来。小骆驼不止一次这么问铃儿："妈妈，你为什么这么喜欢这座城堡？"

再见野骆驼——这是铃儿的企盼。

在厮守儿女私情与遵循群体纪律之间，迪戈需要权衡轻重，"舍小家""顾大家"；从爱情的另一方铃儿来看，她是处在等待和守望中的，对爱情、对亲情有思念、有期盼。开放的童话结尾对孩子水到渠成地进行了一次关乎爱情、亲情和责任的教育，令人心中生起融融春意。这个童话的内涵由此丰厚了。

在任由爱意飘洒的同时，杨红樱也不忘书写自然界中的不和谐之音。《无情鸟》讲述的是杜鹃"鸠占鹊巢"的事实。画眉要做妈妈了，筑了一个又暖和又结实的巢，也要做妈妈的杜鹃却游手好闲，假装赞美画眉鸟的巢漂亮而赢得信任，把自己的蛋放到了画眉的巢穴中。画眉孵出的第一个孩子是杜鹃，杜鹃为了独占他弟弟妹妹的食物，而狠心地将三只小画眉推出了巢外；在得到了画眉妈妈全身心的爱而长大之后，"小杜鹃却展开长硬的翅膀，永远地离开了她"。童话在讲明了杜鹃不做巢不孵蛋的事实后，还赋予这个故事以新的社会意义，对口蜜腹剑的人、对忘恩负义和嫌老弃老的社会现象进行了批评，当然，杨红樱并没有直接跳出来评议这一切，而是以画眉妈妈的感受——"画眉妈妈伤心极了，她不愿相信，自己千辛万苦抚养大的孩子，却是一只忘恩负义的无情鸟"，让读者意识到了孰是孰非。《巴格太太串门儿》中的裸鼹鼠女王是一个贪恋权力而置儿女幸福于不顾的狠心母亲；《凤头百灵的诡计》中的凤头百灵具有学杜鹃、画眉、灰斑鸠等各种鸟叫惟妙惟肖的本领，却以此为自己渔利而到处坑害别人……借着对形形色色的动物世界的书写，杨红樱道出了大千世界的真相，以此帮助小读者辨识真假善恶美丑。

三、有知·有趣·有益

杨红樱的科学童话世界的丰富性值得我们高度重视，因为这里不但具有丰富多彩的科学知识，有对"生态""环保"等重要主题的表达，更有着人生百相的巧妙观察、生活哲理的深度开发，屡屡让小读者收获得更多。在科学童话创作的历练中，杨红樱学会了如何更好更巧妙地把自己所要传达的科学知识和对生活的感悟不露声色地"藏"好，从而能令儿童读者在轻松快乐的审美感性中汲取科学知识和生活哲理，得到趣的激发、美的享受和思想的拓展。

杨红樱的《藏松果》涉及了两个科学常识：一是松果如何成长为松树的，二是松鼠是有冬眠习惯的，但又区别于熊一类的冷血动物，需要储备一定的粮食来越冬。但讲起来却一点"说教"的气息都没有。童话是这样来写小松鼠藏松果的：

他在地上刨一个小坑，埋上一个松果。往前跳跳跳，跳十几步，再刨一个小坑，埋上一个松果。

小松鼠就这样埋着，越埋越高兴，一边跳，一边唱起歌来：

跳跳跳，藏松果。藏好多，满山坡。

小松鼠的"刨""埋""跳"以及"一边跳，一边唱起歌"的动作声情，以及合辙押韵的童谣，无不呈现着一个活泼欢动的小孩子的风貌。即使是叙述人的腔调也充满着童真童趣，非常吻合孩子的接受心理：

小松鼠真能睡啊！一睡就是整整一个冬天，不是那一声惊天的春雷，他还不会醒呢！

叙述语言简洁、口语化，就像是叙述人在面对着儿童讲故事似的，同时叙述人的腔调上还带有着点小孩子的想当然："不是那一声惊天的春雷，他还不会醒呢。"就是在这样的叙说中，憨态可掬、睡意正浓的小松鼠更像一个可爱的孩子，叙述人的讲述也同样生动活泼。小松鼠藏松果的动因在于他不肯循规蹈矩地像妈妈那样把松果藏在家里，而是把它们藏在了荒山坡上。可是由于顽皮和记性不好，让他无法找到前一天埋松果的地方，结果想出一个主意来，就是把松果藏在满山坡上；待小松鼠被春雷惊醒要吃东西时，却惊喜地发现整个荒山坡变成了自己的小松林了：

"我的小松林？"小松鼠跳跳跳，"我有一片小松林！"

小松鼠自问自答，自舞自蹈，可掬的憨态跃然纸上。杨红樱笔下的小动物形象，总让人感觉着就像一个个可爱的顽童似的。童话如是开篇："小松鼠十分贪玩，特别喜欢在松树林对面的荒山坡上玩儿，从早到晚，一玩儿就是一整天。妈妈不来找，他就不回家。"童话结尾则出现了响应开篇的回环方式："小松林成了小松鼠最喜欢玩儿的地方，一玩儿就是一整天。妈妈不来找，他就不回家"。小松鼠贪玩的性子没有因为时间的推移而发生变化，但小松鼠过去总去玩儿的"荒山坡"已经在小松鼠的无心插柳之举下变成了"小松林"，出现螺旋上升的变化。

杨红樱说过："写短篇是很见功力的，而结尾是最重要的基本功。我是写了十年的短篇童话，才开始写长篇童话的，也就是说，我足足练了十年的基本功。短篇科学童话的结尾每篇的风格我都处理得不同，但都很有意思。"纵观杨红樱的科学童话，确实在谋篇布局上特别是结尾风格的设定上有着诸多巧妙安排。

《好蛇坏蛇》讲述的是沙漠卫士雄鹰以及如何辨认沙漠中的好蛇坏蛇的，童话如此开篇：

小雄鹰的羽毛已经丰满，他就要飞出去开始独立生活了。

"孩子！"雄鹰妈妈再一次叮嘱道，"别忘了我们是沙漠卫士，一定要多吃沙漠上的鼠类。"

"知道了，妈妈。"小雄鹰振翅欲飞。

"孩子！"雄鹰妈妈的话还没有说完，"有一种蛇你也可以吃，不过千万要记住：只能吃坏蛇，不能吃好蛇。"

小雄鹰不明白了："蛇还分好蛇和坏蛇？"

"当然啦！"雄鹰妈妈讲道，"沙蟒又叫土棍子，两头齐。因为沙蟒跟我们一样，是吃鼠类的，所以他是好蛇；花条蛇是吃沙蜥和麻蜥的，所以他是坏蛇。"

"妈妈，我记住了。"小雄鹰急着要飞出去，"沙蟒是好蛇，花条蛇是坏蛇；我只能吃花条蛇，不能吃沙蟒。"

小雄鹰迫不及待地飞走了。

"哎——"雄鹰妈妈追着小雄鹰大叫,"我还没告诉你好蛇坏蛇长什么样呢!"

羽翼丰满准备出去独立生活的小雄鹰就如同一个急着出去玩的孩子,"振翅欲飞""急着要飞出去""迫不及待地飞走了",性子是够急的。而雄鹰妈妈呢——"再一次叮嘱""千万要记住""话还没有说完""哎——"和"追着""大叫",就像一个不放心孩子出远门的家长那样絮絮叨叨。杨红樱把握孩子的心理很准确,既知道故事主人公小雄鹰没有耐心烦儿,也知道小读者急于了解故事,遂不会任由雄鹰妈妈那样把好蛇沙蟒和坏蛇花条蛇的长相、习性、特征机械道来,那样呆板的讲述固然会把科学知识交代得很细致很"科学",但肯定会影响到小读者的阅读兴致。所以在讲述科学知识的时候该停下来就停下来,剩下的知识交由小雄鹰自己在实际生活中去探明真相,这类似于让孩子自己动手发现,故事也因此有了足够的成长空间:性急的小雄鹰果不其然先误抓了沙蟒,但小雄鹰粗中有细,在对沙蟒的审问和观察中取得了沙蟒习性和花条蛇习性的相关信息,而后抓住了真正的坏蛇花条蛇。小雄鹰吃花条蛇时还有追问:"你是坏蛇,我要吃你,你说应该不应该?"接下来叙述人一句"真是倒霉透顶,被吃还要说'应该'",就带有着点调侃的味道,令"枯燥"的知识介绍多了些滑稽,这是充分考虑到了小读者的接受心理的。作品总体上以挤牙膏的方式把相关科学知识一点点泄露给读者,前面讲述了那么多,不大长记性的小读者可能未必会记住多少,童话结尾小雄鹰言简意赅的总结"在沙漠里白天出现的都是坏蛇,晚上出来的都是好蛇",就类同于教师终结一堂课时的"总而言之"了。

《最后的晚餐》介绍生物系中的食物链,但并不循规蹈矩地讲述"大鱼吃小鱼,小鱼吃虾米,虾米吃水草"这么一个链条的存在,而是情节上一波三折,既惊心动魄,也饶有趣味。开篇营造了比较舒缓与宁静的童话意境："当晚霞映红了小河水，当村庄里升起了袅袅炊烟，当鸟儿叽叽喳喳地飞回了树林，蚂蚱也该进晚餐了。"如此温润柔情的叙述比较成功地把小读者带入到了故事的情境中。在很舒心的环境里却发生着一幕幕为生存而厮杀的残酷战争，舒缓与紧张的内在节奏并存，幽默、忧伤乃至惨烈的多种色调在此交融错杂，"食物链"上的各个角色间的对白也幽默简洁，变化多端，各富情态，一切有声有色。本来是一个夕阳西下鸟儿归巢的宁静和谐的傍晚，蚱蜢吃罢青草为"这顿晚餐吃得真舒服啊"而心满意足，一切都那么恬淡舒适，却不料这是他"最后的晚餐"了，因为蟾蜍出现了。蚱蜢面对"还没有吃晚餐"的蟾蜍的威胁，是想赶紧转移目标："这青草很好吃的，你快吃吧。"是不是让人忍俊不禁？蟾蜍当然不为所动："我不吃青草"，"你蚱蜢比青草好吃多了"；在蟾蜍迅猛地用完自己的晚餐后，却不幸遇上了自己的克星——蛇，就在被蛇追击逃亡的过程中，蟾蜍又遇上了一只鹰，如此腹背受敌，似乎已经处在了无路可逃的境地中，可是鹰却无意吃蟾蜍——"蟾蜍不合我的胃口，我喜欢吃的是蛇"，这又让蟾蜍有了一线生机："蛇就在我后面，你快去吃他吧！"殊不料鹰却抓住蟾蜍扔给蛇："请你吃晚餐吧。"似乎鹰和蛇结成了同盟，殊不知鹰只是送给蛇一顿最后的晚餐，以表示自己的不残忍而已；待蛇悲伤地吃掉蟾蜍，鹰再来一口口吃掉蛇；当鹰因为"吃得好饱啊"而心满意足准备展翅高飞时，情节再度来了个急转弯，猎人以枪终结了鹰的性命，为自己得到"丰盛的晚餐"而"脸上乐开了花"。童话在讲述上注重了各种角色的语言情态的相异和变化：蚱蜢是"一边吃着鲜嫩的青草，一边欣赏着又红又圆的落日"，蟾蜍是跳起来"在空中就把蚱蜢吃掉了"，蛇是"一口吞掉了蟾蜍"，老鹰是"扑过来，用利爪抓住蛇，一口一口地把它吃掉了"；蚱蜢、蟾蜍、蛇、鹰都在吃"晚餐"，但又都是自己"最后的"晚餐，也都不约而同成为上一链条的生物的"最后的晚餐"；这"最后的晚餐"到结尾变成了猎人的"丰盛的晚餐"，如此环环相扣，趣味盎然。而由"最后"到"丰盛"两个字的变化，不但宣告着这个食物链故事讲述的结束，同时也涵盖着诸多丰富的内容，它不仅仅是猎人餐桌上的，也一定指向了这场相生相克的食物链本身反映出来的故事内容的"丰盛"。一词之易，却显现出杨红樱的写作功力。

　　与《最后的晚餐》相映成趣的是《发生在月光下的战斗》。开篇同样是一幅很抒情和谐的沙漠夜景："沙漠的夜晚是很美的。如水的月光流泻在连绵起伏的沙丘上，就给白天看起来非常粗犷的沙漠蒙上了一层温柔的面纱。而从远处传来的鸣沙声又如哀怨的箫声一般，更给沙漠增添了几分神秘的色彩。"这样一个视听感受都"很美的"夜晚，令跳鼠和沙狐这一对天敌有了浪漫而悲情的邂逅，当沙狐夫妇消灭了跳鼠，"回到洞里的时候，太阳正从东方的地平线上一点一点地往上跳"，一个惊心动魄的故事随着时间幕景的转换而开始而终结。"新鲜的太阳，永远不会知道昨晚发生在月光下的战斗"，又将读者的思绪牵向邈远，得到的远不止于童话所传播的科学知识了，更有对自然界生命现象的思考。一场发生在月光下的原本激烈的战斗，到第二天天亮，却没有一丝残酷搏杀和生命消逝的痕迹，杨红樱有意给读者留下值得咂摸的意义空间。

　　《比胆儿大》的表达同样注意技巧。牙签鸟和虎雀这两只小鸟在各自报出自己的名号之后，却都无法因"胆儿大"而唬倒对方，于是找来乌鸦做裁判。这多像两个互不服气的小孩儿比试本事！牙签鸟飞到了鳄鱼嘴里吃牙缝里的鱼肉，"乌鸦吓得两脚发抖：'太可怕了，太可怕了！'"；看到虎雀敢到老虎口中抢食，乌鸦再次被镇住了：

　　"太残忍了！太残忍了！"乌鸦吓得不敢看，用翅膀捂住了眼睛。

待虎雀说出"老虎是我的朋友",牙签鸟说出"鳄鱼和我亲密得一天都分不开"时,乌鸦才对虎雀和老虎、牙签鸟和鳄鱼之间的特殊友谊恍然大悟,在这二者仍不相让不相服气的情形下,乌鸦提出新的比赛内容,倒是凸显了其叫人捧腹的智慧:

乌鸦对牙签鸟说:"你敢飞进老虎的口中吗?"又对虎雀说:"你敢飞进鳄鱼的嘴里吗?"

杨红樱在把鳄鱼和牙签鸟、老虎与虎雀这种特殊的强弱相依的关系告诉给读者的同时,还以换位思考的方式令这个童话充满幽默滑稽的味道:"这回,牙签鸟和虎雀吓得胆儿都没有了。"

《木房子,花房子》讲述的是小白兔成长为灰兔子的事实,冬去春来的季节变化突出了这个内容:冬天里,大灰狼追赶躲到木房子里的小白兔不成,发誓再来找小白兔和门前的雪娃娃的麻烦;春天来了的时候,雪娃娃融化成为一池塘水,成了几只黄毛鸭儿的乐园,小白兔则换上了灰衣衫,木房子因为鲜花绽放而成为了花房子。脑筋不会转弯的大灰狼依然要寻找往常得罪了自己的小白兔和雪娃娃,当然无法寻觅到,却还嘴硬地叫嚷:"我一定要找到那座木房子。哈哈,小白兔,你跑不掉了!"不懂得发展变化的"大灰狼"当然会演化成为一只"大笨狼":

灰兔哈哈笑呀,笑痛了肚子。他对远去的大灰狼大声喊道:"大灰狼,你真是一只大笨狼!"

"大灰狼——大笨狼!"

"大灰狼——大笨狼!"

小水塘里的黄毛鸭子也嘎嘎地叫个不停。

　　"嘎嘎地叫个不停"的黄毛鸭子在这里就像灰兔的帮腔者一样，强化着大灰狼是大笨狼的事实，令童话余音绕梁。

　　《奇妙的旅行》与其说是一篇科学童话，倒不如说更像一篇优美的科学散文。它以拟人的方式讲述了各种植物种子特殊的传播方式。在常人眼中没有什么生气的种子似乎变成了能主宰自己命运能游走四方的"神"人，她们借助各种方式"开始一次有趣的旅行"，因其具有了对自己命运的主掌权而令人过目难忘：榆钱儿的种子和蒲公英的种子"结伴起飞"，"一看到她们喜欢的地方，就降落下来，结束她们的空中旅行"；椰子是"穿着又硬又轻的游泳衣，从高高的椰子树上跳进海里"做一次海上旅行；车前草和苍耳的种子"是最幸运的旅行家，她们不花一点力气，却能周游世界"；柿子的种子呢，则"是最不幸的旅行家"了，她被鸟儿吃进肚中，"鸟儿日行千里。柿子的种子在鸟儿的肚子里，领略不到大自然的美丽风光，周围是一片黑暗。当她随着鸟儿的粪便排出体外，重见光明的时候，她已到了一个完全陌生的地方。而不管她高兴或不高兴，这里都将成为她的归宿"。篇末如是总结："种子的旅行真是奇妙极了。她们不坐火车，不坐轮船，也不坐飞机，却能驰骋陆地，远渡重洋，到处安家落户。"这既是对开篇"种子成熟了，她们将离开故乡，开始一次有趣的旅行"的呼应，也点明了"奇妙的旅行"的题旨。植物种子的旅行方式千奇百怪，而杨红樱多姿多彩的讲述方式也令这一切蒙上神奇的色彩，同时趣味横生。

　　很显然，杨红樱在科学童话写作中一直尝试着突破单纯讲述科学知识的局限性的努力，从而令她的写作融入更多自己的人生体验，以其生动洗练的文笔把自己对于友谊、快乐、爱情、亲情、教育、责任、生命等的理解灵动而智慧地表达出来。

四、新篇·新貌·新意

在从科学童话写作出
道之后，杨红樱不断拓展
文学道路，继而在抒情童
话、校园小说写作上取得
了更加令人瞩目的成就，
这并不意味着她就此远离
了科学童话写作的轨道，
杨红樱不过是在蓄势待发
而已，其对科学童话的
感情始终没有变化。2016
年，杨红樱又推出了两
部新作——中篇科学童话
《毛毛虫的天空》和《小
蝌蚪成长记》，王者归来
的她，再次以不同凡俗的
艺术功力给科学童话披上了盛装。

杨红樱著《毛毛虫的天空》封面

《毛毛虫的天空》是讲述不起眼的毛毛虫如何演化成美丽的蝴蝶
的。从内容上看，这是杨红樱早期短篇科学童话《梦屋》的加长版，
这两篇童话在精神上都与安徒生童话《丑小鸭》有相通之处。而很
多《梦屋》未及展开的内容在《毛毛虫的天空》里都得到了充分的
释放与表达。以传递的科学知识而言，《毛毛虫的天空》对蚯蚓的
生活习性、蝴蝶一生、蝴蝶翅膀上黑色眼斑的功用、昆虫授粉、蛹
房搭建、嫦娥奔月的传说等均有巧妙细致的介绍，这些是《梦屋》
没能做到的。就采用的写作手法而言，先抑后扬、循环往复以及参
照对比均为《梦屋》《毛毛虫的天空》所动用。《梦屋》起始，长得

又丑又可怕的毛毛虫惊叹于一只花蝴蝶的美丽，向往鲜花盛开的河对岸而向这只花蝴蝶求助时，却遭到了对方的嘲讽，但毛毛虫绝不因此而死心，且为了梦想而给自己修造了一座做梦的房子（亦即蛹房），最终梦想成真；在童话结尾，当另一只同样有着美好梦想的毛毛虫向她求助："蝴蝶姐姐，请把我背到河那边的芳草地去吧！"她可没有像早前那只花蝴蝶那样给以恶意嘲讽，而是投去关注和鼓励："你可以自己飞过去的"，还把毛毛虫带到自己那座透明的白房子边："给自己造一座梦屋，到里面去做梦吧！等梦醒的时候，你的愿望就实现了。"作品一面肯定了梦想——愿望的必要，一面也让人看到了对梦想的实现必须有着对梦想的锲而不舍的坚持和努力行动。较之《梦屋》，《毛毛虫的天空》在表达上要更细腻更曲折也更优美更从容，内涵也更丰富。《毛毛虫的天空》中，毛毛虫化蝶的梦想是一点点生成的，最初她只是单纯希望寻找朋友，可是她丑陋的外表导致其友情需求一再受阻，小蚂蚁是被她的外貌吓跑，七星瓢虫是不屑与她交友，恃强凌弱的蚯蚓回应了毛毛虫的交友请求，却在玩赛跑、扭身体和捉迷藏等游戏过程中借机耍弄了一番毛毛虫，毛毛虫还是得不到她所期待的平等的友谊。显然，童话首先涉及了友谊话题：该和什么样的人交友，交友是否要以貌取人，朋友之间该如何相处，诸如此类都得到了很好的演示。毛毛虫在意识到自己又丑又胖又可怕后，在见识到金蝴蝶的美丽翅膀并听闻其所讲述的外面世界的精彩后，毛毛虫自然而然地渴望脱胎换骨，希望拥有美丽的翅膀，但这遭到了盛气凌人的金蝴蝶的无情奚落，好在另外一只花蝴蝶却给予了毛毛虫以热情的鼓励。显然，《梦屋》中毛毛虫所遭遇的那只美丽而高傲的花蝴蝶被拆分成了两个对比异常鲜明的角色，他们在毛毛虫梦想的成长过程中所起作用截然不同：其一是骄矜的金蝴蝶，他是毛毛虫梦想的开启者和扑杀者，金蝴蝶早就忘记了自己的翅膀是怎么长出来的，把自己的出生地——小河边青草地视作鬼地方，嫌弃毛毛虫更无情地打击毛毛虫的梦想，有意味的是，金蝴蝶在后来对毛毛虫化成的年轻蝴蝶的美丽赞不绝口；其二是友善的花蝴蝶，她是毛毛虫梦想的孕育者和见证者，花蝴蝶没有忘本，对生长了自己的小河边青草地充满了感情，热情招呼毛毛虫并明确表达了自己对毛毛虫的喜爱之情，精心呵护毛毛虫的梦想，为毛毛虫建成了蛹房而欢欣鼓舞，花蝴蝶身上显然还有着《梦屋》中蝶变后的毛毛虫的影子。金蝴蝶和花蝴蝶就形同两个教育者，他们对待毛毛虫的态度不但显露各自性格与为人，还会对领教者的人生道路作用甚巨。如何对待别人的梦想？是尊重、引导，还是奚落、扼杀？如何对待自己曾生活的土地？是数典忘祖，还是衷心爱戴？《毛毛虫的天空》中所涉及的理想教育、赏识教育和感恩教育，都分外引人深思。

《毛毛虫的天空》让毛毛虫梦想的生成一波三折，对毛毛虫作茧自缚建造蛹房的过程讲述得很详尽，有毛毛虫不辞辛苦不畏阻挡的努力的描述，也涉笔七星瓢虫、蚯蚓、蜗牛对毛毛虫建蛹房行为的围观与不理解，还有毛毛虫建成蛹房后让自己的梦想藤蔓得到无限生长的"梦境"书写，而这梦的书写融汇了缥缈与真实，既有对其昔日梦想生长的回放，也有对当下成长过程的记录，还有对未来多种美好可能的营求，譬如藤蔓向上生长过程中听闻小鸟音乐会、遭遇恶鹰觊觎、与流云同飞、在彩虹桥攀爬、到月亮上睡觉、在千奇百怪的星球上旅游观光……《梦屋》没能充分展示的"梦"在《毛毛虫的天空》中虚实结合地得到了淋漓尽致的演示。还有，《梦屋》只专注于"梦"（梦想）和"屋"（实践梦想）的表达，而《毛毛虫的天空》在对蝴蝶不同阶段诸种形态的观照中还引入了相关的生命教育，涉及了蝴蝶生命的衰老、终结及孕育新生命等严肃话题，这个生死话题既沉重无比，也因为关乎生命的孕育和希望而值得欢欣。童话同时还将许多朴素的人生道理融于其中，比如有对劳动的赞美，花蝴蝶这样解释自己为什么会每天辛勤传授花粉："活在世上，总要做点事情。如果什么都不做，多无聊啊！"有对自立自强的鼓励，花蝴蝶这样对向自己求助的毛毛虫表示："不用我背你，你自己就能过河去""总有一天，你会长出翅膀来"，其中所蕴藏的做有为之人、做有益之事、独立自主和守卫梦想的意识都耐人寻味。毛毛虫为了长出翅膀来，承受了很大痛苦，遇到很多危险，在能够自由飞翔的时候，生命也行将结束，毛毛虫的一切努力是否白费？其追求的意义或者说生命价值何在？这可能会令小读者产生困惑，杨红樱完全注意到了这一切，所以在童话结尾对毛毛虫昂扬向上的人生姿态给出了积极而肯定的评价："这个世界，她来过。虽然短暂，但极其灿烂。"这点睛之笔在令儿童读者意识到了毛毛虫拼搏进取精神的可贵的同时，也明晰了人生究竟应该怎样度过。

《小蝌蚪成长记》文如其题，就是细致讲述小蝌蚪的成长过程的，这是该童话所要传达的核心科学知识，但与通常同类科学童话的绝大不同之处在于，其中不但有小蝌蚪生理成长的过程介绍——小蝌蚪如何先是长出后腿，然后长出前

杨红樱著《小蝌蚪成长记》的封面

腿，最后尾巴消失了的，更有对小蝌蚪心理成长的热切关注，这篇科学童话因之能够延伸出来浓厚的唯美、抒情、哲理色彩。童话中，小蝌蚪小音符从鲤鱼精那里听说会有一位帅气的青蛙王子在远方绿色的田野里等待自己，遂开启了爱情寻觅之旅。杨红樱在这样一个历经千辛万苦去远方寻找青蛙王子的故事中融进了太多值得细细咀嚼和深入开掘的东西——信念、成长、友谊、爱情、理想、责任、道义；同时，如何辨识娃娃鱼，怎样区分鸭和鹅，青蛙和癞蛤蟆有着怎样的不同，大嘴鱼是如何进食的，尾巴之于鱼有着什么样的作用，这些有趣的科学知识点均被包孕其中。上述一切都是在很精心有趣的情节设置中自然而然地透露给读者的，真正做到了含而不露。在小音符的成长过程中，一路上固然有水陆两栖惬意生活的诱惑，有汹涌漩涡的遏止，有轰轰巨响的瀑布的阻挡，有被大鱼吞食的危险，有被小鱼误认的不解，有自身无腿无脚时候的烦恼，有成长中"遗失"尾巴后的慌张，有自我身份认定的困惑，但对未来的美好憧憬、对信念的执着追寻，对使命和责任的清醒认知，还有来自同伴友谊和温暖的一路陪同，都强力支撑着小音符的生命追求，其最终得以如愿完成生命形态的转换。童话对两个小蝌蚪的命名形象逼真，其一是小音符，其二是小逗号，这里当然有对蝌蚪形体上与音符、逗号相似的考量，但也必然牵涉到杨红樱对两个走向未来并不断寻索和行动的小生命的心理形态、行为方式的认知——小生命有如音符般快乐，有如逗号般不停歇，充满了激情与梦想，亦欢呼雀跃着走向人生的大舞台。童话对小音符追求爱情的描写引人注目，小音符是在对美好爱情有了好奇与憧憬而开启寻觅之旅的，到达远方的田野后才恍然原来爱情就在身边，真正的青蛙王子是一路上同甘共苦生死相依的小逗号，小音符爱情看似获得得迂回曲折，但这一切恰如其分地说明了爱情是怎样萌发与成熟的，这是杨红樱给孩子们上的一堂非常必要的生动活泼的爱情教育课：爱情是美好的，值得付出努力去追寻；爱情意味着志同道合，双方要有共同的人生目标和价值观；爱情是默默持久的陪伴，共同栉风沐雨，共享雾霭彩霞。

从《毛毛虫的天空》和《小蝌蚪成长记》的写作来看，杨红樱善于发挥己长，不断推陈出新，开辟了科学童话写作的新天地。进而言之，杨红樱这些年的写作一直是在致力于"打通"的工作——打通文体界限、打通学科壁垒，最终要解决的问题是如何在文学写作中含而不露地向孩子们传输他们所应该知道的知识、道理和趣味。就譬如其童话《偷梦的影子》让小说《小男生杜歌飞》和《小女生金贝贝》中杜歌飞和金贝贝这两个可爱的孩童担当起了和小人精"共舞"的重要角色，再如其将小说《淘气包马小跳》中的马小跳、杜真子、夏林果、安琪儿等诸多人物以及早年童话中的笨笨猪、乖狐狸、仙女蜜儿、小音符、小逗号等脍炙人口的形象也都别出心裁地安放到童话《笑猫日记》中，在虚虚实实的奇幻表达中实现了小说与童话的相互融通。以科学童话写作而言，杨红樱就一直致力于科学童话的科学性与艺术性的相融相通，我们通常所谓"科学童话"或"抒情童话"的文体命名，都实际上人为地造成了童话疆域的画地为牢、各自为政，在这个意义上再来理解杨红樱对自己科学童话写作的解说，再结合其对童话科学性和文学性两方面的"度"的精准把握，可能就会理解其良苦用心了："对'科学性'本身我只有敬畏，不懈地学习。而文学性，也是心力与功力所至的。达到自然和谐的表达，的确在艺术上是苦心经营的。"在科学童话写作中，科学性和文学性是不应该对立的，或者进一步说，我们没必要将童话做出"科学童话""抒情童话"等的人为切分。故此，杨红樱让科学童话的"科学"不仅仅关涉形态各异的自然风物的道理规律，亦意涵无穷地使其直接与人类社会科学的宝贵财富相关联，其童话中的"科学"事实上为自然科学和社会科学同时架起了一座沟通的桥梁，"落霞与孤鹜齐飞，秋水共长天一色"，杨红樱以其丰富的科学知识储藏和手中变化万千的艺术魔棒为读者构筑了一幅科学与艺术并驾齐驱、相得益彰的美好图景，并对此进行了最优美灵动的科学而艺术的表达。

五、塑形·塑神·塑人

一直以来，杨红樱都能潜下心来考察研究生活于海陆空的各种动物、植物和自然现象这些在常人看起来比较枯燥乏味的科学知识，再想方设法把这些知识转化成具有丰富幻想力和美妙故事的科学童话形式，实现着科学与童话、现实与幻想、真知与哲思之间的完美统一，其在科学童话写作上的卓异表现，其对科学童话的形态塑造，都值得人们的尊敬。

论起杨红樱对科学童话的巨大贡献，主要有以下几方面。

首先，扩展了科学童话的篇幅。在杨红樱出现之前，科学童话从篇幅上来说通常都是短小的，而杨红樱的三部长篇科学童话《寻找美人鱼》《再见野骆驼》《森林谜案》和中篇科学童话《背着房子的蜗牛》《毛毛虫的天空》《小蝌蚪成长记》等，相当程度上改变了一直以来中国中长篇科学童话创作上长期瘠弱的局面，令科学童话这一宝贵的品种有了更长足的发展，从而令科学童话的知识含量得到了最大限度的扩展。

其次，延伸了科学童话的唯美品质。通常，当读者通过科学童话获得了科学知识后，科学童话本身存在的意义就丢失掉了，即所谓"得意忘言""得鱼忘筌"或者"登岸舍筏"。而杨红樱让科学童话的艺术性更高更强，让科学童话的精神内涵得到了最大限度的开发。杨红樱积极应对科学童话这一文体的尴尬生存处境："科学童话本身很容易两边都不讨好。科普读物那边会认为太文学，文学读物这边又认为太科学，像我那种文学意味特别浓、故事性特别强的科学童话，有很多人以为它只是优美的童话。但我坚持认为，那些优美的童话就是科学童话。"杨红樱科学童话中的"优美"源自哪里？这不仅仅来自她文字上的优美、故事的繁复曲折，更要紧的是来自她内心中流露出来的淡定和智慧。日本儿童文学作家新美南吉曾经说过："我的作品包含了我的天性、性情和远大的理想。"同样的，在杨红樱的科学童话里，我们也能够读出她的"天性、性情和远大的理想"。

其三，丰富了科学童话的哲理表达。在杨红樱那里，科学童话不再"小儿科"了，不再局限于科学知识的传达，杨红樱科学童话不但有诗情的文学之美和美的意境的展露，更有哲理意蕴的开掘，真正做到了言而有文、行之久远，在注重知识性的同时，更葆有了趣味性、艺术性和哲理性。杨红樱善于在写作中以人文精神烛照各种生物的生命状态，不但让小读者能够见识到形形色色的生命形态，更经由此开启了接受生命教育和爱的教育的有益旅程。譬如杨红樱的《梦屋》讲述的是完全变态的昆虫蝴蝶是如何从幼虫到蛹再到蝴蝶的蜕变过程的。但杨红樱又远不止于要传达这个科学知识，更想借机很形象地传递一个人生哲理。在她笔下，原本毛乎乎讨人嫌的毛毛虫颇似安徒生笔下的那只丑小鸭，历经了执着的追寻而最终成长为一只美丽的花蝴蝶，实现了自己去河对岸的芳草地的梦想。当毛毛虫遭遇到外界嘲笑后，内心世界依然强大，"没有停过她的芳草梦"，"已不再孤独，也不再忧伤"，在毛毛虫实现理想完成花蝴蝶的美丽蜕变后，她也保持着从容淡定的姿态，没有忘记自己是从河这边阴暗潮湿的草丛里飞出去的。毛毛虫的成长与淡定，都不能不让人联想到杨红樱本人的经历与心性。她是这样来定义"成功"的："我对成功看得很简单，就是你做了自己想做的事，然后要使自己过得幸福、快乐。"结合这些，再来品读杨红樱的作品，她的心性多么鲜明而又自然而然地流泻在了作品当中！

科学童话的形态完全可以多种多样。那种急巴巴地告诉读者科学事实或者道理的偏重科学性写作的童话，是至为常见的。但还应该有像杨红樱那样或偏重文艺性或偏重主体性表达的科学童话：或者轻松舒缓地向人娓娓讲述科学知识兼传递生活哲理，或者将"物"的成长与个人生命形态融会贯通。杨红樱的科学童话写作让我们对科学童话这一文体有了更多的期许。

当然，科学童话也塑造了杨红樱的写作。

其一，科学童话写作锻炼了杨红樱童书写作的技巧。谈到科学童话创作对自己创作的影响时，杨红樱明确表示："如果在我创作初始不是写科学童话，那我的小说绝对不是今天这样的。多年的童话创作，为我后来的小说创作做了很好的铺垫。比如叙述语言的能力、构建故事的能力、收放自如的想象力，在这期间，都得到了很好的锤炼。"

其二，科学童话写作引导了杨红樱童书写作的内容。在科学童话深入骨髓的熏陶下，杨红樱日后的童话创作和小说写作浸淫着科学童话的精神，常常有意无意"掉掉"科学的"书袋"。在校园小说《女生日记》中有一篇《一堂生理卫生课》，讲述的是罗老师为正处在青春发育期的男女孩子们上了一堂生动的生理卫生课，让孩子们懂得了女性的正常生理卫生现象，这些内容毫无疑问就是科学知识的植入，但插入的这堂科学知识课非常自然，属于顺理成章，因为这是在南柯梦初次月经来潮、身体不适而和男生吴缅发生矛盾撕了他的游戏书之后；在解决男女同学之间的矛盾上，罗老师作为教育者有她特殊的考虑，于是来了这样一堂让孩子们略略脸红但又至关重要的公开课。单纯来看这一节的内容，杨红樱不单纯是要宣讲科学常识，进行性知识的启蒙，更要从中阐发新意——希望以此增进孩子们对于彼此的了解、增加友谊，更是要借此特别提醒男孩子建立起小绅士的风度来："我希望你们知道了这些秘密之后，能够更加尊重女性，更加爱护你们的妈妈，更加关心和体贴女同学。"小说中，受过教育后的吴缅就很幽默地表示：他不但不会生南柯梦的气，"还要每个月为她准备一本书，请她撕"，显现出小绅士的风度来，这就让人看到罗老师进行性教育的良好效果。杨红樱恰到好处地为这本女孩成长的启示录添加了许多耐人寻味的内涵。在《五·三班的坏小子》中的一节《是真是假》中，吹牛大王米老鼠吹嘘自己的沙漠奇遇，引发全班同学"是真是假"的大讨论后，教地理课且去过沙漠的葛老师拿出整整一堂课的时间来对于鸣沙山、月牙泉、风蚀蘑菇等沙漠自然现象进行非常权威的解释，这既是情节所需，也是作家借这本儿童小说对科学知识的巧妙普及。这也是属于科学童话对于杨红樱校园小说写作影响之一例。在"淘气包马小跳系列"中，我们也能清晰地感到杨红樱丰富的科学知识储备。比如《寻找大熊猫》里面介绍了不少大熊猫的习性：熊猫宝宝生下来只有六七十克重，熊猫每天要吃十五公斤左右的竹子，每天要拉八九十堆屎；它有时候也会吃铁，以此大熊猫有个别名叫"食铁兽"，它还叫"花兽"；写到人类扩张对熊猫栖息地的破坏；讲解了竹子寿命不超过十五年、竹子开花就会死亡的常识，还讲到了大熊猫的迷你型亲戚红熊猫，金丝猴和熊猫的分布区域几乎完全相同，有熊猫的地方一般也会有金丝猴；大熊猫的粪便色泽翠绿、气味清新，这是因为大熊猫的食谱单一、几乎只吃竹子；而小说结尾马小跳赠与美国小朋友温迪的礼物便是可作为艺术品的熊猫粪便。在《暑假奇遇》和《宠物集中营》中，杨红樱同样为我们普及了环保知识和有关宠物习性的常识，让我们认识到许多保护宠物、善待宠物的有趣且好玩的科学知识。在《孔雀屎咖啡》中，则介绍了猫屎咖啡、孔雀屎咖啡的来历，也就是让猫或孔雀吃咖啡豆，拉出来的屎是没有消化的咖啡豆，用这样的咖啡豆磨出来的咖啡就成了猫屎咖啡、孔雀屎咖啡。至于与自然界有着密切关联的"笑猫日记系列"，猫、老鼠、狗、乌龟、猴子这些形象纷纷进入书中甚至成为主角，而且他们的习性特点会很自然地挥洒在童话中，天衣无缝，这更得益于杨红樱最初始的科学童话创作和有关知识储备。其中的《樱桃沟的春天》就讲述了独居的大熊猫之间全靠气味来传递信息，有的成年的雄性大熊猫在恋爱季节会倒立起来撒尿，借此将自己的气味更远地传递给雌性大熊猫；而且，大熊猫的恋爱季节特别短，一旦错过今年，就只能等明年了；樱桃树在结樱桃之前开的花就叫山樱花，与只开花不结果的供观赏的樱花树全然不同。《小白的选择》中，笑猫向求知欲颇强的孩子们讲述了雪和霜的区别，讲到了雾的形成，还有冬至和夏至是怎么回事。再如《会唱歌的猫》中，笑猫给二丫讲述了圣诞树和圣诞礼物由来的两个传说；《戴口罩的猫》中有关新冠疫情的知识讲说，艺术地体现了新冠病毒是人类共同的敌人，有效演绎了人类命运共同体的理念；《大象的远方》在恰到好处地展开母爱、成长、感恩和理想等诸方面的教育的同时，对大象生活习性和特点、亚洲象和非洲象的区别等进行了自然而然的铺展讲说；《笑猫在故宫》让笑猫和老老鼠从翠湖公园出发开启了神奇的故宫探秘之旅，以笑猫的见闻详细交代了故宫的风物、历史、建筑等方方面面的知识，还顺带科普了南北气候差异、万里长城、故宫御猫、乌鸦神鸟、铜壶滴漏、满汉全席等天文地理知识，巧妙地展现了中华传统文化的五光十色。再以杨红樱为学龄前儿童创作的 40 册系列启蒙图画书《熊猫日记》来说，不仅介绍了中国独有的珍稀动物大熊猫的生活习性，还以日记体形式向小读者讲述多姿多彩的生命形态、气象万千的自然现象和底蕴深厚的传统文化……要知道，杨红樱可没有一点借此"炫耀学问"的意思，这一切只是她信手拈来，与小说或童话的情节完美自然地融合在一起，令读者在轻松的阅读中一举多得，既获得了趣味，又增长了见识，还赢得了智慧。

其三，科学童话写作塑造与强化了杨红樱的读者意识和文学观念。杨红樱由科学童话写作知道了应该怎样面向小读者讲好一个故事，"因为写科学童话，我有足够的知识储备，大量的知识信息会渗透在今天的小说创作中，这也是孩子们爱读的一个原因，因为他们的年龄特征，有一点就是求知欲太强了。"杨红樱更由此意识到了自己作为童书作家而肩负的责任："因为儿童正处在成长期，所以童书作家背负的责任非常大。我认为好的童书，应该兼容情商、智商、玩商这三方面的元素。把对儿童的性情培养、知识传达、有趣的故事有机地融为一体，这是童书作家应该努力做到的，也是童书写作的难度所在。"杨红樱非常注意读者的阅读感受，在有效传输自己所要表达的题旨、信息的同时注意把握孩子们的阅读心理、考虑他们的阅读需求，这是她后来能凝聚巨大人气的一个重要因素。

其四，科学童话写作培养了杨红樱严谨求实的写作精神和对艺术、科学孜孜以求的态度。杨红樱写作态度的认真，不仅仅是她"笨"的天性使然，也得益于科学童话写作的训练。当写作"淘气包马小跳系列"的第二十册《小英雄与芭蕾公主》时，本来初稿已经完成，但因为杨红樱不满意而对这部作品推倒重来。保证艺术质量，这是杨红樱一直注意和坚持的："我对于自己的要求是，如果有下一本的话，一定要比前一本写得好，绝不硬写。所以写作的时候我也常有如履薄冰的感觉。"

杨红樱科学童话对"人"的塑造，则有这样两点值得注意。其一，杨红樱科学童话塑造了一系列生动丰满的文学形象。《背着房子的蜗牛》中封闭自守的蜗牛先生，《梦屋》《毛毛虫的天空》中为理想执着追求的毛毛虫，《寻找美人鱼》中会潜水而漫游大海的小蛙人和逃出渔民罗网、通晓各种海洋知识的鲫鱼波卡，《森林谜案》中智勇双全、有情有义的神犬探长和足智多谋、才学渊博的青蛙博士，《再见野骆驼》中在沙漠中探险的男孩米奇和向导鸵鸟巴巴、猎狗哈奇，《小蝌蚪成长记》中的小音符、小逗号等等，他们都是让人无法忘怀的文学典型，与杨红樱后来的《女生日记》《男生日记》《仙女蜜儿》《淘气包马小跳》《笑猫日记》中的冉冬阳、吴缅、蜜儿、马小跳、笑猫和老老鼠等文学典型同样深入人心。其二，杨红樱科学童话对儿童读者的塑造。她以科学童话给孩子打开了一片知识的天空、插上一双文学的翅膀，让他们自小对科学童话、对科学、对文学都有了比较清晰的认识和瑰丽的想象。杨红樱的科学童话给孩子们留下的记忆是美好的，不仅仅是传输了大量宇宙自然的科学知识，培养了孩子热爱科学的习惯，更重要的是，在科学童话中，她以渊博的知识、独具的才情、深刻的哲思最大限度地满足了孩子的求知欲、塑造了孩子们的心灵。

所以，最初，是科学童话塑造了杨红樱，引领她走上了科学童话写作的道路；而随着杨红樱写作眼界和能力的不断拓展，她也非常有力度地"塑造"了科学童话的形态和注入了个我的精神，其科学童话打上了其鲜明而个性的生命胎记，为后来的写作者们留下了值得学习和效仿的榜样。毫无疑问，在科学童话这方天地中，杨红樱是佼佼的领军者。

第三章

化为甘雨济田苗——杨红樱抒情童话论

从科学童话写作过渡到抒情童话写作，在杨红樱来说，这是一个必然。自始至终，她的科学童话本身就带有浓厚的唯美色彩、蕴含丰富的哲理。杨红樱先后写有《亲爱的笨笨猪》（1989年）、《流浪狗和流浪猫》（1992年）、《寻找快活林》（1993年）、《没有尾巴的狼》（1994年）、《那个骑轮箱来的蜜儿》（1998年）、《七个小淘气》（1999年）、《迷糊豆和小人精》（2000年）、《乖狐狸》（2001年）和《神秘的女老师》（2002年）等抒情童话，这些以"爱"与"善"为主题的作品有许多被选进各类小学生课外阅读读本中，为其赢得了数不胜数的荣誉：《寻找快活林》在1992年获得海峡两岸童话小说征文优等奖第一名，《欢乐使者》1993年获得海峡两岸童话小说征文佳作奖，童话集《寻找快活林》1995年获冰心儿童文学奖，《猫小花和鼠小灰》1997年获海峡两岸童话征文一等奖，《三只老鼠三亩地》1998年获全国少儿报刊联合征文佳作奖，《小红船摇啊摇》1999年获日本小松树奖，《最好听的声音》2001年获海峡两岸童话征文一等奖……有很长一段时间，《世界日报》《国语日报》《民生报》等几家"认稿不认人"的海外报纸，都特别爱发表杨红樱的童话，还给她开了专栏。

2019年，杨红樱这些温馨纯美的童话入选"经典中国国际出版工程"项目，随后陆续被日本译者中由美子翻译成日语，由美英两国汉学家凯尔·大卫·安德森、托马斯·普莱斯等翻译成英文，由苏菲·艾达、伊莎贝尔·辛姆莱尔、夏洛特·加斯托等法国童书插画师绘制成精美绘本，成为中国儿童文学、中国文化"走出去"的成功案例。可以肯定的是，这些醇厚优美的东方童话将会点亮全世界孩子的童年，助力他们的精神成长。

一、爱的教育

在对科学童话这一文体的把握和写作中，杨红樱意识到了童话的妙用，懂得了如何通过曲折往复的故事和角色的命运，来完成诸多严肃命题的表达。而表达"爱"、书写"爱"、让儿童懂得"爱"，这些一直是杨红樱抒情童话的着力点。

《最好听的声音》就让我们看到杨红樱对于"爱"的书写和放歌。首先，这篇童话中的"爱"指的就是男女之间你喜我欢、你情我愿的爱情：打鼓国的人们是在鼓声里长大的，都没有听见过任何其他的声音，所以他们会认为世界上最好听的声音就是咚咚的鼓声，当公主到了谈婚论嫁的年龄时，国王要选择打鼓声"差点儿把天惊破"的人做驸马，而一位"骑白马的小伙儿"，仅仅是以一句轻轻的"我爱你"就征服了公主。其次，也是更重要的，这篇童话里的"爱"指向的是更广泛层面的爱。"我爱你"让打鼓国的人们听到了"世界上最好听的声音"："街上的人都拥抱起来。后来从没断过的鼓声也没有了，人们不用大声地说话。"爱的私语惊天动地，爱的力量无比强大，真正能够以柔克刚，可以感动着人们相继加入到爱的接力赛中。最终，喧嚣吵闹的景象被温馨和谐的美好所替代。从这篇童话中，我们能体会到写作者对于爱情的憧憬和寻找、对人间之爱的理解和认定。不消说，这篇童话所吁求的"爱"好像有些抽象，或者说还不能把杨红樱彼时对爱的深刻理解和感受表达殆尽，但童话本身带给人的启迪却是无止境的，内涵是丰富的，在看似简单中

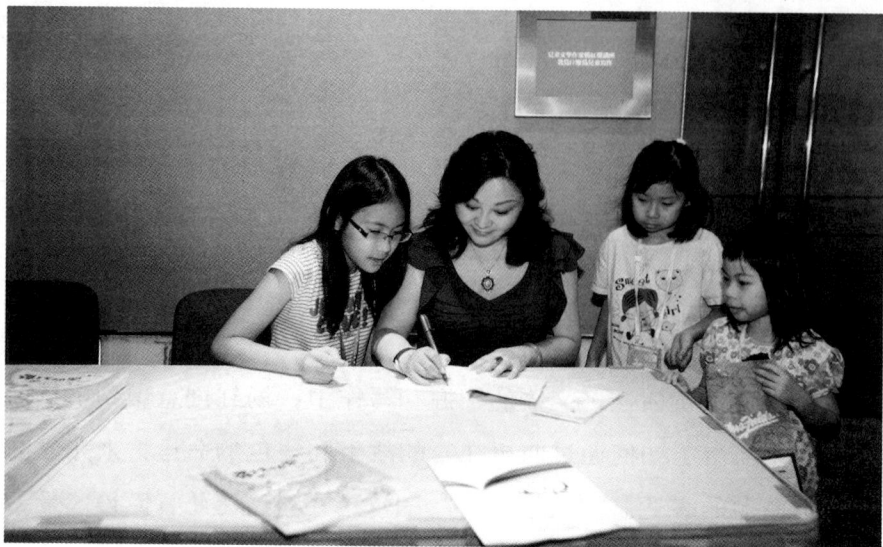

杨红樱和香港的小朋友在一起

实则寓含着不简单。一旦投入了真情，哪怕是轻声漫语也要远远胜过那空洞情感的声嘶力竭。

《亲爱的笨笨猪》则将"爱"具体表述为对生活环境之爱、对身边人的爱、对生活的爱等内容。童话结尾，笨笨猪因为着急去接妻子巧巧猪，遇见了好朋友小灰狼，于是托他把鸡外婆捎给七只小鸡的七个吻带回给小鸡们，急着要看足球比赛的小灰狼又把这个重任交付给了小白兔，从而改变了这两个"宿敌"之间的关系。在杨红樱富有感染力的叙述中，白兔妹妹在小灰狼"吻"的神力的作用下觉悟到了世界的可爱：

　　她抬头看看天，天蓝得可爱；看看地，地绿得可爱；看看花儿，花儿红得可爱。

　　"这世界真可爱！"

　　"是呀，这世界真可爱！"

　　白鹅大哥以为白兔妹妹在说梦话，随声附和道。

"白鹅大哥，你也非常非常地可爱！"

白兔妹妹突然张开双臂，抱住白鹅长长的脖子，在他脸上"叭叭"地吻了七下，"哆来咪发梭拉西！"

于是，白鹅大哥又把吻传给了自己爱恋了好久的白鹅姑娘，一段美好的爱情得以发生，接下来婚礼的举行让这段爱情以及欢乐村庄里的人们的美好感情都得到了升华，欢乐在浪漫中传递，友爱在和谐中接力，最终谱成一曲感动世界的欢乐之歌：

不一会儿，欢乐村庄的村民们便载歌载舞地来了，他们把芬芳的玫瑰连同美好的祝愿，大把大把地抛撒给新郎和新娘；把一只只色彩缤纷的花环，套在新娘和新郎的脖子上，祝福他们亲亲爱爱，永不分离。

新郎和新娘紧紧地拥着，在浮满玫瑰花瓣的河面上跳起了婚礼圆舞曲。他们不停地亲吻着，不停地唱着哆来咪发梭拉西。

来参加婚礼的村民也跳起了欢快的圆舞曲，他们一个接一个地交换着舞伴，相互热烈地亲吻着，放声高歌着哆来咪发梭拉西。

你看——

小灰狼和白兔妹妹跳，好像兔子从来就没有怕过狼；狐狸先生在和鸡妈妈跳，好像他从来就不曾咬过她的孩子；猫咪咪小姐在和秃尾巴老鼠跳，好像他们从来就是一对要好的朋友……大家是那么友好、亲密。

当笨笨猪和巧巧猪夫妇俩省亲回来，他们也加入到了狂欢的跳舞行列中，欢乐的歌声久久地在欢乐村庄的天空回荡。原本有着隔膜彼此还有着些许戒心的动物们学会了爱的表达，相互传递着友爱、信任和欢乐的讯号，欢乐使者是自笨笨猪开始的，但发展到后来，人人都成为了欢乐使者，人人都在欢乐的传递中获得了欢乐。这幅全民同庆的欢乐美景是在欢乐的歌舞中展开的，也是在笨笨猪"哆！来！咪！发！梭！拉！西"的欢快歌声中结束的，给我们留下了许多遐想的空间，也让我们看到杨红樱对善良与美好的肯定与坚信。而这个没有世故并不复杂的"欢乐村庄"，让我们能真切感受到杨红樱的乐观性情：对生命的礼赞，对生活的热爱，对美好未来的允诺和向往，对人性善的坚定信仰。

杨红樱笔下的"爱"实则千变万化，与"尊重""助人""无私""包容""美丽""和谐""信任"等诸多内容关联着。杨红樱特别喜欢用对比方式让孩子们懂得爱的语言、知晓爱的力量。《魔力》中，红狐姑娘与黑猪姑娘就形成了鲜明对比，红狐姑娘虽然有好看的外表和优美的舞姿，但是因为态度轻蔑、待人严苛和傲慢，并不能得到他人的认可，黑不溜秋的黑猪姑娘却能带给别人灿烂的阳光，让快要凋谢的玫瑰花再次绽放，令摔倒的小孩儿感到了妈妈的手，让爱比美的孔雀展开了羽屏，这一切源于黑猪姑娘所散发出来的真诚的笑容，这就是她的魔力。原来，爱是要懂得尊重和欣赏的，爱也是需要向这世界、向人们发出真诚微笑的。《舞会皇后》中，姐姐一门心思涂脂抹粉装扮自己，希望自己能斩获荣誉却没能如其所愿；妹妹披星戴月辛苦劳作，一心一意把月亮湖打扮得无比美丽，舞会皇后的桂冠实至名归地落在了她的头上。这篇童话同样具有多义性：第一，劳动者最美丽，他们改造世界的辛勤劳作最动人；第二，外表美丽固然让人悦目，但是真正的美丽是写在人的内心和行动上的；第三，荣誉、利益等外在的东西无须人们刻意追索，一切都会水到渠成。《小红船儿摇呀摇》中，在树林里玩耍的小丫因为生怕自己的脚步声惊飞蓝鸟，遂脱下红皮鞋，结果一只红皮鞋掉在了大树下。遗失东西是一件令人遗憾的事情，故事虽然以"遗憾"开始，却是以和谐结束的：蓝鸟因为被蛇所伤而躲进了红皮鞋中逃过

杨红樱著《小红船儿摇呀摇》封面

一劫，好心的乌龟爷爷把这只"小红船"推进了小河里，"轻柔的月光爱抚着蓝鸟的伤口，每一颗星星眼睛都充满了爱意，关切地注视着蓝鸟"，"小河的水泛起微微涟漪"而减轻蓝鸟的伤痛，红鲤鱼又把小红船护在中间"浩浩荡荡地护送蓝鸟去交好运"，小丫家的白鹅看见小红船，向小丫通风报信，"小红船来到小丫的脚边，再也不往前行了"，小丫发现蓝鸟而捧着她去养伤了。最终，缺憾变成了圆满——小丫对蓝鸟的呵护之情为红皮鞋所承载着，蓝鸟凭借着红皮鞋交上了好运，红皮鞋还得以物归原主。红皮鞋成为爱的"小红船"传递着"爱"。《粉红信封》中，翡翠森林王国的动物们学会了赔礼道歉，懂得了原谅，为着鸡毛蒜皮的小事而争斗的一切情形全部消失了，"今天的森林特别美丽，动物们也特别可爱"。《巧克力饼屋》中，住在用巧克力饼做的小房间里，做的梦也会是香香的、甜甜的，老鼠唧唧和吱吱本来要去吃巧克力饼屋的，但当住到里面，也获得了心灵的净化。《只有一个太阳》中，十二生肖动物国原本各自画地为牢、谁也不服谁、老死不相往来，但在飞猫的调停下，相继拆除了高高的城墙，这才发现"天地是那么大，朋友是那么多，要干的事情好像永远都干不完"，各动物国的动物们得以在同一个太阳的照耀下，自由自在地在山上山下随意快活地生活着。《大脚鸭》的结尾同样是一幅众生狂欢的和谐景象，大脚鸭开始一个人不被看好的舞蹈到后来演化成为整个广场上人们的集体共舞。

需要提到的是，杨红樱在写到狼、狐狸、猪、熊、老鼠等已经长期为社会普遍认同的所谓"恶"的、"懒"的、"蠢"的、"笨"的、"贼"的文化意象或者符号时，常常扭转对他们的固有角色认定，往往代之以"善""智慧""乖巧""可爱"等积极一面的符号认定，这既是因为杨红樱对笔下形象更乐于从积极、善良和正面的角度予以理解，也来自于其对爱的教育能产生扭转乾坤的伟力的坚定信仰，因而那些通常被僵化认识的"恶"的角色类型在"爱"的催动下得以洗心革面，那是爱对于他们心灵的神奇塑造所发生的功能。最典型的作品就是《追赶太阳的小白鼠》，此篇童话充分显示出"爱"是如何向人心发出美好召唤的，信任与纯真是如何洗濯掉"贼"心灵上覆盖着的尘灰的。当秃尾巴老鼠来偷主人家的红肠时，目睹这一切的小白鼠却误以为秃尾巴是在玩游戏而夸说："嘻嘻，你真会玩儿！"这"清亮得好似高山流水"的甜甜声音让秃尾巴"鬼使神差地掉头向回跑去"，并在接下来与小白鼠的相处中逐渐良心发现。秃尾巴的转变当然不是一蹴而就的，而是有一个过程的。起始，秃尾巴对小白鼠"你真会玩儿"的评价嗤之以鼻："玩游戏？她把我干的活儿看做玩游戏，如果将她的话学说给哥儿们听，他们不笑掉大牙才怪呢！"继而意图捉弄小白鼠："月亮这么喜欢你，你为什么不到她那儿去？"还为自己能帮助小白鼠而信誓旦旦："'我告诉你，'秃尾巴把胸脯拍得'啪啪'响，'在这世界上，没有我秃尾巴办不到的事情。'"并为自己的计谋得逞而"得意扬扬":"这么容易就骗得了这个小傻瓜的信任",甚至在小白鼠天真无邪地发问时气势汹汹、恶声恶气:"你有完没完?快闭上你的嘴,别做梦了!"但当小白鼠为秃尾巴的柔和而表现出感激和喜悦之情时,这又令良知未泯的秃尾巴转换了说话腔调并开始扪心自问:

"我好吗?"秃尾巴摸着那刚被吻过的脸,他心里有点难过,为自己的邪恶,也为小白鼠的天真。

显而易见,在秃尾巴的内心中善与恶在不时地较量着,俄而善占据上风,俄而恶能量释放;善良天真的小白鼠起着"催化剂"和镜子的作用,让秃尾巴的羞耻心萌发,意识到了自己行为和心思的贪婪、狡诈、凶险和下作,并为此感到愧疚,转而羡慕起小白鼠"活得真切,活得坦然",还在小白鼠的带动下获得了快乐。因此,帮助小白鼠成为光明的小天使——让她穿上彩霞做的裙子、戴上镶着太阳的花冠,就是秃尾巴顺理成章要做的事情了。而正是在帮助小白鼠实现理想的过程中,秃尾巴得到了真正的快乐。当秃尾巴对着小白鼠说"太阳是你的,不是我的"时,小白鼠的回答"不对,太阳是我们大家的",这简洁而又点题的应答无疑是对秃尾巴灵魂升华的肯定,是在昭示着秃尾巴未来的美好图景。读者会感觉到,童话中的秃尾巴就像个霸道的淘气王,但在纯真无邪的小白鼠的感化下,最终获得了彻底改变。这篇童话自始至终洋溢着的温暖足以驱散人内心的黑暗,照亮人前行的道路。

《风铃儿丁当》写的是发生在灵芝老汉和瘸腿老狼这曾经的敌人、现在的莫逆之交间的故事。早年,瘸腿老狼疯狂行凶伤害过很多小动物,灵芝老汉用捕狼器打伤了这只为非作歹的狼,但并没有伤害他的性命,反倒给他敷药疗伤,还倾自己所有买来12只小铜铃伴狼度过难熬的日子,听着风铃声,闻着从山林那头弥漫过来的草药香,瘸腿老狼那颗曾经贪婪和凶残的心一天天平和起来。瘸腿老狼自始至终可不知道灵芝老汉之于自己的关系——既是"伤己"者,又是疗治者、拯救者,他只是看到灵芝老汉熬药的锅太破旧了,而发自内心地求铜铺老板用12只铜铃打了一口铜锅送给灵芝老汉,而灵芝老汉发现风铃不响了,又卖掉自己所有草药买回一只大铜铃送往瘸腿老狼处。"一阵山风吹过,山林一片静寂,可灵芝老汉和瘸腿老狼的心中,却有风铃儿声响起——丁当!丁当!"当彼此心中都装着对别人的爱的时候,这个世界就变得异常美好。而从风铃儿悦耳的丁当声能感化瘸腿老狼以及灵芝老汉和瘸腿老狼心中回荡着的丁当风铃声的描写来看,童话还蕴含着这样的意思——音乐(艺术)会引导人求真向善的。

与《风铃儿丁当》相仿的是《寻找快活林》。狐狸一家三口一天到晚算计别人,占了不少便宜,却还是快活不起来,于是他们举家出发去寻找快活林——那个"所有的人都过得很快活,一点儿痛苦、一点儿烦恼都没有的地方"。这样的寻找快乐的主题表达其实是告诉读者:人们对快乐、善良、爱等一切美好的东西的追求与生俱来。狐狸一家三口在路上故态复萌,继续算计别人,把毛猴的红房子据为己有,抢在白兔一家前面采大蘑菇;到晚上,因为吃了毒蘑菇而中毒,此时毛猴和白兔妈妈不计前嫌,毛猴"在最短的时间内采来解毒药",白兔妈妈"在最短的时间里煎好药",等到三只狐狸都好了,"毛猴和白兔妈妈打着呵欠,悄悄地离开了红房子"。狐狸一家在为解开毛猴和白兔妈妈无私救助自己的谜团中得到了这样的答案:"我们应该把红房子还给毛猴",于是"三只狐狸把红房子打扫得干干净净,在窗台上还放了一束带露水的鲜花,表示欢迎毛猴回来住","他们又去采了满满一篮子又白又嫩的蘑菇,悄悄放在白兔家的门口"。在继续出发寻找快活林的途中,狐狸一家获得了从来没有过的快乐——事实上，他们已经找到了快活林，当心中盛着满满的爱，真心诚意地做好事、不计得失地帮助别人时，快活林就出现了。

《金瓜汤，银瓜汤》中的狼狐起始也工于算计，在邀请好友吃饭时，白天以一锅映着太阳的清水作为金瓜汤来作弄麻老鸭们，晚上又以一锅映着月亮的清水作为银瓜汤端上台面来，明知其中有诈的麻老鸭们可没有一报还一报，而是为清水加进真材实料；最终，被感化的狼狐把藏起来准备自己第二天吃的火腿肠拿出来，全部放进汤里："大伙儿'呼呼'地喝着汤，汤的味道好极了，真的好极了！"可想而知，"好极了"，这不仅仅是汤的本味，更是这一群富有爱心、彼此友善的动物们"爱"的言行所经营出来的美好味道。

《亲爱的笨笨猪》所呈现的基调是欢快的，图景是和谐的。凶猛的食肉动物和笨笨猪这些非食肉动物之间不再是你死我活的敌对关系，而是共同构筑了一道相互信赖、和谐共生的人性城墙，狼、狐狸、老鼠等有着"恶"名声的形象都发生了根本变化，能与友善的小动物们一道建立起和谐家园，成为欢乐村庄中名副其实的欢乐一分子。当笨笨猪和鹿妹妹、乖乖熊在遇见了正觊觎他们的饥饿的小灰狼之后，却不惊不惧，完全以真诚相对；小灰狼在他们友好态度的带动下也放弃了伤害之意：

"你好，小灰狼。"

小灰狼很惊奇："你见了我，怎么不跑？"

鹿妹妹眨眨眼睛，天真地问道："我为什么要跑？"

这时，笨笨猪和乖乖熊也过来了，见了小灰狼，他们齐声招呼道："你好，小灰狼！"

小灰狼更惊奇了："你们见了我，怎么也不害怕？"

笨笨猪和乖乖熊莫名其妙："我们为什么要害怕？"

"我爸爸说，除了老虎、豹子和狮子外，其他的动物见我们，都要吓得跑。"

"你爸爸是谁？"

"嘿！我爸爸你们都不知道？他是这山上鼎鼎有名的大灰狼。"

"大灰狼？"鹿妹妹开始感到害怕了，"我妈妈说，大灰狼是最最凶恶的，他吃掉了这山上好多好多小动物。小灰狼，你不会吃我们吧？"

小灰狼看看鲜嫩的鹿妹妹，又看看胖胖的笨笨猪，伸伸脖子，咽下一口快流出来的口水。自从他生下来，不是被凶猛的大动物追捕，就是去追捕那些弱小的动物，从来没有谁来主动接近他，更没有谁向他问好。

"我不想吃你们，只想和你们一起玩。"

笨笨猪、乖乖熊立即和小灰狼拥抱在一起："我们又多了一个朋友。"

细心的鹿妹妹说："小灰狼，刚才是你的肚子饿得'咕咕'叫吧？走，到我家吃饭去！"

在杨红樱的笔下，始终活跃着的是活蹦乱跳的孩子的身影，小灰狼有些像欺软怕硬的小霸王，但他不是不可改变的，他也同样有情有义，在和笨笨猪、乖乖熊、鹿妹妹的交流中，我们看不到他们之间有什么私心杂念，这是一个很纯粹的孩子的世界，影响他们变化的只是他们赖以生存成长的环境。笨笨猪们没有任何心机，以完全的信赖和全部的热情与小灰狼交往，不但与他接近，还招待他吃饭，成为了好朋友，进而会推己及人地想到去给病饿的大灰狼送去食物。不要觉得笨笨猪们带着食物去看大灰狼的描写可笑，在童话世界中，一切都有可能，这种"可能"和"奇迹"产生的基础是孩子们的天真烂漫、纯洁无瑕以及"万物有灵"观，是杨红樱始终咏唱和坚定相信的"爱"以及设身处地的"同情心"。也正是这种童真、童趣、童稚，这种发自内心的善良和友爱的力量，能让笨笨猪们无所畏惧，也能让大灰狼反躬自省，最终彻底改变了"凶恶""本性"：

大灰狼慢慢睁开眼睛，他看见了鹿妹妹，嫩嫩的；看见了笨笨猪，肥肥的；看见了乖乖熊，胖胖的。大灰狼的眼睛亮起来，闪着凶光。

"好哇，儿子，不愧是我大灰狼的儿子，一出去，就带这么多好吃的东西回来。"

大灰狼咧嘴笑了，可眼睛里却闪着凶光。

小灰狼慌了，忙说："爸爸，他们都是我的朋友。"

"是呀，我们是小灰狼的朋友，也是你的朋友。"

鹿妹妹献上那束她刚采的鲜花："祝你早日恢复健康。"

接着，笨笨猪和乖乖熊又给他送上食物。

大灰狼的眼睛里不再闪着凶光了，可声音还是恶狠狠的："你们不怕我吃掉你们？"笨笨猪、乖乖熊和鹿妹妹都看着大灰狼，没有一丝畏惧。

就这样对视着，足足有三分钟。

大灰狼低下头来，他第一次懂得了什么是纯真，什么是善良。

他不再说话，默默地吃着篮子里的食物，喝着罐子里的鲜奶，流着他从来没有流过的眼泪……

"爸爸，你哭了？"

小灰狼见过爸爸狂笑，见过爸爸发怒，就是没见过爸爸哭。

"儿子，你爸爸以前做过许多坏事，伤害了许多小动物，你不要学我，好好地跟他们做朋友吧，他们都是好孩子。"

四个小伙伴拥抱在一起，他们又唱又跳，一阵阵欢乐的笑声从山洞里飞出来，里面还有大灰狼爽朗的笑声。

　　毫无疑义，大灰狼在杨红樱的笔下也是有情有义的，在和笨笨猪们这些孩子的真诚交流中也是秉持着"你敬我一尺，我敬你一丈"的待人接物的原则的。而且，在笨笨猪们的帮助下，疑心重重的狐狸先生一家也在逐渐打消疑虑。笨笨猪先是救出了被猎人下套夹住的小狐狸，还邀请狐狸一家搬到欢乐村庄来住，这样他们可以天天有面包吃，不会再去伤害小动物了。老山羊爷爷为搬到欢乐村庄来的鹿妹妹一家设计建造了彩虹一样的房子，为大灰狼一家建造了一座绿色的葫芦形的房子，应狐狸先生要求为他们设计了一座金碧辉煌的宫殿，但是"这座宫殿不能安窗子，只开一道能容我们身子进出的小门，门上再开一个比针眼大一点儿的洞"——因为狐狸表示了："我们不需要阳光"；"我们不需要客人"；"这个小洞的好处是里面能看见外面，而外面不能看见里面"。杨红樱以有意味的方式让我们生活中常见的"猫眼儿"出现在万事都设防的狐狸先生家中，事实上也起到了警醒世人的作用，让人们由童话望到了现实，看到现实生活中人和人之间防范的场景。而随着时间的推移，当狐狸先生发现欢乐村庄的村民们以诚待人后，也主动"把他家的门改高改宽了，四周的墙上也安上了明亮的窗子"，"狐狸先生眉头上一左一右的两个大包，也渐渐地消失了"。笨笨猪对贼头贼脑的老鼠的改造同样充满奇趣：老鼠们被他邀请来到猫咪咪小姐家里啃食书籍从而换了脑袋，结果呢，"欢乐村庄的村民们为老鼠们建了一座红彤彤的太阳形房子。老鼠们在村后发现了一块荒地，便打算在那里开荒种地。从此，欢乐村庄的老鼠们过上了自食其力的生活"。

　　杨红樱的童话，情节其实很简单，人物的性格也不那么复杂，但是她的描写很细致，充溢着浓情厚意。在她笔下，有爱就有一切，只要将心比心，用真诚的爱去打动对方，一定会赢得真诚，最终出现一个和谐共赢的美好场景。正是借助这些优美的、富有想象力的童话，杨红樱把道德、良知、知识和智慧传递给了孩子，滋养着他们的灵魂。在杨红樱童话构筑的"欢乐村庄"中，是没有狭隘、自私、偷盗、设防、欺骗和残杀的，有的是大气、阳光、善良、友爱、和气、智慧、勇敢等孩子们应该具备的美好品质。

二、情的洗礼

杨红樱抒情童话一直注重对儿童的精神滋养作用，注意对孩子进行情感教育，其对友情、爱情、自然、生命等的书写在提升孩子的情商方面居功至伟。

《猫小花和鼠小灰》借着猫鼠关系展开的是两个孩子之间的美好友谊。照理来说，老鼠和猫本是天敌，猫小花和鼠小灰之间的关系

杨红樱著《猫小花和鼠小灰》的封面

就应该像猫妈妈对猫小花说的那样——"见到你，要躲要逃的就是老鼠"；就应该像鼠妈妈对鼠小灰说的那样——"见到你，要追要抓的就是猫"。但是在这篇童话里，杨红樱彻底扭转了这种关系，猫小花不认识老鼠，鼠小灰不认识猫，所以他们之间的交流是在没有任何戒心的基础上建立起来的纯洁无瑕的友谊。当猫小花被成天关在房间里好孤独好寂寞时，是闯进来的鼠小灰每天给她带来外面的世界的信息，"从此，猫小花不再孤独，不再无聊"，"鼠小灰天天来，天天在钢琴上给猫小花讲述外面的世界，可是猫小花一直不知道鼠小灰是鼠，鼠小灰也不知道猫小花是猫。因为猫小花见了鼠小灰没有追，没有抓；鼠小灰见了猫小花也没有躲，没有逃。"这就像现实生活中两个有宿怨世仇的家庭或种族之间，他们祖祖辈辈为着利益而争斗厮杀着，结下难以打开的"仇结"，但是在两家孩子（如猫小花、鼠小灰）之间，他们本身纯净质朴、没有"机心"，能在童真的驱动下冲出俗世中的利益博杀，彼此形成了很友好很和谐的关系。可以断言，杨红樱是始终坚持"性本善"的观念的。这篇只有一千多字的童话包含着不少耐人寻味的东西。比如说，猫小花和鼠小灰共同交流的平台是主人房间里的一架开着盖的钢琴："尽管猫小花不懂鼠小灰的语言，鼠小灰也不懂猫小花的语言，但他们有那架钢琴，钢琴能奏出音乐，音乐是谁都能懂的、最最奇妙的语言。"在关涉到友情这个话题的同时，童话还涉及了艺术教育：是流动变化的音乐、是提升人灵魂的艺术，让两个出生背景不同、生长环境不同、语言不通的"孩子"有了共同的语言，他们通过音乐这美妙的世界性语言交流、表达，彼此听懂对方的心声。这就是艺术的神奇魅力，它能化解与生俱有的仇恨，令两颗本来应该充满敌意的心靠得非常非常近，最终碰撞出一曲动人的乐章。也许杨红樱在结构本篇童话时只是更多考虑到"钢琴"作为有效交流工具的"可翻译性"，但"钢琴"以及鼠小灰所演奏的钢琴曲之于听者猫小花的功效在本篇童话中所具有的象征性功能更耐人玩味——艺术对人心灵无可抗拒的征服，弱者如鼠小灰凭恃着如艺术、如智慧这样的技艺显示出自己内心的强大，从而扭转了强弱之间的关系。不难看出，杨红樱善于在简单中凝结复杂，乐于在平淡浅显中呈现出无限深奥的涵义来。

《一片树叶，两只蚂蚁》是以蚂蚁黑黑和蚂蚁黄黄交往的"变形"表达来展开现实中两个小孩子之间由"生"到"熟"的关系演进的。在讲述两只蚂蚁友谊生成的整个过程中，杨红樱首先尊重的是这两个"孩子"的心理的逻辑变化，在对称性的语言叙述中巧妙地令二者关系发生着由疏远到亲近的变化。自始至终，这篇童话在表达蚂蚁黄黄和蚂蚁黑黑的想法上的一致性时，描写语言也同时"跟进"，以相仿的表达产生了循环往复的朗朗上口的音乐效果，容易将声音植入记忆深处，非常吻合孩子的接受心理。值得注意的是，那片美丽的银杏树叶在童话中的含义是极其丰富的，代表着自然、美好、幸福、快乐等美好的事物乃至于人的世界观和价值观。正是人发自内心的良好愿望，共同的对美好、自然、幸福的追求，让两只互不相识、不同种属、语言不通的蚂蚁走在了一起，最终不约而同地向对方发出了"爱"的讯号；而两只蚂蚁基于不同角度而对银杏树叶有不同的认知——把它看成"凉棚"或者"凉席"，这样两种认知方式都有它们存在的合理性，童话并不强求它们一定要在认识上达成一律、以其中某一种观念取代另一种观念，而是允诺和鼓励这样两种观念的和谐并存："他们一会儿把树叶当做凉棚，一会儿把树叶当做凉席"，他们都能相互欣赏，都能望见对方的美丽与可爱，从而令二者关系达至最和谐的境界。这篇不足千字的作品在友情教育的同时，同样包含着杨红樱对快乐的认知、对世界观和价值观的达观理解。

在《没有尾巴的狼》中，杨红樱塑造了一个复杂的狼狐形象，他是一条没有尾巴的狼与一条美丽的狐狸尾巴的结合体，童话就是

以秃尾巴狼与狐狸尾巴之间友谊的分分合合来展开书写的：他们之
间一开始是狼狈为奸的，奸诈阴险的狐狸尾巴为贪婪凶残的秃尾巴
狼出了不少馊主意，让秃尾巴狼干了很多蠢事恶事；继而秃尾巴狼
和狐狸尾巴发生龃龉，为着还债而把与自己每日相伴的狐狸尾巴卖
掉了，还把所卖的钱全部买了彩票并最终输光；但在经历了人间环
境的熏陶、见识到人间的诸多善良和邪恶后，秃尾巴狼与狐狸尾巴
都完成了由"恶"到"善"的逆转，成长为一个一心向善、"就是喜
欢和坏人斗"的可爱的整体形象，先后教训了欺侮乡邻、无法无天
的村长一家，还办起了周末农庄，开办了"金点子无限公司"——
帮花匠开发操办了盆栽罐头厂，让陶陶爸爸搞起了泡沫蔬菜厂，为
无数居民提供了数不清的好处，帮助陶陶假戏真做成为勇斗大灰
狼的勇士，令陶陶在跳远测试、球类比赛和游泳比赛中成为小超
人……最终，秃尾巴狼意识到了狐狸尾巴之于自己的重要意义："我
离开你，就算有了自由，但是生活已经失去了乐趣；你离开了我，
便没有了生命，只是一条大衣领子……"尽管童话结尾，秃尾巴狼
暂时失去狐狸尾巴而得以逃离人设置的樊笼，但显而易见，重获自
由的秃尾巴狼是会再和狐狸尾巴相会并重新接续从前的友谊的。

　　《七个小淘气》在显示着杨红樱超越世俗的卓越想象力和对爱
的肯定的同时，也让我们看到了杨红樱对生命的礼赞。当七只小鸡
破壳而出，乖狐狸欢欣鼓舞得唱起"多——来——咪——发——
梭——拉——西"的歌来，这七只小鸡就这样都拥有了属于自己的
音乐般的名字："他们一来到这个美丽的世界，就得到了一个美丽的
音符。"每一个生命就都是一个美丽的音符。这可是杨红樱对生命发
自内心的礼赞和对儿童的崇拜的油然体现。这些年轻生命的到来让
这个世界多姿多彩，更加富有活力。要看到，乖狐狸和七只小鸡之
间的关系是很微妙的，不断发生着变化的。起始，乖狐狸得到七只
鸡蛋，是要准备把他们孵出小鸡后做成红烧鸡吃掉的，也就是说乖

杨红樱著《七个小淘气》的封面

狐狸是带着私心来养育这七只小淘气的，但是在辛劳的养育中，在七只小淘气的质朴天真的感染下，他内心深处的爱和善良的感情被焕发出来，他对七只小鸡也无比友好并无私呵护，甚至有一种原始的类乎母爱的情感在其中。是七个美丽可爱的生命唤起了乖狐狸对生命的敬重和爱护的感觉，并最终释放出自身生命的内在光彩。总之，礼赞生命、书写童真，这些在《七个小淘气》中最淋漓尽致地得到了展现，从而让读者意识到生命的可贵可敬可爱和可畏。

杨红樱主张对孩子进行自然教育、情感教育。《那个骑轮箱来的蜜儿》中，蜜儿帮助孩子们做了一件非常有意义的事情，就是从老师和家长那里，把属于孩子们的周末时间再夺回来——在蜜儿的法力作用下，老师有事不能上课，因故没有给孩子们布置作业，钢琴坏了不用上钢琴课，英语书找不到了不用背单词了……孟小乔终于获得自由了，却连玩都不会！这令蜜儿产生这样的感慨："谁都知道，好玩应该是孩子的天性。可是我惊讶地发现：人世间居然有好多孩子连玩都不会，真是太可怜了。"由此会安排小人精带着孟小乔玩的一系列奇幻描写：在树林里荡秋千荡到白云身边，发现白云就是浮在高空中的冰山，再翻炒这冰山上的冰来吃，乘着白云在树林里游来游去，睡在云朵里……《神秘的女老师》中，蜜儿的理想是"要让学生们都在这落叶上面走一走，让他们听一听秋天的声音"，这其实就是要培养学生谛听自然学会感动，换言之，蜜儿要让孩子们走进大自然的课堂中，因为这是最符合孩子天性的教育，也一定是最能够医治孩子们因为生活单调、缺乏与自然接触而导致的心灵硬化症的。童话中，小小年纪的孩子们完全变成了学习的机器，被逼迫着做无休止的功课，成天处心积虑的是考试的分数和名次，以至于心灵扭曲了，焦虑、紧张、嫉妒、仇恨、狭隘、自卑一类的负面情绪在学生中蔓延，孩子们只会学习不会做人，更不会欣赏和感受生活的美妙，一如蜜儿所说："生活对他们而言，已经毫无乐趣了。"所以，在蜜儿给孩子们上的美丽一课中，我们就看到了蜜儿在美好的大自然环境中安置她的课堂：大家打着赤脚在田埂上行走，摸螃蟹，采菊花，看晚霞，品炊烟，骑水牛，吹长笛，望明月，尝月饼……就是在这诗情画意的环境中，在惬意舒适的身心沉浸和切身实践中，孩子们找到了课堂上、作文中都学不到的丰富词汇，那自然是他们观察力、想象力和创造力勃发的结果。显然，大自然这部包罗万象的教科书远要比实际的课本教给孩子的知识丰盈得多，它能培养孩子热爱自然的情感，发展孩子探究科学的精神，丰富他们的人生情趣。童话中，龙校长有过一番下火海上刀山的体验，杨红樱借此表达了她对现代学校的认识：这里不仅仅要传授知识，更重要的是要能够验证、培养和磨炼"一个人身上最可贵的品质，比如说忠诚、执着、勇敢、创造力和想象力"，还以龙督监给鱼上的一堂成功的课来提醒为人师者要注重对学生进行情感教育，评价一堂课的成功与否要看这堂课是否成功地以情动人：

> 以前，她评课的标准，是看老师的教案备得好不好，课文的字、词、句、段、中心思想这几个环节是怎么解决的，很少考虑课文的"情"，更不在乎学生的"情"和老师的"情"。在这节课里，龙督监的"情"和鱼的"情"交融在一起，他们的泪流在一起，那么投入地沉浸在一个意境中，这是一堂多么成功的课啊！

杨红樱一直主张对孩子进行爱情教育。其抒情童话就往往以一系列富有诗情的描写和具有意味的情节设计，把孩子应该懂得的爱情道理巧妙地包融在其中。龙校长和蜜儿有一个约定，那就是要让学生们"都在这落叶上走一走，让他们听一听秋天的声音"，同时，杨红樱对这个"约定"的表达比较婉转曲折，它实则是两个心有默契的男女之间的心灵相约，可以说是爱意萌发了。在表现男女爱情上，杨红樱并不刻意回避，非常注重"度"的把握，表现得含蓄而优美，可并没有花前月下卿卿我我那一类的描写，更多的是基于龙校长和蜜儿在事业上的共同追求、对教育认识上的不谋而合。龙校长初次见到蜜儿，喜欢她那身装扮（可并不是长相）："龙校长喜欢蜜儿围着披巾，他觉得围着披巾的女人，有一种特别的韵味。"当"龙校长第一次这么近地看蜜儿。他的心微微一颤：这许多年了，他一直在寻找的一种感觉，他在蜜儿的身上找到了"。这个情节昭示出来的是：人对爱情的寻找不是一朝一夕就能够完成的，且需要"一种感觉"。在后来的校园小说中，杨红樱也都格外强调爱情的"感觉"。当蜜儿暂时离开了红宫学校，龙校长在学校的角角落落——钟楼、荒草地、图书馆楼顶寻找蜜儿，甚至在梦乡里见到她。这个情节则饶有意味地说明了爱情是要寻找的，是要付出努力的。在校庆日特别活动中，龙校长在蜜儿的协助下帮助家长转变教育观念之后，对蜜儿心存感激："他要感激的是蜜儿，他有许多话想对蜜儿讲。"但童话只是点到为止，无意大肆渲染，意在告诉读者宝贵的爱情存在于人心间。这同时也是在蓄势待发，因为在接下来的《童心城堡》一章中，龙校长为要见到蜜儿而骑着白骏马打扮成勇敢的骑士模样相继下火海、上刀山，从而悟出"人的勇气可以战胜一切"，这里的表达既吻合着童话的文体特征，同时也说明获得爱情并不容易，需要历经千难万险。童话结尾明晰地提到了蜜儿在龙校长心中的形象："龙校长曾遍游全球，见过的美女无数，可是，只有蜜儿令他心动。然而，蜜儿并不是美女，她是那种常见常鲜、经常给人带来意外和惊喜的女人，是那种能激活人的想象力与创造力的女人，是那种能帮助你实现所有愿望和理想的女人。"显然，真正的爱情无关乎外貌，而是源自两颗心灵的靠拢和契合，爱情双方应该看重的是对方的内在气质与精神。童话的绝大部分都没有伸展龙校长对蜜儿的感情，杨红樱一直强化诉说的是龙校长和蜜儿在教育理念上的相互认同；在蜜儿乘风而去之后，龙校长将自己对蜜儿的爱情宣言传真给全世界的报纸，把"真情告白"装进无数漂流瓶中、做成心形风筝。这是在告诉儿童：爱情不但需要付出努力去寻找，更需要真心告白。杨红樱做出这样的前"轻"后"重"之分，恐怕是基于这样的考虑：一方面不想令这段爱情描写破坏了童话的主旨和完整性，毕竟这篇童话是要思考当下的学校教育，如果在爱情描写上大肆渲染，则可能会喧宾夺主、转移主旨；再者，也要通过爱情的"不圆满"制造一个开放的耐人寻味的结局。从童话中学生们对龙校长做法的高度认可的描写来看，杨红樱肯定龙校长爱情宣言的正面效果：

学生们认为龙校长做得太棒了。通过这件事情，龙校长成了孩子们心目中的英雄。

有一个高中部的男生就当场宣布：如果他今后爱上了哪个女孩子，他也要像龙校长那样，向全世界宣布。

在场的女生们全是一脸的憧憬和向往，她们都希望今后那个爱自己的人，能把他的爱向全世界宣布。

《神秘的女老师》中，龙校长与蜜儿的真挚爱情是建立在共同的事业追求的基础上的。在《流浪狗和流浪猫》中，童话浓墨重彩地书写的猫和狗的爱情与友情是建立在彼此之间的真情实意的基础上的，因此，高贵的波斯猫乖咪会爱上具有骑士风度的流浪猫黑骑士，漂亮的西施狗会爱上侠肝义胆的流浪狗黄大侠；这两桩发生在猫狗身上的有着巨大阶级差别的爱情冲破了功利心极重的世俗社会的重重阻挠。同时，黑骑士为了能够成就好友黄大侠与西施狗的爱情而舍生赴死，黄大侠则重情重义，会在夕阳西下时来到高山上黑骑士的墓前，伴着孤独的落日用低沉的声音唱着《流浪之歌》，以怀念他最亲密、最忠实的朋友。

可以说，表现爱情、对孩子进行正当的爱情教育，这是杨红樱作品中的一大看点，她对爱情的表达方式和书写限度也都是很有分寸的，这也成为其作品的成功之处。杨红樱说过："我在书中主张对小孩子进行'爱情教育''性别教育'，就是这个意思，关系到他自己一生的幸福啊，比如你从小要给他讲什么样的男人是好男人，什么样的是好女人，然后你怎样做个好男人、好女人，怎样使自己过得幸福、快乐，这种教育对娃娃一生非常重要。"所以，在她后来写的教育小说《漂亮老师和坏小子》中，爱情教育依然很抢眼。主人公米兰在面对毛志达、白小松、江老师等追求者时，并未轻易就"投桃报李"。在被学生们问及自己对追求者毛志达的态度时，米兰的回答也表现着她在爱情思考上的严肃性，其实也是在帮助孩子对可能的"早恋"和未来的爱情有一个正确的认识："感觉很好啊，但不是心动的感觉","很好的感觉可以对谁都有,但只有对你心爱的人,才可能有心动的感觉"。

杨红樱的童话作品不仅仅致力于让孩子在阅读中获得感官的快乐、心灵的快乐,还要让孩子在快乐的阅读中体会人生的真谛。而作为教育者的杨红樱心性中的宽容与大度及其对世界、人生、孩子的美好期盼,读者都能异常清晰地感受到。

三、心的点拨

杨红樱在儿童教育上一直注重的是人的精神禀赋是否健全,注重教育是否有利于人性的健康生长和全面发育。归根结底,杨红樱对于学校教育和家庭教育的思考,就是要让教育回归人性。因此,杨红樱不仅仅教小读者懂得爱,更在意把人所应该具备的各种优良品质、应该懂得的各种人生道理——理想、奋斗、执着、信赖、自信等等告诉给孩子。这一切在她的抒情童话创作中得到了认真和执着的关注与思考。

在《神秘的女老师》中有这样一个情节,龙校长在"童心城堡"经历了火海刀山的考验之后站在了蜜儿的面前,突发灵感:"我觉得这里更像一座学校","一个人身上最可贵的品质,比如说忠诚、执着、勇敢、创造力和想象力,在这里都可以得到良好的验证、培养和磨炼……"他因此产生了办这样一座学校的想法。如果把这个情节挪用过来说明杨红樱的抒情童话的话,也是恰如其分的,因为杨红樱的童话世界就是一座礼赞执着与勇敢、宣扬光明和自由的大学校,孩子们在这里可以获得知识,懂得人最应该具备哪些宝贵的品质和有着怎样的人生追求。这些人生道理是巧妙地藏在一个个精心设计的故事中的,就如同营养蕴藏在食物里一样,孩子在对好玩故事的赏读中逐渐浸淫和意识到这些优秀品质的重要性,并化作自己主动的追求和习惯的养成。

《梦屋》中，毛毛虫在不懈的追求中梦想成真化成了花蝴蝶而飞到了朝思暮想的河对岸。《追赶太阳的小白鼠》中，小白鼠对太阳对光明是始终渴望和不停追求的。《葵花镇的故事》中的葵儿姑

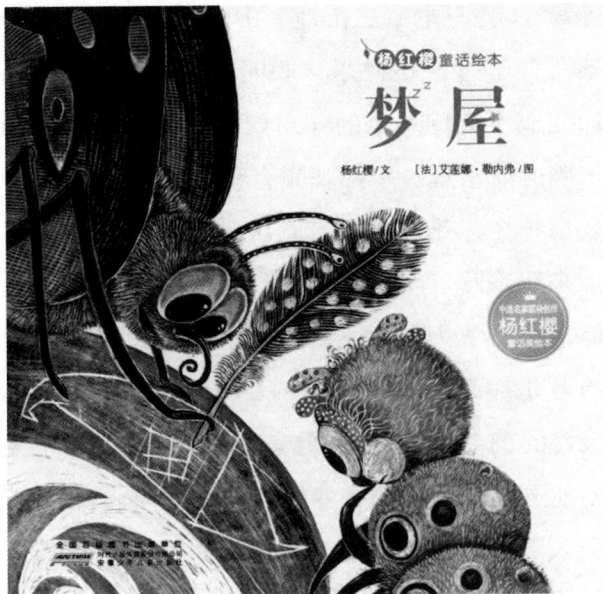

杨红樱著《梦屋》的封面

娘宁死也不屈服于山魔王的淫威，全心全意地爱着太阳；童话肯定了葵儿对光明的执着追求，还以太阳没有救助深爱着自己的葵儿姑娘而传递了这样一个做人的道理：在"情"和"理"、"个"和"类"的矛盾中，太阳理应选择的是"理"和"类"："我知道葵儿姑娘爱我，我也爱她，爱大地上的万物。我的每一道阳光都是一份爱，我的爱洒向万物。"太阳是深明大义的，不因一己之私去山洼里救助葵儿姑娘，那样做的话，"葵儿姑娘虽然得到了他全部的爱，可是又有许多生物会失去他的爱，世界将失去光明和温暖"。《农夫和蛇》是对人所皆知的蛇得到农夫救助却忘恩负义咬死农夫的寓言的改写，并"改"出了新意：小青蛇得到农夫的救助后，凭借自己的智慧和舞技帮助农夫赚了很多钱，可是贪得无厌的农夫要赚更多的钱，小青蛇最终宁肯冻死也要爬出农夫温暖的家。孩子在这里会懂得很多，比如感恩图报，比如不要忘本——农夫就彻底舍弃了种田的本业，比如自由、自我的宝贵，比如对物质财富的追求要适可而止，

等等。《三只老鼠三亩地》中，王阿鼠、张阿鼠安分地种粮食、种蔬菜，日子过得很快乐，聪明的罗阿鼠技高一筹种红玫瑰发了大财，却变成了痴痴呆呆的守财奴；童话肯定了辛勤劳动，对于孩子建立正确的财富观、幸福观颇有警示意义。《玛瑙果》中，山羊妈妈的母爱精神令人难忘：为着瞎眼孩子能重见光明，历经千辛万苦，终于采来玛瑙果，如愿以偿。《在太阳升起的地方》是《玛瑙果》的续篇，小山羊为着要飞到天上去见妈妈，而渴望拥有一对翅膀，所有的鸟儿都为山羊妈妈的伟大母爱而感动，向小山羊献上自己翅膀上最好的羽毛，"带着一个美丽的梦，小山羊展翅高飞，向着太阳升起的地方"——只要有梦想且为此努力，就一定会产生奇迹。《只有一个太阳》中，乖乖猫梦想成真，变成了飞猫，遂开始他不平凡的飞行——飞到十二生肖动物国去，拆解掉国与国之间人为设置的道道城墙，帮助动物们摒弃心中的狭隘见解、意识到天上只有一个太阳；飞猫呢，继续展翅向太阳飞去——这意味着他对光明的追逐永不停歇。《一片树叶，两只蚂蚁》讲述了快乐需要共同分享的道理，还让人懂得要尊重文化差异和理解不同的价值观。《蚂蚁球》则展示了集体的力量，讲明了团结的重要性：黄蚂蚁、黑蚂蚁两大蚂蚁家族为着一点点利益而时常发生争斗，但当山林起火，需要像红浆果一样滚下山去才能得救时，所有的黑蚂蚁和黄蚂蚁围抱在一起以圆球方式骨碌骨碌滚下山从而逃过大劫。《没有尾巴的狼》肯定了积德行善与弃恶从善，也让人们看到了自由的宝贵——狼狐不甘心整天待在所谓的"狼狐宫"中养尊处优成为人们的赚钱工具，最终逃出樊笼重归田野。《北方的狼》同样张扬着自然自由的精神——北方的狼因为被猎人捕获将被送往动物园，"没有了自由，还活着干什么？"北方的狼选择了吞吃死亡之花而死——不自由，毋宁死！《巧克力饼屋》让孩子们懂得了信赖和信赖的伟大力量，还懂得了节制欲望的美好：小熊乖乖和笨笨猪做成了巧克力饼屋，在其中睡觉可以做香甜的梦，老鼠唧唧和吱吱本来是要到饼屋偷吃香香的甜甜的巧克力饼的，可是因为笨笨猪对他们充分信任，还对小熊乖乖有保证——"饼屋连一个小洞也不会有的"，老鼠唧唧和吱吱真的克制了食欲，巧克力饼屋完好无缺。《飞蛾圆舞曲》是对孩子进行的卓有成效的理想教育：飞蛾一生都在追赶着月亮，要实现自己飞到月亮身边去的愿望，尽管这个愿望在很多人看来遥不可及，飞蛾本身的能力也限制着他的理想的实现，可是他矢志不渝，在执着的追求中得到了永生。

《大脚鸭》则教育孩子应该如何面对嘲笑和挫折。大脚鸭不怕别人笑话自己丑、笨，坚持不懈地学习，不断地有新的追求，最终赢得人们的尊重。开始学溜冰，别人笑话他，大脚鸭就像没听见一样，摔了跤大大方方地爬起来，大大方方地学溜冰，结果，"已经没有谁再笑他了，而是用敬佩的目光看着他，看着他一点一点地在进步"，"大脚鸭越滑越好，他已经能滑出漂亮的弧线，还能跷起一只脚作单脚滑，还能飞快地旋转"。大脚鸭去买大皮鞋，别人嘲笑他，可是他仍然一本正经大大方方的，当他穿着新皮鞋走出皮鞋店，"不仅没有人再取笑他，反而还直夸他"；当别人质疑"这么丑的鸭子也会表演节目"时，大脚鸭大大方方地为大家表演踢踏舞，"毫不理会台下的喧闹声，自顾自地跳起来"，最终感染了整个广场，大家都去买大皮鞋，"所有的人、所有的动物都在跟着大脚鸭跳"。

杨红樱主张学校教育的人性化，《七个小淘气》里就有她对不良学校教育现象的温婉批评，但这并不意味着她就是一个学校教育的反对者，相反，她对学校教育的正当性合理性是予以充分肯定的。因此，《迷糊豆和小人精》在强调把快乐还给孩子的同时，可并没有一味地纵容迷糊豆这个真正的孩子一味"迷糊"下去，当迷糊豆流连忘返不愿意离开小人精时，小人精提醒迷糊豆生活的核心内容是读书，催促他赶紧回学校上课。《那个骑轮箱来的蜜儿》也有相似的表达：孟小乔和小人精过了一个愉快的周末，在向蜜儿请求把小人精带回家时，遭到了蜜儿的断然拒绝，因为"周末过完了，明天要上学的"；当一个十二岁男孩一味玩乐出租时间，蜜儿动用法术，让贪玩的男孩意识到学校学习生活的重要与宝贵。显而易见，杨红樱反对的是那种机械的、无差别的、不合乎人性的应试教育，她始终坚持"教育应该把人性关怀放在首位"的理念，对那些窒息孩子天性的做法抱持着批判态度。她强调的是学校教育要让孩子拥有快乐的能力，而不是让孩子厌倦学习，甚至在学习中因为不堪重负而迷失了自己、失去了童趣。

在杨红樱诸多灵动优美、意蕴丰厚的童话创作中，《那个骑轮箱来的蜜儿》是有分水岭意义的。此前杨红樱的童话世界较为单纯地由动物身上发掘美学意义并营建了笨笨猪、大脚鸭、狼狐、乖狐狸等一系列令人难忘的童话形象。而这部写于 1998 年的长篇童话则转向了对现实世界尤其是儿童生活的关注，童话成功塑造了一个为儿童排忧解难的幻想人物仙女蜜儿，神奇的法力能让她畅通无阻地实践自己的教育理念，一如杨红樱所指出来的那样："当孩子们遇到烦恼、遇到挫折时，仙女蜜儿就会悄然来到他们的身边，给他们温暖，给他们力量，蜜儿成为许多孩子的童年女神。"全力塑造这样一个守护孩子童年的女神，当缘于杨红樱对中国教育现状和儿童精神境遇长期细致而敏锐的体察后的有感而发。《那个骑轮箱来的蜜儿》和《神秘的女老师》就都是在现实背景中展开的仙女下凡介入学校教育的故事，展现着杨红樱在此中对教育的"另类"思考，其敢于直斥家庭教育和学校教育中种种问题与不足，对孩子们普遍存在的情感困惑给以悉心解答，对儿童心灵建设和成长所需予以热忱关注。蜜儿这个童话形象是与马小跳同一年诞生的，也一样深深地扎根于孩子们的心田，深受孩子们的喜欢，就像《淘气包马小跳》中夏林果对蜜儿的评价那样："她在我们的心中，就是三个'最完美'的形象：最完美的妈妈；最完美的老师；最完美的朋友。"

在《那个骑轮箱来的蜜儿》中，蜜儿是以孟小乔家保姆的身份出现的，这个从天而降的冷眼旁观者能至为清晰地看到家庭教育中所存在的诸种偏差，譬如望子成龙的父母成为了"爱心杀手"，在孩子健康人格养成上存在责任缺失而导致孩子胆怯脆弱，因为夫妻关系处理不当而对孩子心理造成伤害等。蜜儿也是一个热心肠的干预者，她以强烈的介入精神直面人性中的灰色地带，疗治孩子们的心灵病症，小心翼翼地呵护童心的纯洁，呼唤尊重儿童天性并为其争取休息和玩的权利，主张培养孩子的勇气、自信心和想象力，帮助儿童正确辨识善良和美丽、克服怯弱、摒弃嫉妒并懂得信守承诺，同时对犯有过错的孩子也进行适度的惩戒。儿童成长中所该知晓的为人处世的道理都在杨红樱精心结构的生动形象、有益有趣的故事中得到了很好的表达。童话还顺势将观察和思考的触须伸向了学校教育和人情世态，期待建构和谐平等的师生关系，提倡教师赏识学生的优点并予以积极评价，对成人社会的虚假面具、工于心计和对童心的践踏行为也都锐意直击。被视作胆小鬼的孟小乔和班级中几个向来被人瞧不起的同学胡傻儿、侯肥肥、黄结巴、淘气王等联袂演出童话剧获得巨大成功，这个情节让人看到每个人都是有巨大的成功潜力的。再如，杨红樱看到"嫉妒"对人心灵的伤害，所以把它比喻成"心上的毒瘤"，并以此巧妙结构故事——孟小乔、傅琳琳看到同学叶朗演讲成功，心生妒忌，结果自己的身体和心灵受到嫉妒的双重伤害。在《跳跳糖和笑笑茶》《优点放大镜》诸篇中，杨红樱还展现了理想的和谐的师生关系：老师懂得对学生微笑，就会得到学生的由衷欢迎和尊重；戴上了优点放大镜的严老师"看每一个学生都能看出他们的许多可爱之处来。而且，还充分地看到了同学们潜在的能力"，写期末评语时"喜爱之情油然而生，禁不住用抒情的笔调写起学生的评语来"，结果为全班五十一位学生写了五十一篇优美动人的散文诗。童话还以蜜儿为圆点辐射到社会的多个方面，话题更加驳杂：蜜儿惩罚一个偷东西的少年，让他懂得羞耻（《小偷和假面具》）；运用法术让一个出租时间给别人的少年懂得了要珍惜时间、不可虚度光阴（《出租时间的孩子》）；有对人世间怪现象的思考——比如势利眼在不同场合、对地位不同的人有不同的脸皮（《换脸皮》）；孟小乔爸爸妈妈关系不和睦，孟小乔爸爸还有"外遇"的迹象，蜜儿用往事泡泡的方式，唤醒孟小乔爸爸对既往与孟小乔妈妈同甘共苦往事的回忆，从而及时将情感收回到正常轨道上（《往事泡泡》）；"有孩子的地方，就有阳光"，怪老头不喜欢孩子，结果失去了阳光（《留住阳光》）；戴上梅城形象小姐桂冠的孟玉婷却在实际行动中不善良而遭受了小小的惩罚，当她在后来真心做慈善事业时被福利院孤儿们公认为最美丽，很形象地帮助孩子理解了"看一个人是不是善良，不是看他（她）一个行动，而是要看他（她）一生的行为""美丽和善良总是形影不离的""只要你是善良的，你就是美丽的"这些人生道理（《形象小姐》）；说真话的一百零八岁的老头儿，一百三十二岁的护士长，真正的画家、作曲家、童话作家，他们年龄虽老却依然天真，焕发出美丽动人的风采（《寻找小人精》）。童话每一章的开篇都是以蜜儿的题记方式来提纲挈领地把蜜儿对于人的教育（包括社会、家庭、学校等方面的教育）中的缺失简洁地表达出来，并围绕此结构故事，以形象、有趣的表达让读者在不知不觉中接受有益的教诲。

从体式上来说，《那个骑轮箱来的蜜儿》是蜜儿一系列相互有关联的故事的集锦，重心在于教育孩子如何正确看待美丽、嫉妒，如何葆有自信心等人生方方面面的情感和能力；如果说这还是碎琼乱玉、吉光片羽的话，那么续篇《神秘的女老师》则聚集了全部"火力"来对当下僵化而呆板的学校应试教育进行了深刻的反思和挑战。童话中，仙女蜜儿变身为红宫学校的老师，这个童心守护者形象更

第 三 章

杨红樱著《神秘的女老师》《出租时间的孩子》《童心城堡》《优点放大镜》的封面

加饱满而富有魅力，她采取种种反"常规"的教育举措，譬如反对依据分数而在班级里排名次，主张应以学生是否具有快乐能力来评判优劣，认为现代学校不仅仅要传授知识，更要能够验证、培养和磨炼一个人身上如忠诚、执着、勇敢、创造力和想象力等最可贵的品质。她把语文课堂安排在大自然中，将情感教育融入教学中而打动了听课者，让每个学生都树立起"我是奇迹"的信心，并懂得享受生活中的美丽和学会感恩；她以优雅得体的为人风范潜移默化地影响受教育者的待人接物，提倡成人换位思考以真正了解孩子的需求。与其说是蜜儿走进孩子们的心灵世界中，了解他们的苦衷和心愿，毋宁说是杨红樱把自己对孩子们的关爱、把符合人性的教育理想全都寄托在蜜儿身上，进而对理想的学校教育开启了探索模式。仙女蜜儿、龙校长、龙督监、孟小乔、严加厉等在杨红樱后来诸多富有影响力的作品如《漂亮老师和坏小子》《淘气包马小跳》《笑猫日记》中都有不同程度与向度的延展和深化。在《神秘的女老师》的结尾，秉持先进教育理念的蜜儿立志要为孟小乔们办一所地球上独一无二的学校。这个开放结局让无数读者魂牵梦萦，对这所学校，也对杨红樱的"下一部"充满了热切的期待和想象。杨红樱当然不会为这部童话再写续集。不过，当"把快乐还给孩子"被杨红樱作为写作理念和教育理念加以坚持、当其作品为大江南北不同年龄段的读者服膺接受之时，杨红樱就已经在另一维度上替仙女蜜儿实现了这个梦想，并以此照耀和引航现实，激励着教育者为革除学校教育弊端、改变单一评价方式、实施人性化教育而努力。

杨红樱在《女生日记》中借冉冬阳之口说过："喜欢读童话的人是有灵性的人。"那么，写童话的人呢？也一定是身处俗世，心存高远。就像我们的身体需要物质食粮在各个器官之间循环营养一样，装载着沉甸甸的爱、伴随着孩子们精神成长的童话也会是包括儿童在内的所有人的灵魂营养。文艺作品就是给人以欣赏和熏陶的，它不可能承载所有教育的重担，所以，若是期望杨红樱的抒情童话以及她的其他作品能够解决现实生活中的难题，那本身就是不现实的。但杨红樱用童话替现实中课业负担沉重的孩子们的沉闷人生吐了口气，写出他们的心声，向家长、老师和社会发出真诚的吁求，让人认真地思考现实中的教育话题，让人对幸福生活与美好世界产生想象与憧憬。《神秘的女老师》中，蜜儿可说过："在每个人的内心深处，都有一座梦幻的城堡。只有保持着一颗童心的人，才能进入到这座城堡中去。"那么，杨红樱一定是难能可贵地保持着这颗童心从而能顺畅地进入到这座神秘城堡中的人了，在这里，她构建起具有自己鲜明特色的童话王国，并通达到每个孩子心中的那座梦幻城堡，一如美国女诗人艾米莉·狄金森所说的那样："没有一艘船能像一本书，也没有一匹骏马，能像一页跳跃着的诗行那样，把人带往远方。"

四、趣的展示

杨红樱在接受采访时表示："我的世界里只有孩子。"意思是说小孩子的地位在她的心目中至高无上。也因此,在她的文学世界中活跃着的永远是孩子的身影。其童话世界里活跃着的诸如猫、鼠、狼、狐狸、猪、兔子、蚂蚁等各种生物乃至于诸多成人形象,分明就都是一个个活生生的孩子。他们之间的交流能够顺利展开,隔阂能顺利破除,首先在于他们那没有被世俗尘垢污染的心——自然纯真的童心,当这一切形诸笔下,趣味自然丛生。

《神秘的女老师》中红宫学校的一校之长龙校长身上就洋溢着十足的孩子气,他不喜欢开会,玩心十足——开宝马车去打高尔夫球、打保龄球、上茶楼、听音乐会,尤其是在办公室里只有他一个人的时候,会把墙上挂着的世界名画《蒙娜丽莎》取下来,露出后面的飞镖靶子,然后"脱下西装,玩飞镖",来了人,就赶紧再把《蒙娜丽莎》挂起来,穿上西装。——玩性如此十足,而且还会做"两面派",不是挺孩子气的吗?"在只有一个人的时候,他总是叫龙督监老巫婆","他的口哨吹得极好,能吹复杂的曲子","龙校长不善于思考,是因为他太依赖他的直觉";当仙女蜜儿初次出现在他的办公室应聘时,龙校长匆匆忙忙掩饰自己刚才玩飞镖的行为,反倒因此"出丑":

"哦,对不起!"龙校长站起来迎接蜜儿,"你请坐。"

蜜儿刚坐下,"啪"的一声,"蒙娜丽莎"从墙上掉了下来,露出飞镖靶子,上面还插着几把飞镖。再看龙校长松开的领结和没有扣上的外衣,蜜儿什么都明白了。她只是抿嘴一笑。

龙校长慌慌张张地去把画挂起来。刚挂上,"蒙娜丽莎"又掉了下来。

蜜儿走过去,伸手把插在靶子上的几把飞镖抽出来。龙校长再去挂,一挂就挂上了。

龙校长有些狼狈,笑得就不是那么自然了。

龙校长和前来求职的教师蜜儿之间没有一丁点儿的上下级关系，在面对蜜儿这样的老师时，龙校长更像一个顽皮孩子"装腔作势"般地正襟危坐。顺带提到的是，马小跳的贪玩老爸、天真妈妈就都是这样富有童心的可爱的成人。杨红樱在写到这些成人时，一定是在用孩子的眼光来看他们，展示并称赏他们身上的孩子气。正是因为杨红樱的世界里只有孩子，她才会在一系列的童话中塑造了许多令人难以忘怀的"儿童"典型：《七只小鸡》中的乖狐狸和七只活蹦乱跳的小鸡，《亲爱的笨笨猪》中的笨笨猪、乖乖熊、狗汪汪，《没有尾巴的狼》中的狼狐，《那个骑轮箱来的蜜儿》《神秘的女老师》和《偷梦的影子》中的小人精……

《七个小淘气》中，乖狐狸给七只小鸡分别命名之后，像一个自恃拥有某种超常本领的孩子那样得意：

"我真是了不起，给了他们这么好听的名字！"乖狐狸得意洋洋，又扯开嗓门儿唱起来，"多——来——咪——发——梭——拉——西！"

本来还乱作一团的小鸡们听乖狐狸一唱，按"多来咪发梭拉西"的顺序，迅速地排成一排。

这七只活蹦乱跳的小鸡就像听到集合令而紧急排队的孩子那样，他们的表现天真烂漫、可爱无比。接下来，乖狐狸因为七只小鸡无比淘气而狼狈不堪，在费尽心机的哺育中，"多——来——咪——发——梭——拉——西"的"歌声"似乎表达的是乖狐狸的烦闷、生气和叫苦不迭，只是到了猪笨笨那里，却将之理解成乖狐狸有了一件高兴事，这种"误解""误会"、沟通"不畅"为这个童话增添了无穷的谐趣，也打开了童话进一步叙事的空间。乖狐狸为着区别小鸡而给他们戴上写有数字的小红帽，猪笨笨却误解为乖狐狸"真会打扮他们"。乖狐狸对七个小淘气"真的很生气"，猪笨笨却"笑眯眯"地看着小淘气，觉得他们"很可爱很可爱"。在外人猪笨笨出现时，七只小鸡依然欢腾雀跃："七只小鸡像七个小黄绒球，在乖狐狸的床上、桌上、窗台上跳来跳去，叽叽喳喳地叫个不停。"他们根本不怕生，没有一点收敛，是不是像那些惹得老师、家长心烦意乱的淘气包呢？他们非常自我也非常忘我地快活着，直至感染、感化着猪笨笨这样的局外人、乖狐狸这样的"家长"。一开始因为睡眠被打扰而有点不高兴的猪笨笨，原是要找乖狐狸讨要说法的，却在见证了七个可爱的小生命后为他们的可爱所感染，主动亲近小淘气们，与小淘气们拉近了距离，已经从局外看客而不由己地"身"陷其中了，还在小淘气们的亲近中"脸又红又肿"，心情也发生了微妙变化几至哭笑不得。同样，七只小淘气的快乐也在感染着乖狐狸：不受任何束缚的小淘气们将世界闹得乱成一锅粥，直令乖狐狸头疼，乖狐狸为着更好地区别他们而对他们进行编号，这行为本身就颇具有一些孩子气；乖狐狸把自己遭罪的总账算在了笨笨猪的头上，是不是有点小无赖的精神？他为小淘气们把自己房间搞得一团糟而表示不高兴时，这当然可以看成是手足无措的家长的自然反应，可不也同时有着向别人（比如家长）郑重其事"告状"的孩子气？到后来，乖狐狸因为看到猪笨笨的窘状而"在地上打着滚儿，笑得流出了眼泪"，这种表现、这种情状已经全然由一个小大人"恢复"成了一个天真烂漫的孩子，哪里还有一丁点的家长模样！乖狐狸从七只小淘气那里得到的是数说不清的烦恼和不愉快，可也有着与烦恼和不愉快相伴而生的数说不清的快乐。这里快乐的翻转让人忍俊不禁：一面是猪笨笨对小鸡们亲近得不得了，一面是乖狐狸为小鸡们烦恼得不得了；只是情绪在后来有了变化迁移，亲近者在小生命的欢快喜悦中遭"报应"而哭笑不得，烦恼者在看到别人深陷自己的窘境中而"幸灾乐祸"。还有，乖狐狸在起始常常像一个不讲理的小霸王。他跟七只小淘气一起抢着跟猪笨笨要气球，还东跑西跳抢走七只小鸡的气球。在七只小鸡哭成一片时，自己却得意忘形，被七个小气球带着越飞越高。很明显，乖狐狸的角色已经由一个理当端起架子来的家长而变成一个彻头彻尾的霸道男孩儿，猪笨笨反倒不得不临时充当起了家长，哄了这个哄那个。当然，杨红樱也让乖狐狸这个欺侮伙伴的淘气孩子自作自受——不是外在的那种强加于他头上的"恶有恶报"，而是自己霸道凌弱、忘乎所以的行为、心理直接带来的必然后果——气球爆裂令他从空中重重摔在地上，乖狐狸受到了该有的惩罚。

杨红樱的作品妙趣横生、回味无穷，得益于其以自身所具备的幽默性情和对童心童趣的认真发掘。《七个小淘气》中，乖狐狸在捡到七只鸡蛋后，有奇思妙想，让太阳帮助自己孵蛋，因为担心鸡妈妈来找回自己的蛋，更把鸡蛋画成了彩蛋，这岂不更像一个天真烂漫的孩子的想法和做法吗？当看到鸡妈妈在花丛里找来找去找不到自己的蛋，乖狐狸"笑得在地上打滚儿"。他的这一切行为举

杨红樱在澳门和国际学校的孩子在一起

止，根本上就是一个小孩子的情状。乖狐狸逮住鸭子姐姐，小鸡们要鸭子姐姐装死而救出了她；乖狐狸和猪笨笨打赌服输交出到手的鸭子……这一切其实就是现实生活中小孩子做游戏在童话中的映像啊。乖狐狸要把四处乱跑的小鸡赶回家，还要顾及到手的鸭子，为此手忙脚乱；猪笨笨一路走一路撒芝麻，引导小鸡边吃边走，这又何尝不是现实中两个采用不同教育方法的老师面对学生时的真实状况？一个挥舞着大棒，张牙舞爪，声色俱厉，却无法"制服"孩子；一个熟谙孩子心理，循循善诱，和风细雨，孩子服服帖帖。而这样的老师教育孩子的场景在这篇童话稍后又一次明明白白地出现了：有学问的猫咪咪小姐、会作诗的狗汪汪先生和会玩儿的猪笨笨相继给七个小淘气上课，猫咪咪小姐要以威严压服学生，反过来却被学生气跑了；狗汪汪先生要以自我陶醉的诗歌来让孩子们崇拜自己，小鸡们却全都溜掉了；猪笨笨因材施教，有奇思妙想，音乐课、体育课、绘画课合在一块儿上，结果"这堂课上得开心极了"，小鸡们愿意猪笨笨当自己的老师，猪笨笨"夸他们是最聪明、最可爱的学生"。即使是绑架了七只小鸡准备吃他们的小灰狼，也并不凶相毕露，而是和七只小鸡之间有着很好的孩子般的交流，他们"又唱又跳"的景象就完全是友好的伙伴们在一起做游戏的欢快情景。尽管乖狐狸为这七只小鸡累得伤透了脑筋，但是他却在施教中爱上了七只小鸡，是七只小鸡以自己本性中的天真、自然、可爱、纯粹而博得了乖狐狸的爱的，乖狐狸也在对他们的养育中懂得了责任和担当（这可是杨红樱几乎所有作品都会强调的一个重要的处世为人的原则）。当小鸡们落到了小灰狼的手中，乖狐狸着急万分，当救出了七只小鸡后，乖狐狸信守誓言，要把七只小鸡送还他们真正的妈妈。起先，乖狐狸还试图隐瞒全部或者部分真相，在解答小鸡关于自己为什么养他们的问题时还有点躲躲藏藏；但到后来，他变得坦白无私，把真相告诉了孩子们，并承认"我现在爱你们"。是小鸡以他们的朴质天真、以他们自然成长中的欢愉感动了乖狐狸，让他改变了初衷而一心一意地抚养小鸡。换言之，是朝气蓬勃的生命在唤起乖狐狸对生命热爱的同时也改造了他。乖狐狸曾告诉小鸡他们是太阳妈妈的孩子——这是情节所需，但转换角度来看，又多么像家长在解答孩子"我从哪里来"时迂回曲折而富有诗意的解答呢？还有，乖狐狸虽然管不住自己的七个小淘气，但又发自内心地爱着他们，像鸡多对花母鸡说的那样："他喜欢我们，我们也喜欢他"，还有猪笨笨作为师长而与七个小淘气之间关系融洽和谐，这都在某种程度上就是杨红樱当年做教师时与学生之间关系的巧妙投影。

显然，杨红樱更愿意以善意而积极的方式和态度来理解身边的人和事，这直接决定了其作品中所谓"恶"的力量往往在最后都会向好的方向发展。《追赶太阳的小白鼠》中，秃尾巴在天真烂漫的小白鼠的熏染下就是可以由"坏"转"好"的。就像这篇童话结尾所昭示所寓含的意味那样：

小白鼠还在跑，向着太阳。

她的身影越来越小，越来越小……最后什么都看不见了，只有彩霞满天和一个鲜红鲜红的太阳。

秃尾巴和小白鼠之间就像成人世界和儿童世界这两个对比鲜明的世界一样，被小白鼠洗礼过心灵的秃尾巴逐渐去除了狭隘、贪婪、凶残等恶的习性，心灵变得无比纯净。戴着太阳花冠、穿着彩霞裙子而向着太阳奔跑的小白鼠最终与大自然中"彩霞满天和一个鲜红鲜红的太阳"的融汇，是杨红樱所唱出的最优美动听的人与自然和谐共生的天籁之音。这其实正是杨红樱童话作品一再所要张扬的主题——和谐。

《没有尾巴的狼》以"变形"方式塑造了狼狐这个有着田园野性

的"儿童",狼狐仿佛一个大错小错不断而又能不断改正错误的"淘气包",在成长中不断地克服自身的错误。当看到麻老鸭和兔子姐妹收拾花园残局,还帮自己拔掉身上的刺后,狼狐的良知抬头了:"看着麻老鸭和兔子姐妹在他的床上睡得香香的,狼狐的心中第一次涌出这样的好念头:'让他们好好地睡一觉吧!'"狼狐借助狐狸尾巴的"魔法"偷来左邻右舍的花重建陶陶家的花园,这当然又是一次错误,陶陶一家"再给狼狐一个改正错误的机会",就宛如老师给犯错误的孩子一个修正的机会那样。狼狐返还了所有偷来的花,还因此受到一个花匠的雇用。不过,狼狐又因为不严格遵守与花匠订立的协议而吃了官司败诉。杨红樱无意塑造一个"完人",在她看来:"其实人像植物一样,生长应该是自然的。该经历的东西,在生命的过程中要经历。"杨红樱也没有听任孩子的童心"撒野",而是充分肯定了孩子融入社会、进入学校由此接受来自社会和学校双重教育的必要性。比如,狼狐因为没有遵守与花匠的协议而受到法律惩罚,花匠在后来向狼狐讨要金点子时,狼狐可没有冤冤相报,因为是花匠让他明白:"在人间生活,就必须遵守法律","签了协议书,就负有法律责任"——"这是狼狐来到人间生活上的最深刻的一课"。这样的情节安排不仅仅是要表现狼狐的大度情怀,更是强调对人间游戏规则的遵守,并教育孩子要懂得对自己的行为负责。狼狐帮助陶陶战胜吴大刚,而陶陶在即将问鼎班级体育委员职位时,能及时反躬自省、抽身而退,因为杨红樱看重的是实力与公平;对于吴大刚这样的"小霸王",杨红樱也宽厚地写到了他的变化,肯定了他的知错就改。

《七个小淘气》也是如此。乖狐狸、小灰狼一开始对七只小鸡的抚养是有私心杂念的,指望着日后的"染指"和吞噬,但当七个小淘气朴实无华、纯真可爱的光芒放射出来,乖狐狸和小灰狼也为其所动,要竭尽自己所能帮助小淘气们找到自己的妈妈:

"我要帮助你找到小鸡们的妈妈。"小灰狼拿出他的夜明珠，"我有夜明珠。"

"可是，"乖狐狸提醒小灰狼，"夜明珠只能帮你实现一个愿望，然后就会消失的。"

小灰狼说："我现在只有一个愿望，就是找到小鸡们的妈妈。"

乖狐狸感动得紧紧地拥抱了小灰狼："小灰狼，你真是太好了！"

小灰狼脸红了："我不好，我不好，你才好呢！"

小鸡们在他们身边欢叫着："乖狐狸好！小灰狼好！乖狐狸和小灰狼都好！"

这样一个彼此认错、相互谅解的场景，容易让我们想到的是现实生活中孩子们间的交往情形。杨红樱恐怕就是以对待孩子的方式来对待她笔下的这些动物们的，即令是描写到乖狐狸、小灰狼这样的在人们惯常思维中的不好的角色时，杨红樱看到的、想到的一定都是孩子——有过错但无比可爱而真实的孩子，所以乖狐狸和小灰狼的形象会在她那里得到重新书写，会在她的笔下流泻出那么可爱的有情有义的顽童性情来。

拿小人精这个在《那个骑轮箱来的蜜儿》《神秘的女老师》《偷梦的影子》《小人精的故事》等多篇童话中都出现过的形象来看，他应该是半尺高的小娃娃，圆圆的脑袋上扎着一根冲天炮儿，白白的肚皮上围着红肚兜，他是树上长出来的，平常住在卷心菜里，还和小鸟同住在一个鸟窝里，喜欢和真正的小孩子一起游戏，能够领着孩子周游世界、上天入地，通晓各种好玩的游戏。小人精是一个实实在在的童话形象，什么都知道、什么都能干，能带着孩子以老树长出的树藤为秋千荡到白云身边，能拾取空中的云冰棉花糖似的翻炒品尝，还能坐在云朵上四处游荡，有许多奇妙的点子，把云朵系在小松鼠的尾巴上以帮助其从很高的树上跳下来，帮助鸟妈妈孵蛋，帮助小鸟过上有雪花儿的圣诞节，在夜深人静时飘进城里去看偷梦的影子如何偷梦，帮助小鸟吃到月亮的香味，给百足虫做鞋子，跑到南瓜里看里面生活的一家人其乐融融的生活场景，和玩具兵玩战争游戏，飞到花兽生活的外星球上喝河水里的牛奶、尝树上结着的果冻、看奔跑的花朵，在神奇的魔术草地上看像马一样大的蚂蚁、像小猪一样的大象、像水牛一样大的蜗牛、像猫一样小的老虎、像犀牛一样大的兔子、像蚂蚁一样小的斑马，能看见风各种各样的颜色，看鱼在天空中快乐地游来游去……不消说，小人精就是一个对世界发生着奇思妙想的天真烂漫的孩子，杨红樱用其丰沛的想象力让我们见识到小孩子对世界的无边无际而又趣味无穷的想象。

　　小人精还是一个富有隐喻意义的象征体，如同蜜儿说的那样："小人精是纯真、善良、快活的人，他没有年龄，永远长不大"，而且就在孩子们身边，"但要用心才能找到"。结合这一切来看，在《那个骑轮箱来的蜜儿》和《神秘的女老师》中，不光校长龙腾飞、仙女蜜儿属于这种纯真、善良、快活而没有年龄的"小人精"，就连那一辈子说真话做真事的一百零八岁的老寿星、善良美丽的一百三十二岁的敬老院院长、能感受出风有颜色的老画家、能听到花开日出月光流泻之声的老作曲家、能为孩子们绘声绘色讲童话的老奶奶，也都是不折不扣的小人精。其实，杨红樱以小人精来说明一个道理：有童心的人永远不会老，也永远美丽。再来看杨红樱在其多部校园小说中塑造的备受孩子喜爱的现实人物——马天笑先生、天真妈妈、米兰老师、轰隆隆老师、教美术的林老师、开甲壳虫车的女校长欧阳雪等等，就都具有着小人精的这种精神潜质。

　　在杨红樱童话中，甚至像房子、鞋子、土豆、洋葱这样的在俗世中人眼中的无生命体，也都是活生生的孩子。他们在杨红樱的童话世界中穿梭自如、谈笑风生，展现出别样风采来。用仙女蜜儿的话来说，在童话（心）城堡里，"任何在成人看来不可思议的事情，都可能在这里发生。"《会走路的小房子》中的主人公，那座有一双很大很大的脚、脚上还穿着一双很大很大的皮鞋、走起路来"夸夸夸"地响、脾气还大得很的漂亮小房子，不就是一个顽皮机智还有点高傲的小孩子吗？他一开始是拒绝友谊的，不想跟大风车做邻居，不想跟钟楼做邻居，给想住进来的胖鹅、给小花狗、给梳翘辫子的小女孩出脑筋急转弯一类的题目："你用一元钱买一样东西，如果能把我装满，我就让你住。"爱翻跟头的小男孩不喜欢他，粗暴地对待他，他也能以牙还牙：

"这座小破屋！"小跟头说着，还踢了小房子一脚。

小房子也伸出他的大脚，在小跟头的屁股上踢了一脚。

"谁在踢我？"

小房子赶紧把他的脚藏起来。他觉得逗逗这个小男孩，也蛮开心的。

显然，这座小房子就是一个智慧兼调皮、大手大脚大大咧咧且又小心翼翼甚至还有点小心眼的可爱顽童。

在《小人精的黑夜故事》中，不服管教的鞋子们自成一个独立的瑰丽可爱的世界。在小人精的喇叭声的召唤下，鞋子们在夜间纷纷走出家门到街上游行：

睡在床上的人是听不见这喇叭声的。可是，他们的鞋子都能听见。

鞋柜的门开了，里面的大皮鞋、高跟鞋、长统鞋、运动鞋，还有小孩子穿的亮亮鞋、叫叫鞋、兔兔鞋都跳到地上来，排起队伍走出了家门，就连床下的拖鞋也跟着这些鞋出了门。

从各家各户出来的鞋出了大楼。

小人精从树上跳下来，站在鞋子队伍的前面。他举起长喇叭，又吹了两声，然后说道："亲爱的鞋子们，你们想不想跟我上街去游行？"

"想！想！"

鞋子们跳起来，特别是那些小孩子的叫叫鞋、兔兔鞋跳得最高。

还有，这些鞋子也像小孩子一样喜欢精神"溜号"，他们的不听指挥是和自己的属性与用途紧紧相联系着的：

小人精的长喇叭还在嘀嘀嗒嗒地吹，但是，鞋子们开起小差来。

大皮鞋和高跟鞋向街心花园走去；运动鞋向体育场走去；小鞋子向游乐场走去……

小人精回头一看，只有几双拖鞋还在队伍里。

"都到哪儿去了，快回来！"

小人精去追赶那些走散的鞋。鞋子们奔跑起来，和小人精捉起了迷藏。

天快亮了，小人精好不容易把鞋子们集合起来，把他们带回那座大楼里。

在杨红樱有趣的描述中，我们见识到了鞋子世界的斑斓色彩：他们也会因为主人性别、年龄、兴趣以及自身用途上的诸般差异而濡染了不同个性，而会有不同的"精神"去向：那向街心花园走去的大皮鞋、高跟鞋莫不是去逛街轧马路谈情说爱了？那走向体育场和游乐场的运动鞋和小鞋子以及在队伍里拖拖拉拉的拖鞋是真正的实至名归，随顺着他们各自的主人和自己的性情。还有，小人精对鞋子们的召集、追赶的情形，鞋子们和小人精玩捉迷藏游戏的情形是不是很像《七个小淘气》里乖狐狸与他组织、看护的七只小鸡间的关系一样？

在《小人精的黑夜故事》中，那些被书写到的蔬菜也同样古灵精怪：

> 小人精从树上飞下来，问土豆先生："你怎么还不回家？"
>
> "厨房里真是乱套了！"土豆先生摇了摇头说，"洋葱太太动不动就发脾气，她身上的那股味儿真是让人受不了；辣椒妹到处惹是生非；毛豆娃活蹦乱跳；老南瓜把自己当做车轮，在厨房里横冲直撞——唉！"
>
> 哦，原来土豆先生是出来躲清静的。

杨红樱既尊重这些蔬菜的物性并彰显和活泛出属于他们的个性：味道让人受不了的洋葱、"惹是生非"的辣椒、活蹦乱跳的毛豆、像车轮一样滚来滚去的南瓜、躲清静的土豆；同时又给他们加冕上人类世界的称谓，不管是"先生"，还是"太太"，是"妹"还是"娃"，是"老"还是"小"，都让他们深深地濡染上了童真孩子的浓郁色彩，由此，杨红樱童话世界中的一切都充满着童心童趣和"神机""妙算"，她的文学世界里因为活跃着"孩子"的身影、充溢着童真的气息而异彩纷呈。

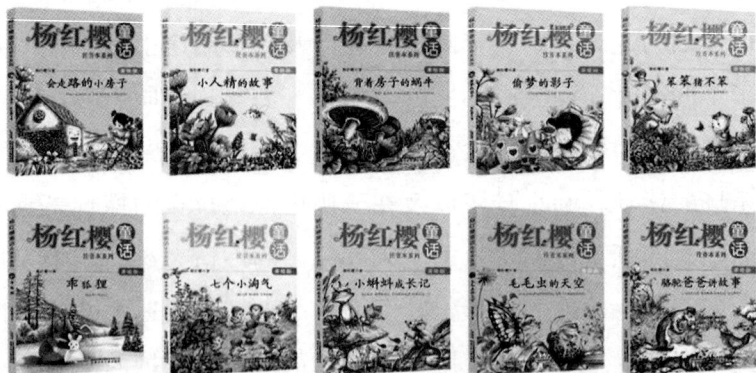

在杨红樱的童话世界中，无生命的东西被赋予了生命，普通的事物具有了非凡的特性，生活中看似不可能发生的事情也能在童话的天地中自由运行，一切皆有可能。

说到底，在童话王国中，杨红樱施展了奇思妙想的魔法，让一切都灵动起来、活泛起来，因为杨红樱始终坚信人性的美好，始终将眼光聚焦在孩子的世界中，所以在杨红樱的童话世界中，永远活跃着的是孩子，永远洋溢着健康、向上、快乐的情调。在杨红樱的童话中，那些起始戴着邪恶面具的动物们最终都会被感化，从而摘下邪恶的面具，露出"善"的真面目来。他们都有着一颗向上向善、容易感动的心——就像《寻找快活林》中的狐狸一家对"快活林"（类似于理想天国）与生俱来的向往和寻找那样。当"善"与"恶"发生了碰撞，一定是"恶"的一方败退下来而告终。杨红樱的作品中始终如此鲜明且反复地表现着这样的主题，说到底，源于杨红樱对孩子的充分信赖和肯定，她一定相信没有教育不好的孩子，她眼中一定没有所谓"坏"孩子。事实上，杨红樱在从教生涯中对待班级中所有孩子都是在积极寻找和放大他们的优点，在生活中她也如此教育自己的孩子："你不见得要从我身上学多少东西，但有一点要学：你在和某个人接触的时候，要在 5 分钟之内发现对方的优点。"她在现实中不但这样做了，而且在自己的童书写作中也始终做到了这一点。她笔下的儿童世界里，永远是真、善、美，"孩子"即使有缺点，也是可爱的、可逆转的。

要看到，在杨红樱的童话世界中，常常善与恶之间并不是你死我活的二元对立的关系，善与恶常常是对照映衬，最终结果往往是"恶"的一方趋向了"善"。在杨红樱的童话中绝少见到善恶黑白之间大对立大对决的场景，而更多呈现的是一幅幅和谐的美景："恶"的坚冰是如何被善良、天真、爱心所融化，汇进了涓涓的爱的江河的。所以，在杨红樱的童话中，一直是有着非常和谐的图景展示的，这又和杨红樱作品（包括童话）一直以来的唯美追求、对爱的高歌赞美相吻合。在杨红樱的童话王国中、在杨红樱的心中是一直存在着一个大同世界的，她用艺术的魔棒让读者看到了这个世界的欢乐和谐，坚定了读者不懈寻找和建设的信心。杨红樱就是这样善于把深厚的情感内涵融入到一个个浅显的故事中，在审美中给孩子以美的陶冶和情感教育的。杨红樱在文学天地中建立起来的无形而直抵心灵的童心学校对来过这里"就读"的孩子们的影响一定是至为深远的，一定会给孩子打下最为坚实的人性基础，让孩子收获快乐、理解友爱、懂得感恩。杨红樱以生花妙笔点化淬炼出万千与真善美相关的故事，为小读者期许了最美好的理想世界并为此不断地去努力构建与追求。

五、美的书写

杨红樱曾把自己早期的童话创作分为三个阶段：第一阶段，追求意境和语言技巧，比如《背着房子的蜗牛》《一片树叶，两只蚂蚁》《梦屋》等，风格是唯美的。第二阶段，虚幻的故事都在现实的背景下展开，亦真亦幻，比如《戴大耳环的蜜儿》《三只老鼠三亩地》等，风格是幽默的。第三阶段，完全是为了儿童在阅读上的愉

杨红樱品牌馆

悦感，在故事的构建上，想象更大胆，风格是荒诞的，像《巴浪的暑假奇遇》。

其实，杨红樱在童话创作中一开始就身手不凡，抒情、幽默、荒诞等多种风格并举，只不过在她所说的那三个阶段中的每一阶段里风格上可能会各自有所偏重。具体到某一篇童话当中来说，她也是会不断在随着叙述的调整、作品的主题、人物的出场等的变化上而随时转换风格、调整着叙事姿态。就像有的作家所认为的那样："风格便是探求，固定风格便是风格的停滞乃至死亡。"杨红樱抒情童话是格外讲求技巧和风格的多样性的，这令她总是能给孩子们带来出其不意的阅读惊喜。

《追赶太阳的小白鼠》在环境描写上就很讲究诗情，这是为着和所要讲述的故事发生联系，以达到严丝合缝的效果：

有月亮的晚上。

柔柔的月光拥着熟睡的大地——花儿睡了，合拢起芬芳的花瓣；鸟儿睡了，准备着明天的歌唱；小鸟儿睡了，在甜甜的梦里咽着嘴儿笑……

大地真的熟睡了吗？

月光轻轻地摇摇头。

她看见了，看见了一个老鼠的头从草地上的一个小洞里钻出来。

一切景语皆情语。花儿、鸟儿、大地的熟睡，让人感到自然的静寂甜美；作为贼的秃尾巴的出场就是在这样一个万籁俱寂的黑夜里开始的，他偷东西这见不得人的勾当必然地要和万籁俱寂的黑夜发生着联系，打破了大自然应该有的和谐。秃尾巴的行为是落在了月光的眼中的，月光在杨红樱的笔下也是一个眼神敏锐的具体可感的女性，"拥着""轻轻地摇摇头"都说明其动作的轻柔曼妙。童话结尾，在秃尾巴获得了灵魂净化、帮助小白鼠实现追赶太阳的梦想之后，已经是"彩霞满天"，"那鲜红的太阳已跃上了远山的峰巅"，奔跑的小白鼠"身影越来越小，越来越小……最后什么都看不见了，只有彩霞满天和一个鲜红鲜红的太阳"。由黑夜到白天的景致变化，不仅仅是时间的流转，其实也是秃尾巴的心灵由幽暗到光明的写照，是人与自然最终达成的真正的和谐统一。

《凝固的池塘》开篇即营造了一个优美和谐的自然环境：

在一个群山环抱的地方，有一个美丽的池塘。

天鹅、黄鹤和野鸭子世世代代生活在这里，池塘充满了生机：池塘里的水绿悠悠，池塘边的树郁郁葱葱，天上常有鹤影掠过，水中野鸭畅游，岸上天鹅在引颈高歌。

……

那是一个春天的黄昏，池塘里最惬意的时候，彩霞满天，池塘的水面上泛着金黄。夕阳摇曳着一抹橘红在金色的池塘上摇晃。

野鸭子在精心梳理自己的羽毛。

天鹅在水中欣赏着自己优雅的倒影。

远飞的黄鹤还没有回来。

黄昏沉浸在池塘的静谧中。

如此美丽宁静的自然环境，却在接下来遭到了人类的无情侵扰，两个猎手在这里大肆屠杀，彻底破坏了这里的宁静和美丽：

碧绿的池塘水被血染红了。在血红的水面上漂浮着黄鹤、天鹅和野鸭子的尸体。逃命的黄鹤、天鹅和野鸭子降落在一片树林里，惊魂未定，你看看我，我看看你。

当屠杀继续，美丽的生命和幸福的家庭被破坏之时，"天上乌云密布，狂风大作，水面上回荡着阴惨惨的怪叫声"，乃至于"血色的池塘变得黏稠起来"甚至"池塘已凝固如一块巨大的铁板"；在刽子手停止了屠杀，开始了悔过和赎罪后，母天鹅能够在安谧的环境里孕育生命之时，环境也在向好的方向发生着变化：

池塘边的树绽出豆大的新芽，枯草开始返青，花儿有了嫩嫩的花苞……

而当一群群生命——小天鹅、小黄鹤、小野鸭活蹦乱跳从小房子里跑出来的时候，自然环境又开始恢复从前的温馨宁静：

池塘的水绿悠悠、清涟涟，明亮的水面上躺着安详的睡莲，有白色的、黄色的和蓝紫色的。

童话对两个曾经的刽子手——黑脸汉和红脸汉的描写也都是很有意味的，他们脸色的一"黑"一"红"分别指示着他们当初心地的贪婪残忍与行为的血腥；他们一度屠戮了生灵，破坏了自然和谐，受到惩罚而陷入凝固的池塘中；但当他们开始悔过并有实际表现时，脸色也都发生了变化："黑脸汉的脸也不那么黑了，红脸汉的脸也不那么红了"。杨红樱在童话中总是以宽容的态度来书写那些犯有过失的人的，极少出现一些童话中常见的"致命"的报应。

在构思《一片树叶，两只蚂蚁》这篇童话时，杨红樱巧妙采取参差对照的方式来展开。当那一片美丽的银杏树叶落地，两只蚂蚁都有着美好的心愿：

蚂蚁黑黑看见了，他想爬到这片美丽的树叶下面，把它当做绿

杨红樱著《一片树叶，两只蚂蚁》封面

色的凉棚；蚂蚁黄黄也看见了，她想爬到这片美丽的树叶上面，把它当绿色的凉席。

杨红樱善于发现和构筑"巧"，从而让这篇童话妙不可言。在她笔下，两只蚂蚁对银杏树叶的追求和处置的方式截然不同——有"上"与"下"、"凉棚"与"凉席"之区分；但两只蚂蚁又有共同点——在外在行为和心理反应上的表达一致，即他们初始相见时都有些自高自大自以为是，彼此互不搭理、互相瞧不起：

蚂蚁黑黑看见蚂蚁黄黄，不摇触角不点头，心里很生气："你怎么全身发黄？黑蚂蚁才是真正的蚂蚁！"

蚂蚁黄黄看见蚂蚁黑黑，不摇触角不点头，心里很生气："你怎么全身发黑？黄蚂蚁才是真正的蚂蚁！"幸好黑蚂蚁不懂黄蚂蚁的语言，黄蚂蚁也不懂黑蚂蚁的语言，他们才没有吵起来。本来他们想扭头就走，可是他们都喜欢这片美丽的银杏树叶。

他们"分道扬镳"属于自然而然的事情了；但有意思的是，"美丽的银杏树叶"仿佛自然、艺术等一切美好事物的承载体，对他们发出美好的召唤：

蚂蚁黑黑爬到他的绿色的凉棚下；蚂蚁黄黄爬到了她的绿色的凉席上。一个在上，一个在下，眼不见，心不烦。

正是在领略不同景观、享受快乐的独处中，他们都发自内心地意识到了快乐是要共同分享的，不约而同地都想到了同一片天地中的对方：

在绿色凉棚下的蚂蚁黑黑好快乐。他听见草儿在土里滋滋地长，虫儿在草里啾啾地唱。他多么想，多么想叫凉棚上的黄蚂蚁快快下来，下来和他一起分享这份美妙。

在绿色凉席上的蚂蚁黄黄好快乐。她看见白云在蓝天上悠悠地走，鸟儿在白云里扑扑地飞。她多么想，多么想叫凉席下的黑蚂蚁快快上来，上来和她一起分享这份美妙。

于是，两个蚂蚁之间的交流与共享就成为了必然。而且交流的内容越来越丰富，共享的方式也越来越巧妙，是"咬洞"，亦即清除二者之间有形的和无形的壁垒，发现对方的美丽；而且，所"咬"的"洞"的数量也在二者有情有义的配合下有层次有秩序地进行，数字由一到四不断发生着递进，传递出来的语言讯息是双方都能读懂的，感情的浓烈度在加深：

蚂蚁黑黑在树叶上咬了一个洞。蚂蚁黄黄读懂了：这是"喂"——他在招呼我。

蚂蚁黄黄在树叶上咬了两个洞。蚂蚁黑黑读懂了：这是"你好"——她在向我问候。

蚂蚁黑黑在树叶上咬了三个洞："我爱你！"

蚂蚁黄黄在树叶上咬了四个洞："我也爱你！"

树叶上有了洞，蚂蚁黑黑又看见了蚂蚁黄黄，蚂蚁黄黄又看见了蚂蚁黑黑。原来黑蚂蚁也美丽也可爱，原来黄蚂蚁也美丽也可爱。

一片树叶，两只蚂蚁。他们一会儿把树叶当做凉棚，一会儿把树叶当做凉席。

"洞"是由无到有的，由"一"而"两"而"三"而"四"发生着变化，两只蚂蚁之间的交流也由最初的零到有，由一个"喂"字的招呼而变为两个字的"你好"、三个字的"我爱你"、四个字的"我也爱你"，他们的感情在升温，树叶造成的精神屏障在被渐次打破打开，他们彼此都能看见对方，认识到对方的美丽与可爱，两只蚂蚁最终都冲破了当初的狭隘认识，不再各自为营地厮守自己的凉棚或凉席，而是把树叶当成共同的凉棚或凉席，此时树叶是他们交流游戏的最好平台了。

杨红樱的童话叙述平易亲和，拟想中是充分考虑到小读者的接受能力的，让人愿意接近。以《会走路的小房子》的开篇来说，就像是叙述人面对面和小孩子交谈似的：

你看出这座小房子跟别的小房子有什么不一样吗？往下看，再往下看，看见了没有？这座漂亮的小房子有一双脚，一双很大很大的脚，脚上还穿着一双很大很大的皮鞋，走起路来"夸夸夸"地响。

这个故事的开头那么形象逼真，叙述人就像导游似的，在为我们指指点点，就仿佛真有这么一座小房子矗立在我们面前。

再来看《寻找快活林》的开篇：

狐狸一家三口闷闷不乐地吃着早餐。

他们吃的是咸肉和葡萄。咸肉是狐狸先生从乌鸦太太嘴里骗来

的。葡萄很甜，一点儿也不酸，狐狸太太却告诉所有的人说这葡萄
是酸的，别人不敢吃，她就把它们带回了家。

在这里，杨红樱巧妙化用了两个关于狐狸的尽人皆知的古老寓
言：一个是狐狸赞美乌鸦唱歌好听从而骗取她口中的咸肉，另一个
则是狐狸吃不到葡萄说葡萄酸。在童话开篇如此"用典"，遂让这个
故事与两个古老故事之间存在着"互文性"，由此充溢着一种延续古
老故事的谐趣，造成似曾相识的亲切感，狐狸"与生俱有"的狡诈
形象在一开始是被凝定下来的，在接下来的叙述中，狐狸狡诈的形
象还在继续着、维系着：狐狸一家骗取到了毛猴的房子，一旦得逞，
又怀疑这是毛猴所设的圈套，"可要时刻提防着这鬼猴子"；狐狸一
家抢在白兔前面摘取大蘑菇，不接受白兔妈妈不要采色彩鲜艳的蘑
菇的好心劝告，认为"她不让我们采，是想留给自己采"，因而采
了一大堆毒蘑菇；毛猴、白兔妈妈端来解药，狐狸一家开始坚决不
喝，怀疑他们居心
不良……直到毛猴、
白兔妈妈的无私拯
救确实奏效，狐狸
一家被从死亡边缘
拉回，狐狸的狡诈
形象才出现了大逆
转，才开始反思自
己的所作所为，意
识到自己想法的偏
执和行为的不妥。
而且，这个童话的
讲述始终是以轻松

杨红樱著《寻找快活林》封面

幽默还带着点夸张的方式进行着的。同去采蘑菇，白兔妈妈带着一群小白兔是"挎着小篮子"，而狐狸一家三口是"抬着一个像大水缸那么大的筐"，采蘑菇工具的大小就能反映出来事主贪心与否；当白兔妈妈将救命药端给狐狸夫妇喝时，狐狸夫妇仍然防备心十足，而小狐狸却没有机心：

> 他们紧闭着嘴，坚决不喝。他们想：占了毛猴的房子，抢了白兔的蘑菇，现在他俩却来救我们的性命，到底安的什么心？
>
> 又端给小狐狸喝，小狐狸"咕咚咕咚"喝下去。不一会儿，他站了起来："我好了，我的肚子不疼了！"
>
> 小狐狸把药端到狐狸先生嘴边："爸爸你喝吧，不喝你会死的。"
>
> 狐狸先生到底怕死，几口就把药喝了。狐狸太太也怕死，不用劝，便把药喝得一滴不剩。

狐狸夫妇在喝药态度上的前后变化，已经让人能感觉到童话隐含着的道德价值评判了。杨红樱并没有刻意去渲染怎样做是对是错，但是已经在平易诙谐并带着讥讽的叙述中让读者意识到了狐狸一家做法的自私自利，品到了毛猴、白兔妈妈的心底无私天地宽，他们可没有一报还一报，而是在狐狸一家危难时刻伸出援助之手。小读者从中该懂得什么是宽容大度，什么是狭隘自私。狐狸一家三口到最后能幡然醒悟、改邪归正，获得真正的快乐，这也便是自然而然的事情了。

"歪打正着"是杨红樱结构童话常用的手法。以《没有尾巴的狼》来说，狼狐一直伺机报复麻老鸭，但在洪水中一再得到麻老鸭的帮助，同时也将错就错地协同麻老鸭救助了两只小白兔和小男孩陶陶，因为做好事而被留在了陶陶家里。狼狐希望好好表现以巩固自己在陶陶家的地位，却总是弄巧成拙地再三闯祸，譬如为着抓小偷而相继吓走了送牛奶者、邮递员和陶陶的爷爷。在这个过程中，狼狐不断地和狐狸尾巴对话，商讨对策，如何为着讨好陶陶一家而展示自己的"勇敢"和"智慧"，狐狸尾巴是给狼狐出了不少"馊"主意的，不长脑子的狼狐就像莽撞的汉子一样再三犯错：为着帮陶陶找一只跑到花园里的刺猬而拔掉花园里的所有花，自己身上还扎了许多玫瑰花刺；为了掩盖"罪行"而放水冲垮花园再嫁祸于他人……童话的幽默效果也就在狼狐欲盖弥彰的将错就错中接二连三地出现了。

《巴浪的暑假奇遇》属于杨红樱自称的"荒诞"式风格，亦即无章可循的那种。这个故事完全根植于想象，"虚"的成分远远大于"实"的成分，显现着杨红樱无拘无束的想象力和丰沛充实的创造力，也许是最能显现杨红樱少小时即葆有着的童话性情的。巴浪在山娃的带领下去了一个大人们都没去过的地方，见识到山里许许多多奇奇怪怪的东西，情节也设计得极为大胆：比如说山里的蜘蛛精"身子有老虎那么大，八只脚，每只脚都有两米多长。如果它把脚站直的话，有一座房子那么高、那么大"，"蜘蛛精吐出的丝只有它自己能看见，人是看不见的"，"蜘蛛精有巨大的身躯，可行走起来，一点儿声音都没有"。一头叫声像牛的"五不像"的动物："脸像马，头上却长着鹿的角，猪的耳朵，狗的毛色，牛的身材"。这里的红蚂蚁比牛还大，但是它的腰很细，六只脚也很细，触角像天线，能够在软绵绵的地上飞快行走，红蚂蚁还能够驮着巴浪和山娃行走。巴浪看见白色的河流，流的是牛奶，看见一棵树上结满了各式各样的鸟蛋，"大的有足球般大的鸵鸟蛋，小的有珠子般大的鹌鹑蛋"。巴浪和山娃掉进了"沉了好久才沉到底"的深井中，是靠着握住白毛妖女的头发一点点被拉上来的；巴浪和山娃钻进了树洞口，不知走了多久才走出洞口，来到了一个天空是绿色的、树是红色的、草是蓝色的地方，在这个地方翻跟头正合适，走起路来反而费劲。巴浪和山娃被一条巨大的圆帆鱼吞到了肚子里，发现鱼肚子里有好多好多奇奇怪怪的动物，他们一起在鱼肚子里吼歌、乱跑乱窜，圆帆鱼一呕吐，它肚子里所有的动物都被吐了出来……总之，《巴浪的暑假奇遇》给我们提供了一个美好且神奇的场域，最大限度地调动了我们的想象力。

以此来看《巴浪的暑假奇遇》，杨红樱想象力的无限伸展，无疑是带有着很强的向《西游记》致敬、学习的意味。这篇童话透着曼妙奇幻的色彩，扎根于现实的想象漫无边际但又充满趣味，收放自如，让人叹服作家想象力之充盈。与《巴浪的暑假奇遇》风格相似的有《小人精的黑夜故事》《迷糊豆和小人精》等篇，这当中的小人精就具有魔幻精灵的超常能力，可以在太空中自由穿梭，任意驰骋。小人精这个精灵的存在事实上为杨红樱自由无羁的想象打开了广大的空间，小人精的奇遇和见闻是匪夷所思的，却也是趣味横生的，让我们见识到作家大胆的想象：有向着太阳开的向日葵，当然就有向着月亮而开放的向月葵，向日葵籽能让小鸟吃出太阳的香味，向月葵籽则能让小鸟吃出月亮的香味；有一片魔术草地，草长得比树还高，到了晚上可以把小小蚂蚁变成像马一样大，把老虎变得像猫一样小，把蜗牛变得像水牛一样大，把大象变得像小猪一样小；风有各种颜色，而且会因时因地而变化；大海里的鱼可以通过雨水游到天上去；天上的云是一座座飘浮在天上的冰山，迷糊豆吃了云彩做的炒绵冰冰，所以能神奇地飘起来；小松鼠因为尾巴小而不能从很高的树上往下跳，小人精扯下一团团云系在松鼠尾巴上，小松鼠就能跳得非常优美漂亮了；在有星星有月亮的晚上，会有偷梦的影子出现，背着口袋到处偷人们的梦……在这些荒诞的情境中发展出了魔幻的场景，杨红樱无拘无束的游戏笔墨和童心想象，让我们感到她是在以"顽童"的方式来书写一种别致的童话——"顽童体"童话，天真神奇，趣味盎然，荡漾着轻松欢快的氛围，显现出杨红樱在童话这方天地中雍容自信、怡然自得的态度。如果联系后来杨红樱在"淘气包马小跳系列"等校园小说中塑造的马小跳这样的"顽童",那么,我们可以说,杨红樱从形式和内容、现实和想象等多个维度上让我们看到了什么是"顽童"、什么是顽童精神。

杨红樱没有提到自己童话中的另一种风格,即悲壮。的确,杨红樱的大多数童话都是柔美抒情、恬淡和谐的风格的,至于我们所要讨论的"悲壮"在杨红樱童话中并不多见,但是一直存在着。《北方的狼》自始至终就都充溢着这样粗犷、豪放、呈现着阳刚之气的风格,通篇都是以能显示北方狼的"力"的冷峻苍凉的美学风格相配应的。开篇是北方的狼因为向往南方而粗犷豪放的歌声——"我是一匹来自北方的狼,走在无垠的旷野中,凄厉的北风吹过,漫漫的黄沙掠过,奔向南方,只为了那美丽的传说",北方的狼在美丽传说支撑下的不懈寻找和凄厉歌号以及在结尾从容赴死时的悲歌,与猛兽的生死搏斗,为了爱情挑战南方的狼王,耻于同南方贪生怕死的狼为伍,在猎人铁笼里对铁栏的绝望碰撞,到最终为着身躯和灵魂的自由而义无反顾地选择死。童话在情节和背景的设置上充分展示着北方的狼所应具有的野性和力量。当然,在野性和力量之外,有着强悍外表的北方的狼还别有柔情:与母狼曼莎展开着缱绻的恋情,受母鹿的博大母爱震惊而流露出的容易感动的心,对弱小放弃伤害而体现的恻隐之心。"侠骨"与"柔情"在反差中的矛盾统一更能显现出北方的狼棱角分明的善良个性和富有张力的狂野性格。《农夫和蛇》《飞蛾圆舞曲》《流浪猫和流浪狗》也都同样带着悲壮的色彩:《农夫和蛇》中,小青蛇为自己和农夫成为金钱的奴隶而痛心而流泪,到后来毅然决然地爬进了风雪交加的寒夜里,这与她起始请求农夫救救自己有着多么大的反差!《飞蛾圆舞曲》中发誓"不飞到月亮身边,决不回头"的飞蛾从生到死都一直在孜孜地、不悔地追求着月亮,即使垂老之时也没有动摇自己飞向月亮的决心,直到在最终的扑火（他想象中的"月亮"）中完成他的壮烈。《流浪猫和流浪狗》的主调是滑稽幽默的，但在结尾却由喜剧转向了悲壮：黑骑士不卑不亢地以一己之死捍卫了自己和黄大侠的友谊、保护着黄大侠和西施狗的爱情，而黑骑士的侣伴乖咪和好友黄大侠对他的无尽怀恋和追念，则流泻出的是浓浓的伤感和悲戚。

至于幽默风格，可以说在杨红樱的童话中更是无处不在，换言之，幽默感是杨红樱骨子里的东西。杨红樱提到过自己小时候每天生活都很平淡，但是有"情趣"。"情趣"其实就体现在她对平淡生活的点点滴滴的发现和感动，以及对生活与众不同的乐观理解上，说到底就是"幽默"——对生活积极向上而又乐观的认识。杨红樱曾经谈到过她对幽默的认识："幽默应该是含而不露的，不是人刻意追求就能得到的。有人说我的童话写作很优美很温暖，其实我的童话也是很有幽默感的，属于那种冷幽默"，"我个人说话不幽默，但是处理人和事挺有幽默感的，也特别能理解别人讲话中的意味。"

《流浪狗和流浪猫》中，刚开始一棵百年老树上贴有一张玫瑰度假村安全委员会的告示，内容是针对行侠仗义的黄大侠和黑骑士的：

近日，有一野狗黄大侠、野猫黑骑士常窜入我村内，破坏治安，扰乱秩序。即日起，不准野狗野猫进入村内，如有对野狗野猫友善者，将受到舆论的谴责。

在后来，因为黄大侠、黑骑士无意中抓住了闯进市长家里行窃的贼，市长又在前一天刚张贴出来的告示上盖上了新的一张《告全体村民书》：

来此度假的全体村民们：经常光临我村的黄大侠、黑骑士是具有高尚品格的狗和猫，为表达对他们的敬意，本市长特授予他们

"荣誉村民"金质勋章。凡对此狗此猫不恭者或持异议者，都将受到舆论的谴责。

两张告示都是模仿着现在严肃的公文说明来书写的，在严肃中寓含着滑稽，特别是如果对比两张告示的内容，同是针对黄大侠和黑骑士，同是一句"将受到舆论的谴责"，但对象已经发生了绝大的变化：前一张告示是针对黄大侠、黑骑士的友善者，后一张告示则是针对着对黄大侠、黑骑士的不恭者、持异议者。如此政令前后不一、朝令夕改，自然就会产生滑稽的效果。

《只有一个太阳》中，致力于成为老鼠朋友的飞猫降落在鼠国后，被一队威严的鼠国卫兵团团围住：

"你是谁？"

"我是飞猫。"

一听是猫，卫兵们立即吓得四处逃窜。

"别跑！站住！"飞猫喊道。

可是没有谁听他的，卫兵们跑得更快了。飞猫只好扑扇着翅膀追上去，捉住了一个鼠卫兵。

"快带我去见你们的国王！"

鼠卫兵吓得浑身发抖："我们国……国王不敢……见你，我们老鼠……最怕的就是猫……猫……"

本来很威严的士兵在"团团"围住飞猫后，只因为听说对方是"猫"就突然间丢掉尊严，"四处逃窜"甚至"跑得更快了"。飞猫自报家门之前与之后，猫鼠之间的强弱对比和威风高下就发生了戏剧性的此消彼长的态势。体味一下飞猫与鼠国卫兵的对话以及具体的情境，这前后强烈反差的情形能不令人捧腹？在这篇童话结尾，虎

杨红樱和她心爱的童话形象笨笨猪

大王官僚气十足地向臣民们发表长篇演说，却发现臣民们自顾自地自由活动了，虎大王也不得不收敛起威风，以自我解嘲的方式融入到了集体快乐的阵营中："我还在这里讲什么废话？快找个地方玩去吧！"虎大王最终"冲下山去"既是客观情形下的无奈之举，也是平素被官气包裹着的自由心性在全民狂欢时的拨云见日。

《亲爱的笨笨猪》多管齐下地渲染快乐：故事发生地是"欢乐村庄"，童话是在欢乐的基调下展开的，主题也在于对欢乐的强调和肯定。"笨笨猪"这个形象在杨红樱的中短篇童话《七个小淘气》中变身为猪笨笨，在《欢乐使者》中变身为猪猡猡。"猪"原本馋、懒、笨的文化形象在这几个童话中既有发展又有变化，这就体现在笨笨猪的贪睡贪吃的"恶"习性往往"逢凶化吉"、给他人带来了"福音"。譬如，笨笨猪在乖乖熊的生日会上因为贪食而吃光了所有的毒蘑菇，却因此救了参加生日会的动物们；笨笨猪太重，玩坏了秋千，用带轮子的大沙发作替代，阴差阳错接应了买回一大堆东西正苦于分身乏力的熊妈妈；笨笨猪没问清楚，就让鸭妈妈每天喝盐水生盐蛋，还出于好心每天尝蛋看是否盐蛋；村民们家家户户有了电话，只通电话不见面不写信不送花了，为了解决这个现代的烦恼，笨笨猪想了一个笨办法剪断了电话线，倒真的解决了村民们的烦恼，恢复了欢乐村庄的人情味儿……这部童话的诸多情节本身就都是幽默。

以童话首节《小猪上学》来看，笨笨猪是够贪吃贪睡的了：

> 小猪每天睡懒觉。可是开学那一天，邻居红鸡公刚唱第一遍歌，妈妈就叫他起床了。他的眼睛仍然没有睁开，呼噜打得还是那么响，任随妈妈给他穿上大方格的吊带裤，套上红色的小背心，一直到他妈妈把热气腾腾的玉米糊糊汤端到他的鼻子下，他才一下子睁开了眼睛。

> 小猪把头埋进面盆里，稀里呼噜地喝光了玉米糊糊汤，还吃了8个大白馒头，才背起书包上学去。

看看命名，不是"红公鸡"，而是"红鸡公"，似乎也把这只红公鸡的年龄状态交代了出来——"公公"嘛，它不但成为笨笨猪的"邻居"，同时又是在唱歌——"唱第一遍歌"（可不是"打鸣"），看起来只是句式上拟人手法的简单运用，却浓厚着童话的氛围；而笨笨猪睡不醒的样子何其逗人："呼噜打得还是那么响，任随妈妈给他穿上大方格的吊带裤，套上红色的小背心，一直到他妈妈把热气腾腾的玉米糊糊汤端到他的鼻子下，他才一下子睁开了眼睛。"贪睡的情态跃然纸上，而笨笨猪对食物的超级敏感和吃相不好看、吃得比较多，更是憨态可掬："把头埋进面盆里，稀里呼噜地喝光了玉米糊糊汤，还吃了八个大白馒头"，夸张的叙述造成的滑稽效果也特别好，笨笨猪因贪吃贪睡而显得超级笨却也因此而无比可爱，而且饿得快，是个道地的小觉包："走到学校门口，他的肚子又饿了。坐在教室里，他又想睡了。"上课时窘态百出，自然是避免不了的了：因为肚子咕咕叫而把拼音字母 a "读"成了"咕"，因为睡着了没听课而把 O 当成了"饼"和"蛋"，把数字 1 当成了胡萝卜和糖棍儿——什么时候都忘不了吃和睡啊！

还有呢，笨笨猪睡觉打呼噜，因为怕影响伙伴们的休息，特意把他们都叫醒，好心地让他们服用安眠药。笨笨猪此举确实很多余，也够搞笑的，可是看看后面的叙述，还真有这个必要，而且就是这样做，都无济于事呢：

轰——隆隆！

呼——啦啦！

木房子摇晃起来。

"打雷了？"白兔姐妹从梦中惊醒。

"地震了？"猫咪咪也一下子坐起来。

狗汪汪和乖乖熊都醒了。

"嘿嘿嘿！"乖乖熊笑得在床上打滚，"没有打雷，也没有地震，是笨笨猪在打呼噜。"

狗汪汪气冲冲地过去推笨笨猪，哪里推得动他！睡梦中的笨笨猪笑眯眯地翻了个身，差点把狗汪汪压在下面。

白兔姐妹"打雷了"的疑问对应着笨笨猪的"轰——隆隆"；猫咪咪"地震了"的困惑则对应着笨笨猪的"呼——啦啦"；"嘿嘿嘿"笑的乖乖熊是在解释木房子摇晃的真相；与"笑得在床上打滚"的乖乖熊不同，狗汪汪是"气冲冲地过去推笨笨猪"，结果适得其反：睡梦中的笨笨猪"差点把狗汪汪压在下面"。笨笨猪雷打不动的鼾声和贪睡是够恼人也够让人笑疼肚子的吧？大家伙儿不得已采取非常措施，"拖的拖，拉的拉，好不容易把笨笨猪抬到门外去"，似乎该太平了，结果呢，笨笨猪再度响起的"轰隆隆""呼啦啦"的鼾声居然惊醒并招来了大灰狼：

轰——隆隆！

呼——啦啦！

笨笨猪那滚滚春雷般的呼噜声，在空旷的山野回荡，传进木房子，变成了一缕时断时续的有节奏的声音，很轻很柔，像一支缥缈的催眠曲。

木房子里的小伙伴们睡着了。山野里的滚滚雷声惊醒了睡在山洞里的一只大灰狼，他感到特别饿，他还没吃晚餐呢！

不过，狼虽然被笨笨猪招来了，但杨红樱却有"峰回路转"的叙事能力，笨笨猪歪打正着地打了个惊天动地的喷嚏，吓跑了想来吃兔子的大灰狼：

大灰狼小心翼翼地爬上那堆东西。

"阿——嚏！"

那堆东西跳起来了，发出惊天动地的声响，把大灰狼掀翻在地。

大灰狼被吓晕了，滚下山去。

笨笨猪的喷嚏还起到了一石二鸟的作用，小伙伴们被他适时惊醒，正好看到了期待已久的壮丽日出，大家为此纷纷向笨笨猪道谢……类似这样夸张而富有创意的描写，在这部童话中俯拾皆是，这部童话笑点百出也就不足为奇了。

在《亲爱的笨笨猪》中，杨红樱对笨笨猪的文化形象书写上的变化之处在于，笨笨猪始终是只"欢乐的小猪"——"妈妈叫他'乐乐乐'"，是一只富有爱心的可爱小猪。杨红樱对人物的命名是挺有意味的，像笨笨猪、红鸡公、乖乖熊、猫咪咪、狗汪汪、巧巧猪等等，朗朗上口，非常符合孩子对事物的接受心理，而且命名还带有那么一点幽默谐趣。笨笨猪是够笨的，但用巧巧猪的话来说就是："你虽然长得丑一点儿，但是你的心眼儿好；你虽然笨一点儿，但是笨得可爱。"比如，玩捉迷藏的游戏，别人问"你们藏好了吗"，笨

南非的孩子也喜欢笨笨猪

笨猪因为傻乎乎地回答"藏——好——了"而暴露了目标，轮到笨笨猪去捉大家了，他仍然傻乎乎地反复问"你们藏好了吗"，得不到回应就一直问下去，直到肚子饿了、径自撇下小伙伴回家吃饭睡觉去了，由此同样出现了可笑的场景：

> 笨笨猪"吧嗒吧嗒"地吃了一大锅白米饭，吃了一大锅炖萝卜，然后一觉睡到太阳落山。
>
> 狗汪汪、猫咪咪和乖乖熊、白兔姐妹还藏在那里，他们都说笨笨猪真是笨，找了大半天，都没有把他们找到，只好自己从藏身的地方走出来。

"吧嗒吧嗒"是在模拟猪吃食的声音，却又再精确不过地把笨笨猪吃东西"香"的情形表达出来了；两个"一大锅"和一个"一觉"这三个"一……"的连用，把笨笨猪贪吃贪睡的本性活画出来。

还有，笨笨猪在家里大饱口福，还睡了个美觉；而狗汪汪、猫咪咪和乖乖熊、白兔姐妹呢，却还在家外"藏猫猫"，等着笨笨猪来找自己。两相对比，是不是"笨"和"精"都出现了情势上的翻天逆转了呢？狗汪汪们精明得过了头，而显出了傻相，而笨笨猪"笨"出了精明。可以用《樱桃小镇》中一个高年级女生的话来说："笨笨猪不笨，笨笨猪是大智若愚。"当狗汪汪们"说笨笨猪真是笨，找了大半天，都没有把他们找到"时，是不是就有了些自我解嘲的意味了呢？说起来，正是因为杨红樱细致入微地写出了笨笨猪的童心，幽默自然而然地产生了。

《神秘的女老师》中的幽默场景更是随处可见。以龙校长把姑姑龙督监气昏了过去的场景为例：

"咚"的一声，龙督监直挺挺地倒了下去。她这是被气的，被龙校长的这番话气得昏死过去了。

龙校长像一个闯了祸的小孩子，一时手足无措。他居然把一桶纯净水，往龙督监的头上淋。

龙督监打了个冷战，睁大眼睛，瞪着龙校长。

龙校长松了一口气——他的姑妈没有死，还活着呢！

龙督监的倒下、龙校长慌张莽撞的做法以及龙督监被浇水后起死复生的情态都很直观形象且滑稽，具有很强的动态画面感，让人如见其人如睹其景。杨红樱还很善于运用"反差"造成幽默的效果。比如，龙督监从医院里出来后，因为闻了蜜儿的橙色药水而消除了一些顽固的思想：

上课铃响了，龙督监拉住一个正往图书馆跑的学生，问："这位同学，上课了，你怎么不进教室？"

"这节课是语文课。"这位同学说，"语文老师让我们到图书馆去查资料。"

"好！好！好！"龙督监连声称赞，"语文课能上到图书馆去，说明这语文课是真的上活了，上出品味来了。"

龙督监本来最反对学生上图书馆的，但在橙色药水的作用下与过去判若两人，全然变得可亲可敬，已经让人不可思议、认不出来了。这不是很滑稽吗？

马克思说过："成人不能再成为儿童，否则他就稚气了。但是儿童的天真难道不使人感到愉快吗？他自己不应该在更高的程度上使儿童的纯朴的本质再现吗？"的确，童心就是产生幽默的温床，只要能真正破解童心，幽默不必刻意营求就会自然降临。杨红樱在更高的程度上将"儿童的纯朴的本质"亦即童心再现出来，当然会让人感到愉快。安徒生可说过："我的童话是给孩子们的，同样也是给大人们的……天真和纯洁只是我的童话的一部分，幽默才是它们的本真。"这句话搬用到对杨红樱童话写作的理解上，也是完全有效力的。正像杨红樱所看到的那样，她专心童话写作的那些年就像学钢琴练基本功一样，正是有了一个个童话的勤学苦练，才铸就她写作上的丰厚基本功，亦成就其后来《女生日记》《男生日记》《淘气包马小跳》《笑猫日记》等长篇巨制畅销不衰的景象。

第四章

凌云健笔意纵横——杨红樱教育小说论

杨红樱第一次尝试写小说

1998 年，童话《那个骑轮箱来的蜜儿》出版后很受小读者的欢迎。这让杨红樱认识到，能够引起小读者们反响的作品还是贴近他们生活的东西。而这年暑假，她的女儿去老家烟台度了一个月的假，回来的时候，已长得和她一般高了。杨红樱惊喜地意识到女儿的美丽成长，遂停下了童话创作，立意要用自己的笔真实地记录下女儿六年级生活这段美丽的过程，记录下她长大的每一天："当一个女孩子蜕变成一个女人，这是一个很重要的过程。这也是女孩身体变化和心理变化一个很关键的特殊阶段。我要描写这个阶段就是我当时的强烈愿望,这个时候如果用童话文学去表达是不准确的。如果我要写,我一定要写出很真实的文字。"

杨红樱家的窗户正对着女儿的教室窗户,中间就隔着一个操场,听得见上课下课的铃声,看得见他们上体育课,就是在教室里,杨红樱也能用望远镜把他们上课的情景看得一清二楚。现实生活中女儿的成长和烦恼、她"跟踪"女儿一年而得到的诸多生活素材,加上对自己多年前从教经历的重新咀摸,此时交集在一起发酵成醇香可口的"葡萄酒"——校园小说《女生日记》。

小说 2000 年出版之时产生了巨大的轰动效应:中央电视台《半边天》节目组、中国教育电视台、《中国教育报》等多家央媒记者都赶赴成都采访杨红樱,《半边天》节目是当时国内以先锋女性议题而富社会影响力的女性栏目,《中国教育报》用两个版面报道杨红樱,大标题叫《聚焦杨红樱》。根据《女生日记》改编拍摄的同名电影 2004 年 6 月获得了中国儿童电影的最高奖——第 12 届中国电影童牛奖,同时在成都电影节上被孩子们评为"最喜欢看的电影"。据开卷 2019 年的数据显示:《女生日记》自 2003 年 5 月首次登上中国"开卷"畅销书榜开始,就成为中国原创儿童文学上榜时间最长、印次最多(印刷上百次)、单品种印数最高的作品(销量超过 500 万册),小说有"现代女孩的成长启示录"之美誉。

《女生日记》大红大紫的 2000 年之于中国儿童文学发展来说是具有分水岭意义的一年,在此之前,中国童书市场一直经营惨淡,出版重心还只是局限在少儿百科等功利性阅读领域。2000 年英国作家 J·K·罗琳的魔幻小说《哈利·波特》中文版被引进后,中国童书出版重心明显开始向文学倾斜,同时呈现了"西强中弱"的出版格局:J·K·罗琳、阿斯特丽德·林格伦、斯蒂芬·金、R·L·斯坦、万巴等的童书纷纷"抢滩"中国。但在杨红樱《女生日记》出版之后，随着其《五·三班的坏小子》（2001年）、《男生日记》（2002年）、《漂亮老师和坏小子》（2003年）、《假小子戴安》（2005年）、"淘气包马小跳系列"（自2003年始）的陆续推出，杨红樱的一部部作品迅速跻身于当时的童书排行榜前十，销量已开始与《哈利·波特》等外国童书相颉颃，中国童书出版格局明显发生了变化，到2006年"笑猫日记系列"出版，"西强中弱"的童书出版格局得以根本扭转，杨红樱作品开始独领风骚，占据了童书市场的半壁江山，也顺势带动了中国原创儿童文学的繁荣局面。杨红樱由此获得"中国童书皇后"之美誉，可谓名实相副。而作为中国儿童文学出版兴盛的代名词，"杨红樱现象"对儿童文学创作及阅读的有益启示持久而深远。

一位图书管理员在社交平台感慨万端："不得不说杨红樱的书真的十分受孩子的欢迎，到什么程度呢？一批新书上架，就算副本有十多二十本，也能转眼就被借空。"还有读者在多年之后回顾阅读杨红樱作品时依然动情地表示"杨红樱宇宙是我的早恋圣经"，其用词或有些夸大，也许还会让严防男女界限之成人"闻恋色变"，但"宇宙""圣经"一类用语在说明杨红樱其后一系列童书写作之于小读者思想启蒙的无可替代的意义上，倒也不乏其准确性。杨红樱这些脍炙人口的教育小说、成长小说让还无力表达出自己复杂心曲的孩子们有了展示心声的机会，有了话语表达的诉求，有了瞭望外面精彩纷呈的世界的平台，有了省思家庭、婚姻、教育、异性和自身成长与烦恼的愿望。毫无疑问，在数代儿童读者的人生成长岁月中，杨红樱是他们深刻而永恒的阅读记忆。

一、好老师：漂亮智慧有内涵

《女生日记》写到了一个人们普遍关心的问题，那就是什么样的老师会是小学生心目中的好老师。小说给出的答案是：女老师年轻、漂亮、和气，如罗老师；男老师幽默、帅气、智慧，如舒老师。冉冬阳日记中写得很明白："如果在学生中做一个调查，问他们喜欢什么样的老师，我敢打赌，百分之九十九点九的同学都要这样回答：喜欢年轻的、漂亮的、和气的女老师；喜欢幽默的、帅气的男老师。"在这本小说中，的的确确有许多情节都关涉到了同学对老师外貌的关注：开学之初，因为知道是帅气的舒昂老师来教自己数学，女生"脸上都有掩饰不住的喜悦"，冉冬阳、刘杨惠子等女生在后来因为视舒昂为偶像，而对他教授的数学产生了学习动力："以前吧，听刘老师上数学课老走神儿，现在听舒老师上数学课，每一句话都记得牢牢的，你说怪不怪？"爱美之心，人皆有之。小孩子对外在形象靓丽俊秀的老师会止不住地产生好感。就是说，这部小说不回避描写同学对老师特别是异性老师的欣赏性心理——这一切符合实际情形，但又是多少作

杨红樱初版《女生日记》作者像

品刻意回避或者说视而不见的，杨红樱看到了这真实的一幕，把它如实表现出来，而且赋予这其中的情感以真实、纯洁，与龌龊无关。有着亲身教学实践的杨红樱对于孩子的这种认知并没有错判，她教过的一个学生李蓓在《我的小学老师》中回忆杨红樱从教风采经历时就泄露了"天机"：

　　杨老师的美丽是令人瞩目的，她的举手投足都是一道风景线，上课时我们如痴如醉地看着她，下课时就聚在一起讨论杨老师穿的蓝色太空服、白月牙小发卡真好看。那时的杨老师，在我们心里，是比任何一个电影明星都要漂亮的天仙姐姐。实际上也是，我还有一张三年级与杨老师合影的照片，她穿着蓝色的太空服，笑得甜甜地站在队伍的一旁，青春、靓丽、魅力四射。

　　千万不要据此就以为《女生日记》把外在形象佳好看作好老师的唯一标准，小说还是强调教师的内在美和外在美的和谐统一的。杨红樱在好教师的评定上并不单纯"重色"，她更看重教师的内在修

杨红樱初版《男生日记》作者像

为——"漂亮"不仅仅是外表上的，也应是发自内心的善良。我们该还记得，杨红樱就借蜜儿之口发表了自己对"美丽"的看法："要说仙女美丽，首先是因为仙女的善良。爱美的女孩子请记住我的一句话：只要你是善良的，你便是美丽的。"

《女生日记》中，罗老师不光外表靓丽，内心也纯净透明，她准许同学自愿选择同桌，对学生的发型不做过多干预，向每一位同学索要的教师节"礼物"是让同学们给自己写一封信，讲讲心里话，而且明言"我已经向你们索要了最好的礼物，就不能再要其他的礼物了"，将同学送给自己的其他礼物都退还了回去。罗老师更看重的是自己与学生的精神沟通。在《教师节的礼物》中，罗老师向学生发出了心灵邀约，让学生向自己道出心里话。在《寄语卡》中，我们则看到了罗老师对学生一学期表现的心灵"反馈"，她的反馈方式是那样巧妙，不是"操行评定"，而是"寄语"，不是那种可张冠李戴的"优点一二三、缺点一二三"的生硬的纲目罗列，而是因人而异的热情而诗意的喁喁私语。她在寄语卡中向每一个独一无二的学生讲出了自己的悄悄话，道出了自己对学生的由衷肯定和期待。在写给冉冬阳的期末评语中，我们看到罗老师对学生的优点不吝惜赞美之辞，对学生的缺点则巧妙含蓄地加以提醒。学生从寄语中看到的不仅仅是华美辞章，更能体会到老师对自己的殷殷期盼，也由此会获得改进和成长的动力。就以冉冬阳来说，一度以为自己不够漂亮不够聪明而沉默寡言，是罗老师对冉冬阳优点的善意启悟和有意识发掘（"我发现你嘴角边有一个很小很小的酒窝，笑起来才看得见它，它使你的笑容显得格外甜美。我还发现你的声音也如同你的笑容一样甜美"）以及不伤自尊的积极鼓励（"你为什么不多说说、多笑笑呢"），令冉冬阳的性情有了质的飞跃，她变得开朗自信、爱说爱笑。说到底，罗老师的"寄语"就是我们通常所说的赏识教育。从《一堂生理卫生课》中就很明晰地看到了罗老师在孩子成长中所扮演的健康导航者角色。要知道，在这次特殊的生理卫生课之前，班级上的一个女生南柯梦在和男生吴缅发生争执时突然月经来潮，既被男同学误解，自己也手足无措。是罗老师拿着卫生巾及时出现在南柯梦面前，恭喜她的长大，还安慰她不要紧张。在这堂生理卫生课上，罗老师就开启了她对学生的生理卫生教育，很坦然地和孩子们交心。在谈论这样一个可能会让多少中国人都感到难为情的话题的过程中，如果教育者闪烁其词显得窘迫的话，受教育者也一定会随之变得局促不安。可是，孩子的"长大"，是一个很自然的话题，是谁都不能不面对、都回避不了的话题。让男女生在一起接受青春期知识教育，这真的是一次很大胆的尝试和难度很大的挑战，但谁都不能否认，这次教育取得的效果也出奇地好。起先，当罗老师要讲述"青春的萌动"时，男女生们都交头接耳显得不以为然，觉着离自己还很远似的，特别是当罗老师讲到女孩子的月经来潮时，"女生们的脸都微微发红，把头低了下去。而男生们则有的东张西望，做出并没有在听的样子；有的用手指塞住了自己的耳朵。"甚至有男生公开提出回避一下，觉得讲女生的事跟自己没有关系。而罗老师呢，真是力排众议，坦然自若，坚持男女生来共同接受这样一次必要的教育。她没有在男生缺席的情形下来单独面对女生讲述这一切，这样虽然会避免女生因为有男生在场而产生的尴尬，但是却会因此令全体学生失去了一次了解对方、懂得关爱异性、学会感动的绝佳的教育机会。开明的罗老师所希望的是，不仅让同学们顺利、健康地度过青春期，更希望学生在了解了彼此之后，班级集体能更加团结友爱，尤其是男生在知道了女生的秘密后"能够更加尊重女性，更加爱护你们的妈妈，更加关心和体贴女同学"。最终我们看到，罗老师的这个目的达到了，男生懂得了"做女的还有这么多痛苦"，知道了该体谅和关心女生，同时也有了小男子汉的责任感和风度。本来一次看似简单的生理卫生常识讲座，罗老师却能从中发掘出许多有意义的东西，让孩子们不但懂得了该怎样看待和应对自己以及周围同学生理上的"长大"，更因此在心理上变得成熟，精神上变得丰赡。注重精神交流的好老师就是这样能够让孩子们健康而快乐地成长。

年轻可爱的舒昂老师在教育教学实践中同样屡屡"别出心裁"：能顺应民意，在批卷子时不打分数，而是打等级 ABCD，因为"我们学习并不仅仅为了考试，分数不能说明一切"，"考试不是目的"；以给罗老师让座的方式向班级男生言传身教该如何做绅士；对自卑的学生投以必要的尊重和扶助，培养学生们的健康人格和正确的处事方式，当马加结结巴巴地回答完一个问题时，舒昂老师为他鼓掌并称赞，进而继续向他提问，其实是再接再厉进一步给马加表现的机会。对于其他同学的不同声音，舒昂老师很明确地表示："让我们耐心地听马加讲完"，"就是下课了，也要听马加说完，这是对一个同学起码的尊重。"舒昂在对马加教化的过程中动用的是赏识孩子的方法，他能够及时发现孩子的特点，因材施教，用心捕捉马加的每一点进步并予以积极评价。这使得感受到老师温暖和良好愿望的马加也能以优异的表现对待老师、克服自身缺陷，从而出现大的改观，达到了舒昂的期望。

《小男生杜歌飞》中的米老师同样善良而美丽。杜歌飞这个一年级的小男生平素过惯了"百草园"式的无所羁绊的顽童生活，让他突然有模有样地去接受有所约束的"三味书屋"式的生活，还真有点不适应：闹着不肯去上学，对幼儿园的吃喝玩乐念念不忘，太不知深浅了吧？在众目睽睽之下，在师长面前，居然从地上跳到椅子上，再从椅子上跳到桌子上，左右出拳唱着《好汉歌》，太不守规矩了吧？为着显摆自己能干，结果把搬运的教材都给撒到了地上沾上了泥水，自己还委屈似的哇哇大哭，太不可理喻了吧？课间一味贪玩不想着去方便，等到了上课才想着上厕所甚至还尿了裤子，太

杨红樱和新疆各民族的孩子在一起

不知好歹了吧？米老师向他发出了指令要他从厕所中出来，却死扛着不肯服从命令，害得女老师走进了男厕所，太不识抬举了吧？看看米老师在对待杜歌飞这样一个"不省心"的孩子时的处事方式吧。她总是那么具有包容心，那么富有耐心，总是出于善良的目的从好的一面去想事情、做事情，温和亲切，善待孩子。于是，一切可能让有的成人不能容忍大为光火的天大事情，到了米老师那里怎么就那么轻而易举地化解成为不足挂齿的芝麻小事！第一次和杜歌飞见面，米老师没有对这个爬上爬下不知尊卑长幼的孩子吹胡子瞪眼，而是称赏他的唱歌和"武术"，充分尊重孩子的心性成长规律。面对散落一地的书本，米老师可没有去指责"祸首元凶"，而是扶起杜歌飞，再一本本捡拾地上的书；她的容忍和大度消解了孩子做错事的恐惧感。继而，她用友好和鼓励的方式让那几本沾上泥水的书为众多孩子所乐于接受，一桩可能让人感到棘手、觉着不愉快的事情就这样变得不那么令人挠头了。米老师很认真地和尿了裤子的杜歌飞拉钩上吊一百年不许变，她是俯下身子来和杜歌飞交流对话的，发自内心地注意维护小男孩的自尊，允诺为他保守秘密，由此赢得了孩子的信任和好感。如果说，当初着一身小花花裙子的米老师那长发飘飘的漂亮外貌和身上散发着的好闻味道吸引了杜歌飞的眼球、止住了他的哭闹并让他乐于去接受学校教育的话，那么，在后来，能真正对杜歌飞形成强大磁场，能令他在轻松愉快的状态中知书达礼、健康成长，就完全靠的是米老师的内在修为和美好品质了。

《五·三班的坏小子》中也同样出现了好几个能让学生由衷爱戴的好老师。教体育的江老师喜欢用赏识教育，口中不离"你太棒了"，认为"淘气是孩子们的天性，不淘气的孩子还叫孩子吗？"教历史的古老师总是能在东拉西扯中循循善诱，并能恰到好处地以一段精彩的"总而言之"言归正传。教音乐的查老师"从来不说我们班调皮"，是用优美的乐曲"镇"住吵闹的学生。代班主任唐老鸭博士知识渊博，懂得幽默，一点都不生孩子的气。来实习的大男孩初登讲坛，"对我们每一个人都笑"。洋娃娃老师也爱笑，在与同学的同笑中，连隐形眼镜也笑掉了。就连两个严厉的老师——严老师和熊家婆也有她们的"异彩"：一贯严厉的严加厉老师通常寒光闪闪，但偶尔浅浅一笑也是"如此美丽"，"就像冬天的阳光，暖暖地照耀在我们的身上"；时时把握学生注意力的熊家婆能出其不意地出现在乱哄哄的教室中为几个天马行空的坏小子来上一段"颁奖词"，精彩而不乏幽默色彩。很明显，好老师可不一定都要年轻、漂亮，但他们一定都有共同的质素，比如富有亲和力与幽默感。

至于《漂亮老师和坏小子》中的米兰，也是因为具有亲和力而魅力十足的。米兰老师的教育模式确实容易引起非议。比如她处理学生打架的方式就很不一般。《漂亮老师和坏小子》中两次写到了学生打架：一次是六（2）班和六（3）班男学生因为给两个漂亮女老师打分而发生冲突，米兰在及时赶到现场制止了这次打架后，不追究责任、不请家长、不做任何处理，因而被其他老师认定"没有责任心，没有是非标准"，米兰对此自有她的理解：

"在六（2）班和六（3）班打架这件事情上，从始至终，我不认为我自己有什么处理不当的地方。首先，当我知道这个事情后，我以最快的速度赶到现场，阻止了搞治安的人把他们送到派出所去。因为去了派出所，孩子们就会有犯罪感，心理上会留下长久的阴影。再说，这也有损于我们学校的声誉。我看见两个班孩子很快就和好了，说明他们已知错。六年级的孩子了，他们的认知能力已达到了相当的水平，响鼓不用重捶，在这件事情上纠缠不休就没意思了。"

在处理打架事情上，米兰是既积极出手，也适时放手。首先，她有责任感，能在第一时间以百米冲刺的速度跑到千米外的打架现场，及时地化解了一场危机，让两个班的男生言归于好，更避免了孩子被送进派出所而可能带来的心理上的阴影。其次，她有"同情心"，知道小孩子情绪不稳定易冲动，遇到轻微刺激就可能有过激反应，一张娃娃脸说变就变，刚刚还嬉皮笑脸互相打趣，一眨眼工夫就可能会因为一句话不投机而拳脚相加，可没几分钟就又会一笑泯恩仇勾肩搭背起来；当她看到学生已经认识到自己的错了，矛盾已经化解了，就没再纠缠不休地非要把这件事情查个水落石出，而是充分尊重孩子们的意愿和隐私，该粗线条处理就粗线条处理，该缩小事情影响范围就缩小影响范围。其实，真就像孩子们自己承认的那样：打架的原因说出来也没什么意思。

第二次学生打架，则是六（3）班学生内部发生的，当肥猫和米老鼠挑衅李小俊对其人格有侮辱时，李小俊出手了。对于这次打架，米兰老师采取的是"放任"或者说"纵容"的态度。其实，米兰在此前已有"预谋"，教会李小俊如何打拳（打架），告诫他"今后，

再有同学欺负你，我希望你不要来找我，也不要告诉你的妈妈"，
"自己的事情自己解决"。米兰通过这种"一报还一报"的方式帮助
李小俊找回了做男孩子的良好感觉。在李小俊出手之后，米兰对被
打者米老鼠和肥猫及时施教，同样讲求策略和方法，让欺负同学的
小霸王们认识到了自己的错。

　　米兰注重因材施教，她送给肥猫呼啦圈让他减肥，送给豆芽儿
治尿床的偏方，还编织了自己小时候尿床的美丽谎言。作文课上，
肯定夏雪儿写出真情实感的不喜欢春天的作文；班队活动课上，让
同学讨论"该不该用名牌""父母离异的袁小珠该怎么办"等话题。
班级里出现"死鱼事件"后，米兰一度错怪了肥猫等人，当真相大
白，她则主动公开地向学生真心道歉，由此让人领略到了她对老师
和学生关系的"新型"理解："老师和学生的关系，首先应该是平等
的关系。为什么老师错怪了学生，就不能给学生道歉呢？"

　　米兰的"惊人之举"还挺多。比如，米兰对教师化妆别有认识：
"主持人在出镜前化妆，是为了把最美好的形象呈现给观众，是对观
众的尊重；她在上课前化妆，是想在学生面前有一个精神整洁的形
象，是对学生的尊重。"而且米兰身体不舒服，就请假休息，"决不
带着病容站在讲台上面对学生"。她的这种做法和想法确实很有道
理。当教师以健康、整洁、阳光的形象出现在学生面前时，肯定会
让人赏心悦目，会更有效地唤起学生的求知向上之心，也潜在地引
导和培养着学生的审美感情。教师恰如其分地妆扮自己，会成为他
传授知识为人师表的一个"法宝"。其实，尊重学生是会在很多细节
当中自然而然体现出来的，尊重不仅仅有"动向"的表现，表现在
面对面的语言交流上、表现在日常接触中的举手投足上，也还会有
静态的呈现，就比如教师对自身形象的设计和养护上。当发现学生
放完七天长假后，普遍全无生气、昏昏欲睡时，米兰给学生补了一
堂瞌睡课，这实在是因为米兰并不想去充当知识填鸭人的角色而把

学生都变成鸭子，明摆着学生已经无精打采毫无斗志，又有什么必要硬往他们头脑里"灌水"呢？毕业考试迫在眉睫，米兰又组织同学出去踏青，因为"越在紧张的时候，越需要放松"。懂孩子的好老师就是知道该怎样让孩子在欢乐轻松的情境中没有压力、没有疲倦地汲取知识。米兰为孩子们创造了亲近自然的机会，让他们在与花草树木、飞鸟游鱼的近距离接触中聆听天籁、感受生活的美好。神奇莫测的大自然给予孩子的知识、能力、灵感、快乐是要远胜于书本知识千百倍的！而且，孩子们在大自然中调适好了心情之后，也就会以更饱满的热情、更快乐的心情投入到学习当中去。在踏青活动中，当遇到两个偷捕珍稀动物金丝猴的山民，肥猫们要去硬抢，米兰却领导学生"智取"，"智取"不成，则倾囊赎回金丝猴。米兰主持召开的"考前家长动员会"，开的是让家长对自己孩子树立起信心的"'我很棒'展览会"，展示了每个孩子不同凡响的"棒"。米兰的开场白也是别具新意和发人深省的：

"家长们也许很奇怪，为什么动员会变成了展览会？其实，我是借了学校把家长们请来开'考前动员会'的机会，布置了这样一个展览会，是想让家长们更全面地了解自己的孩子，赏识自己的孩子。我爱这个班的每一个孩子，能够做他们的老师，是我的荣幸。全班有四十八个学生，每一个都很棒，每一个都是这个世界上独一无二的。看了这个展览会，我相信家长们都会跟我有同样的感受，都会为你们的孩子感到骄傲和自豪！"

在小升初考试到来之前，米兰的这次动员会事实上既给学生也给家长打足了气。她的所作所为恰好是在整个应试教育体制下个人所能够有的一点力所能及的"反抗"，并未回避小学生课业负担沉重和升学压力巨大的现实，米兰与身边老师的摩擦也正与此有关。在

杨红樱著《女生日记》精装本封面　　杨红樱著《男生日记》精装本封面

任何个人都无力撼动的应试教育体制面前，这是作为文学家的杨红樱以文学的方式努力为孩子的心灵自由开辟空间所可能做到的事情，她以文学的方式循序渐进地改变着家长、教师对于教育的传统认识。杨红樱自己也说过："我只是一个为孩子写作的人，一个特别关注当前中国儿童生存状态的人，我无力改变现状，但可以通过作品中的米兰老师、罗伊老师，马小跳的爸爸妈妈，影响现在的老师多给孩子一些温情，让家长们有童心。"她塑造的米兰、蜜儿、罗伊等一系列深受读者喜爱的老师形象曾经诱惑着不少教育界外的人士憧憬着去过把"孩子王"的瘾，也曾经让许多小读者怀揣着教师的理想梦而最终如愿成为教师！这让人们看到：哪怕是童书，只要其足够优秀，也一定会成为人类共享的精神资源，进入到所有人的心灵深处，最终成为人的行动指南。

二、好学校：人性塑造有气场

在《漂亮老师和坏小子》中，作为大刀阔斧的教育改革者，米兰的许多想法、做法虽不被同行们所理解，但其诸多改革举措能在自己的班级里实施从而令学生享受到相关成果，这既得益于米兰所在的白果林学校这个大环境的包容，也在于杨红樱实际上是以米兰所带班级做了一个理想化学校的缩微景观，据此思考现代学校的样式和办学原则。

《漂亮老师和坏小子》中懂教育的副校长白小松所能做的一件标新立异的事情，还只是把课间操改为跳芭啦芭啦舞，并在一些具体事情上对米兰采取支持态度。但是到了《假小子戴安》中，白小松升任校长，在新的工作岗位上代米兰在学校范围内实施了一些更有挑战性的"课题"：在校园喷水池中放置了裸体男孩于廉撒尿的塑像，在学生和家长中一时引起哗然；成立校长助理团，每班选一名学生做助理，负责传递同学们的心声给校长，提出合理建议，监督校长执行情况；应学生要求，取消周考、月考、半期考，让学生给任课老师打分，取消班级排名和年级排名……米兰没有能力在更大范围内实现的"理想"，白小松都实现了。在《淘气包马小跳》第十七部《开甲壳虫车的女校长》中，懂孩子的欧阳雪校长同样有诸多"教育新政"：改变作息时间，让孩子们上午九点钟上学，"因为百分之九十九的学生愿意"；增加了体育课、音乐课和劳动课，要求老师尽量把课堂移到野外，到动物园、植物园、博物馆、科技馆去上课，还规定每个月组织学生去电影院看一次电影或去剧场看一场演出。结果呢，孩子们"每天都像过节一样"。在童话《笑猫日记》第二十部《云朵上的学校》中，蜜儿在西山山脉最高峰建立了一所云朵上的学校，老师是把大自然作为学生的课堂的，鼓励孩子们通过探索与发现去主动学习知识。综合杨红樱的诸种描写，我们注意到其理想中的好学校是将人性化教育放在第一位的，与此相关联的各种举措就是为学生减去不必要的学习负担，把快乐还给学生，让学生在大自然的怀抱中健康成长。

　　值得特别指出的是，《假小子戴安》中有这样两个情节：其一是七（3）班的同学在表达心声时，就向白小松校长"建议男生女生不要穿一样的校服，男女有别，男生穿裤子，女生穿裙子"；其二是白小松校长在校园的喷水池中矗立起裸体比利时男孩于廉撒尿的塑像。前者不仅仅是简单的放弃统一校服这样的问题，实则指向的是对男女生自性别角度出发而在穿衣戴帽上的偏好的尊重，而后者则更是明确了性别教育这个严肃话题。小说中交代了撒尿男孩雕像被树立的缘起：

　　其实，要在喷水池里塑撒尿的男孩像，是安先生的主意。他说欧洲许多国家的学校，都塑这个像，特别有教育意义，还有人体的美感，还有喷水的功能。白校长十分赞同安先生的观点，双方一拍即合，塑了这座引起哗然的光屁股撒尿的男孩像。

　　米兰在给不知其详的同学们讲解了这个塑像的故事之后，提醒大家要注意"这尊雕像所体现的精神。他是一种象征"。裸体雕像的"教育意义""象征"作用何在？小说没有明说，但是我们如果结合小说对戴安这个假小子的描写来看，就不难理解了。裸体雕像在这里无疑充当着一本活的教科书的作用，强化着孩子们的性别角色意识，让孩子们直面这种再自然不过的性别差异。在《漂亮老师和坏小子》《假小子戴安》中，杨红樱都异常敏锐地注意到了一个现象，即男女生性别角色的错位。她笔下的"假小子""伪娘子"，不仅仅是生活真实存在的反映，也不仅仅具有一定的审美意义，更是把一个值得深入关注的现实问题特别提了出来。杨红樱在小说中关注的是人的心理问题——男女生成长中出现的某种心理偏差，以及对此如何纠正救治，以让男孩子更像男孩子、女孩子更像女孩子。在杨红樱的现代学校观中，对学生进行性别教育、爱情教育都是这种自然教育法的重要内容。

　　杨红樱是带着很强的问题意识来思考性别角色错位这一类现象是如何产生的，她在《漂亮老师和坏小子》和《假小子戴安》中分别有所侧重地以李小俊和戴安这样两个"另类"的成长说明了一个事实：家庭教育当中父母中任一方的缺位，都有可能导致孩子在成长中出现性格上的"越位"和扭曲。《漂亮老师和坏小子》是集中笔力思考李小俊是怎样丢失掉男子气并如何在老师和同学的帮助下逐渐收复性格失地的；《假小子戴安》则主要表现戴安这样的"假小子"是在怎样的成长环境中渐次背离了女性角色的，同时又细致地表现了戴安生理上的成熟所带来的心理上的变化，以及戴安心理上的困惑、挣扎与回归。假女子李小俊长得眉清目秀、招人喜欢，但在被米兰问话时"居然害羞，垂着眼帘"。在小说中，当李小俊初次在米兰面前表现出来害羞忸怩等女孩子的性征时，作为班主任的米兰老师采取的是"纠偏"的方式。李小俊的性情养成是和家庭有关的："李小俊的父母在他很小的时候就离婚了，他几乎记不得他爸爸长什么样，一直跟着他妈妈长大。"由于成长过程中，母亲常常哭丧着脸屡屡以"孤儿寡母"自况，李小俊的阳刚气质也就后天地匮乏了。米兰因材施教，在班级普遍男女同桌的情况下，把李小俊安排和男生兔巴哥同桌。米兰的安排自有她的道理："她认为李小俊男生女相，这跟他从小到大接触的男性太少有很大关系。兔巴哥虽然性格温和，但只要他一行动起来，便有如虎豹一般地勇猛矫健，浑身上下透着阳刚之气。"李小俊自己不把自己当男生看，常常"翘着兰花指"，"文具盒里放满了女孩子才喜欢的小玩意儿"，结果被肥猫一班男孩子所欺侮。而米兰的教授方法是唤起他的阳刚之气："你不要忘了你是男孩子！长大了，应该是男子汉！"教给他男孩子的技能，教他打直拳。在后来安排李小俊和戴安同桌时更有一个要求："自己的事情自己解决。"戴安这样的"野蛮"女生不喜欢李小俊说话细声细气，不喜欢李小俊穿颜色鲜艳的衣服，不喜欢李小俊留长头发，遂不断"折磨"他，李小俊不得不改掉他身上戴安不喜欢的种种毛病。而且在肥猫、米老鼠向他挑衅的时候，李小俊维护自己男孩子的尊严，并找到了做男孩子的美好感觉。当李小俊妈妈误认为李小俊在和戴安谈恋爱时，米兰打消了她的这种误会和担心："相信他们之间的是一种美好的、纯洁的情愫"，而且鼓励男生女生应当多接触："这对强化性别意识，很有好处。"

《假小子戴安》中，戴安之所以会是一个"假小子"，就是因为早先一直没能正视自己的女性角色。在戴安由假小子"变"回真女孩的过程中，米兰是帮助她确认自我性别角色的重要人物：把戴安带到舞蹈排练厅，教她练习女孩子走路的美好姿态；在知道了戴安和安先生的骨肉关系之后，又是米兰把戴安请到书吧去进行心理疏导，帮助戴安打开心结。在安先生（戴安爸爸）出场之后，戴安注意到了这个神秘的男子，并在他身上逐渐找回了自己女孩子的感觉。换言之，《假小子戴安》开启的是戴安寻父的旅程，当她真正找到父

杨红樱和北外的大学生们在一起

亲之后，她的性别角色也就能回到正常的轨道上了。小说结尾，正是在七（3）班全体同学的帮助和策划下，戴安在 3 月 8 日这样一个女人味非常浓的节日里终于找到了父亲安先生，与他父女相认，这也就意味着戴安由毛毛虫到蝴蝶的美丽蜕变成功地完成了，她成长为生理和心理上都成熟的真正意义上的女生，已经是毋庸置疑的了。此前，戴安的小姨，漂亮的心理学博士戴小竹对戴安的心理疏导，让她对自身的成长有了正视的勇气：

"你知道吗？毛毛虫要变成蝴蝶的那一时刻，是最痛苦，也是最美丽、最悲壮的时刻。戴安，你现在就是那只毛毛虫，马上就要变成一只美丽的蝴蝶，在这样的时刻，你的心灵需要的不是教诲，而是一份宁静，一份和谐。这样，在孤独的境界里，你的灵魂才能进入沉思状态，进行精神上的反省和自我交流。这个过程，也许是很痛苦的，甚至残酷，但对于一个人的成长是不可缺失的。"

对性别角色错位的现象的关注，以及如何让男孩子更像男孩子、女孩子更像女孩子，是杨红樱在《漂亮老师和坏小子》《假小子戴安》当中认真关注的一个话题：让一切回归自然，不要干扰孩子正常的性别成长。也正是基于这一点，我们就会理解杨红樱后来创作《淘气包马小跳》的某种苦心。她是要通过这样一个长长的系列来践行自己的教育理念，来完整地表现一个自然成长的男孩子的童年——"自然"是其核心啊。

而与性别教育相关联的则是爱情教育。杨红樱在她的作品中一直不回避正面的爱情教育，从不回避描写孩子们对异性的关注。要知道，今天我们学校教育中有限的生理卫生教育还只是停留在对孩子性知识的羞答答的启蒙阶段，对孩子们的情感教育特别是爱情教育仍然很稀缺。正是在这样的节骨眼上，杨红樱的小说自觉地担负

杨红樱和地震灾区的孩子在一起

起了严肃的正面的爱情教育的功能，让孩子们对异性、对爱情、对婚姻都有了美好的理解和憧憬。这恰如其分地弥补了当下学校教育的一大缺失。以《女生日记》来说，小说在特别关注孩子们的精神成长的时候，就浓墨重彩地写到了小学生们对爱情、对异性的关注。这首先表现在对教课老师个人感情的特别关注上。比如，他们想当然地认为罗老师和舒昂老师非常默契，"他们是天生的一对，一个帅哥，一个靓女"，甚至有要把他们撮合在一起的计划："我们几个女生还私下悄悄地说，等我们小学毕业了，我们一定要牵根红线把他们俩拴在一起"，还在后来为他们不是情侣而倍感遗憾。在写到男女同学正常交往时，杨红樱亦大大方方地表现他们之间的朦胧好感，不隐讳异性同学间的"审美"心理的客观事实。在很多人看起来，小学生似乎是不应该存在这种性心理的。其实，杨红樱对于小学生性心理的发掘是准确真实的，她当年教过的一个女生回忆自己三年级的时候，有个同班男同学课间总是凶巴巴地对着自己扔小石子，这位感到委屈的女生就对着杨红樱倾诉了一通。杨红樱笑眯眯地告诉她："他打你是因为他觉得你各方面都好，他喜欢你，想成为你的好朋友，但又不知怎么靠近你。所以你要平时与他多沟通，去影响他。"这个女生因此感觉好多了，心里美滋滋的，再见到那个男同学，就主动打招呼，跟他说话，果然那个男生再也不用石子扔自己了，而且变得很和善很有礼貌了。

《女生日记》中就有类似的情节：古龙飞为讨好美丽可爱的女孩儿沙丽，而在她的文具盒里放了个"眼珠子"，借此上演了一出"英雄救美"的好戏；乔丹同样是因为喜欢沙丽而对她屡有恶毒的攻击。洞悉了男孩"小九九"的冉冬阳不免感叹："漂亮女孩也有漂亮女孩的麻烦，你知道攻击你的人偏偏就是喜欢你的人吗？"冉冬阳对吴缅抱持好感，小说开篇在自由选择同桌上就彼此心有灵犀，冉冬阳一度因吴缅对同学不敬而对他不理不睬，冰释前嫌之后对吴缅的关注有一种复杂得说不清道不明的情感。《男生日记》亦不乏男生对女生关注的描写，如鲁肥肥对吴缅表妹姚诗琪的好感，吴缅和精豆豆对冉冬阳的好感，等等。杨红樱始终承认这种男女生情感的正当性、健康性，不回避孩子对异性的审美心理和对成年人爱情的关注。同时也借此对孩子做出积极而机智的爱情和婚姻的教育。小说就让吴缅和冉冬阳之间围绕着帅哥与白莉之间的爱情展开过讨论，并达成一致："一个人真正喜欢另一个人，哪怕这个人的相貌在别人眼里是平平常常的，但在他的眼睛里，这个人就是世界上最美丽最可爱的，对不对？"帅哥刘帅与外表很普通的白莉的爱情并不是外表的吸引，更多的是内心的吸引、感情交流上的默契。而这正是杨红樱极力称许的。

三、好家长：阳光健朗有童心

什么样的家长是负责任的好家长？这是杨红樱成长小说中同样认真关注和思考的话题。在《女生日记》和后来的《男生日记》中，冉冬阳的诸多同学都来自因为离婚或丧偶而形成的单亲或重组家庭，如吴缅、林淑媛、梅小雅、沙丽等。特别是莫欣儿，她的父母一直关系不和睦而最终离异。对于离婚，可能传统社会更多地看到的，也会强调的是父母离异给孩子带来的精神伤害，呼吁对因此形成的单亲家庭中的孩子施以关怀。杨红樱却主张大家不要可怜父母离异的孩子，因为"可怜他是对他的一个伤害。这是他的命运，你怎么面对家庭破碎、父母离异的现实？我觉得如果老师这样做，还是会起到不好的作用"。不要因此以为杨红樱是离婚的积极拥趸，或者就缺少了人情味儿。杨红樱恰恰是富有人情味儿并注重婚姻生活质量的："我们应该告诉小孩，不好的婚姻应该结束，婚姻和爱情都是很美好的，不要给孩子们很勉强的东西。"所以《女生日记》就意味深长地写到了多个单亲家庭和重组家庭。当吴缅父母合不来时，吴缅就在父母离异问题上表现出来开明："你们合不来就离婚吧"，并选择和母亲生活以更好地照顾她；梅小雅父母到后来复婚；林淑媛与继父——大胡子的美国人比利关系友好，在写给冉冬阳的信件中提到："比利是一个非常有趣的人，他教我打橄榄球，现在我越来越喜欢我这个美国爸爸了。他非常爱我的妈妈，就凭这一点，我就应该喜欢他。"父母离异的沙丽同样喜欢继父，与他关系和睦；马加开始受到后妈的虐待，但是在同学们的帮助下，特别是因为对同父异母弟弟照顾得周到，他的后妈受到了感化，马加和后妈的关系也从此好转。罗老师在教育为父母离婚问题困扰着的莫欣儿时，就说过这样的话："你爱他们，首先就要尊重他们的情感"，"两个很好的人可以做朋友，但不见得能够做夫妻。婚姻是一个很复杂的话题"，"父母离婚，并不等于就失去了父母的爱"。

《女生日记》中，来自离异家庭的梅小雅从小要挑起家庭生活的重担，一次坐车时因为受不了同学妈妈和众多乘客投来的同情目光而提前下车；还因为班主任老师特意在班级上要求同学都来关心她这个父母离异的孩子，而产生了很大压力，转而怀恋罗老师："我真的很怀念罗老师，她教了我5年，从来没因为我爸爸妈妈离婚了就对我另眼看待，我也从来没感觉到我跟其他同学有什么不一样。"

对于那些单亲家庭的孩子，杨红樱不建议另眼相待，这自有她的道理，她不希望社会的过度关注给单亲家庭子女带来心理上的阴影，她更主张维护孩子的人性尊严，要让单亲家庭孩子和正常家庭孩子一样正常而健康地成长。这种理念和关怀方式显然更高明更讲求智慧也更有令人满意的效果。还要看到的是，杨红樱是始终对幸福美满的婚姻生活有着热烈憧憬和书写的。譬如，冉冬阳的家庭是一个完美家庭，她的父母关系融洽，也很开明，富有创造力和想象力，通情达理，对孩子的个人交往不做过多的干涉，更看重孩子的情商而不是智商，富有同情心和爱心，帮助梅小雅的母亲以及不相识的卖气球的下岗女工，等等。可见，杨红樱还是不忘给孩子树立起一座理想的幸福家庭的"碑石"——让孩子仍然对美好的婚姻和爱情充满憧憬。所以，孩子们对舒昂和罗老师的"爱情"是有期待的，对舒老师和米老师之间的爱情持着认可态度。在《男生日记》中，孩子们对成人爱情和婚姻的关注仍然是个重头戏。吴缅等对兵哥哥刘帅和白莉爱情的撮合，对罗老师和胡博士爱情态度上的"爱恨交加"，吴缅外婆和外公一辈子的相亲相爱，吴缅外婆念念不忘过世的外公，"讲起外公来就神采奕奕，仿佛一下子年轻了许多。她滔滔不绝地说着外公，就像外公从来不曾离开过我们，天天生活在她身边"。这表明着杨红樱对美好婚姻生活的肯定、对夫妻之爱能产生奇迹的肯定，在《外婆心中永远的外公》中，我们看到杨红樱对美好持久婚姻的期许：相信爱情和婚姻"是一种缘分，可遇不可求"，也仍然强调着爱情、婚姻生活的严肃性和理想性，让人看到小说对人类爱情、婚姻等美好事物自始至终的肯定与关注。

《男生日记》是以吴缅老爸和吴缅的一次共同旅行，来完成一个男人和一个男孩的精神对话。小说开篇，吴缅老爸的出场引人注目，他的彪悍、豪爽、健康、阳光是这部小说所树立起来的男子汉的审美榜样：

　　一阵羊膻味儿扑面而来，老爸混在一群彪悍的藏族汉子中出来了。他的头发长得已垂到了肩膀上，胡子也好久没有刮了，方方的脸膛又红又黑，一看就知道被高原紫外线烤的。他背着一个已经看不出颜色的羊皮行囊，肩上挎一个像炸药包似的摄影包，脚蹬一双大头皮鞋，大有"好男儿走四方"的英雄气概。

　　杨红樱应该是基于这样的考虑来推出吴缅老爸如此形象的：男孩子优良性格的养成与父亲的在场是不能分开的，父亲应该是男孩子教育的第一资源，而且吴缅老爸一直在小说中扮演着这样重要的角色。比如，吴缅老爸给吴缅提供了两个进藏旅游方案：一是乘坐三个小时飞机直达西藏，二是历时一星期跟部队军车走，由吴缅自主选择。男子汉一定是具有着决断力的，能够自己做出决定，吴缅即刻选择的是乘坐军车进藏的方案，这个决定最具有挑战性。吴缅妈妈同样尊重吴缅的这个选择。到后来小升初的选择上，吴缅父母更是充分给予他这种自主选择权的，而不横加任何干预。同时，在进藏途中，军车司机刘帅以及藏族歌手强巴都对吴缅的精神成长大有帮助，他们都是介于偶像、父亲、朋友之间的角色。刘帅这个川藏线上响当当的汽车兵临危不惧，开车技艺高超，对工作具有敬业精神，同时又是一个帅气温柔、淡定能歌的兵哥哥，他对家庭对爱人感情的执着坚定，都给了吴缅以很深的印象。歌手强巴与吴缅老爸一样外形高大威武，内心坚定强大，同样对吴缅产生着丰富的精神滋养：

　　从车上下来一位头戴毡帽、身穿方格衬衫、外扎牛仔裤、足蹬长靴的高大汉子，如果他的腰上再别上一把左轮手枪，活脱就是美国西部片中的西部牛仔。

强巴的歌声高亢、激越，久久地回荡在美丽如画的色拉草坝上。

当夜走大雪山被困在山上时，吴缅"基本上绝望了，好像全身的骨头都松塌下来"，而强巴却是另一种情形：

"站直喽，别趴下！"强巴在我后背上猛拍一掌，"男子汉嘛，没有我们过不了的山，没有我们闯不下的关——来，我们唱首歌来鼓鼓气。"

也正是在经历了种种困境之后，在这么多精神导师的引导和鼓励下，吴缅精神的茁壮成长成为可能，获得了战胜困难的动力：

人在困境中，强巴和老爸已为我作出了最好的榜样：只要精神不倒，一切都会 OK。

杨红樱看重男孩成长过程中父亲角色的无可替代性。因此给吴缅安排了这样一次特殊的旅行，让其从老爸以及别的几个男子汉身上学到他应该有的东西。有意思的是，吴缅老爸小时候也是一个"顽童"呢：喜欢玩打游击的游戏，喜欢捉弄女孩子。小说同时没有回避吴缅老爸和妈妈之间夫妻感情破裂的描写，以及他们各自对这段失败感情的豁达看法，而吴缅老爸的宽容大量更给读者留下深刻印象：

"你妈妈是属于那种长到 70 岁、80 岁也一样天真、一样任性的女人，一辈子都需要别人的迁就和照顾。我看傅教授很沉稳、很细心，你妈妈能找到这样一个人，我真的是为她高兴。"

我相信老爸说的这番话是真心的，因为他是一个真正的男子汉，敢于面对自己——成功的和失败的。

值得注意的是，在《男生日记》中，杨红樱不光树立了吴缅老爸那种粗犷豪迈的男子汉风格，同时也肯定了傅教授那种文质儒雅的学者风范。这意味着男子汉的风貌不拘一格，可以也理所应该是多种多样的。

四、好学生：活泼幽默有担当

如果明晰了杨红樱所推崇的"自然教育法"，则不难理解其对健康学生亦即好学生的认定标准会是怎样的。杨红樱并不以学习成绩好坏、智商高下作为评判学生优劣的标准，在她的教育小说中常常出现"坏小子""淘气包"这样一类男生，他们当然不是真的"坏"或者"淘气"。《男生日记》中有一篇题目就是《是男孩就有点坏》，这说明了杨红樱对男孩的一种体认，在自然状态下成长的男孩子都可能会带有"坏"的天性，"坏"是能显示出他们的勃勃生机和童心

童趣来的。"坏小子"也罢，"淘气包"也罢，都显然是昵称，满满地盛着的是杨红樱嘉许的"自然"，在这背后是她对这些自然成长的孩子的浓浓的爱。

《女生日记》中，胖胖的鲁肥肥有一点儿机灵聪明劲儿，形同军师；精豆豆是全校闻名的纪律最差的学生，有"多动症"，他好和古龙飞一起搞恶作剧，以卫生巾冒充饼干来戏弄鲁肥肥，以"血糊糊"的"眼珠"吓唬沙丽。他们还以孩子的狡黠和老师玩点儿花招：因为纪律不好，他们被孙老师罚抄写作业，但他们不守规矩，鲁肥肥摇头晃脑地提出"法不治众"的点子，古龙飞和精豆豆则面对面地和老师耍贫嘴，他们饶舌的话语、神态、行为中还带有着点儿幽默感。在《男生日记》中，精豆豆、鲁肥肥等男孩子的形象也都得到了强化，他们都人如其名：精豆豆乐观精明，没心没肺；鲁肥肥贪吃贪睡、好说大话。他们两个人在言谈举止、为人处世上有着浓厚的幽默感。精豆豆的贫嘴以及由此表现出来的幽默感得到增强。在考试大榜公布之后，早先夸下海口现在却名落孙山的精豆豆被精爸精妈小小地"修理"了一番，可还逃不脱那种没心没肺的表情和内心："精爸和精妈一人牵着精豆豆的一只手走了，精豆豆一路走，一路回头来向我们做鬼脸"。即使被父母关了禁闭，精豆豆言语中依然充满了谐趣："我爸我妈叫我闭门思过。闭了门，却没什么'过'可思的。好啦，从现在起，我就开始想冉冬阳吧！"精豆豆善于以幽默自嘲的方式化解掉现实中的一切郁闷不快，是一个具有着快乐能力的孩子。尽管他不是一个学习好、纪律好的通常意义上的好学生，但他自得其乐的性情和十足的幽默做派却一定是杨红樱所称赏的。无疑，杨红樱对男孩子是否具有幽默感是很看重的。之所以如此，在于杨红樱意识到幽默感是与儿童是否具有快乐能力而紧密相关的。

从《男生日记》和《五·三班的坏小子》中对"坏小子"的讲述来看，杨红樱似乎一开始还没有"成立""坏小子"四人组合的想法,《五·三班的坏小子》中也只是让米老鼠和肥猫二人形影不离，"经常在一起做一些调皮捣蛋的事情"，豆芽儿有时也会掺和在其中，他们的联盟还并没有正式成立。但在《男生日记》后半部分，杨红樱的"四人帮"意识开始逐渐明晰："小学里的四个铁哥们儿，我、鲁肥肥、古龙飞、精豆豆，人称'四大金刚'，整日形影不离"，特别是到了小说结尾，当"站在小巷口那棵古老的银杏树下，我们四个从小一起长大的兄弟、同学、铁哥们儿，四只手紧紧地重叠在一起"时，就显露了杨红樱"坏小子"四人组合的意识萌芽。而"四人组合"真正开始登上舞台展演是在《漂亮老师和坏小子》中，亦即形成了肥猫、米老鼠、兔巴哥和豆芽儿的 H4 组合；到了《淘气包马小跳》中，才最终完成了以淘气包马小跳、河马张达、废话大王毛超和企鹅唐飞这样一个共同行动的"坏小子"铁杆儿"联盟"。

杨红樱分析过《女生日记》中吴缅让所有的女生读者心动的原因"是他的身上具有作为一个男子汉的品质：有见解，有个性，有责任心，还有敢作敢为"。在《男生日记》中，作为主人公的吴缅身上的这种品质表现得更加突出，而且有进一步的生长和发展。在《男生日记》中，吴缅自述"在读四年级以前，我都爱搞点恶作剧"，他在体育课报数的时候捉弄过精豆豆；对妈妈的男友傅教授、对罗老师的男友胡洋博士都有点吃醋的心理，会因为精豆豆、鲁肥肥对冉冬阳有好感而同样产生酸溜溜的感觉，不过他这种妒忌心理是处于正常值范围之内的，而且他能把这些不良情绪及时地化解掉，回复到正常的轨道上来。小说前半部分写到吴缅的进藏旅行，意在通过一次富有挑战性的旅行来展示作家心目中的小男子汉的模样。这次旅行，让吴缅的魅力得到了更多的释放，让其人格得到了健康成长。在通读全篇之后，我们不难找出答案，一个小男子汉应该在体质体能上刚健，在性格性情上坚韧。小说的后半部分则主要展示吴缅在人生历练后是如何释放自己的男性魅力。小说有吴缅帮助父亲推车拉树皮、上下楼梯搬运的整个过程的描写，这可都是为着突出父亲的精神导引作用，显现"旅行"后成长起来的吴缅的吃苦耐劳精神。吴缅的一篇日记是其阅读《鲁滨逊漂流记》之后的感想，在日记体小说中插入读后感不仅可以起到调剂叙述的作用，而且对于吴缅理想的熏染功不可没："我希望我自己能成为一个像鲁滨逊那样的人，一个探索者，一个发明家，一个善于创造劳动的人"。而接下来，吴缅等人为着资助家庭生活贫困的同班同学就读初中，到道歉公司打工、到歌厅义演赚学费，还另外资助了失学的"小神仙"重返学堂等，这都属于"善于创造劳动"的有效诠释，也是吴缅社会担当精神的体现。吴缅在后来和同学们一起惩罚了几个前来寻衅滋事的社会上的小混混，"出手"当中勇敢的品质依然符合杨红樱对真正男子汉的认定标准。就像《女生日记》也认可马加这样结巴、弱小的男孩子在关键时刻机智勇敢地教训了几个"强盗"大男生一样，就像《漂亮老师和坏小子》中李小俊对肥猫等出手捍卫男子汉尊严一样。杨红樱并不一味地排斥和否定"打架"，对男孩子间的打架惯于具体问题具体分析。即使吴缅成为了一个小男子汉，身上也会有急躁、嫉妒等毛病。譬如：他以为冉冬阳没对自己的宠物"贝多芬"照顾尽责而错怪了冉冬阳，但到后来意识到了自己的错后，又能够主动承认错误——他具有自省意识和担当精神；因为母亲和傅教授交友，而替老爸对傅教授有那么点吃醋的心理，但当看到"咱爸咱妈是真的没戏了"时，又能够释然，在情感上接受傅教授；同样地，因为喜欢罗老师而对罗老师的男友胡洋博士有排斥情绪，屡屡以各种恶作剧的方式让对方出丑，但也能在胡洋大度宽厚的映照下、在罗老师的劝导下，及时地中止自己不理智的不友好行为。他并不十全十美，但却因为真实而可爱。杨红樱把这一切很灵动地抓取到了，她对此是采取宽容理解的态度的。同时我们注意到，在写到对异性同学的关注时，《男生日记》中的男生是表现出来实际行为，往往作弄相关者，而《女生日记》中的女生则是表面不动声色、内里心潮起伏，譬如冉冬阳等同学要被邀请到马加家里做客时，同学们都欣然应邀，吴缅和莫欣儿因为把对方看作学习上重要的竞争对手而都还没答应，冉冬阳误以为吴缅和莫欣儿交好而"心里酸溜溜的，还有点难过"，并"发誓这一辈子再也不理吴缅，也不理莫欣儿"，但当知道真相后，"我心里一下舒坦了许多"，可同时又产生了微妙的情感变化：

> 这时候，我真的很羡慕莫欣儿，甚至有些嫉妒她。如果我的成绩有她那么好，吴缅也会把我作为头号竞争对手，时时刻刻地关注着我。如果谁去邀请他，他会说："冉冬阳去吗？如果她去我就去，如果她不去我就不去。"

冉冬阳情感上的起起伏伏——嫉妒、难过、释然、羡慕乃至再度嫉妒，小女孩的复杂心思都被杨红樱捕捉、传输得异常准确。两相比较，杨红樱对小男生小女生的心思的透视可谓细腻周至。更要紧的是，我们能经由此见识到杨红樱对小学生性心理的敏锐捕捉和真实描摹。

杨红樱在塑造了吴缅这样富有活力的、健康向上的男孩子的同时，也写到了乔丹这种成绩好、模样好的传统意义上的好学生，但他有着诸多致命弱点，比如骄傲自私，看不起同学，认为喜欢读童话的人"幼稚"，结果遭到冉冬阳的抢白——"你不读童话，所以没有灵性"；他吃穿讲究名牌且华而不实，还喜欢自我吹嘘，自称"每天都要练拳击，他的房间里吊着沙袋，拳击手套都打烂了好几双"，可是真就遇到了打劫的大男生时，立刻就"吓得脸色都变了"，在乖乖交出口袋里的钱的时候，"掏钱的手也在发抖"。杨红樱稍许揶揄了一下这类"好学生"，这和她笔下的"坏小子"可形成了鲜明对

爱心贵州行第四站：杨红樱给都匀的留守儿童捐赠图书

比。究竟该怎样评价和看待学生的"好"或"坏"？小说将这个耐人寻味的话题抛给了读者诸君。

五、好小说：步步为营有魅力

杨红樱在小说创作上的情节构思和技巧都是很讲求章法的，可谓步步精心，叙述扎实稳健，结构具有吸引力的故事，悬念设置恰到好处，问题意识浓厚，切近当下儿童心理，对现实人生的思考发人深省，由此形成了其作品对读者的强大磁场。

首先，她习惯选择日记体的方式来书写小说，杨红樱是有着自己的考虑的——她自身一直有写日记的习惯，对日记有独到认识："写日记是很好的习惯，可以记下对生活的感悟"，"从这些心情和秘密中，我们看到了我们成长的心路历程，其中包括成长中必须要犯下的错误。成人世界对孩子而言，充满了困惑和不解，而他们自己的童心世界，又充满了想象力和求知欲，还有不能与人分享、必须独自承受的成长的疼痛，这使他们的内心不得不长出许多的秘密，我非常尊重孩子的秘密，我曾经在一本书中写过一句话：没有秘密的孩子，不是真正的孩子。"《女生日记》《男生日记》都是这样来诉说女生、男生的心事的，《五·三班的坏小子》采用的是第一人称叙述方式，以女同学的视角来观察班级里的几个"坏小子"，也类同于日记体的格式。正是日记的私密性、"我"言说的无保留，方能够更好地反映出孩子们的心声、表达孩子们的真实情感。

《女生日记》中，杨红樱对六年级女生冉冬阳的真实心声和情感就捕捉得异常敏锐，特别是在冉冬阳从女孩到月经来潮这个青春发育时期的微妙而强烈的生理变化，以及随之而来的简单又复杂的心事流露，就都在其精心而又不事雕琢的笔墨中流露出来。这种女生娓娓的叙事，如同近距离与读者交流的方式，能够被人所接受，其中涉及的女孩子成长中的秘密和心事，恰好能够比较平易地走进读者心灵，并深深扎下根来。《女生日记》的最初读者在十年后的回忆颇能说明小说的亲和力："《女生日记》成为了我们童年的引导者和启蒙者，它从不企图逼迫着我们接受什么，而是仿佛在你枕边低吟细语，讲述一个属于所有男孩女孩的故事。"

还要看到，杨红樱所采取的"日记体式"带有着这样的实际考虑：她此前所写的童话很多都是短篇的，即使是长篇童话如《寻找美人鱼》《再见野骆驼》等，也都是由若干短篇连缀而成，相互之间既有联系又独立成篇，如同诸多串联起来的珠子那样，单独看，是一颗颗闪光的明珠，串联起来看，又是一条美丽的链子。日记体的小说可以保持着相对的独立性、完整性和随意性，可以保证故事的发展延续依照着写日记人的心性和需要随时调整终结，作家创作起来能够得心应手一些。每一天的日记就是一个小"故事"、一曲心声，读者可以即时即刻地开始或结束阅读，而一个个片断故事和心情串联起来又形成了一部首尾相互有照应的长篇。不管出于怎样的考虑，她的这个选择是成功的。

在故事的经营上，杨红樱始终能抓住读者的心理。《女生日记》讲述六年级整整一个学年里的学习生活，开篇是六年级开学的第一天，结束之时是小升初考试开始的前一天。在这个时间段里，似乎孩子们的生活应该是很机械的——因为应考和升学的压力，恐怕只是单调乏味的学习生活，但杨红樱并没有拘泥于学生单纯的课堂生活，而是注意到了对学生生活描写上的多姿多彩和学校、家庭生活描写的多方位。冉冬阳就仿佛一个圆点，由她展开了一个大大的扇面，我们可以触碰更广大更丰富的生活内涵。杨红樱善于制造悬念，或大或小的风波被她一次次掀起，同时又努力令这些风波相继保持保证着"一波未平，一波又起"的态势，对读者产生着极大的吸引力。具体到小说中来说，第一篇《梅小雅没有来》就已经埋下了许多伏笔：开学第一天女生们普遍患了"巨人症"似的（这是在为后面青春期的来临做铺设呢）；风传长得帅气的舒昂老师要来教大家数学（在酝酿着重要人物的登场呢）；重中之重是冉冬阳的好友梅小雅居然没来报到——她很小父母就离异了，去年妈妈又下岗了，梅小雅自此变得不爱说笑。冉冬阳以为梅小雅是因为经济问题不能来上学，回家后拿着自己的压岁钱去找梅小雅，却发现她家没人，而邻居说梅小雅一大早就和她妈妈出去了，还背着书包。小说叙述到这里，已经给我们留下了一个悬念，让人不禁要和冉冬阳一样发出诘问："小雅，你会到哪儿去呢？"而在第二篇《友情》中，我们获悉，梅小雅转学了，那是她妈妈为着让梅小雅在竞争小的普通学校里有更大的读重点的把握，这在解释了"梅小雅没有来"的原因的同时，又把小升初的残酷性和家长们用尽心机、各显神通保证儿女登龙门的事实道了出来，同时，这也只是开了个头儿而已——在后面，有家长为着孩子得到眷顾而给班主任老师送礼（《教师节的礼物》《情商和智商》），还有家长给学校捐献电脑以让孩子获得加分的（《没有缺点的中队长》）……前面舒昂老师已经露面，在接下来的《选择同桌》中"果然不同凡响"了一把，也正是在此篇选择同桌的"战役"中，重要人物吴缅、马加也都出场，而仅仅从选择同桌上来看，冉冬阳的善良和富有同情心、吴缅的善解人意和大度包容也都得到了较好的展示。《关于头发的风波》是一个重要的"关节点"，一石多鸟：男女同学为着剪发的事情相互角力，男同学希望看到女同学的困窘状；罗老师对女同学留长发"开绿灯"，显示她的开明；冉冬阳为着梳一个漂亮的发型，决定"明天就上街去买几根彩色橡皮圈"，这在本篇是结束，却也引起了下一篇《生活》——正是在购买橡皮圈时，冉冬阳发现了商业秘密，引发了她帮助梅小雅的"奇思妙想"：劝梅小雅妈妈也来开店做小百货生意，可是因为本钱不够，冉冬阳准备帮助她们，从而令这个故事有了很大的伸展空间。在《雄心勃勃》和《美梦破灭》中就紧接着这个由头，让乐于助人的吴缅参与其中，他想当然地要以炒股赚大钱的方法帮助梅小雅。在这里杨红樱对吴缅又有着善意的"讽刺"——吴缅孩子气十足地把事情想得太简单太轻易了，还有点在女生面前吹嘘显摆的意味；同时，杨红樱很巧妙地把现实生活中小学生炒股、经商等新鲜事经过改头换面之后写了进来，小学生群体中出现的新问题、新动向，恰好是现代经济社会对学校和孩子心灵冲击的某种投影。正如杨红樱所看到的那样："创作不可能在一部作品中将我所观察到的东西像照相那样完全记录下来，要选择有典型意义的东西"，而且她也时刻注意着文学作品的"导向问题"，因为"儿童文学作品有一个潜移默化的教育作用。我的读者是小学生，一定要给他们一个积极向上的东西"。正是因为吴缅承诺会想办法解决资金这件事情，在后面会有制作通讯录卖钱之举——这就又把现实中小学生在班级赚同学钱的"新"事物写了进来，这触发了冉冬阳的困惑，同时也引导读者来参与对这件事情的思考；也正是因为有了困惑，冉冬阳会向远在美国求学的林淑媛发问，其后林淑媛在回信中部分地解答了这个问题；由此也巧妙地把美国孩子如何赚零花钱的事实写了出来。作家时不时插进"美国来信"，既深厚这部小说内涵，以展现中美教育的差异，也是对叙述节奏的一种调整，以实现叙事人转换。由于要帮助梅小雅的资金远远不够，冉冬阳想到了向父母求援，因而会有《爱心与"阴谋"》，而冉冬阳对父母的体谅与"算计"、冉冬阳父母的慈善心肠与和美家庭的榜样，都在此篇中淋漓尽致也是情趣盎然地表现了出来。

要看到，杨红樱是很善于把握时机来及时截断故事的，这足以大吊读者的胃口。《女生日记》中，在《美梦破灭》一节讲到了吴缅炒股赚钱的计划受挫，在结尾部分，吴缅仍然"大包大揽"的样子：

"我会有办法的。"

有吴缅这句话，我就放心了。

照理，小说接下来应该对"吴缅的办法"有所叙述。可杨红樱偏偏在下一篇《教师节的礼物》中暂时将"办法"搁置不表，而是在一波未平的情形下另起波澜。这就很有传统小说"花开两朵，各表一枝"的意味了，同时也吊起了读者的胃口。《教师节的礼物》讲述教师节家长送礼物的事情：有心计的家长已经蠢蠢欲动给老师送贵重礼物，希望得到区三好学生名额；罗老师在班上主动跟同学索要一样特殊礼物——给自己写一封信，写下真心话。杨红樱借鉴了传统章回体小说那种讲求故事完整性和连贯性的结构特点，以"卖关子"的方式来吸引读者，并且在不破坏故事情节完整的条件下，做到大故事里套着小故事，不时制造一点波澜。还有，《爱心与"阴谋"》解决了梅小雅妈妈开店资金问题，一个大的故事告一段落之时，杨红樱以《秋天的感觉》放在此篇后面，让冉冬阳在秋分日里书写秋天的大街景象和自己对秋天的感觉：

伸手接住一片旋转而下的梧桐树叶，街上的喧闹声仿佛已离我远去，心中忽然生出一点伤感，这种伤感是没有来由的，说不出为什么要伤感，也许女孩子就是这样多愁善感吧？

这依然是作家在调整叙述的节奏。这一篇颇具有电影蒙太奇的手法，以一段抒情文字终结前面的故事，转而开始新故事的叙述，带有电影镜头"切换"的意味，可以舒缓一下讲故事的节奏。冉冬阳由秋意的感受感慨生命的流逝和成长，也仍然是在为后文做铺垫，孕育着一场将来的情形，联系接下来的《女孩子的秘密》中南柯梦青春初潮、情绪波动大的情节来看，这就有点像"暴风雨"前的平静了。这是杨红樱吸纳进影视作品表现手法的一个典型例证。

前面举到的《爱心与"阴谋"》在情节所需（筹措梅小雅妈妈开店资金）之外，还展示了冉冬阳家庭生活的其乐融融、富有爱心的一面；而在《穿衣服的诀窍》《烛光晚餐》《我的生日，妈妈的受难日》《12朵粉红的康乃馨》和《桃儿》诸篇日记中也同样是为着展示母女恩情、父女情深的，所写的一切事情都是日常生活中的点点滴滴，但是杨红樱能够从这点点滴滴中发现美、发现值得书写的"敏感点"和意义，能够让这点点滴滴具有感动孩子的能力。这是杨红樱在以后诸多小说叙述上特别注意经营的。小说所写的事情诸如买衣服、做饭、就餐、买花、摘桃之类的，好像怪浅显的，没什么意义，但是杨红樱以情趣作用于其中，让孩子在平凡中发现了可以感动人心的地方。而且，这强化了对读者的情感教育，注重孩子感动能力的培养——这是杨红樱在其创作中自始至终关注着的。许多小读者正是在读到小说中《我的生日，妈妈的受难日》等篇之后，也想知道自己从妈妈肚子里出来的经过，从此对妈妈的爱加进了感恩的成分，在自己过生日的时候，也会给妈妈送礼物。这就让我们看到了《女生日记》这个文本塑造人心灵、影响人生活的巨大力量。

在《女生日记》中写到那么多生活的点点滴滴，杨红樱是有她的特殊考虑的，那就是她注意到现在孩子生活中问题的"症结"所在——缺少"感动"。而缺少感动的原因何在呢？恰好是生活的单调

杨红樱与希腊儿童文学作家深度对话

乏味和教育者对孩子感动能力培养的忽视。杨红樱由对当下小学生的精神把脉联想到了自己的童年："我现在经常想起我们小时候，每天上学、放学我会走不同的路。有时放学我会去一家百货公司，我一直喜欢一面小鼓，就五毛钱，但不能想要什么都向大人开口。于是我就天天去看，一直到那面小鼓卖出去，就不去了。我现在想起来特别美。这就是心里有企盼。现在的小孩想什么就有什么，没有心愿。"因此，杨红樱作品对情趣的表达，不仅仅是其心灵丰盈的外在显现，也是其以文学写作方式所进行的有意识的引导，引导孩子们发现生活找到美，引领孩子感受生活中的动人情节。这是她开出的一剂医治孩子心灵"麻木"的妙方。仅从致力于"感动"教育这一点来看，《女生日记》就是成功的。

杨红樱是文心细如发丝的。哪怕是日记体中常见的天气变化，也都有着她的精心考虑，让这看似不起眼的天气变化也能烛照出冉冬阳的心情、境遇。这部作品没有深奥的语言表达，但是却寓深于浅，处处能让我们看到作家匠心独运的地方。《男孩子眼中的漂亮女人》中古龙飞因为对吴缅妈妈"出言不逊"而不小心得罪了吴缅，

两人扭打在一起，似乎友谊破裂了，可过后二人又勾肩搭背地玩开了，和当日"阴转晴"的天气恰相吻合。在 2 月 14 日的日记中，天气是"晴转阴"，故事也是这样与该日天气相对应的大"逆转"的：莫欣儿和冉冬阳在情人节这一个浪漫节日同去逛街，莫欣儿中得一瓶香水，希望能够以此在父母之间起一点调和作用，却意外撞见父亲和一位年轻漂亮的女郎约会，"欣儿把手中的那一小瓶法国香水往地上一摔，哭着跑了"。5 月 22 日的天气是晴朗的，作家也会制造一点反差，表现冉冬阳因为来月经而影响心情："今天是阳光灿烂的日子，可我的心情却像乌云不散的阴雨天，糟糕透了，莫名其妙地想发脾气"（《寻找快乐的理由》），而母亲给她提供的解决良方又是对多少女孩子具有实际的助益作用的。因为学习这个方法而奏效，在 5 月 23 日这个"晴"天里，冉冬阳的心情也和这天气一样"阳光灿烂"了。而在最后一篇《再见，心爱的日记本》中，冉冬阳第二天就要去参加小学毕业考试，这一天的天气是"多云间晴"，天气变化也是在述说着写作者——主人公冉冬阳的复杂心情和可以预见的明天的天气，这其实也是杨红樱的美好心愿的显现：她终究相信未来会拨云见日。小说结局，冉冬阳的日记本也是只剩下了最后一页，她和这个日记本在做告别的同时，也是在和小学时光告别。而最后一句"当我在长大成人的某一天，再翻开这本日记时，也许会说：'原来我是这样长大的……'"，表达出冉冬阳对已经过去了的生活的眷恋、对未来生活的期待，结构上、情节上都设计得很精巧，给读者留下很大的回味空间。

和《女生日记》的"多愁善感"不同，《男生日记》挥洒着更多的阳光幽默的味道，让故事、叙述字里行间都挥发着幽默气息。譬如，同样讲述女主人公减肥不成反受饿出丑的糗故事，《女生日记》有些内敛，更多在意于冉冬阳一个人的主观感受（这当然和小说的日记体形式有关），作为同桌的乔丹对于冉冬阳减肥的事情自始至终未有所闻，尽管他也趁着上课的当儿公开"戏弄"了一把冉冬阳；《五·三班的坏小子》则大事渲染，给夏雪儿实施减肥的故事添油加醋，让爱吃的肥猫充当正在节食的夏雪儿的同桌，并在起始就由肥猫来对夏雪儿减肥的行为品头论足——"减肥的都是大傻瓜"，接着让肥猫书包里香喷喷的中国汉堡包对饥肠辘辘的夏雪儿构成了强烈的诱惑，最终让减肥失败的夏雪儿彻底认同肥猫的观念，这样一来，小说的幽默气息就益发浓重了，也正与杨红樱期许中的男生应该具有幽默感相吻合。而《五·三班的坏小子》中的幽默空气甚至更浓厚。这部小说在叙述上采用了与《女生日记》同样方式的女生自述体，以一个五年级女生夏雪儿的眼睛来打量周围的同学，尤其是注视那些发生在坏小子们身上的故事，每一篇都独立成篇，但又和其他各篇相互关联。杨红樱非常喜欢也非常擅长采用第一人称的叙述方式，这可能更利于她抒发感情。而且，在叙述中，杨红樱一定是站在了她女儿的立场上（或者说将自己还原成为一个小学五年级女生的姿态），来讲述这样一些发生在小学生身边的故事。

在《女生日记》取得巨大成功之后，曾经有读者建议杨红樱在写《男生日记》时再深刻一些以承载更多的教育理念。不过，在写作《男生日记》时，杨红樱还是按照自己的理解来关注男孩的成长，更多着眼于如何培养男子汉的话题。《女生日记》中，杨红樱努力塑造了一个理想的可爱男孩吴缅："他外号叫小百科，什么都懂那么一点点"，"他说起话来也挺有意思，懂得幽默"，懂得宽容，善解人意，当然有时也免不了性急，会和南柯梦发生语言、行为上的冲突。《男生日记》别出心裁地以吴缅这样一个小男子汉的成长故事作为众多孩子精神成长的启示录，寄予着杨红樱对理想中的男孩的期望。如果说《女生日记》关注着女孩子的生理成长和心理成长的话，《男生日记》则更看重男孩的精神成长。说到底，呵护孩子们的心灵和情感，做孩子们健康成长的引路人，这是杨红樱教育小说写作不变的宗旨。

在《女生日记》中，杨红樱已经把小学生整个六年级一个学年（从前一年9月1日到第二年的6月20日临考试前一天）的生活借由冉冬阳之眼写出来了，作为姊妹篇的《男生日记》虽说把视角换成了男生吴缅，但若是再重复这一年的生活叙事，是毫无必要的。杨红樱巧妙地将日记起始时间安排在小升初结束后的6月23日到8月28日中学开学前一天，继续保持着自己对小学生生活的关注：他们如何度过自己的假期生活，如何一点点融入到社会生活中，以及如何自主选择未来，使得《男生日记》因此成为《女生日记》严格意义上的姊妹篇和续篇。小说转接到男孩子的性别角色认定的话题，关注和强调的是男孩子应该拥有的各种品质和能力，诸如坚强、豁达、大度、责任感等。相对于《女生日记》情感的纤细，《男生日记》在风格上也有意识显得粗犷一些，以吻合小说主旨和男生的叙述腔调。

《男生日记》中，吴缅的性格较之《女生日记》有了延续、发展和充分展示的机会。无论是跟军车去西藏，还是为给同学筹集学费而去道歉公司打工、发挥特长去歌厅义演，抑或为救助女生而和社会上的混混斗殴，帮助辍学儿童重返学校，这接二连三发生的大事情，都足以显示出吴缅的勇敢、热情、友善与担当。从小说《男生日记》形式上来看，在吴缅的一路游历中，他每到一个地方就给冉冬阳寄一张明信片，而"给冉冬阳的明信片"就以另一种叙述形式丰富了小说的叙述。和日记的私密性不同，明信片的公开性及受限于明信片篇幅的精短留言，又让"我"的叙述有了转换的空间、变化的力量。譬如，吴缅在去过野人海之后比较失望，因为所见到的一切没有他想象中的那么奇幻，但他却在寄给冉冬阳的明信片上写下这样的内容：

冉冬阳：

今天，我去了野人海。野人海就是野人出没的地方，他们居住在海滨的森林里，有男野人、女野人，还有小野人，身上长着长毛，会爬树，还会轻功，可以在湖面上走。至于我和野人发生的惊险故事，等我回来再讲给你听。

吴缅于木格措

显然，这都是吴缅的"胡编乱造"。他给出了一个和自己日记中完全不同的叙述，属于在女生面前自我"吹嘘"，还有恶作剧以吓唬女生和吊读者胃口的心理。吴缅因在现实中失望而在想象中进行"补偿"，他的幽默感和想象力丰富着小说的叙述，让读者在阅读中获得一次小小的情绪放松。

同《女生日记》的一样，《男生日记》的结尾也是开放的：吴缅等四个从小一起长大的铁哥们儿在畅谈之后彼此告别：

月亮在天上看着我们。

明天，我们各奔前程。

这与《女生日记》结尾冉冬阳告别日记本的描写相仿。《女生日记》尽管已经做出了某种乐观的标示，但还有着未来的某种不确定性，对过去生活还有所留恋；《男生日记》中则展开一个预期比较好的未来，语气上显得更加肯定，似乎更有信心。

至于《漂亮老师和坏小子》，杨红樱是紧扣"漂亮"大做文章。小说中的"时尚"元素很惹眼。譬如说主人公米兰老师的确"漂亮"时髦：穿白T恤和低腰牛仔裤，裤腰上松松地系一条宽皮带，喜欢看日本动画片《蜡笔小新》，跳的芭啦芭啦舞棒极了，呼啦圈也摇得超级好，她身上的这些"时尚"元素一方面起到交代故事发生大体

195

时间的作用，另一方面也拉近了孩子与作品、与主人公之间的距离，作品的时代气息更加鲜活。米兰不光外在形象"漂亮"，其"时尚"另类的打扮也起到提示她教学思想前卫的作用，因为事实上她就是一个教育理念和行为都很"漂亮"很有作为的青年教师。其解决班级同学打架问题、主持召开班队活动课、上课前化妆、解决学生家庭纠纷和情感困惑、营救金丝猴、举行"我很棒"展览会等诸多举措都让人感到她的确是一个有作为的好老师，够得上"漂亮"二字。《漂亮老师和坏小子》的开篇是四个坏小子在肯德基店遇到米兰并游说她当上了自己的老师，结尾是米兰在六年级（3）班同学毕业之际对自己不确定的未来的想象："谁知道今后会是什么样子？说不定我在哪天，又会在哪家肯德基店里，遇见几个坏小子，又被骗去做了他们的老师。"这富有意味的旧事重提，是她对自己与坏小子们共同保守的同一个秘密的会心点拨和隐曲暗示，在让人体会到米兰对坏小子们的满心接纳和喜欢的同时也呼应了开篇，设计的确精心，在洋溢着浓浓温情的同时，也以开放的方式在为接下来的叙事扫除了障碍。因为在续篇《假小子戴安》中，米兰真就放弃了自己热衷的电台主持人的职位，重新回到白果林学校担任七（3）班的班主任，她之能如此，就在于她对教育事业、对孩子发自内心的热爱。

杨红樱对不同年龄段孩子的心理特征的拿捏是相当准确的，所以在其书写不同年级孩子的生活时，常常"移步换景"，风姿各异。杨红樱专门为一年级孩子量身打造的作品《小男生杜歌飞》和《小女生金贝贝》是两个具有互文性的文本，参照阅读颇为有趣，因为它们彼此关涉，这两个文本各自收录发生在同一个班级里的两个孩子——男生杜歌飞、女生金贝贝身上的二十个故事，由此展开的是两个一年级孩子的童心世界，男女有别的他们各有各的"小九九"。如果有谁想知道马小跳、吴缅或者夏雪儿、冉冬阳们的"前尘影事"的话，走进这两个文本世界中，一定会得到一个满意答案的。杜歌飞、金贝贝毕竟都只有七岁，属于刚刚从幼儿园走出、才迈进学校大门接受教育规训的孩子，他们还不可能有像马小跳那样的丰富多彩的人生经历，更不可能有像冉冬阳、吴缅那样细腻缜密的思维方式。他们对世界的认识还很感性肤浅，想法也够幼稚单纯，他们的生活无风无浪无雷无雨，他们的生活内容总是鸡零狗碎的、平淡如水的。简直就没什么可写的！什么帮助老师搬书、拿挂图了，得上小红花了，一不小心尿了裤子了，逛宠物街了，大家都是缺牙巴了，手拉手过马路了，评选小队长了，要戴红领巾了，看蚂蚁搬馒头了，给全班同学当小老师了……乍看上去，都是一些琐碎得不能再琐碎、不值一提的小事情。杨红樱却把这一切写得有滋有味、妙趣横生。先说杜歌飞。他之所以愿意上学，只是因为看到了漂亮的米老师。他为着得到一朵小红花，在米老师的鼓励下，第一个冲上前去打针，结果"哇哇大哭，一哭起来就止不住"，哭着回到座位上，因为惦记着那朵小红花，又走上去跟米老师要奖励；帮米老师拿上课用的挂图，又因为被两个高年级大男生差遣帮忙抬垫子，随手就不知把挂图放到哪里去了，找到下课也没找到，在米老师面前都说不清楚挂图到底丢到哪儿了。当知道小眼镜想第一批戴红领巾，杜歌飞也想第一批戴红领巾，也要和小眼镜比一比，为了放学集合能第一个跑到操场上，杜歌飞用脚绊了小眼镜一脚，结果被米老师批评了一顿，还被没收了三朵小红花。还有，杜歌飞的理想变来变去的，一会儿想当游乐场管理员，一会儿想当爸爸、当校长，一会儿又想当马戏团的小丑……

再来看金贝贝。她有她的固执，因为缺牙巴读课文发音不准而被大人们笑话，她却绝不气馁，以执着赢得大人的尊重，"大人们不笑她了，还为她鼓掌"。小眼镜、杜歌飞都想当小队长，相继来拉金贝贝的选票，小眼镜"一会儿送她一块有香味儿的橡皮擦，一会儿送她一张闪光的卡片"，杜歌飞"把他的小宠物金钱闭壳龟借给金贝

杨红樱在托尔斯泰庄园

贝玩了三天"，金贝贝扛不住"利益"的诱惑，都先后答应选他们当小队长，还"拉钩上吊"了呢；可是在只能选一个人的情况下，犯难的她先是"两个都不选"，在米老师"谁愿意为大家做事情，谁做事情认真负责"的提醒中，她"举贤不避亲"把自己给选了上去！金贝贝和同学玩"我们都是木头人"的游戏，先后两次不小心犯规，第三次她真的不犯规了，上课铃响了还一个人站在那里，教导主任问她"你站在这里做什么"，她都不说话！还有，金贝贝的理想是长大了当一个好妈妈……就是这些不入常人法眼的"芝麻"小事，却在杨红樱那双善于发现美的眼睛的作用下，在她的精心构思和步步为营的叙事中，节节开花，乃至花团锦簇、分外艳丽；这小事的"芝麻"最终在杨红樱神奇的魔棒的挥舞下，被制作成了馥郁醇香的"芝麻油"、有滋有味的"芝麻酱"。一年级的小男生、小女生独特的生活天地、微妙曲折的心思，在杨红樱不疾不徐、张弛有度的叙述中展现无遗。

《小女生金贝贝》《五·三班的坏小子》都写到低年级学生和高

年级学生为着抢乒乓球桌而发生争执的事情，同样是写女生挺身而出解决问题，表现形态和解决方式各不相同。那实在是因为年龄、年级大不相同啊。《小女生金贝贝》中，好不容易占到一次乒乓球桌的杜歌飞遭遇到高年级男生的无理"冒犯"，结果大男生制定了比赛10个球谁赢桌子就归谁的"公平"规则，杜歌飞在"公平"比赛中以0∶10败北后，索性"玩赖"。在要被大男生动粗的紧急关头，金贝贝以"他爸爸是警察""他爸爸有枪"的谎言把大男生吓跑了。《五·三班的坏小子》里五年级学生肥猫和六年级大男生为着争乒乓桌就有了"高级"一些的表现形态：肥猫是"抓住乒乓桌的一角死死不放"，"憋红了脸"据理力争拒绝让出，但大男生不管三七二十一抢走了肥猫的乒乓拍；适时出现的女生戴安冲上去抢回了乒乓拍，且厉声指责："干什么干什么？大欺小，你们害不害臊呀？"大男生在与毫不示弱的戴安对峙了将近30秒钟后，突然撤退。相同的一件事，因为当事者年龄、年级、心理不同，处理方式也截然不同。杨红樱注意到了孩子年龄的差异性以及差异性下显示出来的不同性征。一年级小男生杜歌飞是不服气——先是不服气地和高年级男生比赛球技，再是不服气交出乒乓桌；大男生是先耍小聪明，想以比赛方式让杜歌飞乖乖就范，继而是耍横，使用"暴力"手段驱赶杜歌飞，最后却被金贝贝虚构出来的"警察"爸爸所耍弄，乖乖交出乒乓桌。而五年级男生肥猫是始终据理不肯让出（"是我们先占到的桌子，我偏不让"），但却又身单力薄力不从心，被大男生轻而易举按住；六年级大男生是欺软怕硬的主儿，先是蛮横不讲理，对肥猫动粗，后是被带着正气貌似强大的戴安所镇住而乖乖退出。还有，在决定了乒乓桌归属上一锤定音的两个女生也各有不同：一年级小女生金贝贝是智取，五年级侠女戴安是力争。杨红樱的描写文字是很浅近，但是把不同年龄孩子的心理特征把握得恰到火候。趣味十足，耐人寻味。

杨红樱对"假小子"的书写，也同样能注意到人人各异的情形。《女生日记》中的南柯梦是一个具有审美意义的"假小子"。她是那种巾帼不让须眉的女孩儿，咋咋呼呼的，与诸多男孩子时常交锋，弄得男孩子不愿意也不敢和她同桌。不过在南柯梦初潮到来女性特征明显之后，"南柯梦像变了一个人似的，安安静静地坐在教室里，脸上也很平静。看见我们进来，她还笑了一笑，笑得有点羞涩，我心里纳闷：一个风风火火的假小子怎么一下子变得那么有女孩味儿了？"南柯梦只是在起初还没有自觉意识到男女有别，当少女成长期到来之时，南柯梦开始有相应的符合其性别认知的心理变化了。在后来，当被别人指出是班上第一个额头上长了青春痘的人时，她是坚决否认，可同时"脸刷地红了"。"一向是一个天不怕、地不怕的女孩子"，却也会因为挤破青春痘感染而产生害怕的心理，"她的眼睛里真的有了恐怖的神色"，这又宛然一个小女生了。这是一个在性别角色认定上自我调整成功的例子，因而能在心理上返回到正常的女性生活轨道上。大大咧咧和淑女性格同时存在，且后者逐渐占据上风，这个女生很有审美价值。《五·三班的坏小子》中的戴安也是一个"假小子"，但又明显不同于南柯梦：南柯梦的"霸道"也许带着点"胡搅蛮缠"的味道——小说中可没有交代她何以会和男生对着干，但她和吴缅这样比较善解人意的男孩子也会发生冲突，或许还是带着那么点"霸气"的；而戴安则是侠女风格，她爱打抱不平，不论是为女生，还是为男生。她和男生发生冲突首先一定是因为男生触犯了自己；她的"马尾"——自己身上长得最漂亮的又黑又亮的头发本来"还有那么一点点女孩子味道，使假小子戴安看起来不太像假小子"，但她突然没来由地剪了个爆炸式短发，或许有点心血来潮的意思，连同班女生都没办法理解："剪了头发的戴安看起来怪怪的，横看竖看那头发都不像她头上长的，完全不听话似的乱蓬着，像一堆乱草？像刺猬？"因为粗心、没有太多心机，戴安被肥猫捉弄了一把，自然当仁不让地要让他跳"芭蕾舞"了。在去"讨伐"肥猫的路上，撞见高年级同学欺侮肥猫等人，戴安的表现够得上是仗义执言、侠肝义胆、无所畏惧，那正是肥猫一班男生们对六年级大男生无计可施之时啊。"侠女"戴安果然豪爽，而且似乎健忘——在肥猫们的夸赞中轻易忘记了自己此行的真实目的，是有点大大咧咧的。但在"小子"的粗疏之外，还是有小女生睚眦必报的细腻心思的，所以能在几天后想起这件事情时再度讨伐肥猫；而戴安揪男生耳朵令其跳"芭蕾舞"的讨伐行为也显出她的巾帼不让须眉的豪侠来。所以，总体来说，《五·三班的坏小子》和《漂亮老师和坏小子》中的戴安还属于比较大大咧咧的人，在心理、行为上还并未表露出有什么"异常"之处，其会因为侠义心肠和假小子的敢作敢为而带有着不少喜剧品质。如果说《五·三班的坏小子》中的戴安还有着幽默玩闹的性情，在《假小子戴安》中，她已经变成一个情感细腻、心思绵密的"大"女生了。小说开篇便写到了戴安因为生理发育而发生了很大变化的身体：她在泳池里游泳时因为自身黄金分割的身材比例和好看的曲线而被同性和异性们关注着。这直接影响到她心理也随之发生变化，戴安的女性身体意识开始萌发。正是配对着这样的成长，小说的叙述节奏放慢了，戴安角色的错位和李小俊有相同的根源：他们都是出生成长在父亲角色缺失的环境里的。李小俊是与"寡母"一同生活而濡染了女性"弱"的性格；而戴安却是在外婆、单身母亲戴小荷和单身的姨姨戴小竹的宠爱下长大的，因而对自己有了倒错的角色想象："这个家里，太需要一个男人来保护她们了。戴安要来做这个家里的男人。她开始是把自己想象成男孩子，渐渐地，她真把自己当男孩子了。她从来不扎辫子，不穿花衣，不穿裙子，不玩洋娃娃，不当着人流眼泪。当然，她也会流眼泪，在想爸爸的时候，她把自己关在卫生间里，对着镜子流。"杨红樱解释过《假小子戴安》何以在塑造戴安这个形象时会和此前的《五·三班的坏小子》有不同："在《五·三班的坏小子》中，戴安还是一个小学五年级的小女生，生理上尚未发育，心理上性别意识尚未觉醒，表现出来就是一个大大咧咧、没心没肺的假小子，所以在描写她时，语言和节奏都充满了明快的动感。而《假小子戴安》中的戴安，这时已经是初一的女中学生，身体和心理都有了很大的变化，身体有了曼妙的曲线，也有了女孩子绵密的心思，所以在描写她时，有很多细腻的心理描写和细节描写，节奏显然慢了下来。"这也正是《五·三班的坏小子》更趋于幽默、《假小子戴安》更趋于抒情风格的原因所在。

第五章

竹杖芒鞋轻胜马——《淘气包马小跳》论

1998 年，一家文化公司邀请杨红樱编一本面向小学生的内部刊物，杨红樱在仔细研究了当时的同类杂志之后，为了要做出一本全国独一无二的杂志，就自己动手写稿子。当时每期杂志上都刊登着杨红樱写的两篇连载童话，一个是《仙女蜜儿》，另一个是《顽皮巴浪》，这两个童话非常受小读者欢迎，连

马小跳与杨老师图

载了几十期，杂志发行量也因此达到了几十万份。2002 年，杨红樱准备将《顽皮巴浪》的稿子整理出书，就把具有浓厚巴蜀风味的"巴浪"改名为"马小跳"。杨红樱最初写作这部书时是以第一人称写的，写了三本后觉得叙述局限太大，索性停下来；重新再写的时候，她改用第三人称写，写得非常顺利。从 2003 年第一部《贪玩老爸》问世，到 2023 年推出第三十部终结篇《光荣绽放》，这一系列发行量之大（迄今累积销量已过亿册）、受到孩子欢迎程度之深、马小跳为人所知范围之广，都让人不能不正视"有孩子处必读杨红樱""有华人的地方，就有马小跳"这一事实。

《淘气包马小跳》所获得的荣誉格外多：2005 年全国优秀畅销书奖，2006 年度和 2007 年度中国最佳儿童文学读物奖，2008 年获

全国第十一届"五个一工程"作品奖，2008 年入选"改革开放 30 年最具影响力的 300 本书"；2009 年入选"60 年 60 部（篇）经典儿童文学作品"；2010 年入选"新世纪影响中国的 10 种图书"，入选国家文化出口重点项目，被认为是唯一可以在销售册数和销售码洋方面与"哈利·波特系列"媲美的原创儿童文学作品……至于寂寂无闻、没有任何话语权的小读者们给杨红樱颁发的各种手写笔绘的"奖状""证书"更是数不胜数。"马小跳"多次被改编成电影、电视剧、动画片、音乐剧、舞台剧、木偶剧、漫画等多种艺术形式，天真可爱的马小跳已成为一个家喻户晓的新世纪中国儿童的经典形象，"淘气包马小跳系列"也当之无愧地成为中国童书出版史上的标志性存在。一位大学生有如是感言："杨老师，如今我已经 20 岁了，更明白了童年的重要性。我们这些孩子多感谢您呀，我们的童年里到处都有马小跳的身影。我越来越发现，马小跳的童年更像是广大孩子们的一个梦，一个关于童年的梦。您是真正懂孩子的人，所以才会写出孩子们喜欢的书。"一位小学语文骨干教师如是说："因为有了马小跳，才让我的孩子、我的学生们能够离开手机、电视、iPad，能够主动去阅读。一部能够激发孩子主动阅读兴趣的作品，一定有三个标志：动作、语言、笑声。每一个孩子心中都有一个马小跳，希望这样的孩子能够快乐，在学校得到尊重，找到实现自己理想的方式。"

2020 年 2 月，有网友一知半解地据《转动时光的伞》而发微博称："马小跳和安琪儿在一起了，张达和夏林果在一起了，唐飞和杜真子在一起了。"结果这则"马小跳竟然有成人结局"的"谣言"立刻在微博成为热搜，不过一天时间就有一百三十多万的阅读量。杨红樱的微博一下涌进大量私信，网友们纷纷倾诉着自己与马小跳的结缘，热议着他们童年记忆中的马小跳及其伙伴们，更为这些小精灵的长大成人而惋惜不已。杨红樱不得不出面澄清"谣言"："这是笑猫眼中的马小跳们的未来，当然也是我希望的样子。网上的文字不是原文。"无数网友因马小跳而掀起的重温阅读和唤醒记忆的热浪，再好不过地说明了马小跳形象已根深蒂固地驻扎在一代代读者心中。

故此，作为一部至为鲜活而富有意味的系列文本，《淘气包马小跳》不但有助于我们了解杨红樱创作的心路历程和艺术探索上的变化，还有助于我们认识 20 世纪 90 年代以来迄今中国儿童文学的发展变迁，更有助于展示此间中国儿童的文学阅读、现实生活和精神世界。

一、让童心完整呈现

杨红樱在多个场合里多次解释过她何以要写马小跳这样一个看起来不那么循规蹈矩的孩子："马小跳一直是我想写的一个儿童形象，可以说，他是我的理想，我在他的身上，寄予了我太多的东西，比如我的教育理想，家庭教育的和学校教育的；我对当今教育现状的思考；我对童年的理解，对孩子天性的理解；这里面还包括我做老师、做母亲的人生体验。我笔下的马小跳是一个真正的孩子，我想通过这个真正的孩子，呈现出一个完整的童心世界。"

首先，马小跳一定是杨红樱虚构出来的一个艺术形象，不过，这个艺术形象绝不会是从石头缝里蹦出来的孙猴子，一定能够在现实生活中找到他的原型。杨红樱早年教过一个经常犯错的调皮蛋，他在出去玩儿的时候，总是把吃的东西留下一半来；杨红樱为此开玩笑问他是不是"给杨老师的"，他对此予以否认，明言是留给自己妹妹的。杨红樱由此发现了他的责任心和直率。有一次，这个男孩为着想听一听一脚踢破灯笼的声音，而当众踢坏了同学的灯笼，后来他承诺要做一个灯笼赔偿给人家，杨红樱由此发现他是个有担当的孩子。当然，马小跳的原型又一定不限于这一个孩子，而一定是若干孩子的集合体。杨红樱把众多孩子身上最孩子气的东西都集中在马小跳身上，从而让这个最典型的"孩子味儿最浓的孩子"能走进千家万户，成为几代儿童的心灵伙伴。

有一些成人因为看到马小跳"淘气包"的冠名而想当然地认为他是一个不服管束、惹是生非、专门和老师或学校作对的"熊孩子"。这是典型的"望文生义"了。其实，杨红樱精心塑造的马小跳是一个有情有义、童心十足、富有爱心和勇于担当的可爱孩子，不消说，马小跳是有瑕疵，但他从没有干过任何恶作剧，他只是活泼好动、童心常驻而已，同桌冤家路曼曼生病了，总是看他不顺眼的秦老师住院了，他都将心比心，不计前嫌，惦记着去探望；他只是个性突出，不像路曼曼、丁文涛那些格式化的小大人罢了。他确实有让秦老师放心不下的地方，原因就如同他跟秦老师认认真真解释

广播剧《淘气包马小跳》获全国第十届精神文明建设"五个一工程"奖

的那样："那是因为我们还没有长大，所以才让您操心"，"您不要着急，我们会慢慢长大的！"

《淘气包马小跳》这个长长的系列一直保持着很强的故事性，而好看故事的背后、整个系列的内蕴是丰富的游戏精神，这里的"游戏精神"并非作者个性的大唱独角戏，而是马小跳的"游戏"个性与小读者精神个体乃至群体的"游戏"精神达到了

《小英雄和芭蕾公主》获全国第十一届
精神文明建设"五个一工程"奖

完全契合，小读者的心理期待获得了最大限度的尊重和满足。马小跳是很平凡的，正常孩子所有的美德他都具备，正常孩子所有的缺点和过错他也不缺少，比如他会因为嫉妒心而昏头昏脑做错事，有时对安琪儿不够尊重，当上班级的临时纪律委员后更一度忘乎所以不知天高地厚，因为集领导能力、策划能力、合作能力和快乐能力于一身而当上了班级劳动课代表并受到表彰……孩子们能从马小跳身上看到自己、看到同学；马小跳又是不平凡的，他有那么多丰富的经历：保护野生动物、寻找大熊猫、竞选超级市长、创办跳跳电视台、寻找交通肇事者、探察和鹦鹉对话的人、当樱桃小镇的镇长、帮助同伴张达洗清不白之冤、伸出援助之手而避免了安琪儿家庭的破裂……这可是通常孩子根本不可能经历的，杨红樱书写这些非凡的经历足以激发和满足孩子的想象力，让孩子们的心灵随同马小跳一起飞翔，经历着一次次冒险。杨红樱一直认为："生命的终极目

标，应该是充分地享受自由和快乐"，"快乐是一种能力，教育的一项重要内容应该是培养孩子快乐的能力。"所以，在这部大书中，杨红樱的写作重点不是单纯要塑造某一种形象，"而是要表现马小跳的快乐"。杨红樱之所以有这种想法，那是她有感于生活中出现太多的失去孩子气的小大人，因此比照着自己心目中"真正的孩子"的标准来书写马小跳："他不必漂亮，但一定要健康；他不必聪明，但一定要幽默；他可能是淘气的、麻烦的，但他必须是诚实的、勇敢的。最重要的，他必须是快乐的——这就是马小跳！"简言之，马小跳是快乐的集合，具有快乐的能力，一旦遇到困苦、委屈和郁闷，正直、善良、健康、活泼、热爱劳动的他，都能想法子消解掉这一切不快。因为他是一个绝无虚假的真孩子。

要看到，对淘气包的书写，并不意味着杨红樱就此会一味"纵容"孩子童心的泛滥，杨红樱是始终坚持"寓教于乐"原则的，所以她更重视表现孩子们的成长过程，孩子在这当中是如何懂得常情、明白事理并健康而快乐地成长的。马小跳的"顽劣"调皮的背后，闪烁着另类的幽默、善良与智慧之光，洋溢着的是健康的活力和充沛的想象力。马小跳的三个好伙伴毛超、唐飞和张达也都是童心完好的孩子，这四个调皮蛋的理想都很简单：马小跳想到游乐园去当总经理，毛超想给唐飞当下属，唐飞想当美食评委，张达要干快递。而小大人丁文涛呢，理想宏大，想到美国哈佛大学留学，将来当经济学家。两相对比，丁爸爸"笑得嘴巴都合不拢了"，并因此对儿子的出类拔萃坚信不疑。杨红樱以很委婉的笔调质疑和讽刺了公认的理想标准，她对于理想、事业有自己的理解："社会是由各种各样的职业的人构成的。中国的家长把职业分成了三六九等，总是希望孩子做这个'家'那个'家'，要他们从小立下各种雄心壮志，但很少考虑孩子是否快乐。国外家长一般希望孩子做快乐、幸福的人。其实，人首先是要做一个好公民，能自得其乐自食其力。我做老师时，是孩子们喜欢的好老师；做编辑时，在业内也有很好的口碑。那时，我是一个快乐而知足的人。现在成了所谓的名人，也并没有觉得就比过去好。要紧的是，人要永远保持一颗平常心。"所以，快乐而知足的好孩子马小跳的未来值得期待。在《笑猫日记》之《转动时光的伞》中，杨红樱就让流转的时间来为完好的童心、为幸福的童年"背书"——包括调皮蛋们在内的真孩子们确实拥有了最美好的未来：马小跳做了市长，唐飞成为著名的经济学家，张达当上了大学老师，毛超坐上了大公司副总的宝座，杜真子成了儿童营养学家，夏林果成了芭蕾舞表演艺术家，安琪儿则当上了老师和童书作家。这些孩子日后的成功并不是杨红樱想当然的结果，而是杨红樱对自己、对从前教过的学生和认识的诸多孩子真实而漫长的成长经历的观察所得。"笨女孩"安琪儿与杨红樱高度的精神关联这一事实本身就能说明一切。

有成人读者一看到安琪儿被冠以"笨女孩"，就立刻认定杨红樱在拿一个弱智女孩儿开涮，这明显误"读"了杨红樱。杨红樱对安琪儿这个童心完整的孩子是称赏有加的，不但没有一丝嘲弄的意思，更把自己的情感和经历投放到安琪儿身上。而且，安琪儿也根本不是什么弱智女孩儿，只是因为童心十足而比别的孩子要显得更笨拙罢了。从小说第一章"不是笨鸟是天使"的题目命名就可以体会到杨红樱对她的怜爱。在后来，杨红樱在访谈中更明确指出："安琪儿是一个极富魅力的女孩，不是因为她聪明，也不是因为她漂亮，而是她身上那种与生俱来的天真和纯善。"的的确确，安琪儿有过很多傻念头，干过很多笨事情：她让马小跳给自己浇冷水而异想天开自己会由此像浇过水的树一样长高；在调皮蛋们的忽悠下，把爸爸的宝贝足球拿给他们踢，结果球上的球星签名都弄"飞"了；还会因为把别人的捉弄当真而憧憬着长大了到意大利去见达·芬奇……之所以如此搞笑，那是因为她头脑过于简单，没有那么多的弯弯绕。

可是，要看到，她在回答让所有聪明人都伤透脑筋的脑筋急转弯的问题的时候，又能够应付自如，处处见出她的"机警"来，她能如此"不简单"，得益于她"想得简单"，而精于盘算的成人如安妈妈、聪明智慧的孩子如路曼曼都"想得不简单"，结果就全答错了。安琪儿的"笨"很大程度上就是因为她童心完好，心理不设防，因为不懂得计算利害，在"精明"面前，她自然就显出"笨"来了，成人社会的世故老辣一直没能够侵扰到她心灵的自然成长。比如，安琪儿好不容易懂得理财了，从爸爸妈妈那里讨回自己压岁钱的支配权，并由马小跳带着去银行存钱变卡，却又不明白为什么要设立密码和究竟该怎样设立密码；一面言之凿凿地对爸爸妈妈说"我不能把我的密码告诉你们"，一面"掩耳盗铃"似的把密码泄露给了爸爸妈妈："你的生日就是你的密码呀"。这"笨"既显出她的可爱，也显出了她对生活的诗意理解和美丽心灵。而且她还再次犯下了"简单"的错误，简单到在毛超的诱哄下很轻易地就把自己的银行密码弄得尽人皆知，连带着还把马小跳的密码爆了料。可是笨女孩也有不笨的时候。在她发出"密码可以改，是不是我们的生日也可以改"等一类无穷多的"傻"问题而把马小跳气得够呛的时候，却也有"神机妙算"，与马小跳的密码来了个简单的对调："这回，只要安琪儿不再改密码，无论是安琪儿的爸爸妈妈，还是像猴子一样精的毛超，他们就是把脑瓜儿想出水来，也想不到安琪儿的密码是马小跳的生日，马小跳的密码是安琪儿的生日。"杨红樱的神来之笔让人看到安琪儿的不简单。还有，当安琪儿养的珍珠熊生下四个小宝宝后，她从韩力哥哥那里懂得了要对每一个生命负责任的道理，并学会把这个道理传递给别人。在要把珍珠熊作为礼物送给马小跳时，她也小大人般地一本正经地来要求马小跳对每一个生命负责任；当看到马小跳为获得的两只小珍珠熊兴高采烈之时，安琪儿能将心比心地认为"世界上最好的生日礼物，就是珍珠熊"，认为丁文涛也会为得到这样的别出心裁的生日礼物而高兴，可是在发现丁文涛对所谓"智商极其低下"的珍珠熊一点都不喜欢后，一根筋的安琪儿会想方设法硬缠着再把礼物从丁文涛手中要回来，不达目的，誓不罢休。安琪儿对丁文涛的"出尔反尔"显出了这个笨女孩的认真执着。同时，马小跳和丁文涛两个男生在对待小生命上的迥异态度发人深省：一个是传统意义上的"坏"学生，智商不那么高，却珍爱小生命；一个是传统意义上的"好"学生，智商高，却对小生命无动于衷。杨红樱以此提醒人们注意思考好学生的评价标准问题。《樱桃小镇》中，当夏林果等樱桃小书迷们为树上的樱花即将凋谢而惋惜不已时，安琪儿可贡献了一个"小猪爬上树"的神奇创意："我们可以做很多很多粉红色的绒绒小猪，把它们固定在树枝上。远远一看，树上开满了粉红的樱花；走近一看，哇，树上爬满了粉红的小猪！"连樱桃小镇的打造者郑世杰都对这个了不起的想法赞叹不已："喜欢读童话的孩子，想象力真是天马行空。"

杨红樱曾明确提到生活中出现的那些像路曼曼、丁文涛一类的小大人式的孩子，他们完全是按照大人的标准"设计"、"生产"出来的："相对马小跳这样的孩子来说，中队长路曼曼、漂亮女孩夏林果、小大人丁文涛这些出色的孩子，得到大人们的关爱和赏识肯定要多一些。为迎合大人们的喜好，这些出色的孩子还想更加出色，往往做出与年龄不相称的事情来。现代社会的功利和浮躁，多多少少会影响到孩子，'成人感'和'儿童心'的矛盾造成人格分裂。童心是需要呵护的。"首先，杨红樱注意到这些小大人身上所具有的审美意味，小孩子头脑里会冒出大人的想法、嘴里会蹦出大人的词语、行为上会有大人的做派，这"人小鬼大"的情形确实够搞笑的了。但杨红樱更注意到他们身上反映出来的"分裂"及其根源。以丁文涛来说，他学习成绩好，但是个地道的书呆子，爱显摆，只会一连串地往外冒成语，从不读童话，有着很强的虚荣心。《小大人丁文涛》中，他很有头脑，早早地为自己将来留学做准备而在班级里开办"积善银行"；《白雪公主小剧团》中，因为参加汉字听写大赛和演剧发生冲突而临时撂挑子放弃了出演王子的机会，他自认为是做了一次明智的选择："我参加汉字听写大赛，如果得了奖，是我一个人的荣誉；可是，《白雪公主》就算在戏剧节上获了奖，我演的王子就是一个小配角，跟我也没多大关系。"在看《白雪公主》时，台上台下哭成一片，唯有他看戏不入戏，丝毫不为剧情所打动，还嘲笑那些泪流满面的女生是弱智。《唐家小仙妹》中他还为有了妹妹的唐飞算了一笔经济账："没有你妹妹之前，唐家的财产是由你一个人继承的，你是唯一的继承人；你有了妹妹以后，唐家的财产就得由你和你妹妹共同继承，你已经不是唯一的继承人，所以我说，你已经不是原来的唐飞，你的命运已发生了根本的变化。"《孔雀屎咖啡》中，丁文涛鹦鹉学舌地把丁爸爸关于孔雀屎咖啡妙不可言的梦幻味道说得活灵活现，写出来虚情假意的作文，在"孔雀屎咖啡"真相曝光之后，他依然嘴硬不肯向马小跳道歉、向全班同学认错。《光荣绽放》中，丁文涛十分傲慢地表达了自己对劳动课的不屑："劳动课和数学课能相提并论吗？"他根本不会叠衣服，也不想学类似的最基本的劳动技能。很显然，这样一个精于算计、有着太多社会气息和成人心机的孩子，完全是社会催熟的苦果。

在《同桌冤家》中，杨红樱还生动地塑造了另一个传统意义上的"好"孩子路曼曼，这个"小大人"很听老师话，一心想出名想当"官"想管人，嫉妒心重，会和马小跳这样不听她管理的同学之间不断发生摩擦。路曼曼因为落选大队委而生病，马小跳前去她家里看望她，喜欢管人的路曼曼却把他当成了治病的良药，对马小跳的管理从学校延伸到了自己家里，而且变本加厉，毛手毛脚的马小跳被管得手足无措而且坐立不安，甚至连要回家的权利都没有了。在这种让人捧腹的描写中，我们见识到了小大人的厉害劲儿，不能不深思造成小大人的根源何在。说到底，这都是童心缺失造成的结果啊。

值得注意的是，《漂亮女孩夏林果》活脱脱写出了一个有脾气有性格的漂亮女生夏林果。这个女生既有童年杨红樱的影子，也是杨红樱早年教过的几个女生的形象汇合体。杨红樱当小学老师时，班上有一个非常漂亮的女生，可偏偏有一个男生管她叫"丑八怪"，弄得这个漂亮女生经常向杨红樱哭诉委屈。还有一个各方面都很优秀的女生，一个男生总爱变着法子去捉弄她，要么是把一只毛毛虫放到她的文具盒里，要么是把她的辫子拴在椅背上。那时，这两个女生都不理解男生为什么会那么恨自己，但慢慢长大后，逐渐明白了这其中的缘故。在杨红樱看来，每个小孩子在他幼小的时候都会有一个自己非常关注的异性，这是自然而然的事情，没有必要因此紧张或者产生怪罪心理。以夏林果来说，她的漂亮不仅仅表现在外貌上，也表现在为人处世上，比较富于同情心，能设身处地。她尤其令人肃然起敬的地方，在于她不为外界舆论所改变的定力，因为养猫，该和马小跳正常接触就正常接触，并不忌惮班级里关于她和马小跳的风言风语。所以她会是马小跳、张达等众多男生心目中的理想女生。当然，杨红樱也没有回避写夏林果的"小心眼"，她对安琪儿当上演员就产生了嫉妒心，甚至公开冷言冷语相讥。毕竟这是一个孩子，和马小跳一样在成长中的不完美但无比真实的孩子。要知道，表现完整的童心，绝不意味着要表现完美的人，真正完整的、自然的童心不会没有瑕疵，唯其有瑕疵，才格外自然、可爱、有趣。最重要的是，杨红樱要通过完整的童心的呈现，让大小读者都能充分意识到自己就是这样成长起来的，就是在不断的犯错误中一点点克服不足、走向成熟、通向人格健全健康之路的。让读者从马小跳等一众孩子们身上发现自己、认识儿童、懂得童心，这是杨红樱的用心所在啊。

二、让想象异乎寻常

杨红樱善于张开想象的翅膀，用童趣盎然的故事激发和飞扬儿童的想象力。在结构"马小跳"故事时，她尊重儿童的成长规律，了解儿童读者的阅读心理和喜好，知道以包孕着丰富内涵的故事让儿童得到美好的人生启迪。这是"马小跳"问世以来一直在儿童读者中长盛不衰的秘诀。"马小跳"的起始几部是带有很强的童话气息的。杨红樱自己解释过这种"超现实"表达的原因："刚开始写小说，小说和童话的界限还不是分得很清，就会出现这种'超现实'表达的情形。其实，小孩子对现实和幻想分得不是很清楚，他们常说读我的书有'飞'的感觉。有时我自己对现实和幻想也不是分得很清。"

从《贪玩老爸》《轰隆隆老师》和《笨女孩安琪儿》这起始三部小说的写作来看，杨红樱此时是将马小跳定位为三年级学生的，这三部"马小跳"的写作也带有着较强的童话色彩。在第一部《贪玩

大型人偶剧《巨人的城堡》获香港艺术节"评委会特别大奖"

老爸》中，马小跳刚刚出生就会跳，"跳起来离桌三尺高"，因而得名；马天笑的一撮头发无论怎样都压不下去，理发师们都奈何不得的事情，而马小跳却能巧施妙计轻易解决，他故意激怒父亲，令他怒发冲冠，头发真的立了起来，结果给马天笑剪了一个漂亮的头；为了避开父亲的体罚，闯了祸的马小跳吹泡泡糖而把自己吹上了天花板；马小跳练习在脑门上敲鸡蛋，结果一只破壳而出的小鸡在他头上做了窝，又吸引了街上过往行人，交通都为此堵塞了；书房里的两只啃过书的老鼠有智慧，马天笑父子竟对付不了它们，原来想用粘鼠板对付老鼠，结果两人的脚反倒被粘鼠板粘住了……在第二部《轰隆隆老师》中，童话篇幅明显减少，大体只有《瞌睡虫在教室里飞》《吹泡泡糖飞过了木马》两篇。前者是写一个夏日的午后科学课上，一只瞌睡虫飞进教室，在同学和老师的耳朵中飞进飞出，结果大家都在课堂上打起了瞌睡；后者是写马小跳在体育课上嚼泡泡糖吐出大大的泡泡，令自己轻而易举地跳过木马获得了一百分的

杨红樱在莎士比亚的故居

好成绩。而自第四部以后，马小跳则被明确定位为四年级学生，此时马小跳的双脚已经坚实地踏在了现实地面上。显然，写童话出身的杨红樱在对马小跳的现实形象定位中是有过一段"反复"拿捏过程的。同时小说出现这种差别也应该基于杨红樱对小学三年级学生和四年级学生在现实和幻想的辨识度上的差异的精准认知。

要看到，在整个"马小跳"系列中，童话精神、童话元素始终不断，总是若隐若现，这部小说因而一直对小读者保持着超乎寻常的吸引力。比如，《贪玩老爸》中马天笑先生贪玩好玩甚至还有些没大没小的精神个性，他居然愿意和儿子玩父子角色对调的游戏，愿意和别家大人小孩一起玩水枪游戏。《四个调皮蛋》中嘴巴像河马的张达、瘦得像猿猴多嘴又多舌的毛超、对吃痴情不改身材胖得像企鹅的唐飞，《丁克舅舅》中"顶着一头彩虹头发""穿着大脚裤，衣服上有许多金属拉链和金属片"的丁克舅舅、"眼睛很小，嘴巴很大"的女老师 Miss 张、《巨人的城堡》中高人一等的巨人阿空……他们的性灵生活、穿着打扮、身体特征都够酷够潮够夸张够"童话"的吧？这恰好吻合着三四年级小学生的阅读心理，符合这些正处在小学自由成长阶段的孩子对外面世界的那种感性认知，当他们捧读到如此现实和想象交相映照的"马小跳"时，当然就会产生"飞"的感觉。对这一点，杨红樱认识得很清楚："根据他们的年龄特征，他们喜欢想象比较丰富的，他们也喜欢反映他们现实生活的作品。就像他们有两只翅膀一样，一只是想象的翅膀，一只是现实的翅膀，一颗童心就可以让他飞翔起来。"不看具体内容，单从"马小跳系列"中《暑假奇遇》《宠物集中营》《巨人的城堡》《超级市长》《跳跳电视台》《樱桃小镇》等多部小说的命名来看，也都是具有很强童话指向的文本，而这些小说所写的故事本身也的确带着一定的非写实色彩，极大地丰富了孩子们的头脑。即使在写实意味最强的表现汶川地震的现实题材小说《小英雄和芭蕾公主》中，杨红樱也有许多富有灵性的童话表达，巧妙地表现了人们在应对天灾时的互帮互助、舍己为人：大地震中，大白鹅前后生下两只蛋并"用嘴敲开蛋壳，把里面的蛋液，一点一点地喂进马爷爷的嘴里"，让马小跳爷爷的生命得以维持下来，自己却倒了下去；同样地，是大黄狗拖着马小跳奶奶逃出险境，并协助马奶奶从废墟里搜救出二十一个人来的……

以《暑假奇遇》来说，小说中的一切都很奇幻，充分展示了杨红樱丰沛的想象力，同时也将小读者的心带到了幽邈辽远的"魔幻"境界，从而在阅读时有着"飞"的感觉。马小跳在暑假里来到望龙山区的奶奶家，在奶奶家的所见所闻如同漫游奇境一般，因为奶奶家养的各种动物都奇奇怪怪的，它们各自都有着让人匪夷所思的本领，从事着与同类、与"本职"完全不同的"事业"：鹩哥能够发出"预警"，见人说人话，来人就说"贵客驾到"，受称赞还能连连表示"谢谢夸奖"，说得比鹦鹉还好呢！老白鹅居然看守大门，迎来送往。大黄狗白天睡觉，晚上多管闲事，捉拿耗子。还有那痴情的大黑猫，它因为喜欢上了邻家的大白猫而上树守望了三个月，无论风吹雨打，都不肯下树，直到邻家放了大白猫出来、与大白猫的爱情得以赓续为止。最奇怪的要数奶奶家跑得比风比马还要快的黑猪黑旋风，它的长相、行为与众不同，两只耳朵竖起来，每天一早出去晚上才回来，有着让人捉摸不透的理想。杨红樱对于这些生活中比较常见的动物的品性的书写，恰好都改写了人们对于它们在认知上的日常生活经验，让人觉得不可思议，但一切又都在情理之中。换言之，《暑假奇遇》的基调是"奇"的，就是在这种亦真亦幻、虚实辉映的境地中，马小跳开始了他重新"发现"动物、重新认知动物的神奇旅程。比如，黑旋风能被当马骑，能拉平板车，能玩滑板，能溜冰，这些本领可都是黑旋风无师自通得来的啊，反正"只要让黑旋风做，就没有黑旋风做不了的事情"。再比如，老白鹅也能在马小跳的调教下学会滑滑板，舞姿优美、花样翻新地溜冰，到后来还被训练给小狗狗喂奶。这其实也是杨红樱引领着我们"发现"日常动物身上曾经被人的偏见遮掩了的"美",最终表达出的一个道理是:动物和人一样聪明。还有,动物和人一样尽职尽责、有情有义。快生小宝宝的大黄狗误把獾当成了"大老鼠",在快要追上的时候累趴下了,也同时生下了自己的四只小狗狗,这种"敬业"精神值得称道,真个是"生命不息,奋斗不止"啊!而且,大黄狗还有着先人后己的精神,有着超乎寻常的母爱,顾不上管自己的小狗,先来舔干净两只刚生下来的小獾身上的血迹,而且寸步不离,甚至"大黄狗就把那两只小怪物当成了自己的孩子,只给它们喂奶,根本不理睬它自己生的四只小狗狗"。当小獾被放回大自然中,大黄狗"发疯似的四处寻找"。这既是在书写大黄狗(动物)的有情有义,可也是在为后面故事的发展做铺垫。杨红樱善于经营故事,不断地让故事一波刚平一波再起:大黄狗在寻找小獾的路上找到了一头骨瘦如柴的鹿,鹿是因为误食游人随处丢弃的塑料袋而活活饿死的。由此,马小跳来了个动物总动员,让黑旋风拉平板车,车上坐着抱着小鹿的大黄狗,鹦哥也被教会说"小鹿的妈妈哪儿去了?塑料袋把它害死了",借此机会向进山的游人宣传环保知识。当这些动物多姿多彩的另一面向我们打开的时候,杨红樱对于动物的呵护和关爱之情也在字里行间映射出来。而且,也正是在这种境遇下,马小跳的"暑假奇遇"有了情节上的大的转化,即不再局限于马小跳奶奶家的那些猪呀狗呀猫呀之间发生的有趣故事,而是延伸向了马小跳奶奶家之外,让马小跳与山区动物来了个亲密接触,将环保主题推向了深入。这是杨红樱布局谋篇、结构故事上的巧妙之处。小说还集中笔力写到了马小跳、小非洲与专门拦劫游人的坏猴子们的一场旷日持久的"战争":马小跳先是画鬼脸吓唬猴子,一旦不奏效了,又杀鸡给猴看,当真把调皮泼赖的猴子吓得躲到深山老林中,不再为所欲为了。还有,马小跳们成立了帮助肥猴减肥的志愿队,帮助另一群除了吃就是睡、已经得了肥胖症和高血压的猴子们减肥，结果也令人满意："胖猴们减肥成功，恢复了猴模猴样。特别是猴王黄毛老怪，它现在英武雄壮，跟以前那老态龙钟、饱食终日的模样相比，简直判若两猴"。小说不断延伸马小跳的脚步，让马小跳在这个暑假里有了许许多多拯救动物的举措，比如调查穿山甲、大闹野味餐厅、放生娃娃鱼、追踪果子狸、抢救大黑熊……归根结底，《暑假奇遇》是一本生态小说，它把许多与环境破坏、野生动物受伤害的社会话题摆到了台面上，诸如游人环保意识匮乏而无意识中成了杀害动物的凶手，穿山甲、果子狸、娃娃鱼、白鹤等被人当成野味吃掉，黑熊被人野蛮提取胆汁等，这让读者看到了人对自然界的无情掠夺的事实，令读者重新打量身边的世界，重新思考人与动物、人与自然应该怎样和谐共处这一既古老又现代的话题。环保主题也许是会"叫好不叫座"的，但因为融入了童话元素，整部小说因此充满活力，远离了枯燥乏味的说教。

再以《宠物集中营》来说，杨红樱集中表现的是宠物的美好情感。比如被主人无情遗弃的丑八怪，它是通人性的，本来被别人收养了，但还是无法割舍开自己和主人麦冬娜的感情，所以"整夜整夜地叫"；有好心人也曾想带它回家，"它站起身，合拢两只前爪给这些好心人作揖，但是坚决不跟他们走，它要在这里等它的主人，它坚信它的主人会来找它，把它接回家"，麦冬娜姐姐真出现了，它会"伤心地呜咽起来，摇着尾巴，一步一步地朝麦冬娜姐姐走来"。丑八怪在宠物医院里接受治疗，当裴帆从它前脚上拔出输液的针头，"它居然立起身，伸出一只前爪来，和裴帆哥哥握手，还把嘴凑上去吻他的手"。另一只斗牛狗拉登初次和马小跳见面，就对他产生了好感，"它来到马小跳的身边，吻他的脚，吻他的腿，吻他的手"。小说中的《英雄救美》一章就更是一段感人肺腑的狗故事。在"未婚妻"雪儿行将被车撞上时，斗牛狗拉登拼死营救，自己却被车轮拦

219

腰碾过；其后，雪儿、丑八怪两只狗妹妹争相去舔拉登的脸，为拉登之死流下真心眼泪，甚至在后来还要以身殉葬……这个凄迷而美丽的宠物故事，不仅仅印证着狗是有情有义的动物，也最形象地诠释了爱情：爱情不只是卿卿我我、两情相悦，它更是一种责任、一种付出；爱情是无私的，是伟大的，在关键时候，它甚至需要用生命来验证来维护。同时，"爱情是自私的"，具有排他性，不容许第三者的出现，雪儿、丑八怪两只互相视为情敌的狗妹妹为了争夺拉登而发生的厮打，就说明了这一切。在这里，杨红樱很巧妙地对小读者进行了一次很成功的也很严肃的爱情教育。古往今来，写动物情感的文学作品并不少见，其中大多数都是写"羔羊跪乳""乌鸦反哺"一类的亲情之爱的，比较而言，涉及异性动物间两相厮守的爱情表达的还真不多见。杨红樱在她的作品中就让小读者屡次见证了动物的恋情。这当然是因为，对于人的爱情描写，会因为文学的类型、阅读者的接受特点而有着很大的局限性，而描写动物的恋情，因为有欣赏的距离，会更方便杨红樱"托物言志"，也更利于小读者的接受；原因还在于，写作童话出身的杨红樱一直擅长和喜欢"感时花溅泪，恨别鸟惊心"的艺术表达方式，所以会以极其细腻感人的笔触刻写狗的爱情，进而向小读者肯定和允诺了伟大爱情的存在。

《寻找大熊猫》开启的是马小跳自然界探险之旅。如果按部就班地线性叙述旅途所见所闻，很可能会是枯燥乏味的。但是杨红樱在结构这个故事时，颇有些像侦探断案似的。马小跳们在寻找大熊猫的过程中，是逐步发现一个又一个有价值的线索的：先是发现熊猫屎，继而见到和人一样有丰富情感的金丝猴，偶然"捉"到了疑似熊猫的"影子"，接着又发现做饭用的铁锅不翼而飞（被大熊猫吃掉了），再是设置陷阱，这才先后找到熊猫"宝贝"和一只瘦得奇怪的母熊猫；还听到大山深处的婴儿哭声，再循声找到了大熊猫的亲戚红熊猫……如此环环相扣，让这一次旅行充满了奇幻色彩。而且，

杨红樱和大熊猫在一起

杨红樱不断地以唐飞、马小跳这两个"活宝"为着 Miss 张到底应该归属叶朗博士还是丁克舅舅而发生有趣的争执，为温迪的热情举动而引发口水战，这都令小说趣味性大增。小说讲述了一个事实：生活在熊猫基地的熊猫能得到较好的照顾，由此要比生活在野外的熊猫平均寿命长得多。对此，唐飞和马小跳有不同的认识和选择：如果唐飞是熊猫，他愿意选择生活在熊猫基地；但马小跳却有着别样的理解："可是，你想过熊猫的心情吗？"马小跳更在乎自由，因为"没有自由，就没有快乐"。这正和杨红樱的生命观、价值观相吻合，可以说，杨红樱更看重生活的质量，更看重生命的自在自由状态。在这里她借着马小跳向读者传递了发人深省的讯息，引导着孩子们也来思考这样的人生话题。

《樱桃小镇》则营造了童话般的情境，让孩子们有了一次尽情发挥自己所长、全面展现才华的机会。这本小说的写作出于偶然：新冠疫情爆发之前，有机构计划在四川的青城山山脚下建一座"杨红樱主题公园"，向杨红樱征询她心中的主题公园究竟是什么样子的。杨红樱就把自己的想法都写了下来，让那些她精心创造出来的长久住进孩子心中的文学形象集中出现在这个主题公园里，小说中的每个场面、每个细节，都是对杨红樱童书中那些经典场面和经典细节的再现。由于疫情影响，这个主题公园没能建成，《樱桃小镇》却由此诞生了。小说看似杨红樱灵机一触的产物，实则是其对四十年童书创作历程的一次有意义的总结，是其教育理想和儿童观念的生动展示。小说中，成功人士郑士杰为童书作家樱子的书迷"小樱桃"们建造了一个神奇重现童书经典形象和经典场景的樱桃小镇，有孩子味儿的人才能通过守门人万年龟这一关进入孩子们的世界——樱桃小镇。在这个完全由儿童自治的充满童话色彩的樱桃小镇上，孩子们不再有学业压力，不必再遭遇家长的唠叨，有自己的通用货币，可以凭借个人兴趣和本事做自己最喜欢做的事情。马小跳具有领导力，当仁不让成为了樱桃小镇的镇长；杜真子擅长做饭，如愿以偿有了自己的厨房；张达在演剧和唱歌方面才艺出色，接手了樱桃小剧场；安琪儿热爱幻想，成为云朵上的学校的校长；路曼曼有管理才能，成为樱子童书馆的馆长；丁文涛有财商，发明了樱桃币，当上了樱桃银行行长；牛皮对巨人的城堡有感觉并天然亲近，当上了城堡堡长；毛超能说会道，当上了樱桃沟沟长接待来宾；唐飞迷恋吃食，当上了管理厨房的厨房长……在这个由孩子们自主的童话般的世界里，孩子们的创造力、成就感和责任心都得到了很好的生长和表现机会。

多年的写作积累成就了杨红樱文学创作上的融会贯通，对此她深有体会："如果说我的小说已经有了风格，那么，没有以前的童话创作做底，就没有现在的这种小说风格。有小读者说，读我的小说，好像让他们的心灵长上了翅膀，可以飞翔起来。我在写小说时，充分地运用了童话创作的手法，这就使我构建的故事富有想象力。"《淘气包马小跳》正是在这"虚""实"和衷共济、童话与小说手法相得益彰的表达中，产生了莫大艺术魅力而令小读者的心灵随同杨红樱的想象一起飞翔的。

三、让人性得到关怀

写作《淘气包马小跳》，在杨红樱来说，有对自己童年记忆进行整理和复现的诉求，也是要以此向广大少年儿童表达人文关怀。杨红樱一直善于把生动有趣的故事融入当下，以现实生活为背景，让儿童读者永远感觉到这就是在写他们自己，写他们身边的同学、老师和家长。让读者在有趣有益的阅读中充分感悟父母与子女之间、教师和学生之间、社会和个体之间应该建立怎样的和谐关系，这是杨红樱特别在意的。

首先，小说大篇幅关注了父母与子女之间的关系问题。杨红樱注意到现代家庭中家长存在的一个普遍问题，亦即童心的缺失："现在的家长，普遍是有爱心，没有童心。"杨红樱一直看好有童心的人的发展前景，因为他们"往往容易成功，因为他们身上具备成功的因素，比如真诚，比如想象力，比如坚持性……"马小跳之能成为一个真正的孩子，就在于其良好的家庭氛围、父母的童心永驻。"贪玩老爸"马天笑说话办事非常具有幽默感，他甚至更像马小跳亲密无间的玩伴与兄弟。尽管他已经是玩具厂厂长、世界上著名的玩具设计师了，但和马小跳一样喜欢看美女警察，和儿子一起打水仗，甚至还没大没小地要把同龄人拉进打水仗的游戏中；他充分尊重马小跳"当爸爸"的愿望，自己退居一天"儿子"的位置。结合后面几本"马小跳"的叙事来看，马天笑还是一个"一边喝着红酒，一边看日本动画片《蜡笔小新》"的主儿，而《漂亮老师和坏小子》中受人欢迎的米兰老师和《丁克舅舅》中的丁克舅舅也都是"《蜡笔小新》迷"（杨红樱就曾坦言自己很喜欢《蜡笔小新》），他们的共同点是：没有年龄感，难能可贵地葆有童心，能无障碍地与孩子进行精神交流，与孩子有着共同的爱好。至于马小跳的"天真妈妈"，漂亮天真又温柔能干，表面柔弱实则内心强大，感情细腻而丰富，具有同情心，懂得欣赏孩子的优点，她本来会很完美，偏又在关键时刻邋邋遢遢出糗，造成了不期而至的幽默感。"马小跳"中，还出现了多个富有童心的成人，如董事长郑士杰拥有一颗感恩的心，他执意送给调皮蛋们一顶野营帐篷以让他们能拥有自己的独立空间，还为樱桃小书迷们建造了一个呵护童心并让孩子们大显身手的樱桃小镇。再如唐飞、张达、毛超的爸爸们，和马小跳爸爸一样，在发现了儿子们的神秘行踪后，悄悄尾随以保障他们的安全，又不撞破孩子的秘密以示尊重，四个爸爸还因此深情回忆起自己的童年时光。在《开甲壳虫车的女校长》中，这四个爸爸抛开堂堂大发明家、大董事长的身份不顾而兴致勃勃地玩起了"斗鸡"、滚铁环、打玻璃弹珠等童年游戏。《唐家小仙妹》中，唐飞的爸爸妈妈在生二宝前后就格外重视唐飞的反应，原先以为唐飞会容不下亲生妹妹，当他们意识到自己冤枉了儿子后，会郑重其事地给唐飞道歉，还让唐飞给妹妹起名。《七天七夜》中，张达爸爸坚信儿子在"刮车事件"中是无辜的，为避免给儿子造成心理阴影，他主动赔付事主，还和儿子一起运动、吃火锅、恳谈以尽可能减轻和化解张达的心理压力，更当起侦探，为儿子洗清了冤屈。

一直以来杨红樱的写作都非常注重人物形象书写的对称性。既然有这么多富有童心、理解孩子且惹人喜爱的家长，也就一定会有童心丢失、势利计较不招人待见的家长。《小大人丁文涛》中就集中出现了丁爸爸、安妈妈这样两个"问题"家长。丁爸爸一直为自己培养出来丁文涛这样的出类拔萃的儿子而得意洋洋，但却始终没有意识到是自己强烈的功利心让丁文涛过早地失去了童年，过早地变身为一个虚伪自私、不近人情的孩子。但还是会有不少家长认同丁文涛的"出类拔萃"，就像小说中的安妈妈那样："如果我们家安琪儿，有丁文涛一半的优秀，我也就心满意足了。"杨红樱也会让两类不同性格和精神的家长在一起出现言语和观念上的碰撞，马天笑对安妈妈就有一番好心而严肃的规劝："对你来说，安琪儿是你在这个世界上最亲爱、最珍贵的宝贝；对我来说，马小跳是我在这个世界上最亲爱、最珍贵的宝贝。千万不要把自己的孩子和别人的孩子作比较。"其实，杨红樱也都看到了，这种规劝未必能真正奏效。社会上奉行的传统评价体系对孩子的认知和她对孩子的理想认知之间还是存在着很大距离的，所以小说中马天笑先生和安妈妈在回家路上是话不投机，"没有再说一句话"。而安妈妈鬼迷心窍般地要把安琪儿培养成才的心理和行为还一直延续着，《小大人丁文涛》中急巴巴地向丁爸爸讨教培养孩子的"真经"；《孔雀屎咖啡》中自欺欺人地跟风花高价让安琪儿品尝孔雀屎咖啡的梦幻味道，希望女儿成为有品位、有格调、上档次的人；《妈妈我爱你》中一口气为安琪儿报了八个补习班，天天熬鱼头汤逼着安琪儿喝用以补脑，扔掉安琪儿喜欢的童书，偷看安琪儿的日记，这恰恰和《四个调皮蛋》中的一个情节形成鲜明对照：马小跳和小伙伴们在帐篷里诉说心事时，几个孩子爸爸静悄悄地在远处守候着。就是这样一个根本没走进孩子心灵空间的家长，却一时间风光起来，被人利用打造成了儿童教育专家、儿童阅读点灯人，在网上对儿童教育、儿童阅读指手画脚。杨红樱看到了这样一个无可奈何的事实：在相当长一段时间里，那种功利心十足的社会公认标准还会大行其道，那些望子成龙望女成凤的家长们还会"对标"持续焦虑、制造焦虑并给孩子施加压力的。

其次，小说对良好的师生关系有成功的书写。作为一个见证了和关怀着无数孩子健康成长的文学工作者，杨红樱在《淘气包马小跳》中继续着她对好老师的思考，在她笔下相继出现了几位值得肯定的"漂亮老师"。一个是教科学课的轰隆隆老师。轰隆隆老师实在是其貌不扬的一个人，"梳得光光的脑袋"，"瘦瘦的"，"声音有点沙哑，有点像唐老鸭的声音"，"穿有很多口袋的衣服，包括穿脏不啦叽的大皮鞋"。这样一个外形有点邋里邋遢的老师能够让马小跳"天天都想上科学课"，不仅在于他手中的绝活儿——会变魔术，更在于他说话、行为上透出的和善与幽默。从轰隆隆老师第一次与同学见面时的自我介绍和表现来看，他率真友善，很注重启发，能充分唤起孩子们的想象力和好奇心。他对孩子们采取着"纵容"和欣赏的态度，简单的问答中显着循循善诱的意思，没有威严和威压，甚至还有些童心童趣的流露——为同学们不知道自己名字"雷鸣"的意思而自得，为同学们能由打雷的"轰隆隆"的声音而领悟出"雷鸣"的意思而满意，丝毫没有因为"教室里轰成一片"就朝谁发怒。如此能逗弄起孩子好奇心和感受力、如此能尊重孩子天性的人，能不让人感觉平易近人？再看看他的上课方式吧，活脱脱一个"顽童"："他讲课还喜欢做动作，喜欢模仿各种各样的声音，比如讲到猫，他就学猫叫；讲到狗，他就学狗叫；讲到狮子，狮子不是叫是吼，他就学狮吼；讲到鱼，除了河里娃娃鱼会叫，海里的大鲸鱼会叫，其他的鱼好像不太会叫，他就嘴巴一张一张、身子一扭一扭，学鱼吐泡泡的样子……总之，轰隆隆老师讲课就像讲故事一样，手舞足蹈，绘声绘色，同学们都喜欢上轰隆隆老师的课。"轰隆隆老师的课堂就是这样让人感到愉快的，他不照本宣科，也不拿腔拿调端架子，他懂得孩子的喜好，知道该怎样唤起孩子学习的兴趣，知道如何调动孩子学习的积极性，这样一个讲课形象生动、注重启发，能够让小孩子的学习变得轻松、思路变得活跃起来的老师，当然会成为学生的最爱。他不像秦老师那样在乎学生是否承认错误，因为"他知道马小跳现在认了错，下次还会再犯"，换言之，他对孩子很包容，允许孩子犯错。在他的课堂上，学生不必时时处在精神高度紧张状态，一定是放松的、愉快的、随意的。当马小跳有问题要向他请教时，轰隆隆老师立刻"表现出极大的兴趣来"，还破天荒把马小跳带到了自己的实验室，手把手地教马小跳变魔术，讲解其中的物理知识，在充分满足了孩子旺盛的好奇心的同时，寓教于乐给马小跳开了回"小灶"，还能以幽默的言行、宽宏大量的辩说以及又一个推陈出新的魔术化解了一场尴尬，减轻了马小跳的负疚感，马小跳甚至因此对他更是崇拜得五体投地。在《奔跑的放牛班》中，轰隆隆老师还鼓励说话结巴的张达以说唱形式发言，还在全班同学面前及时肯定了张达的表现。这都是他宅心仁厚的地方。

其二是教美术的漂亮的林老师，在发现马小跳鼻青脸肿之时，并没有像秦老师那样急于搞清楚马小跳是否在外面闯祸了，而是悄声召唤马小跳过去，给以温柔体贴的爱抚和熨帖心灵的询问。要不是高大伟有言在先已经给马小跳套上了个"紧箍咒"，马小跳干脆都要说出打架真相来了。很显然，林老师的"漂亮"还是在于内心，她懂得孩子的心曲，知道该怎样和孩子进行沟通交流，知道该给孩子保留一点私密的心理空间。在美术课上，林老师发给每个同学一个白色皮球，"让他们自由发挥想象，看能用彩色的画笔，在这个皮球上画出什么来"，当马小跳把皮球想象成猪头时，林老师不是一笑了之，而是鼓励他画出来，称赏马小跳"想象力真是很独特"。这样一个善于发现学生优点的好老师，巧妙地把马小跳的"外路精神"因势利导到了学习正轨上来，马小跳想象力的大门被开启，自信心爆棚，结果成为班级上一个拥有众多粉丝的画嬉皮笑脸的流氓猪的"大师"。

《开甲壳虫车的女校长》中时尚漂亮的女校长欧阳雪，同样有着科学而前卫的教育理念。她有诸多"教育新政"：旗帜鲜明地提出"捍卫童年"的口号并认真践行；改变作息时间，让孩子们上午九点钟上学；增加了体育课、音乐课和劳动课，要求老师尽量把课堂移到野外，到动物园、植物园、博物馆、科技馆去上课，还规定每个月组织学生去电影院看一次电影或去剧场看一场演出，孩子们每天都像过节一样。在周末家长课堂上，她有效地唤起家长们的童年记忆从而更懂得了孩子的心灵；组织全校学生负重徒步活动以锻炼孩子们的意志……欧阳雪这个富于神采和魅力、敢于打破陈规的新型教育者很懂得儿童教育，她知道要让孩子放开手脚，也理解孩子间的友谊，反对把马小跳等四个调皮蛋分开。当马小跳等几个孩子向她陈情时，她首先就是静静地倾听孩子们的心声，细细地了解他们的诉求，甚至还和孩子唠起了家常谈起了心事。她是蹲下身子和孩子平等交流的，没有任何官架子，懂得适时调动和利用他们的积极性，赋予他们表现的机会，既解决了无人搬运饮水机的难题，也让孩子们有了被信任的自豪感和为学校做事的荣耀感。《七天七夜》中，欧阳雪能听取马小跳们的合理建议，让含冤受屈的张达和夏林果一起上台领操，从而巧妙地在全校范围内宣示了张达的清白。

《奔跑的放牛班》中，还有一个可亲可敬的少年宫合唱团的慕容老师，她"长发及腰"，"她的眼睫毛又黑又长，她的眼睛又黑又大，像被黑森林包围的一汪清水"，"磁性的女中音"，漂亮外表源于内心的优美，她对墨守成规的合唱团失望极了，锐意出新，组建起男孩子们组成的合唱团，还带着孩子们到田野里学习、理解比赛歌曲的意境。她懂得因材施教，知道大自然是孩子最好的课堂，是她用爱心、耐心和慧心让合唱团取得了好成绩，同时也从根本治好了张达说话结巴的毛病。《七天七夜》中，当张达在"刮车事件"中遭人冤枉，慕容老师凭着自己对张达一贯为人的了解，全力投入到对事件真相的调查中，最终让真正的肇事者高冠良心发现主动担责，让张达这个阳光男孩心中重新拥有了明媚。

《光荣绽放》中教授孩子们劳动课的高歌老师颜值很高，笑容无比灿烂，一排牙齿雪白，和欧阳雪校长一道在校门口迎接返校的同学，喜欢和孩子们交朋友。他是名牌大学毕业的博士研究生，是研究和教学的复合型人才，他有理想有信念，自愿到小学当老师，锐意教育改革和教学试点，发动孩子们自己选劳动课代表，设计的劳动课别开生面，还邀请各行各业的能工巧匠走进劳动课课堂，让孩子们在愉悦中接受到了良好的劳动教育。

和上面几位可亲可敬的老师相比，秦老师在整个"马小跳"中的表现就耐人玩味了。值得提及的是，杨红樱对秦老师这一类教育方法不当的教育者从无不敬之处："对秦老师这样的老师，我自始至终肯定她是一个好老师，但是她对学生造成了伤害，没有达到教育的目的，所以我对她是有着善意的讽刺的。"在《跳跳电视台》中，马小跳们热切关注着自己拍的电视节目是否能如期播出，而天天电话催问导演。导演以"如果不出意外……"的模棱两可的回答来敷衍小孩子。而毛超一帮孩子在班上鹦鹉学舌似的广而告之，就不仅仅是单纯的重复了，更多的还是表现出了宣扬和矜夸的姿态。本来，孩子们成立了自己的电视台，在大人指点下制作出了自己的作品来，并且有可能在正规电视台上播出，这当然是值得额手称庆的事情。可是秦老师就不这样看了，在她眼中，这些调皮蛋是不会有什么"意外"的，是不可能做出什么"惊天动地"的大事情来的。所以，马小跳的"意外"和秦老师的"意中"之间构成的矛盾就形成了这篇故事的主干。当马小跳们为"不出意外"而企望和为"出意外"而失望、情绪大起大落时，秦老师却安之若素，因为事事全在她意料之中。马小跳在小说中和秦老师的"交锋"较量也正是成人和儿童两个世界的碰撞。在秦老师的"意中"，马小跳所做的、所说的一切都是儿戏。小说中对早就料定马小跳们不会出什么"意外"的秦老师的描写，都是关乎其语言、神情的，既简洁，又传神，把一个自以为是的偏心老师的形象活灵活现地勾勒出来。在办公室里初听路曼曼有关跳跳电视台的汇报，别的老师都笑了时，她"没有笑"，多么老成！这是她见怪不怪的表现。到听说电视上要播马小跳的 DV 作品的消息时，"终于笑了"，这可是她"看破"马小跳"把戏"时成竹在胸的写照！赶紧把马小跳找来，是为着"十分严肃地告诫"他"千万不能再胡说了"。不必讳认，秦老师是给了马小跳申说的权利的，但并不是为着平等对话、了解事实真相，而是在循循善诱中"引蛇出洞"，以戳破马小跳的"弥天大谎"。"不出意外"之前，轻口薄舌的一句"拍的什么都说不出来，还播呢"，对于马小跳的创造力和自尊心该有多大杀伤力啊！电视节目"出意外"之后，秦老师再找马小跳谈话，不是为着安慰他，而是要证明自己的料事如神，苦口婆心的一番"我早就告诉过你"，轻而易举地抹杀了马小跳的"工作"。教育孩子的前提是了解孩子、尊重孩子，可作为教育者的秦老师偏偏不去认真了解马小跳，更谈不上尊重马小跳的人格尊严了。

《开甲壳虫车的女校长》如是善意地分析过秦老师的古板和主观臆断："只是传统的教育思想和方法，对她来说已经根深蒂固。面对这几个顽固地守护孩子天性的学生，她实在无能为力。"她在教育观念、教育方法上存在着不少问题：过于刻板，偏心偏向，不尊重孩子的心智发展规律，也就一直难以走进孩子的心灵世界中去。小

杨红樱在法兰克福国际书展·中国主宾国活动现场上

说中，马小跳等几个学生因为助人而在返校日迟到，按理说，教师问清缘由，顶多批评两句，督促学生以后不要迟到，也就可以了。可是，认认真真的秦老师抱着不达目的誓不罢休的决心，一定要挖掘出她想当然的事情真相来，把原本不大的一件事情着着实实地由芝麻变成了西瓜，本来值得认真挖掘和好好表扬的好人好事变成了"错误"，孩子们得回去写检查深刻检讨，秦老师为此伤透了脑筋，还叨扰了校长、惊动了家长。这样教育的结果是没有任何效果。要看到，秦老师是一个不断在成长并持续向好、改进的老师。《忠诚的流浪狗》中，当秦老师发现自己错怪了马小跳等几个调皮蛋之后，真的对马小跳们赔礼道歉了，而且情真意切，把马小跳他们都要感动哭了。虽说有些晚，属于马小跳说的"只有到了退休的时候，时间才会告诉他们真相"。《白雪公主小剧团》中，秦老师热心关注孩子们组建的演剧团，从内心里称赏马小跳的认真负责，为张达等调皮蛋们的变化由衷高兴。《唐家小仙妹》中，秦老师在作文课上推翻了自己原先的教案，而是让大家观察唐飞这段时间的变化，从而上了一堂生动活泼的作文课。《妈妈我爱你》中，秦老师还上过两次耐人寻味的作文课：前一次作文课上，不了解真相的秦老师是按照传统写作路数给同学们讲解该怎样写《舍身救母的安琪儿》——作文开头要为安琪儿救妈妈做铺垫，中间部分围绕"救"字来分层次重点讲述，结尾再点题号召大家学习安琪儿，这种循规蹈矩的作文课的结果是产生了几十个版本的胡编乱造的虚假作文；后一次作文课上，了解到真相的秦老师公开纠错，废弃了前一次作文，布置新题目《诚实的安琪儿》，要求同学们做诚实的人，写诚实的作文，结果是得到了一篇篇真情实意的作文。不消说，秦老师绝非一成不变、油盐不进，而是勇于认错、从善如流。这林林总总的变化都足以证明杨红樱对中国教育人性化变革的充分信心，对和谐美好的师生关系，她是十足期待的。

　　第三，小说对社会和个体之间的和谐关系有认真的思考和富建设性意义的书写。《丁克舅舅》中的丁克舅舅穿着打扮另类，不苟言笑，不想过早结婚，喜欢有缺陷美的女孩，喜欢暴走，只要有一台手提电脑、一部手机、一张信用卡、一张网卡就可以四海为家；他在咖啡馆里办公，爱看卡通书、动画片，喜欢玩斗牛和蹦极一类的勇敢者的游戏。杨红樱借着新新人类丁克舅舅诸多让人刮目相看的行为让读者意识到这样一个事实：在一个多元化的社会里，你可以像丁克舅舅那样特立独行，作风上不同于常人，但是做人一定要有责任感，要具备合格的社会公民应有的一切良好道德品质。丁克舅舅和另一个新新人类黄老鸟一道开车出去玩，为着避开一群摇摇摆摆过马路的鸭子，撞倒了路牌，尽管没有一个人看见他们的车撞倒了路牌，可是他们主动联系110，去到公路管理所自己找上门来赔偿损失。他们讲求的是公民意识。丁克舅舅还带着马小跳等四个男孩子一起去玩蹦极的游戏，要让他们完成从男孩到男人的成年仪式。这是对孩子勇气的培养。还有，因为考虑到了安全问题，丁克舅舅原本没有领马小跳去参加暴走族活动的打算。杨红樱可并不是为着猎奇来展现一个新新人类的"另类"作风的，而是在以特有方式教导孩子们正确认识和理解新新人类这社会中的"另类"：既不要因为他们迥异于常人的另类生活方式而对他们另眼看待，也不要盲目跟风，学他们的"奇装异服"、不同常人的扮酷做派，而是要看重新新人类的实质，注重他们的为人处世。这可是杨红樱在诸多童书中一直称赏和强调的。由此可见杨红樱对待儿童教育的观念、对教育孩子"成人"还是"成才"的特别思考：中国社会需要的是健康、成熟的合格公民，教育应该以培养人格健全、情感丰富而健康的公民为目标。

　　《宠物集中营》中，裴帆哥哥创办了流浪狗收容中心，爱狗的人越来越多，都想把暂时收容在这里的流浪狗领回家去养，出现了人多狗少的矛盾。裴帆女友麦冬娜姐姐希望凭借着裴帆的权力而近水楼台先得月，把狗全领回家养，但裴帆哥哥有他的主张："正因为我有这个权力，所以我必须公平地对待每一个想领养流浪狗的人。"最终是以演讲比赛的方式公平、公正、公开地解决了这个矛盾，由大家投票决定，谁对狗最好，谁就最有条件领养流浪狗。这一方案的出台，意味着杨红樱对"公平""公正"的坚持。而且我们看到，权力到底应该怎样使用？为谁使用？能否徇私情而无视公平？诸如此类与为人、用权、尽责等相关的话题，杨红樱在书中是以形象的故事、人物的"冲突"水到渠成地来启迪读者的。

《侦探小组在行动》中，就不光讲述了一个"侦探"故事，更通过这个有意思的故事把有意义的东西传递给孩子，让他们接受必要的现代公民教育，懂得在现代社会中应该怎样写好"人"字，培养法律意识和社会责任感。小说中，杨红樱通过谐趣而富有张力的表达把社会关注农民工生活，以及人对责任的担当和法律的神圣等有意义的话题都深入浅出地道了出来。黄菊的农民工爸爸遭遇车祸，肇事车辆逃逸，家庭经济因而陷入了困顿，心灵手巧的黄菊顶起了半边天。马小跳为着找到肇事车辆而成立起侦探小组，事实真相最终被搞清楚了，却是孩子们不愿意接受的事实：是老杜醉酒驾车把黄菊的爸爸撞伤后逃逸的。在和老杜的交往中，老杜的热心助人，给孩子们留下了深刻印象。特别是老杜资助和救治黄菊爸爸，还几经周折帮助找到了黄菊妈妈。所以，有情有义的中国孩子们在对待是否报案这件事情上大都显得犹疑不决，都希望你不声张我不声张一了百了，希望老杜恩人和"罪人"两个事实能相互代替相互抵消。倒是美国孩子牛皮在这当中始终较真："每个公民都要有法律意识"，在他自始至终的坚持和推动下，法律正义战胜了私人感情。到后来真就咨询了律师、明晰了法律的尊严，孩子们的法律意识得到强化后，便一再发去短信催促老杜自首。在没有回应的情况下，真就准备去报案了，也还是尽可能往好处想——可能还没收到短信？马小跳是"希望一节课一节课地上下去，永远也不要放学"，能拖一会儿算一会儿。唐飞稍微有点例外，他是侦探小组长，难免要过把"官"瘾行使权力，可还免不了在发号施令上拖泥带水的。坚持"桥归桥，路归路"的典型美国人思维的牛皮倒是有他的"独家见解"："每个人身上都有两个灵魂附体，一个是正义，一个是邪恶，两个灵魂附体打起架了，一会儿是正义战胜邪恶，一会儿是邪恶战胜正义，现在还分不出胜负。"四条短信之后的漫长等待所留下的巨大空白，不仅仅是孩子们的心灵在受煎熬，那个正在进行激烈思想斗争的老杜抉择的艰难，也是我们能够体会得到的。我们不难发现，《淘气包马小跳》不仅仅是"好玩"好看，里面还有好多有意味的东西。有价值的写作，肯定不会仅止于文学技巧，它一定还能让我们感受到作家身上的道德力量和思想光芒。

四、让教育得到凝视

在讲到自己缘何写作"马小跳"时，杨红樱曾这样表示："我写东西，是要滋养孩子的心灵成长，要展现一个孩子完整的成长过程。凡是孩子成长中必须要接受的教育，我都要通过马小跳的童心世界来展示出来。"换言之，杨红樱绝不仅仅满足于让小读者在看过"马小跳"之后嘻嘻哈哈一番就了事，她更希望以灵动巧妙的方式把自己要表达的教育理念自然而然地融进"马小跳"中，她要通过曲折生动、开心好玩的情节，通过美好的人物形象的塑造把自己长期以来对中国学校教育、家庭教育、社会教育等方方面面的教育的凝重思考潜移默化地流泻到读者的心田。

杨红樱做过小学教师，在离开这个职业之后，也一直对儿童教育予以持之以恒的关注，在她看来，学校教育要给予孩子们更多的自由和尊严，这就等于在给他们生长的无穷可能性！学校教育还要让孩子亲近自然、热爱自然，如是，孩子才能更好地享有自己宝贵的童年，也才能感情丰富、热爱生活、富于创造精神。这会对孩子形成健全人格、为他们今后幸福人生的起航打下坚实的基础。比如，《轰隆隆老师》《笨女孩安琪儿》《疯丫头杜真子》《光荣绽放》等多部小说中，杨红樱用非常多的笔墨来书写小孩子的"游戏"——变魔术、考脑筋急转弯、玩成语接龙、过家家游戏、做饭、建菜园等等；她还在《奔跑的放牛班》《白雪公主小剧团》《樱桃小镇》中，写到了孩子们参加合唱团、表演戏剧和置身童话般的天地中施展才华等活动。譬如在《白雪公主小剧团》中，夏林果饰演白雪公主，张达扮演魔镜，路曼曼表演皇后，安琪儿假扮老太婆，马小跳表演王子，牛皮当上了导演……杨红樱在作品中如此喜欢表现各有个性和才能的孩子们的"玩"，实际上反映着她对儿童教育的一种认知——儿童要会"玩"。有教育专家指出，教育的核心不是传授知识，而是培养健康人格。那么，一个人格健康的孩子也理所应当在智商、情商和玩商三方面都具备相应的能力。马小跳、张达、唐

在全国各地的图书馆都设有杨红樱作品专架

飞、杜真子等无疑就是这样三"商"齐备的健康女孩。该玩的时候玩了，爽爽快快地过了一把孩子瘾，这该是作者对健康、快乐的孩子抱持着的期许。

杨红樱对学校教学应该怎样开展，颇有自己的见地。在《开甲壳虫车的女校长》中，欧阳雪校长在语文课堂上露了一手，让我们看到一个注重启发、平等对话、有教无类的课堂，也是一个教师和学生同玩"游戏"共搭"积木"的课堂，她能充分给予孩子们表现的空间。一提到语文课，会令很多孩子甚至老师头疼，因为它似乎总是与划分段落、归纳段意和中心思想这样干枯、抽象而教条的讲述联系在一起的。而欧阳雪的语文课上，教师循循善诱，学生积极参与，每一个孩子都可以就自己对《白雪公主》的理解而畅所欲言：很少被给予表现机会的安琪儿能在课堂上一显身手；很少举手的夏林果也把手举得高高的；思维活跃的马小跳不会再被视作"故意捣蛋"了；谁问题回答得好，同学甚或老师还可以鼓掌致意……要是有的老师听马小跳发言说白雪公主和王后的相似之处是"她们都是女的"，可能会因为马小跳多嘴多舌废话一箩筐而严辞批评他捣乱课堂，真就这样做的话，课堂原本自由讨论的良好气氛可就荡然无存了，包括马小跳在内的很多同学以后就再不敢"胡言乱语"了。而欧阳雪校长呢，非但没有批评马小跳，还善于接过他的话茬而言归正传："同样都是女性，同样都长得很漂亮，她们的性格却有天壤之别……"从而顺势化解了课堂上的一次小小"危机"。聪明的教师就是这样能在孩子引人发笑的回答面前富有包容心，也能机智地应对课堂上可能爆笑的"话柄"。到后来，马小跳那句精当的概括——"王后的样子是漂亮的，灵魂却是丑陋的"令这堂别致有趣的语文课完美收官，让我们看到了马小跳在课堂上的巨大收获，他不仅仅获得了应该学会的知识，心智也得到了好的锤炼，获得新知的能力得到了增强。这就是好的文学教育成功实施之后给人带来的良好效果。在这堂课上，欧阳雪并没有一言堂，也没有把鲜活形象的文章肢解撕裂变成程式化的贴标签，而是把课堂交给了学生，更注重学生对课文的感性认识，学生学习的热情被激发起来了，自觉、主动、快乐地投入到对问题的研究当中，理解和分析的能力反倒无形地得到了提升。师生"百家争鸣"共同探究问题，教师的"情"和学生的"情"完好地交融在一起，全身心地投入到一个美好的情境中，从而共同完成了一堂生动精彩的语文课。课堂上，欧阳雪似乎很轻松，其实她在课前的准备肯定要多得多；还有，她驾驭课堂就像放风筝一样，给学生创设了互动而主动的学习局面的同时，并不是放任自流，而是既放手也收手，随时动用智慧跑步拉线，适时做着引导和点拨的工作以应对可能的各种情况，课堂的"风筝"放得漂亮而又能随时完好地收回来，得益于她对风筝线的牢牢掌控。《唐家小仙妹》中，秦老师上了一堂别开生面的作文课。在这堂进行观察能力训练的作文课上，原先是要准备教导学生观察教室里的一盆绿萝，秦老师临时起意把观察点放在了唐飞身上，请每一个同学都细致观察唐飞内在的变化并当堂发言，秦老师随时进行精彩点评，最大限度地释放了每一个同学的观察力、表达欲，令同学觉得意犹未尽。本来一节简单的甚至可能是干巴巴的作文课，一下子情趣盎然，还同时让同学们懂得了责任、担当和坚定，很好地将思想品德教育融入了作文课中。真可谓一举两得。《光荣绽放》中，高歌老师是一个眼睛里有星星的人，他全身心热爱和从事基础教育工作，在小学校里切实开展劳动课程的教学试验，在课堂上发挥民主精神，让同学们畅所欲言，自主选择具有领导能力、策划能力、合作能力和快乐能力的同学担任劳动课代表，在没有劳动课教材的情形下，他巧于设计，开展了一系列"走出去，请进来"的教学活动，让孩子们把大自然当成课堂，让各个行业的能工巧匠走进课堂为孩子们传经送宝，孩子们因此喜欢上了劳动课，并学会了好多劳动技能。

这就是杨红樱对理想的课堂教学状态至为灵动的勾勒。《樱桃小镇》中，杨红樱让理想的学校——"云朵上的学校"在樱桃小镇中得到了实景呈现：这是一个生产快乐的地方，孩子们在这里完成的作业，是一本一本精美绝伦、知行合一的书，比如《蝴蝶谷的春夏秋冬》是一本用优美文笔和画笔完成的散文集和图画书，描写和描绘了一天当中、一年四季的变化，一座山中春夏秋冬的景色，还描写和描绘出生活在不同环境中的不同品种的蝴蝶；比如《寻找大熊猫》，孩子们自由组合，拿着彩色攻略图，在快乐的历险中，共同配合，通过重重难关，经过仔细阅读和观察，最终找到大熊猫。这些作业看起来很难，但因为孩子们喜欢做，并不难完成，因为是齐心协力、身体力行而完成的，这些最美丽的作业都能锤炼孩子的智慧和提升他们的动手能力、创造能力和协作能力。

杨红樱注意到当下学校教育存在着的盲点和误区，譬如艺术教育、劳动教育、情感教育等方面的缺失，所以在书写马小跳丰富多彩的课堂内外的生活时做足了"功课"：《小英雄和芭蕾公主》《奔跑的放牛班》呼吁人们重视儿童的心理建设，展示了艺术教育在疗愈儿童精神创伤、增强自信心方面的神奇功效；《光荣绽放》关注小学校的劳动课堂，表现孩子们劳动习惯的养成和劳动技能的掌握，富于变化地展现了孩子们在织补修理等日常劳作中所获得的自信心和成就感；《丁克舅舅》《暑假奇遇》《宠物集中营》《巨人的城堡》诸册引人注目地开启了情感教育，毫不避讳地也是别具深意地写到了成人的爱情、动物的爱情以及孩子对异性的好感、对成人爱情的关注和思考。《丁克舅舅》里，马小跳关心丁克舅舅的终身大事并为他牵线搭桥，先后介绍了林老师和 Miss 张；《暑假奇遇》中大黑猫因为恋上了邻居家的大白猫而不得竟至于绝食等死；《宠物集中营》里斗牛狗拉登在关键时刻为保护法国卷毛狗雪儿挺身而出而殉命，雪儿愿为拉登陪葬，他们的爱情荡气回肠，而麦冬娜姐姐和裴帆哥哥的爱情更是建立在共同语言和共同事业基础之上的;《巨人的城堡》中，张达外公外婆在孩子们和阿空的操办下在浪漫的"桃花源世界"里举行了庆祝金婚的隆重仪式，当用玫瑰花装扮的花车向城里驶去，"一路上，吸引了多少人羡慕的目光啊! 每个人都在心里说：如果我有这一天……"，小说紧接着加进来的一句议论召唤起读者对"这一天"的无尽向往："不是每个人都能有这一天的。能够有这一天的人，是世界上最最幸运、最最幸福的人。"整个"马小跳"中，"贪玩老爸"马天笑和"天真妈妈"丁蕊平凡、和谐而美丽的爱情，杜真子在游戏中对白雪公主和王子的爱情的想象与憧憬，还有一众孩子们对同龄异性伙伴朦胧而美好的感情——马小跳喜欢漂亮女孩夏林果，唐飞喜欢杜真子，夏林果喜欢张达。因为看到了通常学校的性教育往往注重的是性器官的教育、生理期的教育，而缺乏更高层次的爱情教育和感动教育，杨红樱遂以童书作家身份在小说中担当起了拾遗补缺的重任，她肯定并理解孩子们对异性产生的好感，将爱情作为一种很自然的生命现象加以书写，让孩子对爱情、婚姻、家庭和生活有了更多了解与憧憬，也让成人正视和洞悉了孩子们内心对异性所抱持的美好感觉。

杨红樱解释过在自己小说中表现这些情感内容的动因："我提倡正面的爱情教育、爱情憧憬。国外家庭里，就比较注重表达夫妻情感，诸如夫妻之间说'我爱你''你是我最心爱的宝贝'等等。在中国，没有爱情教育，父母之间不表达，甚至经常吵来吵去，在孩子的眼睛里，他们看到的婚姻就是这样子的。所以常有小孩子给我来信说，原本感觉婚姻家庭、生小孩子这些事情没有意思，长大了不想结婚，但是在看了我的小说后，开始向往这样的生活。女孩子想找一个马天笑这样的有幽默感、有责任感的人做丈夫；男孩子想找宝贝儿妈妈这样温柔优雅，又有独立人格的人做妻子。对爱情、婚姻有了憧憬，这是一件好的事情。"

所以，小说中有关张达外公外婆那富有创造性的金婚纪念日的描写，以及杨红樱在童书中表达的一系列成人浪漫生活的内容并非与孩子无关。我们该还记得《巨人的城堡》中张达外婆为招待阿空和孩子们而摆设的鲜桃宴吧？那是一顿非常富有想象力的盛宴：有滚烫晶亮的鲜桃拔丝，有蒸菜枣泥核桃，有炒菜玻璃桃片，有红桃汤，还有主食鲜桃肉包……这是和此前马小跳为妈妈做的十二层的三明治、杜真子做的三色饭一样的富有着杨红樱鲜明印记的美食。不要觉得杨红樱写这些吃食琐碎无意义，这反映着杨红樱对平凡生活的诗意点缀、美好想象和发自内心的热爱。还记得疯丫头杜真子对自己未来生活的美好憧憬吧，她是立志长大了也要做一个像天真妈妈那么"有情调的女人"的："我要天天做这样有情调的早餐，给我的丈夫和孩子吃。也把这样的餐桌放在早晨的太阳能照到的地方，窗户上也挂这样的碎花窗帘，也铺这样的桌布，也做这样的水果沙拉，也用这样的咖啡壶，也……"注重情感教育的杨红樱，在小说中为孩子们勾画了一幅让人向往的、和谐的人间胜境、生活美景，这些都培养了儿童对美好生活和情感的向往之情，丰饶了小说的内涵。

《淘气包马小跳》还不回避表现教育界出现的一些问题。这其中有常见的学生课业负担沉重的问题。《贪玩老爸》中，不愁吃穿的厂长父亲马天笑在夜间偷偷模仿小学生儿子的笔迹以减轻马小跳的课业负担，就太耐人寻味让人感慨万千了。再如《轰隆隆老师》中写到了教育界弄虚作假的事情。认真的秦老师在给联合国教科文组织的官员上公开课前反复在班级里演练，为着万无一失而在班级里精心布置好了每一个环节。秦老师要求学生每天都要用"亡羊补牢"造一个句子，每天都要把"亡羊补牢"的故事讲给家长听一遍，以致家长都听怕了捂着耳朵讨饶了；秦老师还再三对学生强调这一节公开课"将会产生巨大的国际影响"，以致学生都"压力山大"了，像马小跳这样有着良好心理素质的学生上课前夜睡不着觉，做梦都与上公开课有关，一向伶牙俐齿的路曼曼在公开课上发言时不但腿抖声音也抖，甚至还紧张得忘了词。眼看秦老师的公开课要圆满收场了，马小跳却举手发言说："我觉得路曼曼今天没有昨天说得好，昨天她……"一句话让精通中文的老外发现了"天机"。杨红樱经营这个故事时巧妙地用"亡羊补牢"来造"势"：秦老师上的这篇课文是《亡羊补牢》，马小跳捅出的娄子会不会敦促成人也"亡羊补牢"呢？更何况，教育者的弄虚作假对孩子无形中的影响能够"亡羊补牢"吗？杨红樱以幽默的笔法提醒人们：教育者没必要为着一节公开课就这样演戏似的做张做致反复排练，否则，会对耳濡目染的孩子的心灵起到不良影响，那可不是"亡羊补牢"那么容易就能解决掉的。又如，小说以马小跳袒露心事的日记遭到秦老师批评教育的故事，提醒教育者要正确对待学生日记中的心声表达，如果教育者不善于从学生日记中反省自身教育方式，就会令学生日记也都变得虚情假意，令学生被格式化成善于察言观色的"小大人"。《孔雀屎咖啡》就让读者见识到了没有真情实感的作文是怎么出笼的，丁文涛写的那篇备受秦老师等诸多成人好评的作文《难忘的"孔雀屎咖啡"》虽然辞藻华丽，但却空洞乏味，完全是对丁爸爸无限夸大不切实际的褒扬话语的搬运。

在《袭隆隆老师》中，杨红樱对教育界出现的新事物"心情卡"有着不同于常人的看法。"人是会变的，昨天跟今天不一样，今天跟明天不一样……"这是马小跳对付秦老师问询的话，却也是杨红樱在对孩子心理世界有了足够了解之后道出的"真心话"。孩子的心情就写在脸上，"娃娃脸"是说变就变的。对于马小跳这样的孩子来说，快乐的理由其实很简单，一盘大虾、一个动画片，就都能给他带来快乐。可大人偏偏喜欢把简单的事情搞得很复杂，自以为是地发明出心情卡来：心情快乐就用红色心情卡，心情一般就用黄色心情卡，心情不快乐就用绿色心情卡；成人以为自己很懂得孩子的心理，要孩子们给自己的心情贴上标签，这是在把"本质"（"复杂"）的事情"表面"（"简单"）化；而要通过与孩子反反复复谈话帮助他们快乐起来，又等同于无视孩子的情感领地而任意进入，又把"简单"的事情"复杂"化了。结果呢？孩子们学会了伪装，事实真相被掩藏了。所以，心情卡看着很花哨，但是它的实际功用并不大。当教育者为自己的创举、为全班同学都别上清一色的红色心情卡而沾沾自喜时，有没有考虑到孩子的真实感受？当教育者自以为是地认为自己是在与孩子进行亲密接触时，有没有发现自己离孩子反倒越来越远了呢？马小跳本来是快乐的，因为红色心情卡丢了而不得已别上黄色心情卡，秦老师偏偏要帮助他快乐起来，不想说真话的马小跳虽然避免了被批评，却免不了被秦老师一番追问以致错过了看动画片的时间，终于变得不快乐了；秦老师一心一意要帮助马小跳快乐起来，让马小跳说出不快乐的委曲，结果委屈了马小跳不说，自己也被马小跳的真话弄得"拉下脸来"。可以说，不光这个故事本身，就连故事的经营方式，都在诉说着心情卡的"弄巧成拙"，批评了教育者的自以为是。

《漂亮女孩夏林果》中，马小跳喜欢跟夏林果同桌，"动机"非常单纯，但是像秦老师这样的大人神经兮兮的，又挖思想，又发"鸡毛信"，又请家长，又要树立榜样，思想太复杂、心理太紧张了，直接后果是马小跳跑到秦老师面前违心地写下"保证今后讨厌夏林果"的保证书。这个滑稽可笑的情节把现实中成人严加防范男女同学正常交往的敏感情形以及后果道出来了。小说善意提醒教育者要正视孩子"喜欢"异性的事实，如果不会因势利导，反倒小题大做的话，就只能出现令人啼笑皆非的局面。《小大人丁文涛》中，杨红樱就对一度在全国各地从学校到社区鳞次栉比出现的"道德银行"这一关乎教育的新鲜事情注入了很认真的思考，给出了自己的理解：

小大人丁文涛在大人撺掇下在班级开办鼓励做好事的"积善银行"，把"道德"和"利益"两个毫不搭界的范畴硬性结合在一起，想通过外在量化形式和外在的奖励方式来刺激人心向善，并且需要有无处不在的见证者和记录者及时出现以将积善行为存入"银行"时，就恰恰背叛了道德的本质，孩子们在利益驱动下浮躁而功利的心由是毕现：毛超把自己的十元钱变成捡来的钱而且前后分十次交公，马小跳和张达强行背脚伤已好的小男孩上学，做好事心切的调皮蛋们把老奶奶的鸡蛋篮子摔在了地上……这可都是弄巧成拙啊，这些已经存进"银行"的"钱"可都是制造出来的道德伪钞啊。小说对现实生活中违背教育规律的新现象新事物提出了委婉的批评。

杨红樱还含蓄地批评了教育者违背儿童自然成长规律的做法。《笨女孩安琪儿》中，孩子在教育者的训导下一步步进入其设计好的套子中。当孩子只能在"聪明""漂亮"和"有钱"这三项中选择一样时，校长、秦老师就都紧张兮兮的，再三郑重其事地发出"预警"：

"一定要严肃认真地对待，想好了再填。我的话你们听明白了吗？"

"同学们一定要严肃认真地对待这张调查表。这三种选择不是只画一个钩那么简单，这个钩可以反映出你们的思想品质，反映出你们有没有高尚的情操，反映出你们是不是有理想、有抱负……"

于是，孩子们就都变得不简单了：原本长大了要当百万富翁的唐飞要"做有理想、有抱负的人"了，本来最漂亮的女生夏林果也不爱漂亮爱聪明了，本来就够聪明的路曼曼都要成"人精"了。不过，还是有例外，那就是童心完好的马小跳和安琪儿分别选择了"有钱"和"漂亮"。小孩子是感性的、直觉的，金钱的好处触目可见，漂亮的外表人见人爱。只是当从众多的孩子嘴里说出能让成人满意的标准答案时，当孩子都变成了小大人时，我们实在不能高兴起来，被社会激素催熟的果子当然不会像自然成熟的果子那样润泽芬芳。当校长和秦老师为着绝大多数孩子们的"正确"选择而感到满意时，他们有没有意识到自己做法的后果呢？为什么一律要按照成人既定的标准来塑造孩子呢？那可是对孩子感受、自尊和天性的极大冷落、忽视和扭曲啊。出现丁文涛这样自私自利的小大人，那是跟他所生活的环境大有关系啊，譬如他每天与那个同样自私自利精于打小算盘的丁爸爸朝夕相处，自然就会耳濡目染大人的言行。《孔雀屎咖啡》中，丁文涛一开始明明感觉到所喝的咖啡就是一股屎味儿，可是在丁爸爸"循循善诱"之下，还是违心做出了"梦幻的味道"的滋味认定；到后来，孔雀屎咖啡的真相被戳破，丁文涛忐忑不安了，丁爸爸还是很镇定："'孔雀屎咖啡'造假，那是经营者的问题，跟你没有一点儿关系。"还拿出"有力"例证："榴莲和臭豆腐，有人说香，有人说臭；有人喜欢，有人讨厌。只要你坚持说你写的'孔雀屎咖啡'，就是你喝出来的味道，谁拿你也没办法。"正所谓"有其父必有其子"。显然，就像马小跳最喜欢的林老师一语中的道出的那样："这不是孩子本身的问题，这是一个社会问题，也是教育制度的问题。"杨红樱以意味深长的描写道出了小大人产生的温床。那关系到家庭教育、学校教育、社会教育以及与此相应的评价标准、考核体系等诸多问题，因此，不解孩子心的成人和孩子之间就会一而再再而三地出现"摩擦"。

《超级市长》中，马小跳原本在写《我第一次……》这个半命题作文时，吭哧了半天连一个字都没有写出来，但在任想象的野马狂奔后，却能洋洋洒洒地写出了平生第一篇长作文《我第一次当市长》。这是多么值得肯定的事情！可秦老师视之为"完全是一派胡言"，由此拿马小跳的作文说了一节课，"念一段，评一段，同学们笑一段"。联合国教科文组织国际教育发展委员会在 1972 年提出的

《学会生存》报告中有这样一段对人的创造能力的精彩阐述：它"是一种最容易受到文化影响的能力，是最能发展并超越人类自身成就的能力，也是最容易受到压抑和挫伤的能力"，"教育有着开发创造精神和窒息创造精神这样双重的力量。"负着开发孩子创造精神责任的秦老师，在这节作文课上着着实实充当了一回窒息创造精神的"杀手"。秦老师为什么会变成冷面"杀手"？她说得没错："如果是考试，你这篇作文肯定不能及格"。按照应试教育这根指挥棒的要求，马小跳的作文当然是胡言乱语；但是在"胡言乱语"中，我们却看到了马小跳可贵的想象力，看到他无拘无束的快乐和气象万千的生命气息。从素质培养的角度来看，马小跳的想象力是令人称羡的。所以，归根结底，马小跳的想象力被老师无情封杀，就在于我们的教育评价机制、教育体制出现了问题。在此，杨红樱借着"作文事件"告诫人们：教育者面对孩子，应该有一颗博大宽容的心，学会采取多元的、欣赏的评价方式对待孩子的言行，我们要注意保护孩子的想象力，这既是在捍卫孩子的人格尊严，也是在捍卫孩子宝贵的童年。令人欣慰的是，马小跳的心理耐受力是相当地强，他没有理会秦老师和小伙伴们的讥嘲，也并没有停留在想象的原地踏步，而是付诸实施、美梦成真。小说理想化地让马小跳这样一个个性化十足的孩子最终登上了超级市长的宝座，同时也把一道富有意味的题目抛给读者："面对格式化的孩子和个性化的孩子，我们怎么去评判谁更优秀？"马小跳这个不那么循规蹈矩的个性化的孩子，之所以有资本和丁文涛、王天骄等众多格式化的孩子在超级市长大赛中对抗，就在于"王天骄太完美了，完美得不真实；丁文涛太成熟了，成熟得让人怀疑这孩子到底有没有童年"，相比之下，显得稚拙和有缺憾的马小跳却是真实和自然的，是"真正的孩子"，"他唤起了许多成年人对童年的回忆"，他以本真的自我得到了人们的认同。

　　小说中的老校长是一个耐人寻味的人物，他本来一直和板滞固执的秦老师一唱一和，但在《超级市长》中表现出了对孩子足够多的理解和尊重。他做事有一点民主精神了，在唐飞和毛超为马小跳的拉票活动中，当了解到学校老师对马小跳的支持超过半数而"少数服从多数，我这一票只能给马小跳了"。他做事情有些幽默感，而且还有顺应民意的意思在其中。正是在这次大赛中，校长注意到了丁文涛因为竞选超级市长受挫而萎靡不振，从而开始了认真反思："我们一直在强调素质教育，在马小跳和丁文涛这两个孩子身上，究竟谁的综合素质更高？虽然我还没想明白，但我已察觉出，丁文涛并不如我们想象的那么优秀。"《开甲壳虫车的女校长》中，退了休的老校长在宠物商店里遇到马小跳们，邀请他们来自己家做客，他对马小跳们开始有友善的理解，发现"他们调皮捣蛋，但是，诚实、善良、正义感又在他们身上有充分的表现；他们的学习成绩并不优秀，但是，想象力和应变能力却是一流的"，并为自己早先对马小跳

杨红樱给大凉山的孩子送去"淘气包马小跳系列"图书

们评价上的失误而感到遗憾，希望如果有机会再干几年，"他一定会把工作的重心从抓学生的学习成绩上，转移到对学生的性情培养上"。老校长的遗憾反映出当下学校教育的某种缺失，同时也反映着杨红樱对理想化学校教育以及更科学的社会评价体系建立与完善的渴盼。老校长对马小跳一帮子"淘气包"的认识发生的转变，更像是一个有意味的暗示——一些成人对于《淘气包马小跳》的认识不也经历了由不理解、排斥到理解和认同的过程吗？

杨红樱对家庭教育、学校教育以及社会教育等诸方面问题的表现和思考比比皆是，其对教育话题全方位的展开和书写富有意义，使得《淘气包马小跳》成为一座名副其实的教育城堡，不论孩子，还是成人，都能从中更好地了解教育，认识社会，认知世界，发现自我，最终对人生展开有益的思考。

五、让幽默淋漓尽致

杨红樱在"马小跳"的写作上首先是有着她的艺术考虑的，那就是要尽其所能给当下中国儿童文学创作带来新的质素：幽默。我们有必要注意到"马小跳"所出现的大背景，正是中国儿童文学创作较为普遍地表达着苦难、苦恼、困惑、忧郁等的主题和内容之时。当儿童文学中充斥着太多这样的主题这样的内容以至于形成了一种创作模式之时，事实上本身就破坏了儿童文学创作和阅读的正常生态。中国儿童文学中的幽默表达在此前并非就没有，但是能为儿童所真心喜欢和接受的幽默儿童文学的发展一直不够顺畅，幽默精神的美学旗帜没能得到很好的高扬，一些所谓幽默儿童文学的成人化色彩过于浓厚了，属于作者一个人的自说自话、自娱自乐，根本不能真正走进儿童读者的心田。早在创作"马小跳"之前，杨红樱就已经时不时地在其童话和小说写作中表现出不凡的幽默才能了，而在创作"马小跳"时，杨红樱义无反顾地将自己的幽默特长进一步发扬光大，全力选择幽默的表达方式以开启一次儿童文学创作上的破冰之旅，目的即在于突破既往陈旧的"苦难童年"的创作模式，展现自己对幽默儿童文学的认知与追求，更重要的是，她要以幽默的表达方式传递出来自己对自由精神、快乐气质和创造能力的理解与期待，而采取生动活泼的形式、动用诙谐风趣的语言、书写趣味横生的情节，从而令小说从内容到形式均能完美诠释杨红樱创作和教育上的理念，这便成了《淘气包马小跳》的题中应有之义。

首先，小说所讲述的故事非常幽默。

比如《贪玩老爸》中，马天笑代马小跳写作业被秦老师发现并被罚写一百遍。这样一个本来人们已经习以为常的事件被写得一波三折、妙趣横生，杨红樱靠的是两个关键词：认真；不对称。马小跳和秦老师都是很认真的角色。杨红樱抓住了他们的这个特征而大做文章。按理，秦老师发现马小跳的错别字而罚他写一百遍，马小跳老老实实认罚，也就万事大吉，可马小跳的认真劲儿却令事态有了扩大的可能：他只对自己做的事情负责，矢口否认那个少了一个横的"真"字是自己写的，还认真地帮助秦老师分析、寻找写错别字的"罪魁祸首"。同样的，秦老师也太认真了，知道真相，批评马小跳两句，让他补写上没做的作业也就可以了，顶多再告诫马天笑先生以后不可以这样做了，就足够了。可她还非得请来马天笑先生"夸奖"他一通，而且认准了一条死理——"写错了就要受罚"，害得偌大厂长、世界著名玩具设计师马天笑先生乖乖地在秦老师面前再做一回小学生。这是谁之错啊？而且，秦老师、马小跳、马天笑可都是为着一个"真"字而"认真"。故事的设计够巧妙吧？按常规，应该是马小跳急三火四地一遍遍询问正忙着的父亲"完了没有"、能不能陪自己玩，应该是马天笑先生漫不经心地回答"快了"来搪塞敷衍儿子。现实情况恰好相反：父亲比儿子"玩心"还要重、还要清闲，儿子比父亲还要"稳当"、还要忙碌。这是多么不对称不和谐的事情啊！还有说者和听者的"不对称"呢。当秦老师问"马小跳，你的耳朵长到哪里去了"，这是在指责马小跳不用心，而马小跳偏就从字面上理解，当真"扯着他的耳朵，送过去给语文老师看"；当秦老师说"马小跳爸爸，你模仿你儿子的字，模仿得真像啊"，这是在讽刺马天笑，而马天笑先生偏就一时没听出弦外之音，竟会点头哈腰感谢秦老师的赏识："过奖！过奖！主要是时间晚了点，不然还可以模仿得更像一点。"发送信息的说话人和接受信息的听话人思路上"拧巴"，于是，幽默的效果出来了。还有，一个堂堂正正的大厂长要握着铅笔头在严厉而认真的秦老师面前认认真真地抄写上一百遍认真的"真"字，我们也该会为看到这样滑稽的场景而笑得打嗝吧？

再如《乌龟也有脾气》这一篇故事，它是明显带有着早期"马小跳"的"超写实"色彩的。故事主角当然就是这只有脾气的乌龟，

杨红樱和外国孩子在一起

因为马小跳对它有救助知遇之恩，它也涌泉相报甘做马小跳家饭桌的垫脚石。这个情节简单的故事因了杨红樱的善于"造势"，自始至终就都带着巨大的磁力吸引着人，让人不时哑然失笑。故事中，杨红樱"造势"的主要方式是运用对比手法。比如，这里有歪嘴男人和马小跳亦即恶与善的对比：前者抽打乌龟，马小跳挺身制止；"歪嘴男人用木棍捣那只乌龟的脖子窝"，马小跳即以其人之道还治其人之身，捡起树枝"伸进歪嘴男人的衣领窝里捣起来"；歪嘴男人口口声声"我偏不卖给你！我偏不卖给你"，马小跳毫不相让"我偏买！我偏买"。两个男人间肢体与语言的冲突当中表现出来的"犟"，与这只乌龟的"犟"相映成趣，令人忍俊不禁。再如，这里还有着马小跳父子之间的对比：对于桌腿缘何短一截的简单问题，马天笑搞不懂，为此"已经想了很久了"，而马小跳"不用一秒钟"就想出来怎么回事了；马天笑下楼捡砖头垫在桌腿下面，"一摇，高了点"，马小跳在家里找来铁盒子垫在下面，"一摇，矮了点"；马天笑"搓手"，因为"想不出办法"，马小跳"拍手"，因为"他想出了办法"；当发现乌龟，追述"前尘影事"时，马天笑"及时纠正"马小跳的"用词不当"，马天笑对马小跳给予表扬时，马小跳又反过来"及时纠正"马天笑的"用词不当"；对于乌龟怎么找到自己家里的深奥问题，轮到马小跳"想不通"了，马天笑又能"非常容易想清楚"；当初马小跳要用课本垫桌腿，马天笑认为"糟蹋圣贤"，现在马天笑认可乌龟垫桌子，马小跳又于心不忍……这爷俩如同表演相声的逗哏和捧哏，但又并不一演到底，而是轮换着"逗"与"捧"，俄而你是红花，俄而他是绿叶，相互在"主"与"次"的角色间游弋。全家人对待乌龟的态度前后对比鲜明：起始是感恩戴德，到后来则置若罔闻。乌龟"造反"后，全家人的反应也不一，"马小跳的妈妈和马天笑先生大惊失色，他们以为世界末日到了"，马小跳"还算平静"，还能恰到好处地幽上一默，"哦，我忘记告诉你们了，这是一只有脾

气的犟乌龟"，为这个趣味盎然的故事画上一个圆满的句号。故事中
还有时机上的对比呢：乌龟"造反"之时，正值全家人眼福大饱胃
口大开跃跃欲试之时，"那么多好吃的饭菜摆上桌"，却出其不意出
现了"烟消云散"的戏剧性场面，全家人的心理落差有多大，爆笑
的效果就该有多好。因为时机之"弓"被拉得最圆满，幽默之"箭"
当然也最能中"的"，牢牢地穿透人心。正是张弛有度的叙述节奏、
错落有致的人物、情节与时机的对照令这个故事结构参差互补，造
成了有意味、有美感的形式，也强力渲染了诙谐风格。

　　同样是在《轰隆隆老师》中，马小跳托写字老头儿模仿爸爸的
签名在家庭联系本上和秦老师来了场"口水战"：秦老师"希望家长
加强督促孩子的学习"，马小跳随顺她的意思来了个唱和："我怒火
万丈，把他痛打了一顿，他保证明天听写得一百分"；马小跳得到
一百分后，秦老师希望家长"对他这样的孩子，一刻也不能放松"，
马小跳索性来了个"其实，马小跳比路曼曼还聪明，问题是你对他
不够信任"；大为恼火的秦老师要求"当家长的要客观地看待自己
的孩子"，马小跳针锋相对来了个"老师看孩子也要客观，不能偏
心"……这场不在一个级别上的战役当然是以马小跳败北请来家长
而收场的，有意思的是，不明就里的马天笑"像小学生那样毕恭毕
敬地站在秦老师的面前"，面对着说出自己心里话的"自己"的签名
还自以为患了失忆症并为此深深恐惧着。这就造成了滑稽的效果。
而杨红樱并不只是要造成读者读后嘻嘻哈哈一笑了之的效果，更是
要通过这样一个有趣的故事让马小跳（其实是让小读者）懂得一个
道理——家长的签名可不能随便模仿，马小跳最终获得教育，清楚
地意识到"找人模仿他老爸笔迹的事，今后再也不能干了"，这既是
陷入其中的马小跳的真实心曲，也足够让人体会出来作为教育者的
杨红樱写作上的良苦用心和社会责任感。

　　《贪玩老爸》中，当马小跳从毛超那里知道"生病的时候，你想

要什么，大人们就会给你买什么"，马小跳为着得到生病的种种好处而装病，结果事与愿违、弄巧成拙。马天笑听说马小跳感冒生病了，"大呼小叫，手忙脚乱"之际还有着他的思维逻辑性：让马小跳一个劲儿地喝水、卧床休息、吃药，这可都是马小跳千不愿万不愿的事情啊！偏偏在马小跳装病的时候，会有一系列的"好处"不期然地出现：马天笑买回了两只汉堡包，还有两张足球比赛的票。但把马小跳装病当了真的马天笑全然无视马小跳"我没病"的一再声明，屡次以"有病的人都爱说自己没有病，就像喝醉酒的人，偏要说自己没醉"为由把马小跳觊觎已久的好处统统化为乌有：

马天笑先生拿着那个鸡柳汉堡，一副难以下咽的样子："实在吃不下去了，但还是得把它吃了。唉，没办法，谁叫你病了呢？"

马小跳使劲地咽着口水，眼睁睁地看着马天笑先生一边叹气，一边痛苦地吃掉了第二个鸡柳汉堡。

......

马天笑先生把两张足球票给了别人，在家里守了马小跳一天，灌了他一天的白开水，还强迫他吃下一大堆花花绿绿、苦得马小跳直想吐的药。

杨红樱巧妙地让马天笑和马小跳进行了一次对照。"叹气""痛苦"是马天笑吃汉堡包时的外在表现（内心大约也确实如此），可更是装病的马小跳的内心色彩啊，他只有"眼睁睁"的份儿了。"花花绿绿"本应该是马小跳丰富的周末生活内容，可现在却变成了苦得让人想吐的药。马小跳自酿的苦酒只有自己喝下，"今后再也不装病了，装病的游戏一点都不好玩"，这不但是马小跳的肺腑之言，也应该是读者读后笑后的由衷感言。

在《天真妈妈》前半部分中，杨红樱更着重写的是马小跳母子之间频频过招的故事，宝贝儿妈妈不断"出招"，马小跳不断"接招"并拆招，你来我往，煞是热闹，这本身就符合着这一系列的"幽默"定位。譬如，宝贝儿妈妈没有什么主见，不断引进新经验来培养儿子，结果在姨妈的撺掇下给马小跳买回一架钢琴，想让他长大以后特别有出息，马小跳则以自作主张卖钢琴、夜半起床弹琴叨扰四邻的方式反抗并大获成功；宝贝儿妈妈想以付酬方式培养马小跳做家务，结果适得其反，马小跳处处帮忙处处忙；马小跳要孝敬妈妈给她洗脚，却把妈妈的脚烫伤了；马小跳将妈妈的最爱——榴莲冲进厕所并嫁祸于贪玩老爸，却在宝贝儿妈妈缜密的推理中现了原形……上述事例属于二人之间冲突所致的"笑料"，而在《天真妈妈》的后半部分，我们却看到了马小跳和宝贝儿妈妈之间在和谐相处中也会出现的"满拧"的情形。马天笑要出国一个多月，和马小跳有一次"两个男人之间的谈话"，把照顾宝贝儿妈妈的事情郑重托付给了马小跳，结果呢，马小跳就处处用心也自以为是地照顾起了妈妈：以为妈妈怕闪电，把窗户遮得严严实实的，却不承想宝贝儿妈妈喜欢有闪电的天空，她欣赏闪电的样子倒是把马小跳"差点吓晕过去"；为了对付妈妈最怕的老鼠，马小跳用玩具枪地毯式扫射，末了为着妈妈床上"咯吱咯吱"疑似老鼠发出的声音而"吓得半死"，却不料那是妈妈磨牙的声音；为着妈妈显得漂亮而一再怂恿妈妈买了一双受罪的银色高跟鞋，宝贝儿妈妈因此不小心扭伤了脚；公司老板来慰问养伤的宝贝儿妈妈，马小跳却有意捉弄了这个啤酒肚老板，把妈妈气得说不出话来……男孩子应该有的责任心在此是以幽默的方式表现出来了，而且，杨红樱也不掩饰马小跳作为孩子的精神"局限"，他也有嫉妒心，对来向妈妈献殷勤的啤酒肚老板抱持敌意，也就昏头昏脑地做错了事情。马小跳因为有缺陷有不足而显得真实。毕竟他是一个成长中的孩子啊。杨红樱以喜剧化的手段正视了这样一个事实，也小小"敲打"了一下马小跳——真正的男孩子要大度宽容啊。

其次，杨红樱懂得如何表达得更幽默，亦即注重讲述的生动有趣。

在《马小跳的日记》中，杨红樱围绕着老师检查学生日记本这个常见现象做起文章来。只知其一、不知其二，这是马小跳小错不断的原因之一。马小跳对于日记的认识就只记住了"写日记是绝对不允许虚构的"，"日记又是一个人的隐私，别人是不可以看的"，但却没拎清：写日记是老师布置的家庭作业，老师可是要检查日记的。所以，当他毫无保留地把自己遭遇的不公平写到日记中尽情发泄的时候，无意中"出卖"了自己的三个好朋友：

> ……真是气死我了。还是毛超、唐飞和张达够哥们，为了等我去踢足球，他们偷偷地帮我做了清洁，还劝我不要生气。张达说秦老师本来就是个偏心眼。毛超说爱撒谎的女孩子会变成丑八怪。唐飞说，他好像听人说，秦老师是路曼曼的亲戚，所以对她才那么偏心眼。

由此，"大祸"可就临头了。围绕着马小跳的日记，相关的人、事都被杨红樱网罗在一起。马小跳日记写成后，马天笑要看，路曼曼要收，秦老师要检查，马小跳的反应各不相同：或理直气壮（"是我老爸也不能看"），或凶蛮强悍（"为什么要交日记""不交"），或心虚胆怯（"我……不知道要交……"）。他能抵御住贪玩老爸和同桌冤家，坚持不交出日记来，却无法抗拒循规蹈矩的秦老师的威严。结果，秦老师由马小跳的日记顺藤摸瓜发现了很多问题。秦老师在处理张达、毛超、唐飞三个"同案犯"时的程序是由轻到重、由一般到特殊，先是处理三个人偷偷帮助马小跳做清扫的共同问题，接下来再各个突破单个人的"这一个"。这个处理程序也是这篇小说的写作顺序。三个孩子在被质询时反应也都各有不同：练跆拳道、当头霸王的张达对马小跳公开打击（"从后面狠狠踢了马小跳一脚"）；坐不住的毛超则采取偷袭方式（"毛超的手，悄悄伸到马小跳的身后，揪住他屁股上的一块肉，狠狠一拧"）；胖胖的唐飞就不得不老实多了，因为已经有老师的威严震慑（"干什么？站在办公室还不老实！"）、严厉质询（"秦老师的脸色变得非常不好看，'唐飞，你是听谁讲的，我是路曼曼家的亲戚？'"），更有老师的火眼金睛盯着（"秦老师的两只火眼金睛，死死地盯着唐飞。唐飞像一堆奶油，快被这火眼金睛射化了"），加上自己"罪行"最重，他不仅前言不搭后语（"我……没听谁说，我胡编的……"），而且"鼻涕眼泪都出来了"。如此细致有趣且富有章法的书写，能不让小读者被杨红樱那支出神入化的神笔牵着走？

又如《天真妈妈》中，马小跳一心一意要给宝贝儿妈妈过母亲节，不过宝贝儿妈妈实实在在让儿子过了把儿童节的瘾。马小跳的"作文"整个儿写跑了题。作文跑题的原因不是马小跳不体贴妈妈，而是因为他的心就是那么大，所能想到的会令妈妈感到最圆满的事情就是那些能令自己开心的事情，譬如这一天的内容安排——吃肯德基、吃比萨饼、去游乐园、吃麦当劳，这都是马小跳津津乐道且流连忘返的，推己及人，自然觉得妈妈也该像他一样喜欢，同时也就会对妈妈的"真爱"视而不见。结果呢，早餐，"宝贝儿妈妈只点了一杯柠檬茶"，"马小跳却点了一大堆：香辣鸡腿汉堡、巧克力奶昔、小份的薯条，外加一大杯冰可乐"；中餐呢，马小跳对路过的中餐厅、西餐厅、火锅店"都视而不见，一直走到一家比萨饼屋，马小跳才停住脚步"，宝贝儿妈妈心里想吃火锅，嘴上却说想吃比萨饼，而且马小跳要的一个中份的比萨饼，妈妈"连一小块都没有吃完"；妈妈想看橱窗，却说想去游乐园，在那里，"马小跳把该玩的都玩了个够"，宝贝儿妈妈整个下午"都坐在游乐场的长椅上发晕"。晚饭，"宝贝儿妈妈最想回家熬点稀饭，就酸辣泡菜吃"，却说想吃麦当劳，自己什么都没吃，马小跳倒是如了愿。妈妈的心永远是那么大，儿子一张祝福自己母亲节快乐的画就让她哭起来没个完，她把自己的需要压缩到最低的限度，所做所想的一切就都是为着迁就和满足儿子的需要与感受。所以，母亲节这天出现了妈妈与孩子对调位置过节的可笑情形：马小跳处处以能挡风遮雨的大人自居，宝贝儿妈妈则时时表现得像一个需要受呵护的孩子。按理来说，成人和孩子该会因为迥然有异的兴趣发生"冲突"的，但在这里却没有。那是因为宝贝儿妈妈以她博大的胸襟包容了一切，甚至小心翼翼地维护着儿子的"男人"自尊心不要受到伤害。如此宝贝儿妈妈，多么可敬！这篇故事在轻松幽默中让我们感受到了融融的亲情、无边的母爱。表现母爱，杨红樱从母亲节母子"换位"这样一个别出心裁的角度入手，避免了平铺直叙，令人击节叹赏。后来，马小跳异想天开地为天真妈妈做了一个一尺多高、色彩缤纷、内容丰富的十二层的三明治。这可是和杜真子做的"三色饭"、张达外婆摆设过的"鲜桃宴"一样能长时间鲜活地留存在人们记忆中的事情。本来很物质的东西，却成为很精神的享受，普通实在的"米"在杨红樱非凡想象的酵素作用下最终变成了浓香扑鼻的"酒"。三明治"落成"后，宝贝儿妈妈"被感动得一塌糊涂"，把玻璃匣子里马天笑先生视若命根子的金奖杯随便扔在一边，而把十二层三明治放进去，要天天看着它。适时出现的马天笑的评价是理智的，从"实用"角度提醒宝贝儿妈妈"我看你是吃不了它"，也是在提醒被牵引到五彩斑斓想象世界中的读者注意，要对付这样一个大型三明治可得有河马或者鳄鱼的嘴巴！可"宝贝儿妈妈才不管那么多，她压根儿就没打算去吃那个三明治"，继续沉浸在幸福的洪水中，每天都往家里带人参观三明治，在别人啧啧的赞叹声中感受幸福。孩子为母亲做的一点点事情居然会把母亲感动得一塌糊涂，母亲完全是从审美的、超越功利的角度来品评呃摸孩子的每一处言行，母亲的心就是这样容易得到满足与慰藉。而宝贝儿妈妈天真的个性、未泯的童心由是毕现。

《轰隆隆老师》之《演树医好了多动症》这篇故事中，秦老师自以为是地当上"医生"

书店布置的杨红樱作品展台

要医治马小跳的"多动症"，让马小跳在童话剧《龟兔赛跑》中饰演兔子靠着睡觉的那棵树的角色，结果还真就成功了，当然，马小跳的执着劲头也得到了最好的演示。杨红樱是善于"造势"的，她不断地以有意义的重复强化着秦老师对马小跳"你是一棵树"的角色认定，同时也就显现出了秦老师性情中的某种"偏执"。马小跳的确多言多动：饰演乌龟的笨笨的唐飞经常忘词，"马小跳忍不住就要给他提词儿"，好心赚个驴肝肺，"唐飞不仅不感谢马小跳，反而去向秦老师告状"，结果受到秦老师的警告："马小跳，你要记住，你是一棵树，树是不能讲话的"；饰演兔子的路曼曼靠在马小跳身边休息，"而马小跳脚都站酸了"，马小跳心里不平衡使坏让路曼曼"四脚朝天"，"路曼曼哭了，跑去向秦老师告状，说马小跳故意捣乱"，同样受到秦老师的警告："马小跳，你要记住，你是一棵树，树是不知道累的"。秦老师换人的警告是奏效的，马小跳将这一切化为对自己的警策全盘收下："马小跳，你是树，不是人。树是不能说话、不能动、不知道累的"。当马小跳有进步，秦老师对他要有额外的嘉奖："只要你每天把树演好了，我就让你说一句台词。"较真的马小跳此时偏不能接受树说话的事实了——"我不说"，"你不是说树是不能说话也不能动的吗"？秦老师有她的道理，"童话中的动物可以说话，树也可以说话"；较真的马小跳也仍然不大能接受，"为什么只说一句，不多说几句呢？"而秦老师依然有她的理由："只能说一句，但这句话非常非常重要"。在马小跳和秦老师之间不断出现这样"满拧""交锋"的现象，也就不断能制造出幽默的情趣来。当童话剧演出时，"人们根本不看路曼曼和唐飞的龟兔赛跑，就只看马小跳"，主角的所有风光反倒让马小跳"这棵树"占尽了：

节目演到最后，马小跳用充满智慧的声音，也就是用那种瓮声瓮气、拖声拖气的腔调，说出了那句最关键、最灵魂的台词——"虚心使人进步，骄傲使人落后"。

刚说完，全场就响起了炸雷般的掌声和欢呼声。

教过马小跳的老师都说，马小跳演得最好。

不光马小跳说的台词"最关键、最灵魂"，就是马小跳这样一个"道具"也阴差阳错地成为了这部剧的最"关键"、最"灵魂"的人物，获得满堂彩，这不也同样是"满拧"吗？其实，杨红樱如此写并不是就为着好玩，而目的在于通过这种有趣的"师生冲突"表达出她的教育观念、写出她对教育现象的认知。秦老师完全不必如此独断专行，完全可以采取更积极更合理的方式来激发马小跳的向上之心啊。

《四个调皮蛋》是在"闹"中获得了幽默的潜质的。四个调皮蛋不经意间做了回英雄，帮助植物园保安抓住了偷兰草的小偷。当植物园的一张大红的表扬信"敲锣打鼓地送到学校来，张贴在校门口"

之时，小说是这样来写秦老师和校长的表现的：

秦老师满脸通红，她生气的时候脸会发红，高兴的时候也会发红。她一口气跑上六楼校长办公室，已经上气不接下气了。

"校长……"

"秦老师，你不要激动，有话慢慢讲。"

秦老师有千言万语，可是她这时候一句话都讲不出来，眼泪都流出来了。

"功夫不负有心人哪！"校长完全理解秦老师现在的心情，他也感慨万千，"秦老师，我知道你在这四个后进生身上花了很多很多的心血，他们遇到坏人坏事，能挺身而出，见义勇为，这充分说明你对学生思想品德的教育是非常成功的。你的心血没有白花啊！"

不消多说，秦老师和校长对四个调皮蛋的"过度"反应已经是在为后面的幽默积蓄势能了。在班级召开的事迹报告会上，四个"小英雄"也同样反应过度：他们自己积极为报告会布置黑板，用各色粉笔写上"小英雄报告会"，画上许多大拇指、气球和彩旗。"小英雄"们的骄矜自得跃然纸上，可也是在将幽默的大弓拉得更加圆满。结果呢，在报告会上四个"小英雄"洋相百出，竞相发言，互相补充，且又都说不到点子上，结果，报告会成了"搞笑会"。对小英雄们充满期待的秦老师的心理落差之大可想而知，而本部小说也正是在四个调皮蛋"折戟沉沙"的垂头丧气中结束的：

还没来得及感受被表扬的喜悦，秦老师已把他们几个叫到办公室去，就每个人在"小英雄报告会"上的表现，把他们批得落花流水。还有，每个人写一份不少于两百字的检查，是铁定免不了的。

杨红樱受邀亚马逊名人访谈

　　四个调皮蛋原本满心期待着在众人面前好好表现一把、受到表扬，反倒是落了个竹篮打水一场空。"落花流水"这一词语用得多么准确且富于动感！这不也是心理的巨大落差吗？本来"大红"的表扬信是大放异彩地张贴在校门口，现在却是每人要写一份不少于两百字的检查，这不也是一个具有巨大反差的事情吗？《四个调皮蛋》就是这样不断制造"峰"，并在达到顶峰后再出其不意也是顺理成章地迅速地滑入低谷并及时而果断地收束本书的写作，正是在这"峰""谷"之间的跌宕起伏中，读者获得了最期待的幽默效果，也得到了进一步回味的机会：原本满心欢喜地等着受表扬、要好好在同学面前"美"一把，到后来却铁定了要交一份"不少于两百字的检查"，调皮蛋的心理落差有多大，可资小读者玩味的空间就会有多大，爆笑的效果就会有多好！

　　杨红樱还喜欢采用对比方式来让不同性格的人之间发生碰撞，属于相互拆台的那种，读者在洞见真相时就会感到格外好笑。《小大人丁文涛》中，丁文涛爸爸在单位里当大官，他与童心未泯、内心干净的马天笑先生有鲜明对比。他们两个爸爸不约而同带着马小跳和丁文涛去医院割包皮，结果就出现了直来直去和躲躲藏藏两种性格的碰撞。其实，割包皮对于很多男孩子来说，只是健康成长过程中的一个环节，再平常不过的事情了。马天笑就大大咧咧地和儿子谈起自己小时候割包皮，马小跳自然也秉承着这样的风格，大大方方不会绕弯弯。丁爸爸和丁文涛却都紧张兮兮的，讳莫如深，怕为人知。马小跳为自己在医院里意外撞见丁文涛而感到"惊喜万分"，谁承想丁文涛却躲了起来。好容易从丁爸爸身后逮着丁文涛了，马小跳一点不避讳自己来医院的目的：

丁文涛甩掉马小跳的手："你到医院来干什么？"

马小跳大声地说："我来割包皮。"

所有的人都看着马小跳，然后笑了。有个老大爷还摸了摸马小跳的脑袋。

马小跳问丁文涛："你来干什么？"

"哦，他来……"丁爸爸抢着回答，"他肚子痛。"

丁文涛是尽量避免与马小跳正面接触，怕被他缠上——"甩掉马小跳的手"，而且先声夺人："你到医院来干什么？"马小跳"我来割包皮"的"大声"回答宛如安徒生笔下那个道破皇帝裸体真相的小孩子一样率真可爱。丁爸爸就欲说还"羞"了。偏巧马小跳就撞见了丁文涛割包皮，于是不知避讳地大声道出真相，"逼迫"得丁氏父子咬牙切齿、忍无可忍：

马小跳回头一看，丁文涛的爸爸正站在那里，脸上红一阵白一阵。他把一个手指头放在嘴边："同学！小声点！"

"为什么要小声点？"

丁文涛的爸爸很尴尬的样子。还是马天笑先生来解了围："对不起，我这儿子就这样。"

在割包皮这件事情上，马小跳"不怕痛"，丁文涛非但"怕"，还哭了起来；富有同情心的马小跳关心丁文涛有没有打麻药痛不痛，丁文涛却"真是烦死了马小跳"；马小跳坚持"你本来就割了包皮嘛，你还不承认"，丁文涛却反口"不许你再说我割包皮"。丁氏父子越是小心翼翼怕听到"割包皮"的敏感字眼，马小跳越是哪壶不开提哪壶，张口来闭口去都是"割包皮"。两种截然不同的性格、处事风格在割包皮这一"敏感"话题上的碰撞，就造成了令人捧腹的效果。到后来，杨红樱还把这一事件做了饶有意味的延伸：马小跳等四个调皮蛋出现在丁文涛家中，丁爸爸像电视里的首长那样一个个询问孩子们的名字，在问到马小跳时，马小跳差点就把丁文涛割包皮的事情曝了光："我叫马小跳。丁叔叔，我见过你，在医院里，丁文涛割……"这令丁爸爸心头发紧，赶紧转移话题避免尴尬。杨红樱就是这样善于品鉴生活中的细微之处，发掘出可笑的材料来，让读者从中获得乐趣和启发的。

有必要提及的是，在《淘气包马小跳》这部以幽默为主调的小说里总还会出现"黑色幽默"，让人笑中带泪。《轰隆隆老师》中，有一个故事《一个蛋两个蛋三个蛋》是表现"好动"的马小跳的责任心的，他是怎样在一天时间里把一个蛋保护得好端端的。故事结尾出现情势逆转的情形：马小跳为了在鸡蛋上写字送给爸爸妈妈，而一直捂着装着鸡蛋的裤兜走进超市去买荧光笔，结果被保安人员注意，在"冲突"中，鸡蛋破了。在这次冲突中，成人显然并不理解孩子的心理，为此还会提出一系列的疑问、困惑以及提出看似合理公正但又明显失之简单的解决方案来：

"你哭什么？不就是一个鸡蛋吗？"

"这孩子真怪，身上放个鸡蛋干什么？"

"别哭啦！别哭啦！赔你一个好不好？"

"赔你两个，十个，总可以了吧？"

但是孩子的心灵世界却因为成人的粗暴和自以为是而没能得到足够的尊重和保护，那是多少物质赔偿都无法弥补的：

"赔我一百个我都不要，我就要这一个。"马小跳哭得更伤心了，"这是我保护了一天的鸡蛋，呜呜呜……"

在成人和孩子的冲突中，孩子往往是落败受伤的一方，此时马小跳的境遇难免让人陷入沉思，不能不被杨红樱导引着思考造成苦涩的根源何在。《超级市长》《跳跳电视台》等小说中，围绕着竞选超级市长和创建跳跳电视台这样的事件，成人世界与孩子世界也屡屡展开碰撞与交锋，马小跳在这当中同样受了不少委屈，但他总能首先在情绪上"咸鱼翻身"。这一切靠的是什么？《轰隆隆老师》中，秦老师、路曼曼错怪了马小跳，马小跳原本认为她们会向自己请求谅解，结果根本没有；对于这种结局，他也能接受，并不因此就有多大的失落。我们该还记得，蒙受"不白之冤"的马小跳情绪之所以能够变得好一些，是靠了妈妈水煮大虾的魔力。说到底，马小跳的抗挫折力还是蛮强的，这是属于杨红樱一再提到并肯定的"快乐的能力"："马小跳的童年，不是一味的无忧无虑，他有困惑，有委屈，有郁闷……但我赋予了他幽默快乐的性格，这就找到了一种消解的方式，其实这是一种积极的人生态度。"所以，杨红樱《淘气包马小跳》所选取的幽默写作路线，在文学意义之外，更有着重要的现实意义，让读者懂得幽默做人、快乐做事、态度积极、生活乐观。马小跳在面对挫折时的应激反应和良好心态，不就是很好的启示吗？

六、让细节流光溢彩

《淘气包马小跳》是凭借着生动的细节描写对读者产生了巨大的吸引力的。诸多人物之所以能鲜活质感地出现在我们面前并被读者津津乐道念念不忘，依靠的也正是杨红樱流光溢彩、出神入化的细节描写。细细想来，小学生没什么人生阅历，一天到晚就是学校家庭两点一线的生活，到底能有多少东西可写呢？但是杨红樱就是靠细节描写取胜，往往把芝麻大点的小事说得有滋有味，让看似平淡无奇的故事充满魔力。

在《四个调皮蛋》中，杨红樱写到了马小跳、张达、毛超、唐飞这四个调皮蛋联盟。这四个小伙伴之间的交情和争斗、友谊和碰撞，在此逐一展开，他们时而紧张时而放松的关系在小说中形成一种"闹"的格局，某种程度上来说，这部小说就是以"闹"取胜的。

杨红樱童书馆

小说对唐飞的书写尤其成功，其中主要抓取唐飞胖的体征以及与此相关的对吃的热情。杨红樱先是静态的造像："身材胖得像企鹅一样"，兜里装着各式零食，这可都是他爱吃的体现和后果：

> 他的上衣兜里、裤子兜里，几乎每个兜里都装着不同的零食。一个兜里装着各种颜色的朱古力豆；一个兜里装着鸡味薯条；一个兜里装着棒棒娃牛肉粒；一个兜里装着小乖乖奶油米果……只要他从你身边走过，就会有一股糖果店的味道。

接下来，杨红樱对他的"爱吃"就都是动态的描写了，他的性格也在动态描写中表露无遗。上课的时候瞅准一切时机恰到好处地吃东西，竟能不被老师发现，真可谓聪明过人，当然，这都是在耍小聪明；而且，上课时与下课时吃的东西有着质量的高下之分，以防好东西被好朋友抢走——小聪明之外，还是一个不折不扣的小气鬼。这些"概括性"的描写，让我们看到了唐飞的"小"。不过，当杨红樱全力具体描写唐飞"嚼钢珠"这一件事情的时候，却让我们领教了唐飞在"小"之外的东西。那就是他还是有"大气磅礴"的地方的。他敢于当众潇洒地吃好东西——钢珠，以致震慑住了对他的食品虎视眈眈的好朋友们。唐飞咧嘴露出的"几颗东倒西歪的大板牙"，可是他牙齿嚼过钢珠的见证，更是牙齿比钢珠还要硬的铁证啊！拿嚼钢珠作为自己不听别人使唤的资本，这就颇有点诸葛亮唱空城计吓退敌兵的风采了。你看，"真是钢珠耶！几粒像豌豆一样大小的钢珠，在唐飞肉乎乎的手心里，闪烁着冰冷的金属光泽"，表面上是在写钢珠，其实活灵活现地投射出马小跳们的内心世界来。短短一句口语化的"真是钢珠耶"，尤其是语气助词"耶"的使用，把调皮蛋们惊讶、害怕的心理活生生表现出来，是不是让人还有如同见到了这几个被吓傻了的孩子的感觉？那"冰冷的金属光泽"不仅仅是钢珠在闪烁，分明是马小跳们胆在战心在寒哪！看看这几个被吓傻了的孩子，他们在分别被唐飞"叫阵"时各自的心理反应也殊为有趣，都与他们不敢嚼钢珠的客观情形紧密相关：

张达不敢吃钢珠，虽然他的嘴巴很大，但是牙齿没有钢珠硬，嚼不动钢珠。

毛超更不敢吃钢珠，他的几颗大牙都是蛀牙，补过的，哪里敢嚼钢珠？

马小跳对唐飞刮目相看了，甚至开始崇拜他了，就像他崇拜张达可以在脑门上敲鸡蛋一样，他崇拜唐飞可以用牙嚼钢珠。

而唐飞嚼钢珠时一再发出的"嘎嘣嘎嘣"声，更壮大了他牙齿比钢珠还硬的声威。要知道，"嘎嘣嘎嘣"这个拟声词在小说中多次出现，它不仅仅是模拟唐飞们吃东西时发出的声音，还增强了作品的节奏感。比如，当马小跳们发现真相争吃钢珠（实则为日本的钢珠糖豆）时，那"嘎嘣嘎嘣"声就把孩子们瓜分糖豆时的快意情态和得意心理淋漓尽致地传递出来了：

还剩半瓶子的钢珠糖豆，被马小跳他们几个瓜分了，一把一把地扔进嘴里，嘎嘣嘎嘣！嘎嘣嘎嘣！

杨红樱描写人物的方法也许更多的是得益于传统小说塑造人物的手法，亦即很明确地指向人物的某一项突出特征，从而达到强化读者印象、突出人物外貌性征的目的。以《五·三班的坏小子》中的肥猫来说，"名如其人"，体胖自不用多说，且他的胖和爱吃有关，他的脸又宽又短，笑起来特别像猫，且有猫"偷腥"的行为——偷喝同学的水；《女生日记》中的鲁肥肥、《淘气包马小跳》中的企鹅唐飞也都是胖胖的、贪吃;《女生日记》中的精豆豆、《五·三班的坏小子》中的豆芽儿都是瘦瘦的，且都有点喜欢说大话吹牛皮的倾向;米老鼠形、性都如老鼠，个儿小，也胆小怕事;兔巴哥如兔子般跑得快;至于《淘气包马小跳》中的河马张达当然是像河马一样嘴大了，嘴巴虽大而说话能力有欠缺，倒也和他的外号相得益彰;猿猴毛超不但有猴子的精灵，言语行为也与猴子闲不下来的特性相关。他们上述种种指示着身份、性格、体态特征等信息的绰号，也格外具有一种美学意义:假如不叫豆芽儿而叫黄豆豆，不叫米老鼠而叫米奇，不叫兔巴哥而叫战小欧，不叫肥猫而叫鲁云飞……那么，这就会改变小说迷人的味道。而正是这种有意味的人物命名法，与有趣的故事、调侃的语言一道为小说的幽默起着推波助澜的作用，它能够凸显人物的某一个特征，当那些"坏小子"在外貌、行为、语言、个性上某一方面的特征被强化之后，就能够在一群气质、经历、成长背景相仿的孩子中间脱颖而出、被轻易地指认出来，有助于小读者更好地把握他们的体貌、性情。所以，这种人物命名方式体现出杨红樱在文学这个整体之下的细微部分上的煞费苦心，最终与其作品中的其他要素建立起充满张力的一致性，从而加重其小说的意义砝码、幽默味道。

为着都能够当上三好学生，毛超制定了一个得到众调皮蛋们认可的"你选我，我选你;他选你，你选他"的"四全其美"的计划。接下来，大家可就都在预支幸福了。以马小跳来说，还没开选，就在家里张扬着"我要当三好学生了"，在计划着应该把奖状挂在家里的什么地方合适了，在算计着该向家长要什么样的奖励了:"他想好一个，就在一张纸上记一个，已经记了大半张纸了。"马小跳的想当然和想入非非已经令小说充满滑稽味道了。在班级评选当天，四个调皮蛋以及主持评选的秦老师的外在表现和心理反应被杨红樱捕捉得异常准确，他们之间相互过招的举止、意味，令人喷饭。毛超积极举手推荐人选：嘴上"老师老师"叫着，身子"向前倾着"，"他的课桌都快被他掀倒了，手已经伸到秦老师的鼻子底下了"。毛超着急计划的付诸实施、自己能被尽早选上"三好"，是挺急迫的吧？可秦老师偏不理这个茬儿，不让毛超有提名的机会："秦老师偏不请毛超，她请了张达"。在张达提名毛超之后，秦老师觉出异样，所以会"看了一眼毛超"。而"毛超见他已经被选了，便不像刚才那么拼命地举手，只是漫不经心地举着手，秦老师反而请了他"。在毛超提名张达之后，"秦老师警觉的目光，在毛超和张达的脸上来回地扫着"。这种情势是挺逗的吧？马小跳聪明过人，洞悉到秦老师的微妙心理，明明自己心里很急，"表面上却装做不急的样子，漫不经心地举着手"，秦老师果然中计请马小跳了。在唐飞被提名后，情势已经不利于唐飞选马小跳了，结果就出现了逆转的情形："同学们都盯着唐飞，秦老师也盯着唐飞，唐飞本来是一直举着手的，但被他们盯得心虚，就把手放下来了"。接下来，任凭马小跳怎样暗示唐飞，"转过身来，意味深长地看"，还是"用他的背，撞唐飞的课桌"，唐飞都不敢冒天下之大不韪。马小跳再向毛超、张达求援："朝张达挤眉弄眼，又给毛超扔纸条"，是够忙乱的，但都无济于事。马小跳空欢喜一场，还前所未有地遭遇到了三个好朋友的背叛，他只能一个人躲在卫生间里暗自哭泣了。只是杨红樱总是拥有逆转情势的本领，让这个起始幽默中途有些悲戚的故事在后来再度爆笑。八字还没一撇，只不过是被自己人提了个名，张达、毛超、唐飞就都认为自己已经是名副其实的三好学生了，三个"三好生"的结果也可想而知。这种"种瓜得豆"甚至连"豆"也没得到的结果，在杨红樱作品中经常出现，是其故事产生喜剧效果的一个重要原因，也算得上是杨红樱叙事上的一个特色了。原本确定好的"四全其美"计划，因为朋友们的临阵背叛，变成了"三全其美"；气愤已极的马小跳当仁不让也是十分悲壮地与好朋友分道扬镳，发誓"道路朝天，各走半边"。不过，在好朋友们相继投其所好奉上心中最爱（唐飞送上漫画书，张达送上自动铅笔，毛超送上乒乓球拍）之后，势难挽回的事情立时出现了转机，调皮蛋们重又勾肩搭背起来。说分就分，说合就合，这就是小孩子间大起大落的友谊。能不让人捧腹？再一次情势的逆转，则是围绕着三好学生的举手表决。张达、毛超、唐飞原以为能"三全其美"，不承想却逢上同学们表决时的"三缄其口"，就是在自己人内部，也一再因为无人喝彩而出现窘况：表决同意张达当选的只有毛超，"张达满脸通红，连耳根子都红了，恨不得地上有条缝钻进去"；表决毛超时，"张达都忘了举手"；马小跳一再为此"笑死了"，到了表决唐飞时，"马小跳只顾笑，哪里还想得起唐飞是他选的？"再看唐飞言语、行为以及这背后心情迫切的反应，恰好和早先马小跳急着让唐飞选举自己时的心情相吻合：

"马小跳，快举手！"
唐飞急得在后面戳他的背。

在这里，小说出现了一次叙事上的回环，只是这一次唐飞的急于被表决与上一次马小跳的急于被提名在有"同工"之妙的同时产生"异曲"：早先马小跳的"急"是为着自己不能当选，现在唐飞的"急"则是为着避免无人喝彩遭人笑话的尴尬；早先马小跳的"急"中带着被好朋友背叛的落寞和悲戚，现在唐飞的"急"中带着被同学嘲笑的困窘和落魄。满以为登上了三好学生宝座的三个调皮蛋一下子跌入了谷底，洋相百出；而马小跳却因祸得福，先前未获提名而生的所有阴霾一扫而光，心中充满了对唐飞背叛自己的感激。一场在四个调皮蛋心目中早就想当然决出胜负的结局最终却完全出乎他们的意料，来了个彻底的命运大"翻牌"，最后的大赢家竟是起始尴尬但在最后笑得最美的马小跳。能不让人跌掉眼镜？

在《四个调皮蛋》中，杨红樱对几个调皮孩子的性征的描写，一律采取的是夸张的方式，这也正是基于对孩子阅读心理的掌握：

外貌描写主要突出他的某一点，表现人物更多的是通过语言、动作。"淘气包马小跳系列"中的废话大王毛超，我主要就是通过语言表现，十句话中有九句是废话。"河马"张达主要描写的是他的动作，他的语言是结巴的。唐飞就是贪吃，各种各样的吃。

杨红樱往往惯于突出人物的某一个特征，带有着漫画化的手法，童话意味十足，给人留下的印象也很深刻。看看她对张达嘴巴大这一体征的描述是怎样的：

张达的嘴巴像什么？像河马。可想而知，张达的嘴巴有多么地大。

在静态描写之后一定还嫌不过瘾，接下来是动态地书写张达的嘴巴大，同样很形象，而且是从吃汉堡包和吃薯条两个方面来强化张达嘴巴大的特征的：

他在肯德基吃汉堡，一般的双层汉堡包，他一口咬下去就是一半。就算三层的汉堡巨无霸，他也能一口咬下一小半来。还有，他吃薯条的时候，不是一根一根地喂进嘴里，他说那样吃，他心里着急。只有一把一把地把薯条塞进嘴里，他心里才不着急。

也正是在"嘴巴大"这个基本特征的基础上，张达其他与此相关的外貌以及性格特征都衍生出来：能吃，性子急；舌头大，因而说话含含糊糊；可张达又有点"智慧"，懂得扬长避短，在和伙伴发生纷争时，靠力气解决问题——"动手不动口"。再看"猿猴毛超"，"猿猴"的称谓似乎在提醒着他的精瘦、灵巧和外路精神，小说中，杨红樱更多抓住他说话上的啰里啰唆，他的那些废话不断叩动读者的"笑弦"。杨红樱在写深受马小跳喜欢的林老师时，也并没有花费笔墨去描述她如何漂亮，她懂得避实就虚地去描写一个漂亮老师，给小读者更多的想象空间。因为现实中的孩子太小，对女人构不成整体印象，全个儿地和孩子保持着心理上一致的杨红樱是通过分散的几处描写，让孩子逐渐形成林老师的模糊轮廓："林老师的嘴长得真好看，像两片红红的花瓣，弯弯的嘴角向上翘"，眼睛"最美丽最善良"，身上散发出来"淡淡的香味"。这其实正是她美丽、善良的迷人味道的流溢。

《同桌冤家》一书集中显现出杨红樱细节描写上的卓越能力。表现男女同桌之间战争的故事在杨红樱那里不时出现过，只是因为小学生的年纪、年级之差而"景观"迥异。拿《五·三班的坏小子》《女生日记》来说，夏雪儿和肥猫之间围绕着三八线展开的争斗，还有吴缅和南柯梦之间不知何故的争斗，都和他们的年龄特征有很大的关系。《同桌冤家》中，马小跳和路曼曼之间的争斗又是专属于他们三年级小男生小女生的。小说交代得有趣：他们可并非一开始就是冤家，在马小跳三岁上幼儿园起直到一年级时，还是很崇拜路曼曼的。可是到了三年级，特别是在路曼曼成为秦老师的帮手去管理监督马小跳时，他们之间的关系就变得异乎

寻常地紧张了。小孩子心理和人际交往中的变化甚为有趣，但又的的确确符合他们成长期中曲折多变的心理现实。再到后来，马小跳中了路曼曼、夏林果的激将法，更当上了班级里的纪律委员，处处以"我是纪律委员，我不管谁管"自居，耀武扬威地到处制造麻烦：管唐飞上课吃东西，管张达上课脱鞋子，管丁文涛发声时肚子有没有一鼓一鼓，管同学打喷嚏……在一系列的喜剧情节设计中，马小跳十足过够了"官"瘾。当然这个自命不凡的纪律委员因为自己没管好自己还到处制造麻烦而最终被撤职。杨红樱用到一些可能看起来比较"大"的词语，把小学生生活中的"小"大大地夸饰了一下，叙事的滑稽意味顿时油然而生。叙述者以"太平洋的警察"和"下岗"这样两个"大"的词语来说小孩子马小跳丢掉纪律委员职务这一"小"的事情，就带有着浓重的调侃味道。马小跳爸爸一直不相信马小跳当过纪律委员，按照马小跳的想法："我想将来总有一天，他会相信的。但是现在，你们把我的纪律委员撤销了，将来的一天没有了"，所以，马小跳要求路曼曼、夏林果去向马天笑先生证明自己的光荣历史。班级体育委员自告奋勇，却遭到他的拒绝："你不行，一看你就是一个小骗子，我爸爸不会相信你"。路曼曼、夏林果当面证实了这件事之后，马天笑的反应是过度的，正因为过度，而充满了动感：

　　马天笑先生和马小跳来了个热烈拥抱："儿子，你终于为老爸争了一回光。"

　　夏林果表示"这一届，马小跳成功地当满了"，"这一届"同样是一个"大词"，究竟时间有多长，实际上读者也对马小跳任职时间没有任何概念。马天笑的追问、夏林果的回答以及叙述人进一步的圆满解释都让叙事立刻灵动飞扬：

马天笑先生问："这一届是多长时间？"

"一周。"

算一算，马小跳当纪律委员，刚好是一周的时间。

"一届"只有超乎寻常的短短一周时间，且不说与领导人通常四年、五年的任期相比，就是在学生生活中的一学期相比，也是短得够可以的了，原本不知其详的读者在知道真相后能不喷饭？而小说到此戛然而止，留下的意味可谓悠长久远。

《同桌冤家》中，路曼曼为了拉选票当上学校大队委，还做起了同桌冤家马小跳的思想工作。为了不再让路曼曼管自己，甚至还想入非非夏林果能被派来管自己，马小跳暂时与路曼曼结成了"统一战线"，全力为她拉选票。为着确保路曼曼当选，马小跳还破费邀请唐飞们吃羊肉串，小读者都迫切地想知道唐飞们在吃了马小跳的羊肉串后有没有"嘴软""手短"。所以，《羊肉串都白请了》这一篇故事开门见山地就满足了孩子们的"求知欲"："虽然张达、毛超、唐飞一人吃了马小跳五串羊肉串，但他们还是没有选路曼曼当大队委"；在道明选举结局的同时也吊起了孩子们的阅读胃口——他们为什么没有选路曼曼？至此，杨红樱开始放慢叙事节奏，回溯投票选举过程，将个中原委细细道来。一般说来，孩子是喜欢快节奏阅读的，但这并不意味着孩子就不需要慢阅读。杨红樱对小读者的接受心理把握得很好，节奏快慢相济，该加速时绝不拖沓，该停顿时尽管饶舌。所以，尽管张达、毛超、唐飞都是以"在夏林果的名字前边画了个圈"的方式不约而同地"背叛"了马小跳，但杨红樱并没有把他们的行为放在一起说，而是分开来一个一个地说，这种复沓的叙述方式强化了叙事力度，增加了阅读的机趣，更重要的是，他们每个人的画圈就像是在依序给正做白日梦的马小跳一记又一记闷棍似的。同样是画圈，马小跳画给路曼曼的那个圈，"画得特别大，特别圆"，这里的潜台词有多丰富！马小跳的全部希望、憧憬都寄托在这又大又圆的圈上了。因此，不难理解，力挺路曼曼的马小跳在整个唱票过程中"比路曼曼还紧张，他头顶冒汗，拼命地向毛超挤眉弄眼"，这段描写非常生动恰当地表现了马小跳微妙的心理。

在选举结果出来后，故事出现了一个大幅的跳跃。"路曼曼是中队长，还得继续管马小跳"。它既是对夏林果当选为大队委事实的肯定与强调，也诉说了路曼曼落选大队委后的心有不甘和无奈，一面又暗示着马小跳与路曼曼的"战争"还将继续。这句话在整篇故事中起着承上启下的作用——选举以及因为此而出现的短暂和平已告结束，"战争"行将开始。"马小跳，下课不许去玩，把课文背三遍"，这不仅仅是路曼曼"继续管马小跳"的形象说明，还有如电影的切换镜头，"战争"取代了之前的暂时"和平"。路曼曼处处找马小跳的茬，拿他当出气筒，马小跳也伺机反扑，在路曼曼上课心猿意马之时捉弄了她一回，还不失时机地告了她一状，眼看着要大获全胜了，可是峰回路转，偏心的秦老师还是做不到"好而知其恶，恶而知其美"，最终将批评的矛头对准了马小跳，于是出现了令人啼笑皆非的场面：路曼曼不需为自己上课的思想溜号"买单"，"下了课，拿着马小跳的乒乓球拍打乒乓球去了"，欲打乒乓球而不得的马小跳却得为路曼曼上课的思想开小差负责，去站办公室了："马小跳想不通：路曼曼上课思想开小差，却要他马小跳去站办公室，还讲不讲理呀？！"结尾这一段话可不是可有可无，它是对这哭笑不得的结果中包含的无奈意味的深度发掘。杨红樱就是这样善于以巨大的反差制造幽默的情势和情境的，同时也借着秦老师的"伤心事件"为读者开启了思考之门：教育者到底应该怎样做到对学生一视同仁？

马小跳与路曼曼素来是同桌冤家，两个人的"战争"一直不断。

所以，当大队委票选过后马小跳发现路曼曼居然没来上学这一缺点和把柄时，他能不高兴吗？"哈，中队长也会迟到"，"哈，中队长也会旷课"，马小跳幸灾乐祸的心理（"每当马小跳发现了她的一个缺点，就会高兴得手舞足蹈"），还有那将心比心的"攀比"心理（"中队长还不是跟他马小跳一样有缺点"）同时跃然纸上。总算能够有机会学着路曼曼那样向秦老师打小报告，"反攻倒算"一把，既解恨又快意，小说如是写他去报告路曼曼旷课的严重情况的：

"秦老师！秦老师！"就像报火警，马小跳一路大呼小叫，来到秦老师的办公室，"路曼曼旷课了！"

"什么旷课了？"秦老师白了一眼马小跳，"人家路曼曼生病了，请了病假。"

杨红樱以同时具有视觉效果和听觉效果的略带夸张的语言，极力渲染了马小跳迫不及待向老师打小报告的心情。但接下来，马小跳幸灾乐祸的心理消退，惺惺相惜的悲悯心理上升，那是在他获悉了路曼曼生病之后：

"哦，路曼曼生病了？"

路曼曼和马小跳的恩恩怨怨、是是非非、疙疙瘩瘩，刹那间都在马小跳的心中荡然无存。马小跳的心中，现在牵挂的是路曼曼的病：她是发烧了？还是拉肚子了？因为他自己生病，不是发烧，就是拉肚子。

他推己及人地牵挂着路曼曼可能得了什么病，并主动提出去看路曼曼。秦老师随口让他"代表全班同学"，又使得他这个一向的平民老百姓飘飘然忘乎所以了：

秦老师还说了些什么，马小跳已经听不见了，他只听得见他的心咚咚地跳着，快从喉咙里跳出来了。马小跳长这么大，第一次做全班同学的代表。

所以，放学后，马小跳看见丁文涛和夏林果走在一起，"便抛下张达、毛超和唐飞，追了过去"，是急三火四地要表现一把？还是上进心、责任感上升的体现？他那让丁文涛和夏林果丈二和尚摸不着头脑的"还有我！还有我"，以及"让我代表全班同学"的再三声明，却又是再恰当不过地把马小跳受宠若惊、显摆炫耀的心理勾画出来了。当然，马小跳后来的情绪又急转直下，是因为在路曼曼家里屡受他这个同桌冤家的管制：先是被路曼曼要求背古诗二首，稍有不从，就被威胁记名，迫不得已开始服从管制——就是"背"的过程也是一波三折：

马小跳见路曼曼已经把小本子从书包里拿出来，赶紧拦住她："我背！我背！"

马小跳背了一遍，路曼曼说他背错了两个字的音。

马小跳背第二遍，路曼曼说他背得没有感情。

马小跳又声情并茂地背第三遍，感情丰富得过了头，还加了动作，夏林果和丁文涛都偷着笑，路曼曼实在忍不住，也笑了。

路曼曼让马小跳再一再二再三地背古诗二首，还鸡蛋里挑骨头——背错了音、背得没有感情，是挺刁蛮的吧？相形之下，马小跳是够委屈的吧？不过，小大人路曼曼还是有她板不住脸的地方，也会从作势威严到为着马小跳的声情并茂感情过头而忍俊不禁，还是不自觉地流露出她小孩子那本真的一面。马小跳因为担心继续被管而要离开，杨红樱在这里又适时地让路曼曼热情的奶奶出场留饭，马小跳也不得不为着要快点把路曼曼的病医好而委曲求全地留了下来。从"幸灾乐祸"到后悔不迭，再到"忍辱负重"，马小跳这一天当中丰富的心理内涵当然不是那三种颜色的心情卡所能代表得了的，而这些却全是在杨红樱那简洁浅白的语言的测量下，马小跳的心理被准确、传神且富有张力地"和盘托出"。

路曼曼对马小跳的管理相当严苛，毛手毛脚的马小跳被管得手足无措而且坐立不安，甚至连要回家的权利都没有了，路曼曼有她的足够理由："我奶奶要你留下来吃晚饭"。接下来，路曼曼还管着马小跳洗手，"押着马小跳到卫生间去洗手，她说要用洗手液洗三遍，用清水清洗三遍"，还管着马小跳吃东西：马小跳吃小西饼声音大了，不行，得重吃。马小跳将计就计吃了一块又一块，吃最后一块时没有发出一点声音，则完全是因为不想辜负夏林果的信任而"没用牙齿嚼，没用牙齿磨，而是含在嘴里，让它慢慢地化掉"。这点外人眼中的芝麻小事也许是无足挂齿的，但却被杨红樱咂摸得有滋有味，小事当中的不同人的性格特征也由此得到了淋漓尽致的显现。杨红樱懂得在哪里放开叙述，也懂得在哪里收束叙述，由此增强了小说迷人的风采。就譬如前面已经让马小跳几度在人面前炫耀自己是代表全班同学来看望路曼曼的，而在晚饭桌上，受到路曼曼家大人礼遇的马小跳"没喝酒都有些飘飘然了"，他甚至已经无视班干部路曼曼对自己的管束了："他不顾路曼曼一直拿眼睛瞪着他，起码在饭桌上炫耀了三遍：他是代表全班同学来看望路曼曼的，他来了，就等于全班同学都来了。"马小跳的得意忘形得到了最活灵活现的表达。

杨红樱在表现马小跳在不同人面前对自己"代表"的特殊身份的炫耀时，不同人的反应也都被杨红樱给予了足够的注意，耐人咂摸。比如说话办事都文绉绉、爱挑理的丁文涛：

"我是担心——"丁文涛吞吞吐吐，"你去了会不会加重路曼曼的病情？"

喜欢权力，又喜欢管马小跳的路曼曼知道后呢："心里就有点不舒服"；路曼曼奶奶热情好客，对马小跳本来就很欣赏，更何况还看到了马小跳之于路曼曼"病"的医疗价值，不光语言就是动作都是欢天喜地的，令读者在文字之外也仍然能延宕着阅读的喜悦：

"不用全班同学来，你一个人来就行了。"路曼曼的奶奶不停地给马小跳夹菜，"你来了，我们曼曼的病一下子就好了。"

也许正是马小跳太在意"代表"这个"官"的身份，所以杨红樱在《同桌冤家》中几度让马小跳过够了"官"瘾，在这当中，故事不断旁逸斜出，展开得妙趣横生。杨红樱懂得在什么地方"绕弯弯"和怎样"绕弯弯"，从而造成了强烈的幽默效果。马小跳当上了野炊小组长，"十分卖力地去找开会的秘密地点"，结果呢，"找来找去，找到男厕所后面的葡萄架下"。同桌冤家路曼曼当然要跟马小跳唱对台戏啦：

"不怎么样。"路曼曼总是和马小跳针锋相对，"女厕所那边也有葡萄架，我们也可以上那边去开会。"

夏林果做和事佬："我们不在男厕所这边开，也不在女厕所那边开，我们另外找地方开。"毛超自告奋勇要选择一个新地方："我知道个地方，不仅风景优美，而且还绝对隐秘"，于是"带领着他们，一路小跑"，找到坐落在一片小树林中的"豪华气派的仿古建筑"，可是怎么样呢?

"这是什么地方呀?"夏林果看见了那座建筑物的标志是 W.C.,"怎么还是厕所?"

大家都想要避开厕所这个隐秘地点,可是找来找去,还是绕不过厕所。这本身就够引人发笑的。至于当上小组长的马小跳,先是官腔十足地要谈自己为什么当选("你们为什么要选我呢? 我知道有以下几方面的原因……"),又要大讲"这次野炊活动的意义",这分明是一次儿童对成人社会里"官"的行为、心理、语言的"戏仿",当然更有趣了。他的"官僚"作风好歹被毛超、唐飞们打断,言归正题讨论野炊做什么吃,结果呢:

大家七嘴八舌,起码说了二三十个方案,又否定了二三十个方案。最后都想不出来了,又把球踢给马小跳。

"马组长,你说吃什么就吃什么。"

其实马小跳早就想好了,只是做领导的,先要充分听取群众的意见,最后再一锤定音。

马小跳最后一锤定音:吃麻辣烧烤串串香。

马小跳懂得"为官之道",懂得在什么样的情形下统领全局、一锤定音。同样,杨红樱也洞悉当了"官"的马小跳的特殊心理,懂得怎样恰到好处地揶揄一下他。比如每个野炊小组的东西,无论是生是熟,被拿到马小跳这里后都会变成麻辣烧烤串串香:

每个野炊小组的东西,生的、熟的、半生不熟的,都搜集起来,拿到马小跳这里,变成了麻辣烧烤串串香。

　　每个人都吃得很饱很饱，只有马小跳吃了个半饱，他一直在指挥，指挥别人烤，指挥别人吃，他不愿意把当组长的时间，都花在吃的上面。

　　看看马小跳，在"一步登天"之后充分利用时机展示自己的领导魅力，对权力太恋栈了吧？接下来，杨红樱还有一处心理分析呢，其实也是融合了自己对马小跳这个小"公仆"的议论："这当组长的时间对马小跳来说，既短暂又宝贵。到明天，他就不再是组长了。"马小跳果然是有点私心的，也是想充分过一把"官"瘾的。而且，从小说的叙述来看，有着很明显的对成人事务、举止的模仿，这令小说本身就像儿童的"过家家"游戏一般，非常巧妙地把游戏精神融合在其中。在"马小跳"中，杨红樱往往喜欢以一种夸张、戏仿的方式把孩子的生活表现得灵动无比。孩子们身量、心理上的"小"和对成人模仿时外在言动表现上的某种不对称的"大"，这之间的反差本身就引人发笑。我们甚而能在叙述者不动声色的讲述中体味到杨红樱在洞

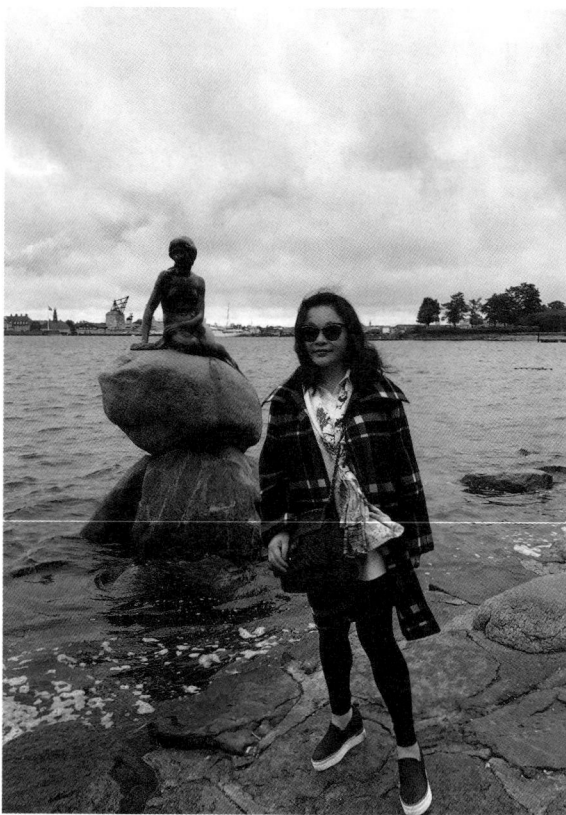

杨红樱在安徒生的故乡"海的女儿"像前

察到小孩子心理活动蛛丝马迹时的超然与自得。

到后面，班级开始总结这次野炊活动，马小跳的烧烤组为什么能取得这样的好成绩，不同的人说不同的话：丁文涛是班干部，他会强调大队委夏林果、中队长路曼曼的功劳；夏林果对张达崇拜，当然强调负责烧烤的张达的作用；同桌冤家路曼曼强调了烧烤组中每一个人的功劳，唯独将马小跳排除在外；超级崇拜马小跳的安琪儿倒是念念不忘马小跳："是马小跳说的要吃麻辣烧烤串串香，所以没有马小跳，就没有这个美食一等奖"。同样的，在是否评选马小跳为最佳野炊小组长上，不同阵营中的人依然会说不同的话：作为烧烤组对手的丁文涛会强调马小跳的违犯纪律——"老师说不准串组，马小跳就串到我们这组来了"；路曼曼则强调马小跳的游手好闲——"把别人指挥得团团转，他自己却什么都不干"。事情发展到此，似乎马小跳当选"最佳"已经没戏了，但是我们依然能看到杨红樱叙事上"扭转乾坤"的能力。左右为难的秦老师提出举手表决：

"那就举手表决吧！"秦老师只有这么一个办法了，"同意马小跳当最佳野炊小组长的同学请举手！"

齐刷刷地，秦老师的眼前竖起一片手的森林。马小跳没想到的是，这里面有丁文涛的一只手，还有路曼曼的一只手。

全班通过。

不光是马小跳没想到，就是读者也会有些意想不到吧？一切是那么出人意料，但一切又是那么顺理成章。马小跳的当选"最佳"充满悬念，但又在嘈嘈杂杂的议论声中有惊无险，如同过山车般，否定之中有由衷的肯定。或者说马小跳"毛病"之外的某种魅力和功劳折服了同学们。我们得以见证杨红樱发展故事、操控叙事的能力。

《漂亮女孩夏林果》同样如此，从小说的整体结构来看，可谓首尾一致、珠联璧合，有一种内在的完整性和对应性。小说开篇是写马小跳欲和夏林果同桌却不得，他的这个想法被秦老师知道并被视作危险信号，秦老师特意把他找去挖思想并定性思想不健康；到了小说结尾，马小跳和夏林果两个小男生小女生为着照顾一只猫，而走得比较近，秦老师觉得情况已经比较严重了，把夏林果找来挖思想。不过，从夏林果被挖思想后的反应来看，她可并没有被秦老师的"预警"喝止住脚步：

夏林果我行我素，马小跳也我行我素，为了一件共同的事情，他俩该在一起就在一起，该去超市就去超市。时间长了，那些说三道四的人也不想说了，秦老师也不想管了，张达、唐飞、毛超也不再眼红了。马小跳还是那个马小跳，夏林果还是那个夏林果，只是在许多男生女生心目中，夏林果的魅力又增添了几分：她不仅仅是个漂亮女孩，她更是一个有脾气、有性格的漂亮女孩。

这里当然是肯定夏林果和马小跳关系的纯洁性，所谓"身正不怕影子歪"。我们应该记得，小说开篇对夏林果的描写有些"抑"，而到结尾则明显出现了"扬"的迹象，小说结构上的这种起伏变化是和夏林果由"漂亮女孩"到"有脾气、有性格的漂亮女孩"的形象演进相关联相始终的，并且紧紧扣题。从杨红樱对夏林果的描写和潜在的称赏来看，我们似乎也能品出杨红樱心性中的某些东西：在现实生活中遇到某些批评者罔顾事实、不负责任的批评时，杨红樱的泰然处之、不为所动是不是也投影到了夏林果的"我行我素"上了呢？

马小跳想与夏林果同桌，一则是夏林果漂亮，"爱美之心，人皆有之"，二则是因为夏林果"目中无人"——与路曼曼同桌，令马小跳"暗无天日","如果夏林果是马小跳的同桌，她的眼睛里根本就不会有马小跳，马小跳想干什么就干什么，干了什么也不用担心秦老师知道。"结果这个想法被秦老师知道后，对男女关系异常敏感的秦老师开始了最细致的工作——挖马小跳的思想了。而杨红樱注意采取对比的方式来写秦老师挖出思想前后的态度不同来，以强烈的反差造出了幽默的效果。

在挖出马小跳思想之前，秦老师是和风细雨、循循善诱：

"马小跳，"秦老师的声音比平时温柔，只有用温柔的声音，才挖得出思想来，"你跟秦老师说，为什么想跟夏林果同桌？"

在挖出来马小跳的思想后，秦老师是暴风骤雨、义愤填膺：

秦老师已经把马小跳的思想挖出来了，说话的声音便没有刚才那么温柔了。

"马小跳，还真看不出来，你小小年纪，思想竟这么不健康！"

接下来，是叙事人加入自己对"不健康"的两种表现的评价：

身体不健康，就是身体有病；思想不健康，就是思想有病。

马小跳难免讳疾忌医认为自己很"健康"，就此和秦老师出现了思想上的交锋：

马小跳说："我思想没有病。"

"你还说没有病！"秦老师提高了嗓门，"你才多大呀！你就喜欢人家夏林果！"

结果，秦老师又是写信请来马天笑先生，又是把夏林果调了座位。这一切的表现都显得太过敏感了。其实，秦老师大可不必紧张，马天笑说得多好："其实，我在读小学的时候，好像也喜欢过一个女孩子，只是在心里喜欢而已，也没出什么事儿。现在要想起来，童年时代的这种情感，特纯真，特美好……"在马小跳"接近"和"关切"夏林果的过程中，路曼曼、丁文涛两个班干部兼小大人和秦老师一样卫护着"道义"，时时防范着"不安好心"的马小跳，弄得"马小跳真成了没安好心的黄鼠狼，夏林果真成了需要保护的小鸡"。叙事人在讲述这一切搞笑的事情时有意识地把这一切说得很严重，造成了笑果。后来，夏林果为着给自家的猫找一个好的暂时所在，先后向张达、唐飞和丁文涛求助，可是三个人都以不同理由拒绝了她：张达怕猫；唐飞家的猫是贵族猫，会对夏林果的猫有歧视；丁文涛则嫌寄养时间太长。有趣的是，马小跳闻讯后，主动向夏林果请缨，这时夏林果是相继以张达、唐飞和丁文涛的理由来"刁难"马小跳，可是马小跳均"不依不饶"，夏林果只有恭敬不如从命了。围绕养猫的事情，杨红樱在叙述上注重结构、情节、人物性格、语言等各方面的鲜明对比和重复，也突出了马小跳的重情重义。

《小大人丁文涛》中，安妈妈在期中家长会上对好学生丁文涛的羡慕溢于言表，有声有色：

这一次的家长会，因为丁文涛有开创"积善银行"，并且还上了电视这么两档子事，秦老师几乎每说上三句话，就有一句话是说丁文涛的，听得安琪儿妈妈好羡慕啊！嘴里不停地发出啧啧啧的声音，就像小鸟叫。

"啧啧啧！"

"啧啧啧！"

这样的声音已经影响到秦老师讲话了，她停了下来，环顾四周，她以为谁在跟她捣乱。没有发现这个捣乱的人，秦老师继续往下讲，一讲又讲到丁文涛，啧啧的声音又响起来，秦老师也明白过来，这是赞叹声。

安妈妈悄悄地问她旁边的家长：谁是丁文涛的家长？

旁边的家长悄悄地指给安妈妈看了："就是那个满面红光，腰板挺得直直的人。"

很明显，杨红樱可没有直接跳出来对秦老师、安妈妈、丁爸爸进行评点，而是通过细节描写委婉而巧妙地表达着自己的态度的。这就令看似平淡的讲说变得富有意味。看看，秦老师每说三句话，就有一句是表扬丁文涛的，有的时候甚至自己都浑然不觉，这个老师当得是不是太偏心了啊？安妈妈每听到和丁文涛有关的话，就"啧啧啧"地积极响应以至于影响到了秦老师的讲话，安妈妈对丁文涛有多欣赏有多羡慕，该体会到了吧？小说中还三番五次地写到丁爸爸的"满面红光""腰板挺得直直"，为儿子骄傲的丁爸爸是有些得意得过了头吧？还有，小说的语词选用和场景描写不动声色地把安妈妈作为丁氏父子"粉丝"的情形和五体投地的心理表露无遗：

家长会一结束，安妈妈就勇敢地来到丁爸爸的身边，她紧紧地握住丁爸爸的手："你教育出这么优秀的孩子，真是可喜可贺啊！"

安妈妈热情得让本来就满面红光的丁爸爸，更加满面红光。

"哪里哪里！同喜同喜！"

丁爸爸说的是场面话，他想从安妈妈的手中抽出自己的手，安妈妈还紧紧握住不放。

"你一定要给我讲讲，你是怎么教育出丁文涛这么优秀的孩子的？"

这个问题太大了，丁爸爸三天三夜都说不完。就这个问题，丁爸爸是要写书的。他都计划好了，等丁文涛上了国外的名校，他就开始写这本书。

"这个问题，说来话长。"丁爸爸跟安妈妈打太极，"我们以后再聊！以后再聊！"

丁爸爸不肯这么早就把他的育儿秘诀，透露给安妈妈。

"丁先生，我还有一个请求——"安妈妈还是握住丁爸爸的手不放，"我能不能请丁文涛到我们家去玩？"

丁爸爸想尽快摆脱这位过分崇拜他的女家长，只好满口答应。

安妈妈"勇敢"地出现在丁爸爸面前，"紧紧地握住丁爸爸的手"不放甚至于丁爸爸这样的大男人都无法抽出手来，还一再实心实意地讨要"育儿秘诀"。安妈妈的热情和羡慕之情跃然纸上。而丁爸爸在这当中的"受用"和难以摆脱安妈妈热情时的不堪受用，还有早早就订立好了育儿秘诀的写书计划以及推而广之的设想，还有不想过早把秘诀透露给某一个体的"私心"，还都让我们体味出了丁爸爸的商业头脑、专利意识和超前思维。结合着前面我们对丁爸爸行为、言语上做张做致的了解，这个在单位里做大官的家长是不是浑身上下都是戏？杨红樱对丁爸爸、安妈妈两位比较讲求功利化的家长在看似平淡的描写中暗含着褒贬。

《七天七夜》中，歌曲《你笑起来真好看》是孩子们的课间操乐曲，可也是小说中的重要道具，关联着张达笑脸的消失和重现；张达在后来以一曲《小小少年》诉说了自己的心事，同时照亮了划车者阴暗的心。小说在歌曲选用上显然透着精心。"是男子汉，就要笑傲江湖！"张达爸爸勉励儿子时说的这句话，可谓言简意赅，小孩子看了立刻能领会其中真意并过目不忘。简洁扼要的表达，蕴含着杨红樱对男孩子成长为真正男子汉的期许。《妈妈我爱你》中，安琪儿把自己珍爱的童书放到马小跳家里保藏，小说结尾，安琪儿悄悄告诉病房里的小病友自己还有好多童书在马小跳家里："等我长大了，马小跳会把这些书还给我。"小说这个结尾语不惊人，但却能触动人内心最柔软的地方，耐人回味。《光荣绽放》中，马小跳从宝贝儿妈妈那里获取了煮香米饭的诀窍，当竞争对手安琪儿向他学习煮饭时，马小跳在稍稍犹豫之后，把最关键的一步秘诀毫无保留地传授给了安琪儿。这一处细节描写同样真实而温暖，很好地拿捏了小孩子曲曲弯弯的心理，传递了很多有意味的东西。

杨红樱说过作文当中细节的重要性："细节就像一颗颗珠子，作文就是一颗颗珠子串起来的，好看、生动，能吸引人往下读。所谓的生动形象都是细节描写，没有细节就干巴巴的。"在"淘气包马小跳系列"中，小说出场人物众多，他们都能鲜活质感地出现在读者面前并且获得大量的粉丝，他们的长相、个性、爱好、精神等独特之处能够被小读者如数家珍般地一一识别出来，就完全靠的是杨红樱出神入化的细节描写。

七、让书写无限延伸

在书写"马小跳"时，杨红樱并不单单局限于马小跳一个人的童年生活表达，而是以马小跳为圆心，逐渐将写作触须向马小跳的家人、同学、老师乃至社会网状伸展的。大体而言，从《贪玩老爸》到《疯丫头杜真子》这前十二部"马小跳"还都主要是在塑造人物形象和铺设故事格局，当这一切都布置完毕，接下来就是更有格局、更有力度、更游刃有余的思考和写作了。从第十三部《寻找大熊猫》到第三十部《光荣绽放》，杨红樱的写作路径越来越宽，眼界越来越广，已经从单纯对儿童日常校园生活和家庭生活的书写逐渐过渡到了更多富有意义的话题的表达。也正是在这种题材的积极拓展中，

杨红樱和《冒险小虎队》的作者布热齐纳在一起

杨红樱让马小跳的童年和与之相关的社会生活之间建立起了非常丰富的联系，中国儿童生活的方方面面，具有典型意义的少年儿童形象的书写，五光十色的社会和人性的呈现，都丰饶了小读者对大千世界的认知。当"卷纸筒""玻璃镜""彩纸屑"等基本元件都一应俱全并成功组接完毕，则接下来万花筒般的美丽世界就此打开是确凿无疑的了。在杨红樱不疾不徐有声有色的叙述中，一切春风化雨，点滴入土，润物无声，曲径通幽，那柔情的文字、娓娓的叙说、冷峻的幽默，道出一切成长当中不可不知的"大"道理，带给孩子心灵的愉悦，激发成人严肃的思考。而杨红樱写作"马小跳"的良苦用心也在这种有温度、有深度和有高度的书写中得到了最有效的表达和体现。

在结构马小跳的故事时，杨红樱注重"对称性"和"延展性"的书写。比如在写到马小跳的家人时，有"贪玩老爸"，就有"天真妈妈"，还有洋里洋气童心完好的"丁克舅舅"，既然有"淘气包马小跳"，就会安排一个女版的马小跳——"疯丫头杜真子"，再以一次"暑假奇遇"让马小跳乡下的爷爷奶奶也都登场，还会加上对其他朋友亲人的延伸书写，"唐家小仙妹"就会伴随着生育政策的调整而适时登场；在写到马小跳的几个有特点的同学时，既有传统意义上的智商高、听老师话的"好学生"，如"同桌冤家"路曼曼、"漂亮女孩夏林果""小大人丁文涛"，也有不被传统认可但实质上有情有义的好孩子如"笨女孩安琪儿""四个调皮蛋"，"四个调皮蛋"的淘气包组合让淘气包马小跳不再孤单，而且淘气包们有土有洋，"名叫牛皮的插班生"会适时出现。在整个"马小跳"系列中，令马小跳惧怕三分的秦老师当然是重要人物，但也会有令马小跳特别着迷的教科学课的"轰隆隆老师"、教美术课的林老师、率先开设劳动课让孩子们"光荣绽放"的高歌老师，还有一个受调皮蛋们喜欢的"奔跑的放牛班"的课外音乐老师慕容老师，他们都因为懂得欣赏孩子和尊重孩子生长规律而受到孩子的欢迎。而且，既然有一个老校长是老脑筋的秦老师的支持者，就还会有一个"开甲壳虫车的女校长"摩登上场、锐意出新，为孩子捍卫童年……当然，这种"对称性"还只是就人物、情节、结构等而言的，更重要的是，不但马小跳的学校生活、家庭生活由此得到关注，其足迹还得到了及时延伸，所以会有他暑假亲近大自然的探险生活（《暑假奇遇》《寻找大熊猫》），有兴趣和爱心的体现（《宠物集中营》《忠诚的流浪狗》），有参加课外活动的书写（《超级市长》《跳跳电视台》《奔跑的放牛班》《白雪公主小剧团》《樱桃小镇》《光荣绽放》），有对真相的不懈探掘（《巨人的城堡》《侦探小组在行动》《孔雀屎咖啡》《和鹦鹉对话的人》）……一些突发事件还会在这个系列中得到及时书写，如《小英雄和芭蕾公主》就是对汶川地震这一天灾的表现，小说"拿来"了生活原型小英雄们地震中救人和地震后走出心理阴影执着追求理想的经历，但正面展开的仍然是活蹦乱跳的孩子们的日常生活，在前台活跃着的还是日常生活中的真实孩子，他们依然保持着平常心，依然童言无忌、口无遮拦。而且，在表现灾区儿童精神面貌上，主要关注的是因天灾而致残疾的孩子们的心理健康问题：小非洲失去右手，但自始至终对自己的未来有着乐观情绪；芭蕾公主失去左腿，从抑郁寡欢到走出心理阴影实现自己的芭蕾梦想，靠的是同伴的友情和成人的热心帮助。

杨红樱提到过古典名著《水浒传》写作上的一个特点："《水浒传》有108将，会一个一个出来，而且每一个新人物出场，都会有非常精彩的铺垫和描写。"《淘气包马小跳》的写作也是如此。比如《寻找大熊猫》中，基于对孩子阅读心理的了解，杨红樱在写作中一直比较注重叙述的节奏。我们不难发现，她作品中的静态描写比较少，更多的是通过有力度，视觉性、听觉性强的语言、动作来表现人物。在开篇《蓝眼睛温迪》中，唐飞变得像毛超一样喋喋不休，是因为他一门心思想让他喜欢的杜真子去成藏龙山，而有可能被"挤"掉的马小跳则要力争"胜出"。所以，到底谁最终能拿到去藏龙山的"车票"，这不仅是唐飞、马小跳所关心的，也是小读者急着知道的。由此，这篇故事的叙述节奏一直比较快，杨红樱着眼于这场"纠纷"的谁胜谁负，当尘埃落定，读者都松一口气时，杨红樱才放慢了节奏，让我们注意起温迪这个已经在前面出场却很容易就被我们也包括马小跳忽视了的女孩，这个对马小跳"进山"握有决定权的美国女孩到底是怎样一个"神圣"。在对温迪的外貌描写上，杨红樱只突出了她的一个特征，那就是她的眼睛、她眼睛的蓝色。杨红樱用了一系列生动贴切、很容易让人产生联想的比喻，说她的眼睛像"蓝色水晶球"，像"波光荡漾的海洋"。这里没有艰涩的词语，也没有让人摸不着头脑的喻体，甚至杨红樱还有更简洁的进一步的描述："凡是蓝色的、善良的东西，都可以用来比喻温迪的眼睛"。这充分考虑到了小读者的接受特点，能充分唤起人的想象，而小读者也很容易就像马小跳那样牢牢"记住了她的眼睛"，以及由她这扇心灵窗户反射出来的内心的善良。

小说开篇，正是在 Miss 张的暗中帮助下，马小跳的幽默感被美国女孩温迪所认可，从而开启了寻找大熊猫之旅。这次旅程也是马小跳认识温迪并和她逐渐熟络起来的过程，两个有着不同教育背景和成长经历的孩子在这次旅行中不但相互熟悉，也因为文化差异而不断出现一些小小的"碰撞"，这些"碰撞"恰恰是生活中最有意味和情趣的东西，从而带给读者轻松的阅读感受。初次见面，有点腼腆的马小跳注意到温迪看自己的时候，"目光马上闪开了"。温迪也正是在这次旅行中不断体会到马小跳的幽默感，会因为马小跳的诗情才艺、会因为他的丰富想象力而不断大大方方地向马小跳表示出友好的行为来：经常迅雷不及掩耳地吻马小跳，弄得马小跳"无地自容"，甚至会"使劲推开温迪"，强调"女生不可以亲男生"；看到"抗议"无济于事，马小跳就会在自己的语言、行为得到温迪的认可之前预先逃离开温迪的"亲热"。有意思的是，到了小说结尾，当马小跳把精心准备的礼物送给即将回国的温迪，马小跳倒是大大方方地接受了温迪的友好表示：

这一次，马小跳没有躲开，他接受了温迪的拥抱。这是他第一次心甘情愿地接受一个女孩子的拥抱。他心里想的是，反正她要乘飞机走了，老拒绝人家的拥抱，显得咱中国男孩没风度。

看得出来，从拒绝拥抱到接受拥抱，马小跳的情感、心理、礼仪、举止等也都在这次旅行中不断地丰富，得到了历练。至于马小跳赠送给温迪的礼物是什么，杨红樱有意把这谜底放到了最后来说，这不但再次验证了马小跳的幽默感和独具匠心的想象力，也让这本小说煞尾时"余音绕梁"：

这是马小跳在藏龙山的竹林里捡到的一堆十分完整的熊猫屎，散发着竹子的清香。没有消化的竹屑排列得整整齐齐，那形状更是巧夺天工，远远看去，绿得有深有浅，犹如一块巨大的翡翠。

对马小跳来说，这堆熊猫屎真的像绿翡翠一样宝贵，所以他把它送给温迪，让她带回美国去。那些见多识广的美国人肯定想不到，这能给人许多想象的艺术品竟是一堆熊猫屎！

啊哈！

小说早先已经交代了马小跳、唐飞、温迪等第一次见到熊猫屎时的由衷喜悦和喜爱之情。到了小说结尾，熊猫屎成为中美两国孩子之间友谊的见证，这也是在和前面照应。还有，"啊哈"是不是已经把马小跳因为别出心裁而得意甚至作为一个淘气包而具有的心态全部表达出来了呢？

《开甲壳虫车的女校长》中，主人公欧阳雪的出场颇能显出杨红樱的艺术匠心来。小说开篇，马小跳对小伙伴们信口开河有一件"重要的事情"要宣布，到了约定的时间地点，马小跳为着转移同伴对"重要的事情"的注意力，让唐飞们关注一辆很别致的甲壳虫车，而此时，"重要的事情"真就出其不意发生了：欧阳雪这个开着这辆甲壳虫车的女校长走进了孩子们的视线。乐于助人的孩子们帮助了正陷入困境的女校长，因此还迟到挨训被秦老师误解，也因此孩子们会念念不忘这位戴珍珠项链的女人能出现并为他们洗雪"冤屈"；而传闻中即将到任的女校长究竟何许人也，也一直在吊着孩子们的胃口。直到小说进行了三分之一的篇幅，马小跳们才终于有机会把新校长与他们最早见到并施加帮助的戴珍珠项链的女人"对号入座"。欧阳雪"吞吞吐吐"的出场方式令故事充满了"变数"，也成为吸引小读者往下阅读的强大动力。

在《侦探小组在行动》中，重要人物老杜的出场同样很精彩。老杜的现身完全是落在孩子们的眼眸里的。爱饶舌，也爱咋咋呼呼的毛超是从老杜的行踪上觉出这个人的可疑的，所以毛超"做出很诡异的样子"，让伙伴们把耳朵伸过来。别的几个孩子为着避免打草惊蛇，也都有着很个性的观察方式：马小跳是"蹲下来，假装系鞋带"；唐飞是"假装挠后脑勺，把头偏过去"；张达"假装东西掉了，回头去找"；黄菊是典型的女孩子，要比前面几个男孩的"装腔作势"更聪明委婉一些，她是"掏出身上的小镜子，从小镜子里找到那个人"。几个孩子是从不同敏感带和各异的角度出发对老杜产生了不同印象的，合拢在一起也就恰好形成了老杜的全"像"：穿 T 恤，秃顶，啤酒肚，红鼻头。小侦探们是以"假装"的方式来观察老杜的，老杜也以牙还牙来反侦察："假装东张西望，仿佛在寻找什么"。两方面"假装"对"假装"，再加上马小跳他们的突然"大转身"和"什么人"的诘问，孩子们和老杜"过招"时暗斗明争剑拔弩张般的架势为小说增色不少。借孩子们之势推出老杜的外貌，显然要比由杨红樱直接描绘出来更巧妙更生动，而让老杜的外貌"动"起来也更会给人留下深刻的印象："他不笑时，脸上一条皱纹都没有，是一张婴儿脸；笑的时候，满脸的皱纹像盛开的菊花瓣。"老杜表情的丰富性和独特性足以让人对他那张"变脸"过目不忘。在和孩子们的语言交锋中，老杜这么一个大男人不再躲躲闪闪，讨好的言语、谦卑的态度和知趣的行为中处处表现出来对侦探小组领导的服帖和逢迎，极大地满足了小侦探们的虚荣心，让自命不凡的孩子们从最初的存有戒心到后来"动了恻隐之心"，老杜和孩子们刚开始的紧张关系全然化解，他被接纳成为侦探小组的一员，也就顺理成章了。在接下来对保安的询问中，老杜"比谁都急""比谁都较真""大吃一惊"的诸般情态和显着思虑深熟沉稳的问话以及"我必须来"的表态，都述说着老杜不同寻常的来头和可能的隐情，同时杨红樱又以此在为后面故事的发展蓄势铺垫。仅从这些遴选的片段来看，杨红樱的表达就是非常充满动态的，在活泼生动的表达中把马小跳这样一个活泼好动、言谈举止中充满着幽默感的孩子活生生地呈现在了读者的面前。我们可以注意到，正是因为儿童绵密细微的心理变化都被杨红樱敏锐细致地捕捉到了，小读者在阅读杨红樱的作品时会产生"深得我意"的快感。而在这"意"的开掘中，杨红樱并没有用什么艰深华丽的语言，只是以其运用得烂熟于心的浅语、以其灵动多变的叙事手段、以其对儿童心理的洞若观火和对成人社会的某种戏仿，就达到了出神入化的境地，这种驾驭语言的能力和布局谋篇的巧妙本领实在令人叹为观止。

以《疯丫头杜真子》来说，杨红樱就全力抓住她"疯"的特点大事渲染。小说刚开始，马小跳爸爸在跟马小跳提到杜真子时难以启齿、吞吞吐吐："马小跳，有一件事情……唉，还是宝贝儿妈妈讲吧！"宝贝儿妈妈说话时附加了安抚动作，"手就在他的脊背上摸来摸去，像对付不好对付的猫一样，希望这样能把马小跳安抚下来"，这就做好了一定的铺垫，已经暗示出即将出场的杜真子会是一个难缠的"主"，善者不来嘛。接下来果不其然，杜真子这个不善的来者"一进门便大呼小叫"，一句修饰性的"最最亲爱的"，足以让马小跳爸爸妈妈心生温暖了；而看见马小跳时神情的变换（"眼睛一闭，嘴巴一撇"），外加一句简洁的"讨厌"，让人看到杜真子的"爱憎分明"。很明显，杨红樱在对杜真子进行描写时脑海里活跃着的一定就是这样一个动感十足鲜活立体的动漫女孩儿。论起来，杜真子和路曼曼都是马小跳讨厌的对象，因为她们都挺霸道。可同是霸道，杜真子和路曼曼还大有不同呢。后者有章法可循，只动口不动手，使用语言暴力，向老师打小报告，借"师"发威；杜真子则是双管齐下，动口又动手，自己解决问题，不借助第三方力量。因为马小跳出言不逊"想气死"自己，遂尖叫着扑去，一旦扑空而吃了亏，还挺"识闹"的，不愠不恼，没事人似的继续与马小跳"商量"自己的住处；一旦不称自己的心，不必下情上达，更无须商量，便强行入住马小跳的房间。言语中"本小姐"长啊短的，就透着傲慢与不逊；把马小跳的东西"嘭嘭嘭"都扫地出门，大大方方、泼泼辣辣，巾帼不让须眉。"砰""嘭""啪"几个模仿关门、扔东西、贴告示的拟声词的使用，把杜真子做事麻利、动作迅猛的风风火火劲头全恰如其分地表现出来了。这样一个疯劲十足的动感女孩能不让人把她牢牢记住？这场两个人的战争本来就够幽默了，杨红樱一定还嫌味道不够，又撒了点"味精"：天真妈妈对于马小跳落脚地方的表态还差强人意，有那么点人情味儿——"如果你不愿睡沙发，睡在书房里也行"；可贪玩老爸一句"如果你在灯光的照射下也睡得着的话，你就在书房里睡吧"，这无异于雪上加霜，就只能让马小跳老老实实在沙发上安营扎寨了。马小跳的无奈落寞不正好衬托出杜真子的"嚣张"得意了吗？所以，疯丫头杜真子的到来，对马小跳来说，无异于"狼来了"。本是主人的马小跳在初次与客人杜真子的交锋中，就已经落了下风。在后来的交锋中，风风火火的杜真子还管着马小跳第一次喝下一大杯牛奶，还把自己梦游中的无意行为诸如撞倒椅子、踩上粘鼠板等都算作是马小跳惹的祸，甚至公开抱怨马小跳破坏了家庭的完美，她的确是有那么些不讲理，不过，她的有情有义又是有目共睹的：渴望做有情调的女人；路上看到不相识的小女孩为妈妈募集做手术的钱，不但自己倾尽所有，还带动马小跳们一起向行人募集善款；跟丁文涛比赛成语接龙，实力和狡狯共同作用，战胜了这个不可一世的成语大王；为害病的笑猫跑前跑后……

小说中还写到了杜真子与四个调皮蛋的"过家家"游戏，他们现学现卖，即兴发挥演出《白雪公主》的童话，按照自己的理解"篡改"了原作——小矮人都可以升格为王子，但是他们的童真和各异的性格令这出游戏横生了许多妙趣，孩子们的身份在游戏（幻想）和现实中来回穿梭。尤其是杜真子，她以宝贝儿妈妈的高跟鞋和婚纱来装扮自己，懵懵懂懂也自以为是地做着公主梦，憧憬着童话中的白马王子，出演起角色来也半真半假：吃苹果、喝可乐，似乎是"剧情"所需，但也是她放胆吃喝的正当借口；对几个男孩子颐指气使，稍有不满，就踢一脚或者将药水喷口而出，与她的"疯"劲儿正相般配。马小跳呢，因为反感杜真子而屡屡蓄意破坏，假戏真做"恶搞"杜真子，却总是事与愿违，还不得不假戏真做，对杜真子俯首帖耳奉上可乐。张达笨嘴拙腮，说话就尽可能言简意赅；唐飞贪吃本色不变，看到杜真子吃苹果，一再"溢"出角色——"我也要吃苹果""没有毒！我看见她从冰箱里拿出来的"，完全忘了"我"的角色。毛超争当王子，在与唐飞打口水仗后，演戏颇为卖力，每每在游戏难以为继时"力挽狂澜"。四个"小矮人"在玩中还得实实在在地听从杜真子的安排去擦地板，杜真子在玩中要真真实实地一展厨艺（做土豆沙拉），说的台词却充满抒情色彩——"当太阳落山的时候，当鸟儿飞回树林的时候，你们就可以收工了"。不消说，这次游戏距离着正版的"白雪公主"还差着好多，但孩子们的性情与梦想都在这真真假假里逐一浮现，孩子的创造力和想象力就在玩中勃发。我们清晰地看到，在对孩子玩的生活的展示中，杨红樱很欣赏孩子的这种天性和能力并认真呵护着。杨红樱还喜欢描写做饭，这源于她的一个认知：女人在做饭的时候是最性感的。杜真子给男孩子做美味可口的土豆沙拉，而且征服了所有男孩子的胃，令他们对自己念念不忘。这可是一个富有爱心、具有丰富想象力和很强动脑动手能力的可爱的女孩子。也难怪杨红樱会给她安排标准日本动漫女孩儿的外貌："她的眼睛那么那么圆、那么那么大，眼睫毛那么那么长，脸那么那么短、那么那么尖，额头上还留着一排整整齐齐的刘海"，这个猫脸猫眼睛的女孩还养着一只通晓人情的会笑的猫，这本身就带有着浪漫色彩童话气息。小说开篇，马小跳对杜真子可是不愿接纳的，但到了篇末，与杜真子在不断的纷争和协作中逐渐建立起友谊来的马小跳，感情经历了一次大翻转，杜真子随同妈妈离开马小跳家还没走远，马小跳心里已经涌出许多怀念了。其实，就是读者也会对这个清纯可爱兼有着风风火火劲头的女孩子充满着好感并会意犹未尽地过电影般地回味着她的所作所为。

《淘气包马小跳》的目标读者主要就是与马小跳年龄相仿的 10 岁左右小学生，这意味着小说不但要有平易生动的浅语表达，还要有巧妙高超的谋篇布局，方能够有效吸引这一年龄段的儿童读者的目光。拿《跳跳电视台》来说，该小说的结构就很值得称道，比如由马小跳们发现并摄制野生动物园里两只小白虎被人当成赚钱工具而母子分离，以及大猩猩被训练抽烟以吸引游客眼球的事情，还有小说后半部分小猫被女生虐待的事件，都既是小说的重要构成，也是小说情节推动的最大力量。小说中马小跳们使用摄像机直面生活的世界这一情节，与杨红樱借助孩子眼睛向讲求功利化、利益化的成人世界提出质疑的方式形成了一致性。而且，这种质疑精神是贯穿小说始终的。比如，马小跳们被枪毙掉的电视节目质疑的是儿童电影的"成人化"问题——"说的是儿童电影，其实是让小孩子来演大人的事情"，本来挺可爱的两个小演员在大人的操纵下一演

起戏来就变成了两个装腔作势的小大人；最终这部孩子们感觉好无聊的电影却在众多"德高望重的领导、专家、学者"的评选下成为"最受儿童喜爱的电影"。很显然，杨红樱对于此表达的用意是促使人思考：现实中成人标准对于孩子世界的侵入和规约，导致出现了早熟的"果子"——成人化的孩子、不真实的孩子。马天笑对马小跳的疑问和困惑有着这样的解释："因为小孩子天真、纯洁，而大人们已经不天真、不纯洁了。"而不天真不纯洁的成人就在用自己的评价机制和自己的爱好口味来要求孩子和与孩子相关的一切。而马小跳接下来的诘问"我长大以后，是不是也会变得不天真、不纯洁"，这分明是在考问成人世界，也表达出了人在现实中的无奈和忧虑。小说结尾，跳跳电视台发现了有价值的新闻：学生因为课业负担繁重而不得不拖着带轮子的书包来上学。这其实也是成人教育者外在地强加于孩子头上的，孩子因而不堪重负。成人世界与孩子世界之间的紧张可想而知。

还有，在摄像机镜头面前，被成人认定的所谓"好"学生的表现令人堪忧：小说开篇就是路曼曼在摄像机镜头前和马小跳吵架时很凶的样子，"像要把马小跳一口吞掉似的"；还有一群高年级男生撞倒小女生，却没有人把她扶起来，与之形成鲜明对比的倒是所谓"坏"学生张达及时扶助了小女生并把她送到医务室。小说后半部分，在马小跳们的追踪下，二年级的三个"学习从来不让老师操心。每次考试，成绩都名列前茅"的女生集体虐猫的事件被曝光，有意味的是，她们的班主任老师——一位戴眼镜的老师起始对于马小跳们的揭发并不相信，一再冷淡且不客气地表示"你们很会编故事"，"我为什么要相信你们？我只会相信我的学生。我可以告诉你们，这三个同学在我班上表现很好，学习也好，根本不可能做得出你们说的那种事情"，"我很忙，你们可以走了"，"别演戏了，快走吧"。这位老师的外貌特征是戴眼镜的，但其实更是戴着一副有色眼镜，以僵化的传统评价标准来打量着马小跳和自己的好学生。但残酷的事实最终让她不能不反躬自省。同样的，在经历了虐猫事件后，老校长开始关注学生的心理健康，开始检讨传统意义上的所谓好学生的标准，对马小跳这一类个性化的孩子倒有了积极的认识："也许他们的成绩不是那么好，也许他们不是那么听话，但是，他们是心理健康的孩子，是有情有义、容易感动、爱憎分明、表里如一的孩子。"老校长的头脑转变，显现着杨红樱对未来教育会向好的方向发展所抱持的坚定信心。

杨红樱懂得让故事怎样有效力地展开，《跳跳电视台》中，她把跳跳电视台的组建和节目采播写得风生水起，这也是吸引小读者的主要原因。比如，马小跳们初试锋芒拍摄的电视片是"千呼万唤始出来"；节目在电视台播出获得很大成功，给了马小跳们很大鼓励。似乎应该一帆风顺了，但杨红樱又给他们的成功制造了一些麻烦。马小跳们相继拍摄的两个更具有杀伤力的关于儿童电影节的访谈节目《别不把孩子当回事》和《儿童电影，谁说了算》，原本会是"相当重磅的定时炸弹"，但却真就出了意外！这令马小跳处在了郁闷期，但很快又"咸鱼翻身"，靠杜真子的做饭节目在电视台播出而引领了一把时尚。接下来安琪儿提供的一条新闻线索，令他们无意中发现了好学生虐猫的事实，从而牵动成人来思考这一事件。小说结尾是以马小跳们再一次成功寻找到有价值的新闻而令跳跳电视台取得相当轰动效应而收束的。小说因为有详有略，有藏有露，收放自如，跌宕起伏，而能一直保持着对读者的强大吸引力。

在《名叫牛皮的插班生》中，杨红樱恰如其分地让一个"洋淘气包"牛皮粉墨登场，来自另一个教育背景下的孩子成长的故事碰撞着中国的老师家长们，通过对在西方教育背景下成长的孩子的书写，让长期浸泡在东方教育文化环境中的大小读者都认真思考和发现我们教育中存在的某些缺失。美国小男孩牛皮有一个突出性格特

杨红樱在"淘气包马小跳"系列图书全球多语种版权授权签约仪式上

征，那就是一个字："牛"。围绕着牛皮的"牛"，杨红樱做足了文章，在让小读者笑翻的同时，也看到了一个"洋"孩子的可爱。《取一个中国名字叫"牛皮"》写的是牛皮起中国名字的事情，牛皮不折不扣的"牛"脾气已经初现端倪了。尽管唐飞是开玩笑地提出了"牛皮"的命名，牛皮却当真喜欢、欣然接受；尽管同学们都觉得这个名字可笑，牛皮却一本正经、有板有眼地要求同学们接受它；尽管霸道的路曼曼不许他叫这个名字，牛皮却反唇相讥，绝不放弃自己的"喜欢"；尽管秦老师以师道尊严，搬出传统习俗乃至家长威权来要求牛皮改名换姓，牛皮仍然固执己见、本"姓"难移。我的名字我做主，够有个性的吧？到后来，牛皮的"牛"还有更令人叫绝的表现呢。他有着自己许多独特的审美标准：坚持认定结巴的张达中文水平最高；认为笨女孩安琪儿比夏林果漂亮；而且不怕传染，牛气十足地去看望出水痘的安琪儿；任凭唐飞们磨破嘴皮、纠缠不休，也执拗地不让他们染指自己烤出来送给安琪儿的巧克力杏仁蛋糕；面对秦老师"你为什么喜欢安琪儿"的顺藤摸瓜式的提问，牛皮的回答更是牛气冲天："'喜欢'是没有理由的，我就是喜欢"；钻牛角尖式地一再发问为什么安琪儿给自己的十字绣要在安妈妈、秦老师和欧阳校长手中转来转去，"就是到不了我手上"……拿《丁文涛的如意算盘》这一篇故事来说，鬼精鬼精的丁文涛削尖脑袋寻求一切机会要"把牛皮拿下"，实现自己的免费外教梦，可使尽浑身解数，牛脾气冲天的牛皮都能从容不迫地做到水来土掩、兵到将迎。在这两个人的三次交锋中，杨红樱注意到不时变换写法，让每一次交锋的内容、方式、招数都各有不同。第一次是丁文涛"死死地缠住了牛皮"，游说对方只和自己说英语；第二次是直奔主题谈判交换条件，还连哄带吓。可牛皮不为所动，不是把丁文涛变成了自己的外教陪练，就是"装疯卖傻"不进丁文涛的套。在无计可施的情况下，丁文涛搬来了"救兵"秦老师，在这次侧面交锋中，看起来至少应该是个平局了，可牛皮"丁文涛只能和我说中国话，不能和我说英语"的条件，还是让丁文涛悻悻然地败下场来。正是在两个人的较量中，我们再度领教了牛皮的牛脾气。丁文涛的如意算盘，秦老师的师道尊严，都没能降服他，够绝的吧？牛皮"独具慧眼"地认为张达的中国话说得最好，坚决谢绝秦老师"要尽量少和张达在一起"的好意劝说，因为"张达是我的朋友，我不会抛弃他"，"我也不怕结巴"，完全是我行我素的架势，够倔的吧？

　　牛皮的"牛"性格是在中西两种教育观念"碰撞"中展现出来的，小说的喜剧效果也源于此。但如果据此认为小说只是提供一些笑料的话，那就太低估了杨红樱的写作宗旨。牛皮的出现，不仅仅是故事发展的需要，让"固若金汤"的四个调皮蛋联盟与一个性情相投的美国男孩再来一次中西合璧的组合以进行"升级换代"的淘气秀；杨红樱更有意把有着美国教育背景的牛皮作为一面镜子，从中照见我们教育当中的某种缺陷："人家外国孩子就这么自我，人家的父母就那么民主"，尊重孩子，尊重孩子的喜欢；反观中国的教育者，有着多强烈的反差！秦老师偏要给牛皮起一个有意义的名字，对他喜欢安琪儿的表态如临大敌；安妈妈处处留心安琪儿的一举一动，把男女同学之间正常的交往当成早恋……结果，中国孩子的个性往往被束缚着，完全失去了自己的空间。这不太值得玩味了吗？不过，小说对中国教育中不尽如人意的现象有所讥评的同时，还是对未来抱持着乐观态度的。安琪儿因为给牛皮绣十字绣布而被安妈妈发现，安妈妈、秦老师觉得事态严重，手足无措，而开明的欧阳雪校长借此召开了一次成功的主题班会"因为爱"，而让成人世界和孩子世界有了一次很好的心灵沟通，最终"纯净了人心——大人的心和孩子的心"。还有，小说后半部分，马小跳们与牛皮在雪山遭遇雪崩，相互扶助、彼此激励渡过难关，这五个大难不死的孩子在仰望星空的神侃中共同表达着做"一辈子的朋友"的心愿，像牛皮所表达的那样："就算我和你们中间隔着一个太平洋，但是，我的心是和你们在一起的。这天上的五颗星星，象征着地上我们五个人的心。"自始至终，两个国度、不同种族的孩子间的情趣相投、心灵相通，似乎也在暗示着教育的人性关怀的话题一定会是超越时空的。

正如杨红樱所表示的那样："马小跳还是个孩子，他们一直在长大，也永远长不大。"如果从写作《顽皮巴浪》的1998年开始算起，到"淘气包马小跳系列"最后一部《光荣绽放》推出的2023年止，杨红樱创作"马小跳"的时间跨度已有二十五年，时代在发展，环境在变化，一代代儿童在长大成人，杨红樱也在密切跟踪着所有这一切变化，与时俱进地讲述所有儿童喜闻乐见的新一代马小跳的故事。"淘气包马小跳系列"所具有的生长力是无限的，小说在打开当下中国儿童生活世界和精神空间的方方面面的同时，也把许多饶有意味的社会话题端到读者面前，从而丰富了文本表达空间和意义书写空间。尤其值得称道的是，杨红樱一直致力于让小说敏锐地直面现实生活："童书作家必须要担当起引领儿童心灵成长的使命。不回避儿童生活中的生存现实，是起码的社会良知。"所以，在"马小跳"中，我们除了见识到儿童的美好品质与性情以及饶有意趣的生活外，也能屡屡看到小说对现实生活中诸种社会问题和阴暗面的书写与聚焦。要知道，因为小说是面向未成年人写作的，在帮助其全面认识社会的同时，还要能从积极的、负责任的角度来引导和帮助其建立起正确的人生观、世界观和价值观，让其对我们所生活的时代、社会与人类良知保持足够的信心，这就对童书作家的写作智慧提出了强有力的考验。《暑假奇遇》里，马小跳乡下的暑假生活因为亲近大自然而异常饱满和富有色彩，马小跳在和小非洲的游戏中发现成人世界卑劣用心的蛛丝马迹，顺藤摸瓜调查穿山甲、大闹野味餐厅、放生娃娃鱼、追踪果子狸、营救黑熊，从而揭开了人们捕食野生动物之"恶"。《寻找大熊猫》中，马小跳随同科学家们到熊猫自然保护区寻找野生大熊猫，途中救助了一只被人藏在树洞里的害病的大熊猫，究竟是谁把大熊猫囚禁在此？小说故意留下这个不解之谜，只是以唐飞的合理假设给出了最可能的真相——有人为了谋得一张熊猫皮而准备残忍加害大熊猫。《巨人的城堡》以出众的巨人遭到商业营销利用却得不到真正尊重这个事实出发，让我们看到在高度发达的现代社会里人心的冷漠和隔膜等社会问题、心理问题，小说是以充满好奇心的马小跳们寻找巨人阿空并帮助他走出心理困境、在祥和宁静的乡村世界重获健康为主线的。《侦探小组在行动》《忠诚的流浪狗》都写到了交通肇事者为了躲避责任而逃逸的事情，两部小说都是以马小跳及伙伴们积极帮助黄菊爸爸寻找肇事者以及施救流浪狗来逐渐破解真相的，前一部小说中，肇事者在孩子们锲而不舍的童心"逼问"下自觉有愧而担负起了责任，后一部小说中，肇事者是在有情有义的流浪狗的"识破"下而现出原形的，同时，后一部小说所关注的人们道德危机这个话题还有不少实在的内容，比如流浪狗金子原来的主人男女狮子头是栽赃陷害者、见利忘义者，他们不问青红皂白就认定马小跳是撞伤金子的祸首并到学校告状，当发现救治金子需要大笔医疗费用时便无情地遗弃了金子，同时该小说亦将信任危机这一同样令人感到沉重的话题端到了台面上来——不管是和善的邓大爷，还是威风凛凛的秦老师，他们都认为马小跳们不像是会做好事的孩子，应该是闯祸者，因而误解了这些可敬可爱的真孩子。与《侦探小组在行动》《忠诚的流浪狗》同样充满悬疑和侦探色彩的，还有《和鹦鹉对话的人》和《七天七夜》，都致力于对真人真相的发掘：《和鹦鹉对话的人》中，一只聪明灵巧的网红鹦鹉的直播视频让马小跳们产生了十足的好奇心，他们渴盼一识鹦鹉驯养者的庐山真面目，在对隐身真人的不懈寻索中，终于了解到了金刚狼骑士的不幸和可敬，这是一个活出了自己精彩的生活中的真勇士，孩子们没有将好奇心进行到底，而是及时收手，充分尊重和理解其不肯示人以真面的意愿；《七天七夜》中，张达和父亲以及慕容老师顶着巨大压力，对刮车的真正事主穷追不舍，终于还原了事情真相，让张达重新露出了笑脸。这两部小说都是对当下时髦的"网红"题材的碰触，小说所关涉到的怎样拥有精彩人生、尊重他人隐私、该怎样面对困厄、应以什么样的人为青春偶像、如何捍卫童年和保护童心等话题，以及对"用童年治愈一生"和"用一生治愈童年"的精彩诠释都令人拍案叫绝、发人深省。《孔雀屎咖啡》差不多可以说是《皇帝的新装》的现代版、现实版和中国版，商家吹捧孔雀屎咖啡具有鉴别客人品位、格调和档次的神奇功能，一时间，去咖啡店品尝孔雀屎咖啡的人趋之若鹜，众多人纷纷附庸风雅以示自己的与众不同。唯有马小跳、安琪儿这样的真孩子才能说出真相——孔雀屎咖啡闻起来有屎味，喝起来具有一股腐烂的味道。小说对成人的虚荣心和盲目跟风等进行了鞭辟入里的讽刺，对敢于说出真相的孩子宝贵的童心予以无微不至的关怀。再以

《妈妈我爱你》来说，如果望文生义，容易将其当成书写母爱或者母子（女）亲情的小说，其实这部小说直面现实生活中的诸多热点问题——在"爱"的名义下疲于奔命为孩子报各种各样学习班的焦虑家长、自诩为教育家的不负责任的自媒体、别有用心的儿童阅读推广以及假大空的作文教学，这一切主要是通过为人处世都极其富有喜感和焦虑感的安琪儿妈妈的言、行、眼串联起来的，而同时安琪儿这个最富有童心的孩子对妈妈的真情真意、马小跳这个真孩子对自己和安琪儿友谊的小心细致的呵护，则让读者们见识到了孩子们心中流淌着的真真正正的"爱"的模样。换言之，小说是将成人之爱（"妈妈爱你"）与孩子之爱（"妈妈我爱你"）做了一番有意味的对比。

总之，作为一个敢于用笔直面现实反映现实的作家，杨红樱在《淘气包马小跳》创作中所反映出来的写作勇气、文学担当和社会责任感是值得称道的，当然，也许会有评论者拿文学性来说事儿借以贬低"马小跳"的文学成就。但要知道，古今中外一切传世之作都必然是现实主义作品，为时代发声，为社会存真，为大众立言，能经受住时间的考验和读者的检验。而且，也正如杨红樱所看到的那样："儿童文学的文学性，实质上是一个艺术难题，属于那种'无为而为'的艺术境界的难度表达。愈面向低龄孩子的写作，这一特征愈明显。"在对儿童文学这一艺术难题的应答与解决上，杨红樱显然做出了很好的表率。

从杨红樱的工作经历、写作宗旨和《淘气包马小跳》的写作内容来看，小说的目标读者本身就是广大的小学生。但实际上，包括《淘气包马小跳》在内的杨红樱作品的读者群要更广大得多，早已经延伸到了中学生、大学生、研究生乃至一切热爱儿童教育关心儿童教育、热爱儿童文学事业、关心儿童文学发展的人群了。《淘气包马小跳》的文学文本丰富了读者的审美体验，而其中的观念对读者的思路乃至人生出路更发挥着至为关键的影响作用。2019 年 8 月初，果麦文化官方微博上发起了一个马小跳征文大赛的活动，不过半个月时间就收到超过二百篇长文，征文大赛获奖的前三名是正在国内外高校求学的大学生、研究生，他们的成长路上因为有马小跳的陪伴而格外精彩，他们经由"马小跳"找到了自己未来努力的人生方向。正如有征文作者所感慨的那样："马小跳是一种洞见，是让孩子和家长能看到生命本身的力量。通过马小跳洞见自己，洞见我们与世界的关系，从而终生成长！"事实上，我们从马小跳身上正可洞见作者杨红樱的苦心孤诣，她将自己的全部教育理想都寄托在了马小跳身上，凝神聚力塑造出来这样一个真实的、可爱的、成长中的孩子，从马小跳的童年经历，我们看到的是一个真正能体现出当下中国儿童精神特征、表达他们喜怒哀乐的时代精灵，感受到数十年间与马小跳同步成长的中国儿童教育界所发生的变化。可以说，杨红樱通过"淘气包马小跳系列"，成功地完成了一部儿童心灵成长史，生动地呈现了一部儿童教育发展史。

在一次杨红樱讲座的现场，一位女大学生就"什么是好的童书"给出了这样的回答："就是小时候喜欢，长大也没有忘记的书。"这一切都有力验证了杨红樱所说的那番话："对于已经长大的孩子，马小跳是他们难忘的童年回忆；对于正在长大的孩子，马小跳是他们成长路上的精神伙伴。马小跳的故事很精彩，每个故事里都蕴藏着我的儿童观、我的教育观。"

第六章

碧玉妆成一树高——《笑猫日记》论

    长久以来，写作童话出身的杨红樱一直就在寻求一个适合的童话形象，渴望以此为核心写一个很长的童话，用以告诉孩子们人性的真善美和假恶丑。当其在《淘气包马小跳》之《疯丫头杜真子》中写到一只与众不同的会笑的猫后，小读者对这只笑猫发生了浓厚的兴趣，都希望杨红樱能以此写一个故事。换言之，是孩子们在杨红樱的作品中帮她找到笑猫这个形象，并激活了她的写作激情。由是来看，《笑猫日记》实在是《淘气包马小跳》的副产品，但是当2006 年《保姆狗的阴谋》这第一本《笑猫日记》甫一诞生，就已经具有了自己独立的艺术品质，到2024 年杨红樱完成第 30 部"笑猫日记"《长大不容易》的写作，这部同样漫长而精彩的童话像从前杨红樱的其他创作一样持久地掀起了中国儿童的阅读高潮。

    《淘气包马小跳》给《笑猫日记》做够了充分的铺垫：《淘气包

杨红樱著"笑猫日记系列"的书影

获世界版权组织作品金奖

马小跳》中与笑猫紧密相关的马小跳、杜真子、唐飞、安琪儿等孩子及其家长的塑造已经完成，小读者对他们的个性已经熟悉得不能再熟悉了。在童话《笑猫日记》中，杨红樱不必继续为着他们的形象塑造而花费太多笔墨，完全可以腾出更多空间以更为优裕的笔墨开辟一个绚丽多彩的想象世界，从容书写她所要表达的东西。截止到2021年7月，《笑猫日记》已经有了8000万册的巨大发行量，其中的《保姆狗的阴谋》加印次数最多（已经加印八十次），《小猫出生在秘密山洞》加印量最多（总印量超过了400万册）。作为中国儿童文学史上的一部现象级畅销书，《笑猫日记》迄今已成功输出了德语、英语、韩语、印度尼西亚语、蒙古语等多个语种的版权，产生了非常好的社会影响，童话先后获得过中华优秀出版物奖、全国最佳年度儿童文学读物奖、中国出版政府奖、第四届世界产权组织版权金奖等众多奖项，其中，《保姆狗的阴谋》2019年入选"丝路书香出版工程"，《属猫的人》《幸运女神的宠儿》《戴口罩的猫》自2019年至2021年连续三年在"全民阅读·全国书店之选"活动中入选"十佳"图书。毫无疑问，《笑猫日记》这部以中国孩子的现实生活为背景展开的系列幻想故事，是最能代表杨红樱创作风格的一个系列，这是杨红樱光荣而艰辛的原创儿童文学创作之路上的宝贵收获。

一、笑解童趣的心情宝典

在《笑猫日记》之前，杨红樱的童话写作存在着这样几种情形：其一是很纯粹的动物天地，人是不在场的，如《亲爱的笨笨猪》《寻找快活林》《七个小淘气》等；其二是人和动物同时存在于一个场域中，他们相互之间可以进行着无障碍的对话、交流，如《没有尾巴的狼》《流浪狗和流浪猫》《农夫和蛇》等等；其三则是动物完全退

"笑猫日记系列"销量突破 8000 万册

场，人是主角，如《那个骑轮箱来的蜜儿》和《神秘的女老师》等。到了《笑猫日记》，却又出现了这样一种崭新的表达：人和动物同时存在于一个天地中，但他们各有各的生活规律和生长空间，不同种类的动物之间可以轻松沟通，人却不具备任何神奇法力，奇迹或者神力只是发生在动物身上的，譬如万年龟可在夜间穿墙（山）而过、能吐仙气；笑猫能听懂人的语言，却不能和人进行言语上的交流，他能跋山涉水寻找治愈虎皮猫耳聋的仙草，能以真诚令枯树发芽、铁树开花；原本耳聋了的虎皮猫也能神奇地恢复听力……这一切又都是遵守着童话固有逻辑的。如此，人与动物在同一时空中"各行其是"，令这部新童话具有童话和小说相互混搭的意味，不光小说《淘气包马小跳》中的人物会自然而然走进《笑猫日记》中成为童话里的重要角色，就是杨红樱从前童话中的诸多丰富生动的形象（诸如大脚鸭、小逗号、仙女蜜儿、笨笨猪等）也都在这部作品中先后会合聚集，从而拓展了童话的叙事空间。还要看到，像《淘气包马小跳》中的人物在童话世界里严格遵守着现实逻辑或者小说逻辑，童话中的笑猫、老老鼠等动物形象则遵守着童话逻辑，童话逻辑和小说逻辑二者不相冲突地，甚至是完好地统一在一个"混搭"的文本世界中，如是丰赡了童话的意义。正如杨红樱看到的那样："童话是滋养小孩子的心灵的东西，这种想象的东西、虚幻的东西并不是跟现实相冲突的，我觉得是相辅相成的。"《笑猫日记》的写作就是要以想象与现实的合璧来让孩子们在愉快的阅读过程中潜移默化地接受文学的熏陶，更受到有益的亲情、友情、爱情、感恩、正义、责任、善良等价值观和优秀品质的教育。也因此，《笑猫日记》包罗万象，成为名副其实的温暖童年的"心灵鸡汤"、陪伴儿童成长的心情宝典。

同是践行着儿童本位的写作宗旨，《淘气包马小跳》的游戏精神更甚、追问现实的意识更强，《笑猫日记》的哲理意味更为浓厚、想象空间更为扩展，且往往在简单中凝结着不简单，所讲的故事往往能够给人多个向度的思考，有着多重意义的表达。以《保姆狗的阴谋》来说，既以保姆狗老头儿对帅仔的屡次加害写到了嫉妒对人的心灵戕害，也借题发挥肯定每个个体的生存权利和价值："其实，每个人、每只狗、每只猫的头上，都有一片属于自己的美丽的天空，谁都可以在这片美丽的天空下，好好地活着。"杨红樱还巧妙地以狗的重情重义和人的无动于衷做对比，对于薄情寡义的世情进行了微讽，同时主张心中留存一份美好。《虎皮猫，你在哪里》《蓝色的兔耳朵草》不仅仅成功地进行了爱情教育、展示了爱的魔力，还让人懂得了"无论是人，还是动物，只要处在被欣赏的状态中，就都会有极佳的表现，甚至会创造出奇迹"，也令人与山川万物有了最亲密的接触、最贴己的交流，即使是植物，也有生命有感情："枯树发芽，铁树开花"。《幸福的鸭子》不仅仅有效而别致地诠释了"幸福"，还告诉孩子要从容淡定地面对人生，懂得信守秘密。《樱桃沟的春天》在动物的盛会之外，让我们见识到各色生命的怒放、游戏精神的飞翔。《那个黑色的下午》《一头灵魂出窍的猪》在表达了与灾难相关的话题的同时，还形象地诠释了责任与担当、信心和意志、荣誉和名声。《球球老老鼠》在进行了修身、为人方面的教育的同时，也有着对不同物种（如鼠与狗、猫）之间和谐关系的有趣表达和想象。《绿狗山庄》在让人洞悉了复杂的世相的同时，对假艺术之名而行的迫害动物之实的现象进行了针砭，促发人深入思考艺术创作的原则和底线。《小白的选择》在阅人无数的同时，也通过小白的选择，促使孩子们思考该选择怎样的方式确立自我价值，有意义地来度过人生。《孩子们的秘密乐园》与《永远的西瓜小丑》则在呼求尊重和保护孩子的快乐和梦想的同时，也以营构的"楠木林"和"翡翠岛"等孩子们的秘密乐园让读者领会到这样一个铁律：任何外人都无法也不必进入属于孩子们的私密空间，孩子们有忠实于自己感受和坚持自己喜好的权利，他们有自己的评判标准。《寻找黑骑士》肯定友谊的重要，因为"交什么样的朋友，就有什么样的未来"，同时也以黑骑士工作的尽心尽力心无旁骛来强调责任以及人对职责的履行。《会唱歌的猫》《从外星球来的孩子》借着勤奋学艺的故事表达了坚持不懈追求所爱的主题，也肯定了友善与怜悯的品质，还展示了艺术塑造人心、爱心创造生命奇迹的伟大力量。《云朵上的学校》是对理想的学校教育的书写，主张快乐教育，鼓励孩子通过主动探索和发现去学习，也是一曲大自然赞美之歌，通过对未来理想的学校的探访，让人意识到大自然之于儿童健康成长的重要性，还是美丽的幻想的展示，也有对寻找主题的表达。《青蛙合唱团》以一群青蛙的辗转流离来表现环保主题，同时透视人类的贪婪欲望，正是人类的滥捕滥食导致青蛙的生存危机，同时还以青蛙团长的遭遇书写了刻骨铭心的爱情，并触及了寻找精神家园的严肃话题。《转动时光的伞》以一把古老的油纸伞提前品味未来，这是对完整孩子日后美好成长的见证，同时还以丁文涛、路曼曼这样的格式化孩子日后不尽如人意的成长来对学校教育和家庭教育中的缺失做了很好的反思，童话还通过马小跳们的成长、地包天得到主人自始至终的关怀等的书写对"情义"做了最好的诠释。《樱花巷的秘密》以满树的假樱花、"起跑线加油站"里的"智慧汤"和"聪明针"、小天才培训基地里的贾博士、小书店里的天价"状元作文本"，揭开生活中所存在着的诸种骗局，而其中的教育骗局的被曝光则是杨红樱对当下社会教育和家庭教育所做的严肃而认真的透视，童话也有对"只有真实的，才是最美的"这一朴实的道理的表达。《又见小可怜》以小可怜云龙见首不见尾的"复生"巧妙地对"猫有九条命"的传说做了最好的演绎，据此展开的善良、正义对虚假和邪恶的斗争引人入胜且切中现实肯綮，作品有关寻找主题、对亲情的书写以及"有信念就有动力"等的表达，同样丰满了童话的意义。《属猫的人》是对形形色色的人心人性的品味，既有"人无完人"的辩证书写，也有对坚定不移的信念和坚持到底的毅力的肯定，还有对艺术和科学的礼赞。《幸运女神的宠儿》借着对笨笨猪获得幸运女神的眷顾的真相的揭秘，阐发了这样一个颠扑不破的道理：好性格决定好命运好未来；作品也对美德、努力之于一个人成长的重要性加以了肯定，与此相关联的"因果报应"也落到了实处。《戴口罩的猫》《大象的远方》都生动而迅速地反映现实生活中的重大事件，向世界鲜活地讲述中国故事，生动地诠释了中国精神和中国力量：前者书写中国人民万众一心抗击新冠病毒疫情，还传递了这样的道理——"比病毒更可怕的是心魔：嫉恨、贪婪和无知"；后者讲述众多爱心人士无微不至地照顾一路北上的西双版纳象群，让它们安然无恙，以足够的诚意达成人象和解，这个温馨有爱的故事还把母爱、抚育下一代、成长、感恩和对未来梦乡的憧憬等饶有意味的话题完好融入了故事中。《笑猫在故宫》一面由笑猫充当"导游"角色，带领小读者酣畅淋漓地游历了故宫，见识故宫的神秘与中华文化的瑰丽，一面让儿童懂得了做人的原则、责任心与最高境界。《长大不容易》既浓墨重彩地书写了"焦虑"病毒在人类和动物界的蔓延，把家长们因望子成龙而焦虑浮躁的心理和拔苗助长的行为揭示得入木三分，同时张扬了自然教育法则，积极主张孩子们应该有属于他们自己的秘密乐园。

杨红樱在云南和各民族孩子在一起

　　《笑猫日记》的主调是抒情的，又有诙谐、幽默、讽刺、悲壮、悬疑、荒诞等多种色彩的混搭调配，这是与《笑猫日记》既单纯又繁复的内容书写和意义指向紧紧联系的。因此，《笑猫日记》整体叙述富有张力，对于追求阅读风格多样性的儿童读者来说具有莫大吸引力。比如，首部《保姆狗的阴谋》是阴谋与爱意并在，牧羊犬帅仔屡遭保姆狗老头儿暗算却又一再逢凶化吉躲过劫难，而帅仔对老头儿的歹心一直浑然不觉，始终对老头儿保持着美好情感，而老头儿对帅仔爱恨交加，其离世前的幡然悔悟又令人动容。《塔顶上的猫》则热辣的讽刺与悠扬的抒情兼重，一面是众"资格猫"因嫉妒塔顶上的虎皮猫而为众老鼠玩弄于股掌之间，丑相百出；一面是笑猫对可望不可即的虎皮猫的牵肠挂肚，对不知所踪的虎皮猫的离愁别绪、伤感惆怅。《虎皮猫，你在哪里》中，笑猫对心上人虎皮猫的寻找之旅可谓一波三折。刚开始，老老鼠们提供的信息似乎已经能令笑猫轻而易举地找到虎皮猫，殊不料笑猫所找到的虎皮猫却是一只男猫，自己还因此被男猫推下了烟囱摔断了腿；好容易找到一只女虎皮猫了，却又并非笑猫心目中的那只虎皮猫；历尽千辛万苦终于找到了念念不忘的虎皮猫，这应该是一件值得高兴的事情，却也会同样陷入到大的遗憾中：虎皮猫每天为大家敲响祈福晚钟，耳朵因此被钟声震聋了！笑猫所要倾诉的心中话不能被她所接纳了！在《蓝色的兔耳朵草》中，闻听到遥远的蓝山有能治疗虎皮猫耳朵的兔耳朵草，笑猫义无反顾地踏上征程，一路上历经艰险，以真诚相继打动山蜘蛛、母老虎、公花豹和湖怪，死里逃生采来了兔耳朵草。照理，他的精诚可以通向自然而然的奇迹，但意外却发生了——兔耳朵草不小心被几只贪嘴的兔子偷吃了，童话一下子由壮烈、满是希冀陷入到了凄凉和希望落空之中，甚至童话还带有着那么一些荒诞色彩了！在穷途末路之时，杨红樱又令故事"起死回生"，童话出现逆转，真是"千年铁树开了花"！笑猫的真诚感动了上苍，虎皮猫的耳朵奇迹般地恢复了听力！接下来笑猫和虎皮猫盛大的草坪婚礼是对这个喜讯的推波助澜，将热闹推到极

杨红樱在韩国书展上

致，而后笑猫携爱侣虎皮猫返回爱巢秘密山洞，要在这里共同度过寒冬，一切又回复日常，轰轰烈烈之后的平静难免让人感觉到一些萧索。一部作品中人物情感如是千回百转、经历曲折往复，能不令小读者情感随之跌宕起伏？

又如《球球老老鼠》中，因为丢掉尾巴而"改头换面"变成球球的老老鼠是故事的当然主角，他可以因为形状的改变而比较自如地和自己欣赏的笑猫之子三宝有较"亲密"接触，而一旦做了什么亏心事，他就又会恢复原状；当他一心一意为着再度成为"球球"而做善事时却总是事与愿违，当他不计回报、不再刻意想着做善事时，真就心想事成再度变为球球了！如是既有老老鼠费尽心机而不得要领所闹出的种种笑点，也有球球老老鼠反反复复来回变化中所透露出的种种寓意。童话结尾出现了调子的逆转，球球老老鼠为着营救狗而被狗贩子踢破了肚子，他功德可谓真正圆满了，却无法再变成他朝思暮想的球球状！情节发展至此免不了要令人为老老鼠遭逢的命运而惋惜，可是笑猫的誓言又让人分明看到了希望：

> 我难过地望着老老鼠，在心里默默地发誓："老老鼠，我一定要帮你重新变成球球！"

所以，这部童话有上下翻腾的热闹，有来回往复的曲折，有参透人生的事理妙喻，有点到为止的悬念丛生，有让人惋惜的过往，有令人期待的未来。可谓亦庄亦谐、百味杂陈。

在《小白的选择》中，杨红樱就围绕小白选择主人的事情布局谋篇。起始，菲娜并不就急于给小白推荐一个主人，而是让小白在樱花巷转悠了好几天以感受樱花巷的美丽（这其实也是杨红樱在放慢叙述的节奏），终于发现了"目标"——英俊潇洒万众瞩目的影星阿贝哥，可是在和他实际接触之后，才发现这是一个双面人，让人真假难辨。小白在阿贝哥家里竟遭遇不测，至于死掉，童话出现了"小白的尸体"的标题，而从叙述来看，这才不到童话的一半，小白竟然"没戏"，行将下葬……接下来情节还会怎样进行？这难免让人困惑。杨红樱叙事上峰回路转的本领确实了得，地包天的哭天抢地让假死的小白"复活"过来，又同时让小读者见证了爱的力量！笑猫提议小白去往马小跳家里，如果就这样选择了，一切就会顺风顺水，不该再起什么波澜。可是"半路上杀出个程咬金"，好心的菲娜又斜刺里提供了一个新的选择，结果小白误打误撞去到了一对寄生虫家里，寄生生活令小白变胖，笑猫每天督促小白跑步减肥成为必然，结果他们又见识到一条被遗弃的老狗心肝儿，小白由此又接触了一对新主人——心肝儿的旧主人，但在发现这家主人面善心不善之后，小白再度选择离开。这时似乎去马小跳家里该是不错的选择了，这是连读者也都想到并会认可的事情了，但杨红樱偏偏来了个出人意料的结局——阅人不在少数的小白此时在选择主人上强调自主，他遇到了一个神秘的美丽而善良的女人，小白在与她为伴的生活中发现了自己存在的价值……在这个故事中，小白为寻找心仪的主人煞费一番苦心，但正是在变化不已的选择过程中，孩子们看到了形形色色的人生，对人的尊严、人生价值、自主选择等都会有深刻体会。

杨红樱懂得怎样走进孩子的心灵通道，用孩子能够接受的语言、方式把自己想要表达的深刻而复杂的观念、哲理巧妙易懂地传递给孩子，在简单中透视出复杂和绝妙来。因为清楚地知道自己面对的读者对象是什么人，因为要尽量把自己所说的一切"变成孩子能够接受的东西"，杨红樱的语言异常活泼生动、富有机趣。比如《绿狗山庄》中，当贵妇狗菲娜说及小白"不再相信人了，他对人失去了信心"时，笑猫有如此感言：

"林子大了，什么鸟都有。"

"亲爱的笑猫，我们在说人，你怎么把鸟扯了进来？"

作为听众的菲娜只知其一不知其二，只知道笑猫言语的表层意思，而对其中寓意却全然不解，如此"打岔"，就产生了谐趣。再如，《笑猫日记》中笑猫与老老鼠对人的话语的模仿搬用也算得上是一种语言的戏仿，自然产生了出奇有趣的效果，诸如"了如猫掌""好为猫师""了如鼠爪""好鼠不吃眼前亏""猫管人事"之类，再如由贼头贼脑的老老鼠口中蹦出"多吃粗粮，延年益寿""忍痛割爱"一类话语，或者奇思妙想到把捡来的鱼骨头当成鱼排、把乌龟视作"水陆两用冲锋艇"、要来一片火腿肠就可以把自己的晚餐由面包片"提高到三明治的档次"等均寓庄于谐，笑料频出。

《笑猫日记》中所塑造的笑猫、老老鼠、地包天、万年龟等一系列童话形象都生动无比，富有色彩，深得小读者的心意。这实在源于杨红樱对儿童文学本质的认识以及对儿童智商、情商和玩商的尊重与洞见。譬如贯穿《笑猫日记》始终的童话形象老老鼠，这是一只老得不知道活了多久的老鼠精，翠湖公园里的所有老鼠都是他的子子孙孙，他既不好，也不坏，就是这样一个既狡猾馋嘴又啰里啰唆、既重情重义又有正义感的中间角色，颇有哲学家的风范，也有幽默大师的色彩，常常挂在嘴边的一句话就是："对猫没有研究，我能活到今天这把年纪吗？"时不时还会蹦出一些耐人琢磨值得玩味的"警句"来。又如另一个童话形象京巴狗地包天，她性格很好，古道热肠，做派幽默，热爱交际，喜欢吃甜蒜，不敢乘坐电梯，尤其崇拜笑猫，思维跳跃非常快，常常所答非所问，说话让人丈二和尚摸不着头脑，有时还会胡搅蛮缠。也正是这样一些富有活力和魅力的形象个性特点突出，时而相互唱和，时而在语言、性格与处事方式上发生碰撞，因此浓厚了作品的情调。

《笑猫日记》的故事意味悠长，叙述不急不缓、柔桡轻曼，思想蕴涵丰富，这决定了作为最形象生动的情感教育的教科书的《笑猫日记》，其对孩子的心灵滋养将会是不同维度和多个方面的。有许多生动感人的接受案例可以证明这一切。有孩子在阅读了《小猫出生在秘密山洞》后，在记事本上写下设身处地的文字："当我看见虎皮猫历经一天一夜，才把四只小猫艰难地生下时，我能感到这种痛深深地折磨着她，我心想：妈妈生我时是这样的吗？"当一位老师在课上讲到"生活"一词的时候，全班五十七个孩子竟然异口同声地背诵出来这样一段有待细细咀嚼的语句："生活就像一串珠子，是由悲、欢、离、合这样的珠子串起来的……"有孩子发自内心地感谢《笑猫日记》"让我懂得了许多知识、许多道理"，"在这些作品里面，我可以找到我的影子，可以看到我的生活，可以读到我的烦恼、我的思想。"还有孩子从《笑猫日记》悟出了写作、生活的道理："语言文字不一定要华美，简单明了就好；文章叙述不一定要精细，流露真情就好；人物不一定要漂亮英俊，纯粹就好；在生活中，不一定要当第一，快乐幸福就好。"孩子们在对《笑猫日记》的热读中显

杨红樱著《那个黑色的下午》
获中国出版政府奖图书奖

然汲取到了精神力量，感受到无穷智慧。

在童话写作中，杨红樱对现实热切的凝视与关注都特别持久和敏捷，长于以其纤细之笔书写波澜壮阔、感人肺腑的时代故事、儿童故事、中国故事，孩子们能从中看到活生生的现实、看到自己、了解中国、认识世界，这也是《笑猫日记》能持久获得孩子乃至成人青睐的重要原因。譬如当 2008 年汶川发生地震后，杨红樱据此事件而写作的《那个黑色的下午》对灾难后人类的积极营救和重建生活秩序进行了书写，其中对生命的顽强、信念的力量等的表达令人难忘，这部童话至今还在畅销，已经重印六十五次，行销 340 万册，还荣获第二届中国出版政府图书奖。同样的，当 2020 年新冠疫情发生后，杨红樱亦以文学方式积极应对这一关乎全球人类生死存亡的重大灾难，其据此完成的《戴口罩的猫》，既巧妙而出色地展示了中国抗击疫情的成功经验，再形象不过地讲说了新冠病毒是人类共同的敌人这样一个事实，也在坚定人类战胜瘟疫的信心、养护人类对地球对生命的敬畏之心方面有浓墨重彩的表现，童话对"人类命运共同体"的理念的表达生动形象、富有神韵。这本一出版就荣登畅销书榜首的超级畅销书就再好不过地证明了讲好中国故事的文学力量。在 2022 年推出的《大象的远方》这部作品中，则聚焦此前不久发生的西双版纳象群北迁事件，异常敏捷而灵动地介入到对这一万众瞩目的现实重大问题的艺术表达，让读者了解了大象的生活习性，让精彩的中国故事拨动世界心弦，向世界更好地展示了一个开放、进步、和谐、生态、负责的中国。杨红樱对现实生活的热切关注与积极表现、对重大题材驾驭自如的艺术功力，是值得称道的。

尽管《笑猫日记》是一部童话，但杨红樱找到了也找准了文学介入现实、进入时代和走入生活的"点"，对此进行了最有审美感染力最具分量的艺术表达，以至为生动的现实中国故事，对中国精神、中国力量和中国担当所做出的诠释引人注目。因此，不光小孩子能从《笑猫日记》中获得心灵的滋养，就是成人也可以从中得到性情的颐养。那些在《笑猫日记》陪伴下早已经长大了的成人也时不时会翻开《笑猫日记》，会写下一段段真情文字怀恋这部童话带给他们的种种美好回忆，记录下这部童话带给他们的人生启迪和审美愉悦："长大了，每次翻开《笑猫日记》，我都觉得自己身边围绕着一种氛围，一丝纯真的气息。《笑猫日记》是属于我的解忧杂货铺，能让我平静下来，启发了儿时的我对人生思考……《笑猫日记》教会了我好多，阅读时我哭、我笑、我愤怒！讨厌人性的恶，喜欢一切的美好"；"在还没有沉迷网络小说的年纪，杨红樱的《笑猫日记》才算是真正的白月光。向来不爱看书的我会为此踏进新华书店，翘首以盼着每一本故事。书中的细节好像已经记不清了，但是偶然刷到，还是有些感慨，既震惊它居然还在更新，又恍惚意识到自己已经二十出头，再也不是书中主角那般天真烂漫的年纪"……

毕竟，优秀童书具有着无限敞开性，能召唤所有人群，将不同年龄段的人的心灵连通在一起，最终促进人的精神成长与完善。

二、环环相扣的艺术构思

《笑猫日记》是一部有着无限成长空间的文本，这其中的每一本在向孩子们传达滋养心灵的东西时各有各的表达重心，同时又环环相扣相互引导，每一个童话角色的出场都会紧锣密鼓也顺理成章地成为故事发展的"推手"。比如，《保姆狗的阴谋》在结尾由保姆狗老头儿处心积虑谋杀帅仔反倒误了自家性命这个令人感慨万千的故事得出的感悟实际上预告了第二部的主题："谁都可以在这片美丽的天空下，好好地活着。保姆狗老头儿也一样。但他为什么一定要去争夺帅仔头上的那片天空呢？"《塔顶上的猫》就是众"资格猫"因为嫉妒虎皮猫而极力排挤的丑相毕现，作品结尾是笑猫对不知所踪的虎皮猫的深深思念，这又为后面《虎皮猫，你在哪里》中笑猫登上寻找虎皮猫的征程积蓄势能。第三部《想变成人的猴子》主要聚焦一只异想天开要变成人的猴子所闹出的种种笑话，作品结尾，笑猫的"夏宫"里出现一只乌龟，在奈何他不得的情形下，笑猫只好把乌龟留下来，自我安慰"就算给自己添了一件家具"，同样是在为紧接下来的《能闻出孩子味儿的乌龟》开启叙事道路，在这一部中，乌龟就顺理成章地成了这个故事的主角。《幸福的鸭子》在塑造了一只富有哲学色彩的鸭子麻花儿之后，同样是在作品结尾，笑猫从老老鼠那里获得了许多有关虎皮猫的线索，不禁浮想联翩："关于虎皮猫的线索太多了。越往下听，我越觉得希望渺茫。虎皮猫，你在哪里？"这一面令本部作品本来比较欢快的调子一下子变得有些低沉，一切变得扑朔迷离，同时又在事实上为下一部《虎皮猫，你在哪里》打开了叙事的空间。

《虎皮猫，你在哪里》中，笑猫历尽千辛万苦终于找到了念念不忘的虎皮猫，这应该是一件值得高兴的事情，却也会同样陷入到巨大的遗憾中：虎皮猫每天为大家敲响祈福晚钟，耳朵因此被钟声震聋了！笑猫所要倾诉的心中话不能被她所接纳了！但杨红樱总是善于在这波折中推进故事、发展故事，而且总是给读者留下希望，让整个叙述富有魅力，结尾处同样提示着后面一本的可能的故事走向："尽管虎皮猫不会离开钟楼，但我仍然没有放弃让她的耳朵重新听见声音的希望"，"我期待着奇迹发生"。果不其然，在《蓝色的兔耳朵草》中，"奇迹"真就发生了，当笑猫和虎皮猫终成眷属，作品结尾是笑猫对生活的感悟和对未来的期冀："因为我和我心爱的猫在一起，这里就有了家的感觉，有了家的温暖。我们会在这里，一起度过寒冷的冬天，迎接小生命的到来……"这显然又指示了下一本《小猫出生在秘密山洞》的情节走向。《小猫出生在秘密山洞》中，笑猫夫妇为人父母之后辛勤哺育孩子成了故事的主体，笑猫夫妇对小可怜的照顾和小可怜的死令人动容——杨红樱以此对孩子进行必要的亲情教育、感恩教育、疾病教育、生命教育，了解死亡、了解生活悲欢离合的多种色调；同时也是为了让虎皮猫尽快从丧子之痛中走出，下一部《樱桃沟的春天》中，笑猫一家才会有一次远足旅行，一时间童话充满了欢乐，前面出场的各种动物纷纷集结、聚会，各显神通；原本充斥在这本童话中的情绪是欢快无比的，但在结尾一节老老鼠却发出"世界的末日快到了"的预警，而马小跳奶奶家一番乱腾的景象也令笑猫禁不住自问："这世界到底怎么了？究竟有什么事情将要发生？"这又为后面讲述大地震的《那个黑色的下午》打开了叙事通道；还要看到，同样是在《樱桃沟的春天》中，出现了一个深受学生喜欢的、有孩子味儿的老师郑美丽，这也是在为后面《那个黑色的下午》中郑老师舍身救学生埋下伏笔。在《那个黑色的下午》结尾处，杨红樱有意识地借着笑猫之口提到了黑猪黑旋风："我坚信，黑旋风不会死，因为他是一头有理想、有浪漫情怀的猪，他会为他的信念而坚强地活下去。我甚至有一种神秘的预感：在这场灾难中，黑旋风的经历一定是不同寻常的，他也许会做出一些惊天动地的事情来。"果然，在《一头灵魂出窍的猪》中，黑旋风的异彩就得到了浓墨重彩的书写，也正是在《一头灵魂出窍的猪》中，老老鼠参与到营救黑旋风获得自由的行动当中而有大无畏的表现，一切都很顺利，老老鼠偏偏丢掉了自己的尾巴！这是挺不圆满的事情，好在绿毛龟的一口仙气又彻底改变了老老鼠的形象——老老鼠得以遂其心愿变成一个球。而接下来的《球球老老鼠》中，"改头换面"变成球球的老老鼠自然就成了故事的主角，他如何发挥自己的本事做好事成了作品叙述的重心所在，虽说还因此被踢破肚子失去了变成球球的功能。到了下一本《绿狗山庄》中，首先就关注球球老老鼠如何重新获得变成球球的技能，接下来继续演示其据此在拯救被变态艺术家所囚禁迫害的狗方面的神功，《绿狗山庄》的结尾同样在昭示着杨红樱接下来一本童话《小白的选择》可能的写作指向：被雕塑家迫害后有了一双绿色耳朵的小白本来已经对人失去了信心，但在笑猫和菲娜的游说下终于同意去樱花巷居住，"不过，他到底会选择一户什么样的人家呢"，这又勾起了读者阅读"下一本"《小白的选择》的浓厚兴味。

《孩子们的秘密乐园》的情形与《樱桃沟的春天》有些相仿，各色动物再度集合大放异彩。如果说《樱桃沟的春天》中动物的盛会更多自娱自乐的成分的话，则《孩子们的秘密乐园》中，三宝和老老鼠的"狮子戏球"、二丫的"空中飞猫"、黑旋风的疾驰如马、小白和菲娜的华尔兹等猫猫狗狗的才艺表演，却都是为了让孩子们开心，丰饶孩子们的想象力；而捍卫孩子们的快乐和梦想、让孩子们能有一座不被外界打扰的秘密乐园更是《孩子们的秘密乐园》的主题。《永远的西瓜小丑》则承续这一主题，同时让成人和儿童之间的"争斗"升级，并且西瓜小丑成了焦点人物，任凭马戏团、法院、专家如何排挤放逐西瓜小丑，而孩子们对西瓜小丑的拥戴和爱护却始终如一，没有任何力量能改变孩子们的内心选择。《寻找黑骑士》延续了前一部孩子自主选择的诉求的表达，当然此时不是对人或事的"喜欢"，而是强调孩子对友谊的自主选择，胖头、二丫、三宝纷纷出门要为自己找一个好朋友，但总是遇人不淑，要么表面神勇而内心歹毒，要么表面时尚而实际虚伪，要么好吃懒做不务正业，本童话中担当主角的三宝因此怀恋品格高尚的昔日好友黑骑士，遂几经波折去寻找这个真正地久天长的好朋友。接下来的《会唱歌的猫》《从外星球来的孩子》中，二丫和胖头则顺势相继成为童话主角，前者讲述二丫对梦想的追逐，勤学苦练获得了唱歌技能，用动听的歌声唤醒了长年卧病在床的睡美人；后者讲述胖头相继对适合自己的才艺的学习，他终于以习得的微笑这一才艺掘发了一个孤独症孩子的音乐才能。《云朵上的学校》则接续《小白的选择》，只是将叙述重心放在小白最终选择的主人仙女蜜儿身上，她在云朵上创办了一所充满魔力的学校，为孩子们提供花样早餐，以大自然做课堂，拯救不快乐的孩子，带领孩子们通过主动探索和发现去学习，从而获得无穷的温暖和力量。读者刚刚还沉浸在童话中仙境般的自然风光里，但在接下来的《青蛙合唱团》里，却目睹了本该同样保持自然色彩的乡村世界所遭遇的生态灾难，青蛙合唱团不得不流落到城里，却又在贪婪的人们的捕杀下一再遭遇厄难，因此要到哪里找到适合自己生存的家园，这成为一道悬而未决的难题。《转动时光的伞》继续接续仙女蜜儿的故事，但关注的是她的重要法宝——一把能目睹尘封过往和提前品味未来的古老油纸伞，在油纸伞的作用下，一直葆有童心和过早失去童心的两类孩子的未来得到呈现：马小跳、唐飞、张达、毛超、安琪儿、杜真子长大后事业有成，前途可期，受人欢迎；丁文涛、路曼曼则老气横秋，霸道专横，没有人情味儿。《樱花巷的秘密》可以说是"皇帝的新装"的现代版，是对望子成龙心切的家长们被现实中各种骗子忽悠得团团转耗尽钱财和精力的情形的巧妙再现。《又见小可怜》接续上了《小猫出生在秘密山洞》的故事，童话令已然离世的小可怜神奇地复现人间，这是对"一猫有九条命"的古老说法的童话演绎，此时重新归来的小可怜并不是返回家里与家人团聚，而是云龙见首不见尾，一直保持神秘色彩，几次三番舍命冲破阻挠而登钟楼敲钟为人祈福，过去虎皮猫的使命而今被子一辈的小可怜义无反顾地接续过来，这当中颇有轮回的意味，而童话结尾笑猫和虎皮猫相依相偎沉浸在悠远缥缈的钟声里感受幸福的场景，又与第二部《塔顶上的猫》结尾形单影只的笑猫不知虎皮猫所在的场景形成有意味的对比。《属猫的人》可谓是对十二生肖属相"旁逸斜出"的延续，出于好奇，笑猫踏上寻找属猫的人的旅程，由此先后见识了性格迥异的土猫人、风猫人、水猫人、火猫人，也由此见识了他们各异的人生姿态，据此对性格决定命运有了深刻理解。而接下来的《幸运女神的宠儿》则接续这个有意味的性格话题，对欢乐村庄的笨笨猪何以能够得到幸运女神的眷顾而展开探究。

如此看来，整个《笑猫日记》具有着一环扣一环的强龙链条，每当其中一本童话被"终结"，杨红樱总是会在情理之中、意料之外以富有意味的叙说为后面的故事"造势"。同时，正是从《笑猫日记》的写作开始，杨红樱即有意识地要让这部大书和自己此前和正在进行的小说及童话写作实现相互指涉。比如，《笑猫日记》实际上是小说《淘气包马小跳》的童话版书写和升级版表达，笑猫形象和杨红樱此前抒情童话中塑造的诸多形象、《淘气包马小跳》中的现实人物塑造都实现了完美"会师"。譬如《幸福的鸭子》中的鸭子麻花儿可以说是杨红樱以前童话"大脚鸭"形象的变形和延续，其中所讲述的张达外婆一家以及巨人阿空的故事，又都和《淘气包马小跳》之《巨人的城堡》实现了成功对接；《云朵上的学校》《转动时光的伞》中的仙女蜜儿形象及其对自己教育理念的实践、其能洞见过去和未来的重要法器油纸伞，又都是对《那个骑轮箱来的蜜儿》《神秘的女老师》的巧妙回应与接续；《幸运女神的宠儿》让《亲爱的笨笨猪》中的笨笨猪及欢乐村庄得到再次登场的机会，而该童话中笑猫和老老鼠住进去的巧克力小屋还指涉了杨红樱此前童话《巧克力饼屋》；《长大不容易》让《青蛙合唱团》《小白的选择》等童话中亮相的青蛙妈妈、贵妇狗菲娜等再度亮相而成为众多焦虑家长中有代表性的人物，让《淘气包马小跳》中富有魅力的另类人物丁克舅舅言辞犀利地批评不讲教育方法的杜真子妈妈……毫无疑问，已然在童话天地中经营了数十载的杨红樱在《笑猫日记》的写作中巧妙布局谋篇，且不说其在叙事上"峰回路转""长袖善舞"的出色本领，单就其所下的这一盘文学大棋而言，真可谓气定神闲、了然于胸。

三、冷观尘世的智慧之书

《笑猫日记》采用动物视角，是以笑猫（"我"）的眼睛来看世界的，这种叙述视角可能得益于日本作家夏目漱石小说《我是猫》的启发。《我是猫》中，穷教师苦沙弥家的这只善于思考、富有见识和正义感的猫作为叙述者冷眼观察芸芸众生相。与此相仿，《笑猫日记》中的笑猫因为通晓人和动物两种话语系统，而能自由行走于人和动物两个世界中，以猫眼冷观尘世，无论是阅"兽界"，还是品人生，最终实际都是或直接或曲折地反映人的社会生活、展现复杂的人性。还要看到，以作为主人公的笑猫书写日记的方式来进行悠长闲适的叙事，为儿童展开一部意味无穷趣味盎然的巨著，这在人类童话写作史上是前无古人的创造。

也许是和《笑猫日记》中的叙述人笑猫的居家身份有关，在《笑猫日记》的前面几部作品中，杨红樱对家庭教育进行了颇有力度的思考，这是通过两类精神旨趣完全不同的成人大相径庭的教育方式的对比展开的：一种是像马小跳爸爸妈妈那样的家长，他们的心

杨红樱在阿拉伯国家文学论坛上，作"笑猫日记的独创性"的发言

永远不会老，尊重和体贴孩子的心灵，对待孩子和小动物富有耐心并充满爱意，《想变成人的猴子》中曾经受到过对对眼迫害的猴子为此都想变成人！另一种则是像杜真子妈妈、安琪儿妈妈那样的"问题家长"，她们丢失了童心，无视孩子的正常需求，动辄对孩子严加呵斥。

《保姆狗的阴谋》中，杜真子妈妈像念经一样对杜真子反复唠叨"我这么辛苦，还不是全为了你"，杨红樱以笑猫的评述"借题发挥"表达了自己对当下一些不懂得教育方法的家长的看法：

> 我真的不明白，像杜真子的妈妈这样的大人，难道他们就没有自己的追求？为什么要把所有的希望都寄托在孩子身上？为什么他们活着都是为了孩子？难道没有孩子，他们就不活了吗？这些家长有没有想过，他们会让自己的孩子瞧不起？反正，我是瞧不起杜真子的妈妈这样的人。瞧人家马小跳的爸爸妈妈多好啊！他们除了爱他们的儿子，还爱他们的工作。马小跳的爸爸，是玩具设计师；马小跳的妈妈，是橱窗设计师。他们从来不说把所有的希望都寄托在马小跳身上，马小跳才活得这么自在，这么快活，心里一点压力都没有。

> 还有，杜真子妈妈对小动物们毫无怜爱之心，缺乏对自然的感动之心。譬如对笑猫冷酷无情，将之驱赶出家门；在冬至这一天兴致勃勃地买来狗腿，哄骗杜真子、马小跳吃狗肉，等等。她的心灵过于粗鄙，但也附庸风雅种植名贵的兰草，却把杜真子种植的土豆视为眼中钉、肉中刺。她不理解儿童文学作品中的感恩教育，觉得有关生孩子的文学描写为咄咄怪事，非但不因为生了杜真子而感到幸福，反倒直言杜真子简直就是自己的"讨债鬼"，"差点儿就要了我的命"，甚至为自己的腰身变粗、为自己的辛苦而牢骚不断。杜真

子妈妈只是在物质上满足了孩子，却无法在精神上真正走近杜真子，以致杜真子屡屡在她那里收获到的是失望。杜真子妈妈尤其警惕男女同学之间的正常交往，把前来参加杜真子生日会的唐飞、张达、毛超赶走，因为在她看来："男孩子给女孩子过生日，什么意思？"在其后的《能闻出孩子味儿的乌龟》中，她更干涉马小跳、杜真子与同学的正常交往，一再质询"你小孩子讲什么权利？你小孩子哪来的权利？"这让我们想到了与《能闻出孩子味儿的乌龟》差不多同期创作的《名叫牛皮的插班生》中的安琪儿妈妈，她也是把安琪儿和异性同学牛皮的正常交往看成了早恋！

　　《塔顶上的猫》中，杜真子妈妈的言行更显出其见识肤浅的地方，她只知道狐狸偷鸡吃，却不知道狐狸是吃老鼠的，把狐皮大衣穿在身上沾沾自喜、在人前显摆。她会为了杜真子"在阳台上发呆"而大发雷霆，甚而虐待笑猫以此出气，笑猫针对此发出这样的评论："唉，这些大人，总不让孩子有自己的空间。他们每时每刻都一定要知道孩子在干什么，在想什么。如果杜真子告诉她的妈妈，她在看星星，那么她的妈妈肯定会骂她脑子出了毛病，所以杜真子没吱声。"《长大不容易》中，杜真子妈妈以爱的名义，肆无忌惮地迫害杜真子，她对杜真子的控制更是变本加厉，白天，她分分秒秒地盯着杜真子，晚上则整夜整夜地睡不着觉，除了去学校上课和睡觉外，她把杜真子的所有时间都安排得满满的，完全剥夺了杜真子自由的空间。杨红樱借着笑猫之眼之口观察和吁求家长给孩子营造愉快的成长环境，给予孩子足够宽松自由的成长空间。

　　《能闻出孩子味儿的乌龟》中，杨红樱展示了童心童趣的可爱可贵，也表达了自己的忧虑——"现在有孩子味儿的孩子是越来越少了"，造成这种情形的原因恰在于家长童心的丢失。安琪儿妈妈粗暴地干涉安琪儿的阅读，把她喜欢看的书当成没有用的书；迷信所谓阅读专家的建议，送安琪儿去上阅读班，强迫她阅读现在还读不懂的必读书，"如果不读完五十页必读书，就不能出去"。杨红樱借着笑猫之口传达了这样的比较自然"新颖"且一定具有冲击力的阅读观念："本来，安琪儿是喜欢读书的，但她的妈妈硬要她读现在还读不懂的书，安琪儿就会讨厌读书，也许她这一辈子都会讨厌读书了。"毛超妈妈因为怕得罪邻居而给毛超报了国学班，这样邻居就不会抱怨毛超不上补习班对自己孩子的"恶劣"影响了；杜真子妈妈则给杜真子报了三个补习班。还有，杜真子妈妈与安琪儿妈妈如出一辙地视孩子不在书房里看书、而在阳台上看彩虹为浪费时间，认为孩子喜欢读的书就一定是"闲书"，"读了没有用的书就是闲书"。杜真子妈妈为杜真子和马小跳制定了假期学习时间表，才给马小跳们"六个小时的睡觉时间、三个小时的吃饭时间"，"其余的时间都在学习"！而且"数落了马小跳，接着又数落杜真子。她叽里呱啦、叽里呱啦地数落个不停。在她的眼里，杜真子和马小跳只有缺点，没有优点"。童话中，笑猫有困惑也有抗议："孩子也是人，我就不明白大人们为什么可以这样对孩子"，与乌龟就"大人和孩子之间的关系为什么会变得这么不可思议"展开讨论，乌龟的话一针见血："这些大人常常会以'一切都是为孩子好'为借口，理直气壮地不尊重孩子，肆无忌惮地去做伤害孩子的事情"。《长大不容易》中，杨红樱更是明确把杜真子妈妈、安琪儿妈妈这些丢失了童心的家长归为受到焦虑病毒感染了的一族，像安琪儿妈妈早就病得不轻，她喜欢攀比，老拿安琪儿去跟那些所谓的优秀孩子作比较，越比越嫌弃安琪儿笨。要命的是，这种焦虑病毒甚至跨界传染给了动物界的家长们，青蛙妈妈和贵妇狗菲娜也都张口闭口不能让自己的孩子输在起跑线上，结果青蛙妈妈因为小蝌蚪只有两条腿、不会唱歌而忍心抛弃了自己的孩子们，菲娜一心为自己的三个孩子能成为音乐家、歌唱家和导盲犬而百般折磨他们。

《能闻出孩子味儿的乌龟》中，乌龟还引述先哲的话阐明成人粗暴干预孩子成长的危害："大自然希望孩子在成人之前，都要像孩子的样子，如果我们打乱了这个次序，就会造成一些果子早熟，这些早熟的果子既不丰满，也不甜美，而且很快就会腐烂。"《长大不容易》中，球球老老鼠更有诗意的理解："我们静等花开……这才是成长该有的样子"，因此会向笑猫承诺"我会陪伴他们慢慢长大，一直到他们成为真正的青蛙"，笑猫则对这些打乱自然成长次序的家长们的共同症状有总结："那就是没有耐心接受孩子的成长过程，没有耐心等待孩子一点一点慢慢长大。"

在《幸福的鸭子》中，唐飞爸爸和马天笑先生对孩子到农村亲近大自然持赞同态度："农村是个广阔的天地，是真正的大自然，对你们这些城市孩子来说，是最好的大课堂。"平常最怕写日记的唐飞、马小跳们，在张达外婆家的桃园里得到锻炼后，都写出了具有真情实感的作文。富有讽刺意味的是，杜真子妈妈见状，破天荒地让马天笑先生把杜真子送到桃园里来了，却是为着让杜真子的作文水平超过马小跳。由是来看，杜真子妈妈是带着多么大的一颗功利心来对待孩子的教育啊！而她的言行举止在现实生活中诸多家长那里是很具有代表性的。

不但两种类型完全不同的家长在《笑猫日记》中有着如是观念对比鲜明的表现，这两类家长之间因为观念不同而引发的"矛盾"还异常激烈。同去郊外踏青，杜真子妈妈预先对马小跳和杜真子明言"今天，不是去玩儿的"，"今天带你们两个出去，是收集素材，好写作文"；马天笑先生则肯定"当然是去玩儿的，还要痛痛快快地玩儿"。杜真子妈妈指责马天笑"你的儿子今天成了这个样子，你要负很大的责任"，马天笑则干脆表示："我的儿子让我感到很骄傲，很自豪。"因为家长的态度不同，杜真子和马小跳在郊游时收获的是截然不同的感受：马小跳开心了一天，而杜真子呢，却一再受挫：路过油菜花地的时候，她被要求带着笔和本子去写看到的好的景色，结果杜真子"回到车上，就没有再下来"，而是悄悄地流泪；郊外野餐，吃卷春卷，杜真子再次被要求先记下卷春卷的过程，同样吃得也不开心；放风筝的时候，杜真子妈妈再度"哇啦哇啦地说了起来，她把自己当成了教作文的老师，一本正经地给杜真子上起作文课来"，杜真子不能不大发牢骚了——"你把我所有的感受都破坏了"。马天笑先生有关"教孩子写作文是老师的事情，而家长要做的恰恰是创造条件，让孩子积累生活感受"的认知，显然是秉持自然教育理念的杨红樱对理想家长应负职责的期待。杨红樱就明确表示："孩子们缺乏的不是技巧，而是一颗会感动的心。好文章都是有感而发，没有感动，怎么写得出好文章？"《笑猫日记》对于包括家长在内的教育者的智慧启迪和心灵滋养是不容忽视的。它推动着人们反躬自省，切实地思考如何真正走近孩子的心灵世界，了解孩子的所思所想，与孩子展开平等的精神对话。实际上，尊重孩子，捍卫童年，呵护童心，保护儿童成长权利和私密空间，这是《笑猫日记》的一贯主张。

随着笑猫足迹的走远以及作家想象力的渐次阔远、童话境界的逐步展开，《笑猫日记》后面诸册对人世的观察已经远不止于家庭教育了，其对学校、社会、成人世界、儿童心灵、人性等诸方面问题的关涉与思考越来越多。这令《笑猫日记》成为一部最大限度容纳杨红樱人生观、教育观、世界观的无所不包的"大书"。

譬如，作品当中有关乎儿童本位的教育观念的传达。《孩子们的秘密乐园》中，马戏团根本不尊重孩子的喜欢，也无意去了解孩子的心理特点，倒是对自己编排的孩子们根本不感兴趣的所谓"马戏"自我感觉非常好，一再放言："孩子们的欣赏水平太低，像我那种高水平的演唱，他们根本欣赏不了"，"那些小屁孩儿懂什么呀？甭理他们！我们该怎么演，还怎么演"，"我们干吗要讨好小孩子"，"不能由着小孩子的性子来"，"必须立个规矩：我们演什么，他们就得喜欢什么","我们决不能迁就小孩子"。为此,马戏团找来电视、报纸,找来有话语权的专家来为马戏团唱高调,尽管小孩子脸上写满了"不喜欢",偏偏就有那么多望子成龙的家长们很买账,纷纷盛赞这些根本不是真正马戏的"马戏"有着"颠覆性"和"高雅的艺术品位"。还是永远讲真话的小孩子能够一语道破天机:"大人们最怕什么?最怕别人小看自己。你们发的宣传册上面的那些话,都是请专家写的,所以那些大人在接受采访时所说的话就必须跟专家的观点保持一致,这样,才能显出他们有水平。"就像安徒生《皇帝的新装》中每个成人都不愿意让别人知道自己什么也看不见而众口一词称说皇帝新装如何美丽一样,《孩子们的秘密乐园》中的家长们也都害怕自己会被别人小看而睁着眼睛说起了瞎话。《永远的西瓜小丑》则以成人和孩子对"真正的马戏"的判定分歧展开话题。无论马戏团使出怎样的招数来——用高音喇叭来大肆宣传,请专家研讨,请评委颁奖,请儿童兴趣管理局的长官们作出重要指示硬性要求,但种种利诱和强制的手段都无法奏效,孩子们的目光和心灵依然为西瓜小丑所吸引所征服。杨红樱在童话中再现"皇帝的新装"这一经典化场景,可不是简单的模仿或者单纯为着说明成人的虚伪或愚蠢,而是力图以这样的成人和儿童围绕"真正的马戏"的霄壤之别的理解提醒世人:如果成人罔顾教育规律,不知道尊重孩子意愿,只是试图按照自己的理解或想法来设计孩子、改变孩子,结果只能是离孩子、离真相越来越远。偏偏西瓜小丑最懂得孩子的心曲,最知道该怎样与孩子接近和交流,他知道孩子喜欢什么样的马戏,组建了自己的马戏班,在万年龟、笑猫、老老鼠、黑旋风等的积极配合下,在楠木林里建立了一个备受孩子们喜爱的、属于孩子们的秘密乐园,这个秘密乐园有孩子们最想要的快乐和梦想,"只有孩子们能看见","只有孩子们能进去"。即使到后来,马戏团把备受孩子欢迎的西瓜小丑放逐到了没有孩子的地方,进而摧毁了楠木林这有形的孩子们的乐园，可是，"偏偏有一条爱的通道，让西瓜小丑能走进孩子们的心里，也让孩子们能走进西瓜小丑的心里"。童话以饶有意味的情节设置和富于象征意义的表达告诉人们：在孩子自由快乐的成长过程中，一定会有着不为外人所知的、只属于他们自己的秘密的，成人一定要给予孩子足够的成长空间并尊重他们的喜好和隐私，不必要全程监视跟踪孩子，也没必要进入到孩子盛放秘密的这个"花园"里。而且，杨红樱有意识地提醒成人注意：成人的话语体系和思维模式实际上是有设计缺陷的，在评判和孩子有关的事物时罔顾同样有发言权的孩子的感受。

也正是因为重视孩子的感受，以孩子为本位，《云朵上的学校》中对未来学校的设想与书写就格外富有光彩，动人心弦。在这所建在云朵上的学校里，仙女蜜儿让学生徜徉在大自然中尽情感受，沐浴着自然的恩泽，知识的种子在心中生根发芽，所写的作文形式不限，自由表达，可以是记叙文，也可以是童话，还可以是诗歌；孩子们在房间里愉快地写论文，在野外用三原色调出许许多多美丽的颜色，提交的作业都富有创意，得到蜜儿"太棒了"的评价。孩子们是在愉快的发现之旅中得到知识的，充分调动起了主动性和积极性，在学习中找到了乐趣。显而易见，童话其实是杨红樱对理想的学校教育到底应该是什么样子所进行的美好设计和憧憬，这当中都

《云朵上的学校》获选"大众喜爱的50种图书"

融进了她的如下一些学校教育理念：学生应该更多地走进大自然中接受教育；学校应该是生产快乐的地方；教师应该用欣赏的态度来对待每一个学生；作业应该是不拘一格富有创意的。杨红樱在小说《漂亮老师和坏小子》、童话《神秘的女老师》等以往作品中都有过表达，但在这里是更无拘无束的表达、更诗情画意的书写。究其原因，在于以往作品更偏于写实，而《笑猫日记》则以空灵见长。

情感教育始终是杨红樱文学创作中最富有神韵的部分。《笑猫日记》同样不吝篇幅并表现得别有洞天。《幸福的鸭子》《虎皮猫，你在哪里》和《蓝色的兔耳朵草》等都集中阐释了一个有意义的话题：真正的爱情是高贵的，要获得真正的爱情，需要始终不渝地等待和坚定不移地寻找。《幸福的鸭子》中麻花儿对黑鸭子的爱情坚定而执着，她是在耐心的等待和守望以及积极的表达中获得了黑鸭子的爱情的。《虎皮猫，你在哪里》中笑猫对虎皮猫的虽九死其犹不悔的寻找让人懂得了什么叫"执着"，而一旦执着而踏实地追求，则心中的梦想一定会实现，爱情一定会开花结果。《蓝色的兔耳朵草》中，笑猫为了能治愈虎皮猫的耳聋，不畏艰险翻山越岭，他感天动地的真诚和不懈的寻找，终于让奇迹出现。原来，只要心中有爱，奇迹就一定无所不在。《小猫出生在秘密山洞》开展了成功的婚姻教育、家庭教育、生命教育，既有对笑猫、虎皮猫身上父爱、母性的展示，也有对责任、义务的解说，更有对疾病、生命和死亡的通透认识。虎皮猫和笑猫向小猫们如是解释小可怜的死亡："梅花瓣把她送到天堂去了"；如是从容淡定地介绍"天堂"："那是我们都要去的地方。"

杨红樱以开展有序悲喜交集的故事将自己对生活与生命的通透理解传递给孩子们，让他们懂得了生活、理解了生命，甚至也近距离地走近了疾病、了解了死亡，最终落脚点依然在于顽强、执着、勇敢地面对生活中的一切苦厄，就像作品中那段脍炙人口的话："生活就像一串珠子，是由悲、欢、离、合这样的珠子串起来的。小可怜走了，我们要尽快地从悲痛中走出来，因为生活还将继续下去……"

在《笑猫日记》的情感教育中也包括性情教育。如《幸福的鸭子》中的麻花儿对待生活充满感恩之心，大大方方不急躁，以真诚、善意和对生活的美好理解赢得了周围人们的尊重，她也重新定义了"幸福"——获得幸福其实很简单，只要拥有一颗容易感动的心就行。《属猫的人》借着对四种不同性格的猫人的追踪和性格演示，让人看到好的性格才会带来好的命运，就像马拉松比赛中真正成为冠军的是有信念有定力的土猫人那样。《幸运女神的宠儿》则是以笨笨猪的好运气让人看到葆有一颗绽放光芒的童心、拥有与人为善的性格和保持平和的心态，该会是一件多么幸运幸福的事情。

四、洞悉人性的幽微曲折

米兰·昆德拉在《小说的艺术》中说过："小说的精神是复杂性的精神。每部小说都对读者说：'事情比你想的要复杂。'这是小说的永恒的真理。"事实上，"复杂性的精神"一定是所有文学作品孜孜追求的"永恒的真理"。《笑猫日记》就以其内在的特有逻辑、以其呈现出来的丰富性和复杂性，向世人发出米兰·昆德拉所至为敏感的"游戏的召唤""梦的召唤""思想的召唤"和"时间的召唤"。

《笑猫日记》不仅仅写儿童，也将百态人生和复杂人性写了出来。当然，对这一宏大话题的表达，童话是由笑猫之眼之口来引导人们见识到生物特别是动物身上本来丰富多彩的一面的质素的。而这一切"神奇"并非杨红樱随意想象，这是建立在对现实生活中生物的细致观察的基石上的，是建立在她的"万物有灵"的认知基础上的，就比如《蓝色的兔耳朵草》中的植物不仅仅有生命力，也是富有人的感情的，所以笑猫历经千辛万苦寻找蓝色兔耳朵草的故事会令枯树和铁树动容，从而有枯树秋天发芽、铁树居然开花的奇景神迹。《保姆狗的阴谋》中写到的两只狗情性大不相同，牧羊犬帅仔有情有义，保姆狗老头儿阴险叵测。因为笑猫对老奸巨猾的保姆狗特别敏感和关切，从而逐步发现这当中布满的重重悬疑，最终揭开了事实真相。童话中，牧羊犬帅仔始终不知道保姆狗老头儿对自己的加害，一直没有忘记死于车祸的保姆狗，甚至会发出撕肝裂肺的恸哭，当路人不解帅仔的伤悲时，笑猫有关人情感麻木的评议发人深省："人类的所有情感——喜怒哀乐，我们动物都有。现在，反倒是不少人的情感已经变得很麻木了。"《小白的选择》中戴着银铃铛

杨红樱在"笑猫日记系列"全球多语种的授权签约仪式上

的小白能够帮助女主人寄信、买报、买鲜花饼，能够在主人发病时对主人及时地施救。《寻找黑骑士》中的黑骑士救人受伤后做起了尽职尽责的导盲犬，辅助主人买东西、做饭菜。这些都是对狗重情重义的书写。

对于其他动物，杨红樱同样善于发现它们的与众不同之处，从不做价值评判上的预设。比如说猪在人们的传统认识中，是笨、懒、馋的象征。而杨红樱始终没有做出这样肤浅的认定。在她的早期童话中，笨笨猪、猪笨笨、猪猡猡等虽也有笨、懒的特征，可都笨得可爱、懒得可亲，更要紧的是，善良是杨红樱笔下的猪心灵世界中最重要的色彩。《幸运女神的宠儿》中，笨笨猪与人为善的好性格就得到了淋漓尽致的展现，笨笨猪不但赢得了村民们的一致好评，还为此获得了一系列好运气。《虎皮猫，你在哪里》中，自卑的虎皮猫开办梅花图画展，一头粉红色的猪竟然是第一个到场的参观者，当被雪儿质疑之时，他的回答颇具锐气："难道你认为我们猪的身上只有脂肪，没有艺术细胞吗？"而且他的早到改变了通常"猪是最懒的"一类陈词滥调。这头热爱艺术的粉红色的猪可也不是杨红樱任意杜撰出来的，它是杨红樱在一次旅游途中所发现的："我们看见一头粉红色的猪趴在窗口晒太阳。它那心平气和的神态意味深长，让人感到就这么离它而去心有不甘。"童话中这头可敬可爱的猪不卑不亢、大度雍容的言行让人肃然起敬。而且，与粉红猪一样来看画展的还有鸭子夫妇以及兔子、鸡、鹅等同样"身上长满艺术细胞的动物们"。《樱桃沟的春天》中，黑猪黑旋风雷厉风行，会溜冰，能飞翔，还能够立定弹跳在空中旋转三个360度；到了《一头灵魂出窍的猪》中，黑旋风更在大地震中饿了八天，虽然掉了两百多斤肉，但还是从石缝里坚强地钻出来，顽强地活了下来，而且他拒绝"全世界最坚强的猪"这个世界性荣誉称号，不甘心被人奉养起来供人参观，而是选择了出逃；重新获得自由之后，他还把马小跳奶奶家的废墟清理出来，在原址上重建了一座宝塔形的碉堡，在惊涛骇浪中运出原木来，在一片废墟上帮大家重建家园，并且最终建成一座高耸入云的碉堡，他做这一切"是想离月亮近一点儿，离星星近一点儿……"；在《孩子们的秘密乐园》中，黑旋风在楠木林里给孩子们造了一座秘密乐园，用老老鼠的话来说，"要完成这样的作品不仅需要力气，更需要艺术家的眼光和品位"。这的确是一头富有理想、特立独行的猪。大地震中，粉红猪是靠着自己异乎寻常的想象力挺过了艰难的九天的；粉红猪的妻子黑妹则是以木炭为食而坚持住最终生下来八只小猪的；更有一头全身雪白"身上的每一根毛都闪着晶莹的光"的雪猪，她是黑旋风的妻子，"每天，她都会迎着初升的太阳跑到深山里的一个深水潭中"进行花瓣浴……在杨红樱笔下，猪非但不让人反感，更有奇光异彩、清新俊逸，令人过目难忘。

《幸福的鸭子》中的女鸭子麻花儿更是一个哲人。从外表来看，她实在其貌不扬："那走路的姿态、那肥胖的体态，怎么说和可爱也一点儿不沾边儿，而且她的屁股大得都快掉到地上去了"，可是她可爱、真诚、善良。身体肥胖却很灵巧；歌声虽说像打饱嗝儿，"但因为唱得深情，所以也有动听之处"。村子里所有的人都喜欢麻花儿，因为"这是一只极容易产生幸福感的鸭子，而这种幸福感来自于给予，她在给予的同时，自己也获得了幸福"。她能"用心去感受大自然的神奇"，对自己的心上人——黑鸭子，每晚临睡前只要能远远望上一眼，就心满意足了，因为"心中有思念，也是一种幸福"，让笑猫切切实实地感到"原来，幸福离我们这么近"。笑猫认定麻花儿之所以这么容易产生幸福感，"这是因为她有一颗容易感动的心"。麻花儿是一个"希望把每一分钟都过得很精彩、很浪漫"的鸭子，笑猫掉到深井中，她跳下井去救笑猫，用体温温暖着笑猫，在井里等待着被救援时抱持着"随遇而安"的态度，因为在她看来，一只鸭子和一只猫在一口古老的深井里聊天，"这是多么妙不可言！"麻花儿虽然其貌不扬，却精神富有、心灵充沛。

《想变成人的猴子》中出现了一只有着奇思妙想的猴子，因为羡慕人的生活而朝思暮想着成为人，在人的世界莽莽撞撞造出无尽笑料、一再闯出事端来：在冰箱里睡觉，像人一样在跑步机上锻炼身体，戴上黑框眼镜装模作样地看书，使用煤气烧烤水果，在浴缸里洗澡而淹了整个房间……童话有意让猴子这个外来者进入到"人的世界"中，对人类稀松平常的生活方式重新予以打量、效仿，从而产生了陌生化的喜剧色彩和美学效果，也让读者深深地记住了这只滑稽可爱的"想变成人的猴子"。《樱桃沟的春天》中，母白鹅看守门户，关键时候能咬住侵犯者的手指不放；阿黑猫无比思念着邻家的母白猫，到后来还想方设法寻找自己的孩子；好管闲事的母狗阿黄成天忙着大熊猫传宗接代的事情，安排了一场玉兰王树下的相亲会；鹩哥不仅能模仿人说话，还能模仿人唱歌，还会模仿战斗机的轰鸣声，赶走摧残樱桃树的剪刀嘴怪鸟……《孩子们的秘密乐园》和《永远的西瓜小丑》中，各色动物们演练起了特殊的才艺，成为风格别具的马戏演员。千万不要把这些日常动物的别样特长仅仅看成是作家童话魔棒的点染造化，重要的是，善于发现美和认识美的杨红樱以此唤起我们对平凡生活的瑰丽想象，我们由此跳出认知的偏狭，戴上了认识日常动物身上不同寻常之处的审美视镜。

《笑猫日记》也绝不回避表现动物身上的不良情感，这其实是对人类性格痼疾或者说生物性中的不良性情的真实烛照而已，属于借物喻人。《保姆狗的阴谋》和《塔顶上的猫》就都写到了一种很不好的感情——嫉妒，浓墨重彩地写到了嫉妒爆发时给嫉妒者自身带来的巨大伤害：在《保姆狗的阴谋》中，保姆狗老头儿因为嫉妒牧羊犬帅仔而一直想加害于他，结果却自食恶果，遭到了报应；《塔顶上的猫》中，众多的"资格猫"因为自己上不去塔顶而对塔顶上的虎皮猫嫉妒得发了狂，结果一而再再而三地被自己的宿敌老老鼠玩弄于股掌之间。《球球老老鼠》则以老老鼠心想事成变成球球的幽默故事让孩子懂得了怎样才能更好地也是正确地提高自己的修养、培养好的品性：当带着功利心刻意去做好事时，往往把好事变成了坏事；当不计回报地做好事时就会真正功德圆满。

当然，《笑猫日记》对人世丑恶虚假的描写、对咄咄怪事的发掘与讽刺，有时来得更为直接。《塔顶上的猫》的结尾，当虎皮猫从塔顶上消失，为了挽留住被虎皮猫招引来的许许多多美丽的花鹭，人们居然在塔顶上塑了一座金猫的塑像。这就是只会做表面文章而善于作假的人啊。《想变成人的猴子》中靠猴子赚钱的对对眼，利欲熏心，没有良知。《绿狗山庄》中，一个自私自利的艺术家为着实现自己的艺术理想而残忍加害上百只狗，这个事实告诉孩子们"人上一百，形形色色。虽然这世界上还是好人多，但心怀叵测、居心不良的人也不少"。《小白的选择》则继续着对人的解析，世上固然有外表与内心都美丽的人，但还是有外表光鲜内心却肮脏的两面人，有不劳而获的寄生虫，有嫌老爱幼的喜新厌旧者，从而让孩子们看到人和人性的复杂。《寻找黑骑士》中三宝对友谊的寻访之旅实际上展开的是体察形形色色的人性的旅程：有很潮很时尚的华而不实者，有虚情假意的冷酷无情者，有好吃懒做碌碌无为者，有耀武扬威的势利小人，当然也有勇敢正义的恪尽职守者。《樱花巷的秘密》中，有人在樱花巷里布置了满树的假樱花以吸引游客来赏花，家长们怕孩子输在起跑线上而逼着孩子喝"智慧汤"、扎"聪明针"，疲于奔命地带孩子出入"小天才培训基地"接受培训，花高价买"只此一本"的高考状元作文本，虽说一次次上当受骗，却仍然执迷不悟。《又见小可怜》中，形形色色的祈愿者们到钟楼敲钟为求升官发财、求爱情天长地久、求长命百岁、求高考状元，还有恶人圈占了钟楼资源以牟利，对妨碍了他们营生的小可怜痛下杀手。《青蛙合唱团》里青蛙在被工业废水污染了的乡村世界里无法求得生存，只能来到城里，却又一而再再而三地遭遇贪婪的人们的捕食而无处遁逃。《属猫的人》则是对"人无完人"的巧妙表达，四种不同性格的猫人各有所长所短：土猫人有坚定不移的信念、坚持到底的毅力，但固执倔强，不撞南墙不回头；风猫人聪明，但张扬、空虚、纠结、善变；水猫人谨慎周到，能纵观全局，将心比心，但有仇必报；火猫人自信，但有时也不免自大。《笑猫日记》在对曲折幽微的人性的洞察上往往不动声色，但却鞭辟入里，细致入微，启人深省，作家隐藏于其中的好恶也清晰可感。

五、接轨世界的民族创造

杨红樱说过："如果一个童书作家，给孩子制造了阅读的障碍，这就是很大的问题了。因为孩子读不懂，是很影响阅读兴趣的。孩子的阅读没有功利性，只要不喜欢他就可以不读。当然除了语文书，因为要考试。儿童心理学专家或者教育学专家读我的东西，能够读到故事背后的很多东西。很多人说杨红樱一定是这方面的专家。但在作品里，我可能一个字都不直接表达，而是通过故事，变成孩子能够接受的东西。其实儿童文学的写作比一般的文学要难。就好像我本来是用钢笔写，但因为是给孩子看，我不得不换一支彩色铅笔，让他们懂，让他们喜欢。"杨红樱在儿童文学写作中体会到的"难"与《文心雕龙》中"善为文者，富于万篇，贫于一字"的说法正相符合。

《笑猫日记》中，杨红樱让笑猫充当了叙事者，采取自己早先小说写作中喜欢动用的"日记体"方式来叙事抒情，这显然更利于心灵世界的打开、更利于和小读者的情感交流。《笑猫日记》中，每篇日记的写作时间都是笼统的"这一天""那天晚上"或者"第×天"之类，不似从前日记体小说中有着较为明确的时间指向，如此对时

间的"模糊"处理可以给童话腾挪出较大的叙事空间来。在日子的择取上,《笑猫日记》没有选用西元的历法,倒是一再动用大暑、秋分、寒露、霜降、大雪等二十四节气以及春节、中秋等各类传统节日,并屡屡征引"一九二九,袖不出手""冬练三九,夏练三伏"等各种有关天气的民间谚语,在此基础上写景绘情,显然,杨红樱是力图在审美倾向上、抒情气质上以及汉语言写作的空间拓展中追求文本从形式到内容上的东方化、民族化。杨红樱还一改从前日记体小说"天气"一栏中单纯、单薄的"阴""晴""雨"等记录,而是代以一小段富有意味也很优美的自然景物描写,它往往既是具有独立审美意味的四季流转日月星辰的书写,也是诉说心情、渲染环境甚至昭示着情节发展路向的"线索"。以《蓝色的兔耳朵草》来说,童话讲述的故事发生时间是自秋分到大雪这一期间。"在细雨中告别"标示的当天天气状况如斯:

细雨绵绵,但天空并不阴沉。快到傍晚时,天色突然明亮起来,甚至出现了几抹亮丽的彩霞。难道这预示明天会是一个晴朗的日子?

而故事中,在笑猫有效驱赶了死神后,原本奄奄一息的小女孩雨樱也奇迹般地重获生机、健康出院,天色"突然明亮"、出现"亮丽的彩霞",无疑就是一个好的"预示"。"有一座蓝山"中,这一天的"天气"也别有意味:

今天果然是一个阳光灿烂的日子。正是菊花盛开的时候,在阳光下,每一朵菊花都是灿烂的。

故事中,老老鼠向笑猫提供了重要的线索——蓝山上的"兔耳朵草"能够治疗虎皮猫的耳聋。这个好消息当然会使得笑猫的心情与这天天气一样"阳光灿烂"的。而每一朵"灿烂"的菊花既是笑猫实际所见的景象,也是和他心情豁然开朗相映照的。"草坪婚礼"中笑猫和虎皮猫在老老鼠等的操办下举行了盛大的婚礼,这一天的"天气"是这样的:

虽然秋天已经过去了,但今天的天气却让人觉得仿佛又回到了秋天。天高云淡,有金色的阳光,这一切仿佛是对这个秋天的最后的回忆。

"天高云淡""金色的阳光"是"人生大喜"的好日子,也意味着笑猫人生中一份沉甸甸的爱情收获,既往曲折经历既是一段美好的"回忆",也是笑猫人生路上的一个重要节点。在结尾"重返秘密山洞"中,笑猫与虎皮猫终成眷属后返回秘密山洞,这一天的"天气"就不那么"配合"了:

今天是二十四节气中的"大雪"。我们这里虽然没有下雪，但是有一股来自西伯利亚的寒流袭来，风冷得刺骨。

作品中也多次提到天气的寒冷，就是在这样的情境里，笑猫对爱情、对"家"的认识才会深化，也才能更好地带动小读者有这样的认识——爱情不是简单的两情相悦，而应该是彼此的患难同当相互扶持：

晚上更冷了。从湖面上刮来的寒风一股一股地灌进洞里，我和虎皮猫紧紧地依偎在一起。以前，秘密山洞对我来说，只是一个栖身之地，从来没有让我产生过家的感觉，但是现在，这里就是我的家了，因为我和我心爱的猫在一起，这里就有了家的感觉，有了家的温暖。我们会在这里，一起度过寒冷的冬天，迎接小生命的到来……

可以肯定，笑猫对"家"那能抗御自然风寒的温暖感受一定就会这样无形中流淌到小读者的心底，滋润和充实着孩子对"家"、对"爱情"和"婚姻"的形象认识。正是在这样的情感抒发中，我们能无比真切地感受到希望和期待。

再以《小猫出生在秘密山洞》来说，故事发生的时间是自冬至到元宵节过后的早春时节，正好承接了《蓝色的兔耳朵草》故事结束的时间。而本篇故事中让人揪心的小可怜的病情反复变化恰是和着这喜怒无常的天气的。"梅花在早春里凋谢"一篇如是交代天气：

元宵节过后，果然就像到了春天。翠湖边上的柳树都返青了，柳枝上冒出了绿豆般大的芽苞。

与之相应，小可怜的身体有些许好转，小生命就像这冒出芽苞的柳枝一样让人对未来充满憧憬。可是，柳树的返青却可能喻示着小可怜的回光返照。因为接下来的"遭遇寒流"一篇中的天气发生陡变：

> 一股来自西伯利亚的寒冷的气流，势不可挡地一路挺进。当寒流气势汹汹地经过我们这座城市时，气温骤降。

小可怜的身体情形也急转直下，体温一点点往下降，乃至于凄然死去。在紧接着的"送她去天堂"中天气的恶劣描写就在制造着一种悲哀气氛，渲染着笑猫难以言说的丧失亲人之痛：

> 现在，仿佛又回到了冬天，甚至比冬天最冷的时候还要冷。刺骨的寒风在凄厉地呼啸着，让我分不清哪是风声，哪是我们悲伤的呜咽声。

杨红樱有意识地令笔下的景物描写同样带有着"丰富性"和"复杂性"，让色彩变幻的景语变成具有丰富意义指向的情语。同样的，《笑猫日记》对云、树叶、露珠以及露珠在荷叶上滚动的声音等寻常景象的细致书写，也都是很优美的篇章。而这一切是在她看似简单实则神秘的童书写作法则的实践中，是在她纷繁灵动、变幻多彩的笔致中，是在她直抵孩子心灵深处的心理沟通中达到和完成的，可阐释的意义空间巨大。《笑猫日记》的寓繁于简、寓难于易，于此可见一斑。杨红樱善于以曲折多变的故事情节调遣着读者的情绪，让小读者时而喜时而悲时而捧腹时而沉思，并从看似简单的故事中获得对人生、世界、万物不简单的认知。

《笑猫日记》是童话和小说、文学和教育水乳交融般的结合，这里既有童话的迷人色彩，也有小说的现实魅力；既有诗歌的和风雅韵，也有散文的婉转绵长；既有天马行空的瑰丽想象，也有植根现实的生命感受；既有对儿童文学的深刻理解，也有对儿童教育的凝重思考。

《笑猫日记》是富有神韵的中国故事，从童话写作起步、对童话写作无比热爱着的杨红樱，不但成功塑造了笑猫、老老鼠这样非常丰满的童话形象，还令这两个典型的"中国制作"在短短几年间就和马小跳一样成为众多中外孩子所喜爱的文学形象、成为孩子们美好的童年记忆，他们毫无疑问地会成为可以与孙悟空、大林、小林、米老鼠、唐老鸭、铁臂阿童木、机器猫等比肩而立的经典童话形象。首先，笑猫被设定为一只成年男猫，有着一定的阅历，还掌握人语，他有智慧有勇气有担当，热爱生活，重情重义，情感细腻，他是安静的生活观察者和体味者，对世相有超然的洞察与透彻的思考能力。杨红樱借笑猫之口之眼之行，评说尘世万象，品鉴人生滋味，体悟哲理情趣。至于老老鼠，他是因年龄"老"经验多而可爱而"吃香"的。他是老得不知活了多久的老鼠，翠湖公园里的所有老鼠都是他的子子孙孙；有时免不了油嘴滑舌，好吹嘘自己，好显摆功劳，自夸自大，言过其实，还免不了贪嘴贪杯，这可都是老鼠本性难改的地方；但与此同时，这只老鼠的所作所为、言辞话语具有很强的幽默感。比如他懂得保养身体，早晨去吸花蕊上的露珠，有喝下午茶的习惯；得意于自己是一只富有创意的老鼠。他会把半个肉包子称为"汉堡包"，把烂毛线叫作"羊毛褥子"，把半条毛巾叫作"一床被子"。他还有自我反省的能力，这可都是在他上了年纪之后；他做了不少善事，甚至还会好心办坏事，与笑猫建立起了既为敌更为友的有趣关系，二者相得益彰、互为说明。杨红樱曾解释过她的这种人物设计和关系安排：

作为艺术形象，我是把老老鼠作为享受生活的智者来塑造的。

它见多识广，圆滑世故，但良心未泯，到老了的时候，常常感慨自己年轻的时候作恶多端，所以总想做点善事积点德。猫和老鼠本来是一对天敌，它和笑猫是一种相互欣赏的关系，它俩有许多相似之处，比如它们都有智慧，有幽默感，有情趣。我尤其欣赏它俩的那种宽松的朋友关系，有进有退，给对方足够的空间，这是它们的关系能维持长久的关键。

当然，由于世俗的观念，这对天敌的关系只能是畸形的，也就是说，老老鼠只能做笑猫的"地下朋友"，这样许多意味便出来了，这个形象的丰富性就在这里。

我国民间传说呈现过老鼠的可爱之处，譬如老鼠嫁女、老鼠娶亲等故事；一些外国动画片如《米老鼠和唐老鸭》《猫和老鼠》等同样出现过机智、可爱的老鼠形象，在和猫的斗争中显现出智勇来。古今中外这些众所周知的智慧灵巧的老鼠形象可能都会对杨红樱有所启发。早在塑造老老鼠这个形象之前，杨红樱就已经在不少作品中塑造了形形色色、令人难忘且富有色彩的老鼠形象：《亲爱的笨笨猪》中贼头贼脑的老鼠们因为啃食了书本而换了头脑，不再猥琐偷盗、而是过上了自食其力的生活；《三只老鼠三亩地》中的三只老鼠王阿鼠、张阿鼠、罗阿鼠都是良鼠，都能安分守己地种粮种菜种红玫瑰；《猫小花和鼠小灰》中的鼠小灰与猫小花"两小无猜"，建立了纯真友谊；《追赶太阳的小白鼠》中纯真可爱的小白鼠和灵魂受到净化而向善求真的秃尾巴老鼠……甚至在带有童话色彩的早期"马小跳"中，还出现过两只啃过书的富有智慧的老鼠，它们令追剿自己的马小跳父子殚精竭虑，还落了个脚板粘上粘鼠板的尴尬地步。这些老鼠都富有童心、有着智慧头脑，都是以"小"而呈现出可爱相的。而《笑猫日记》对老老鼠的塑造则是反其道而行之，"倚老卖老"。

值得注意的是，杨红樱在《笑猫日记》之前的诸多童话中就已经让猫和老鼠建立起了友好睦邻关系;《亲爱的笨笨猪》中的秃尾巴老鼠们是在得到猫咪咪小姐许可的情形下去啃食她的书籍的;《只有一个太阳》中的飞猫是致力于与老鼠建立起和谐关系的;《猫小花和鼠小灰》中的猫小花和鼠小灰是在彼此不知对方为天敌的情形下发自内心地和谐相处、你来我往的。到了《笑猫日记》中,猫和老鼠的有趣关系得到了发挥和延续,笑猫和老老鼠之间不是你死我活、你撕我咬的关系,而是互帮互助、互相欣赏的关系,甚至在某种意义上来说,老老鼠就像是笑猫的军师似的,不时为他出谋划策提供信息。当然他们之间的这种关系不是一开始就定型了的,而是有着一个渐进的发展过程。老老鼠在《保姆狗的阴谋》中首度出场时,还只是一个很不起眼的通风报信者——向笑猫通报帅仔被老鼠毒药毒倒的消息,这当然与这部童话的表达重心有关。那时就已经由笑猫对自己与老老鼠之间这种令常人匪夷所思的关系有了一点交代:"虽然我们猫和老鼠是死对头,最初我和这只老老鼠相遇的时候,也斗得你死我活,有着不共戴天之仇。我是一只足智多谋的猫,他是一只足智多谋的老鼠,我和他主要是智斗。斗来斗去,倒斗出许多趣事来。日子长了,我们俩居然有了那种既见不得,又离不得的关系。"当老老鼠在《塔顶上的猫》中出场时,也只是反衬着一班"酷猫"们因为嫉妒而丧失尊严、变得愚蠢、丑态百出的情形的,这时的老老鼠还很奸猾,众多的"酷猫"被他捉弄得晕头转向,任由这个往昔不堪一击的对手带着徒子徒孙们和自己讨价还价。到了《想变成人的猴子》中,笑猫对老老鼠的评价开始有了松动、变化:"我不能说老老鼠是好老鼠,但他至少不是坏老鼠,他是介于好老鼠和坏老鼠之间的老鼠。"但笑猫与老老鼠的关系有时会变得很紧张,譬如在这部童话中,老老鼠会把笑猫的玩笑当真,恳求他不要吃自己的子子孙孙;当秘密山洞中来了不速之客——一只乌龟时,笑猫在与老老鼠的谈话中不屑与之玩猜谜游戏,会对老老鼠"动武",甚至作势逼迫老老鼠与自己一道推乌龟出门……但在后来的各册《笑猫日记》中，笑猫与老老鼠之间的关系渐趋和谐，他们二者之间明为敌、暗为友，这种斩不断理还乱的关系表达令故事富有幽默感，也令讲述在曲里拐弯中富有意味。当然，他们的关系始终是在合情理、有节制、知进退的"拉锯战"中保持着某种平衡和适中的：笑猫始终坚守着自己的道德底线、捍卫着自己为人处世的原则，即使老老鼠时不时会去触碰这个"底线"，有"非分之想"欲接近笑猫家人，笑猫会对此保持高度警惕并遏止对方，二者免不了会有一些小小摩擦和争执，老老鼠免不了遭遇灰头土脸的命运，但由此出现的这种紧张关系随时又会因老老鼠的知难而退、及时让步而化解掉，笑猫也会相应做出无伤大雅的让步来——譬如允许老老鼠在乔装之后接近自己的家人，童话情节既获得了有益发展，由此而生成的幽默情趣也处处弥漫于整部作品中。还有，作为智者，老老鼠通常的长篇大论虽说有时会显得迂阔酸腐，但也不乏睿智幽默；《小白的选择》中老老鼠关于"孤独"的理解就很有哲人范儿："有些人独自待着，无所事事，特别无聊，这就是低级的孤独；有些人独自待着，是在追求内心的宁静，这就是高级的孤独。"《转动时光的伞》中，老老鼠对当上了童书作家的笨人安琪儿可有精彩的理解："笨人不如聪明人心眼儿活泛，所以笨人比聪明人更专注；笨人不如聪明人八面玲珑，所以笨人比聪明人更能够甘于寂寞。对于作家来说，专注和甘于寂寞都是必须具备的特质。"老老鼠在《笑猫日记》中就总是这样议论风生水起、智慧风驰电掣的，从而更新和激发着人的认识和想象。

要看到，笑猫这只诗意的中国猫、老老鼠这只哲理的中国鼠，他们的日常生活体验与感受都是相当富有艺术性和思想性的，在他们身上所透出和展现出来的地道中华文化的美丽而博大的精神是能吸引不同国家不同肤色不同文化水平的儿童的。一位 2006 年出生的马来西亚女孩在 2020 年写给杨红樱的感谢信中对自己的《笑猫日记》阅读史的梳理就很有代表性："今天是来谢谢阿姨。或许阿姨会觉得奇怪，但是在此先谢谢阿姨让我的童年过得幸福。我在大约 2016 年、2017 年时偶然在学校图书馆找到了《笑猫日记》之《能闻出孩子味儿的乌龟》，当时仅仅是因为封面好看而借下的这本书，后来发现故事里的人物生动，从而爱上了这本书。后来在图书馆里翻来覆去找到了约八本《笑猫日记》这类的书，直到我六年级毕业时也找不到剩下的书。在我四年级时《虎皮猫，你在哪里》这本书令我深思，不是因为笑猫与虎皮猫的恋爱之路坎坷，而是因为我对那只自卑的虎皮猫感同身受。小时候的我也常常问出和自卑的虎皮猫类似的问题，'我和他谁比较聪明''反正我都是比较差的'等等。当我看了《小猫出生在秘密山洞》时，我为小可怜感动哀伤，也为虎皮猫的母爱所感化。以前从未发现的是书里的文字是如此优美、那么有趣。后来在今年的 6 月初，妈妈终于把我要求多年的《笑猫日记》全套买下。而现在我最喜欢《幸福的鸭子》。麻花儿因为是只懂得感恩、懂得享受生命的所有事情而活得精彩。她感恩笑猫好多事，从她仅仅看了笑猫一眼时就温柔地对待他，到后来笑猫离开时她也感激笑猫让她和黑鸭子在一起。是啊，人只要懂得感恩，所有事都是好事，不是吗？"就像哈珀·柯林斯出版集团的中国市场发展部总经理周爱兰女士在《杨红樱作品的成功之处及其走向世界的意义》的专题发言中所表示的那样："全世界的孩子对儿童读物的需求是相似的，杨红樱作品所反映出的中国儿童生活现实与心理现实，能够打破东西方的文化障碍。书中表现出的张扬的孩子天性、舒展的童心童趣、成人世界与儿童世界的隔膜，相信能感动全世界的儿童。"的的确确，杨红樱那幽默、智慧、纯净而富有东方神韵和时代气息的中国童年故事不仅仅能让世界了解到当代中国儿童的生活状况和精神生活，更能对世界儿童产生积极健康的精神鼓舞。

　　"马小跳"之前，没有马小跳；"马小跳"之后，无数"马小跳"。也许众多的跟风模仿之作都看到了有形的"淘气包"，但却因为没有掌握通向孩子心灵的道路，不得其门而入，更不见宗庙之美。"李逵""李鬼"的品质高下，判然有别。当"李鬼"们的"捣蛋鬼"很快折戟沉沙烟消云散之后，真正能走进孩子心田、为孩子衷心喜欢的马小跳始终只有一个："我就是我，是颜色不一样的烟火"。与此相同的是："笑猫"之前，没有笑猫；"笑猫"之后，不会再有笑猫！在形神兼备气韵生动且独一无二的"笑猫"面前，任何"李鬼"都只能望而却步，一切说三道四者都无可置喙。杨红樱曾表示："对我而言，童话才是我的高峰，我只有登上这座高峰，才算是修成正果。"《笑猫日记》就是杨红樱多年修成的"正果"，深深刻写着这位

杨红樱在武汉大学参加"小时候我们一起读过的书"论坛海报

心系孩子的童书作家的生命印迹和纯真心性。《长大不容易》的结尾亦即全套《笑猫日记》的结尾意味深长：儿童节当天，马小跳和几个小伙伴一起去到翠湖公园的一棵参天大树的树洞里，这个隐秘的所在是只属于孩子们的秘密乐园，最受孩子们喜欢的西瓜小丑在这乐园里，万年龟则在树洞外面做一个尽职的守护者，"这个树洞，就是通向秘密乐园的秘密通道。"不消说，杨红樱就是那永远的西瓜小丑，就是那能闻出孩子味儿的万年龟。住进孩子们的心中，守护孩子们的成长，这是杨红樱一直以来的愿望，她事实上也以坚实温暖的写作实现了这个愿望，其以优美灵动、魅力无穷的《笑猫日记》建筑起了一条神奇的秘密通道，这通道连通了现实和幻想，连通了成人和儿童，连通了不同地域，连通了不同族群。《笑猫日记》是杨红樱文学创作的巅峰之作，它和《淘气包马小跳》一样为杨红樱以"中国作家"身份来为最广大读者诠释"儿童文学"这一特殊文学类型的生命特征而成功背书，《笑猫日记》注定了是世界童话之林中一座无可逾越的艺术丰碑！

结语

会师在巅峰

　　一个受儿童欢迎的童书作家一定既是循循善诱的师长，也是亲密无间的良友，他因为尊重儿童、熟悉儿童生活、懂得和儿童沟通的技巧而能实实在在地走进儿童的心灵世界中。因是之故，一个真正的儿童文学作家一定不会仅止于是一个优秀的文学写作者，他更应该是一个优秀的儿童教育学家、儿童心理学家、儿童语言学家、儿童哲学家；他既是儿童心声的聆听者，也是儿童心声的传播者，更是儿童精神的启蒙者与引路人。意大利教育家蒙台梭利说过："儿童不仅作为一种物种的存在，更作为一种精神的存在，它能给人类的改善提供一个强有力的刺激。正是儿童的精神可以决定人类进步的进程，也许它甚至还能引导人类进入更高形式的一种文明。"这是就儿童成长之于人类进步的意义而言的。那么，作为儿童精神宝库的童书的意义也正在于此。当孩子与包含着人生最朴素而深刻的人类智慧的童书相遇，灵魂会被唤醒，心房会被自觉自愿地打开，开开心心地接纳可爱的精灵。一个真正的优秀的童书作家就是这样能以自己对人性和人生最为深刻而独到的理解与表现来唤醒无数个灵魂的"心灵魔法师"，他是成人和儿童之间的使者，他的文学世界一定是儿童和成人共同徜徉流连忘返的精神乐园。杨红樱就是这样一位值得尊敬的、真正的、优秀的儿童文学作家。

　　从最初的《穿救生衣的种子》到今天的《淘气包马小跳》和《笑猫日记》，杨红樱都在不断地对自己进行着艺术挑战和超越。是最早的短篇写作为杨红樱后来的长篇写作打下坚实的基础，令其对故事结构和语言都有了很好的把握；是科学童话对其后来的抒情童话和小说写作产生着莫大的影响，也是童话写作为她的小说写作打下了很坚实的语言基础，而又是小说和童话写作经验的汇总让她吸收了二者之长，从而开启了她"新童话"《笑猫日记》的写作的。杨红樱一直游刃有余地穿梭在童话和小说两种文体之间，并在这两种文体的建构上有着卓绝的贡献。她的童话富想象力、有哲思，兼具多副笔墨，唯美而抒情，谐趣而智慧，流溢着独特的艺术个性和浓郁的民族色彩，童话的表现力在她那里得到了富有成效的拓展。她的小说风格多样，诗意优美，幽默风趣，有着至为纯正的儿童本位叙述，真实地反映了当下中国儿童的现实生活与心灵生活，表达了她对儿童身心成长的关注与关怀；她不但提升了儿童幽默小说的艺术品质，更将她对童心的呵护、对童年的捍卫以及对自由精神、快乐气质和创造能力的理解融入小说中，同时教导处于功利化教育重压下的儿童从中学会如何积极应对来自家庭、学校、社会等各方面的压力、挫折，从而走出心理阴影，心智得到健全的成长。她的语言文字行云流水般清新自然，清浅平易却从来不缺乏深刻，内中包蕴着凝重睿智的人生思考，传递着丰富深邃的生活哲理。

无数在杨红樱作品陪伴下长大的读者这样对杨红樱说："谢谢您的文字陪伴了我的童年，让我的童年也活得像故事一样，像童话一样。"越来越多的家长和老师在认真阅读了杨红樱的作品之后，由衷地感到是杨红樱的文字唤醒了他们沉睡已久的童心，更新了他们的教育观念，让他们学会了与孩子沟通交流的正确方法。已经有许多，也还会有更多鲜活生动的接受案例告诉这个世界：有华人的地方，有童年的地方，就一定会有马小跳，就会有笑猫，就会有杨红樱！有朝一日，当孩子们整理自己的童年记忆的时候，他们必定发现，原来是杨红樱精心营造的神犬探长、毛毛虫、背着房子的蜗牛、小蛙人、鲫鱼波卡、笨笨猪、乖狐狸、小人精、蜜儿、冉冬阳、吴缅、杜歌飞、金贝贝、马小跳、夏林果、安琪儿、杜真子、笑猫、球球老老鼠、万年龟等出神入化的文学形象陪伴着他们一天天长大的。原来，优秀的儿童文学作品不仅仅会让孩子爱不释手，也会征服成人的心灵，承载着民族童年记忆的儿童文学是属于全人类的可宝贵的精神财富。

参考文献

[1] 杨红樱《淘气包马小跳》(1–30)，作家出版社 2023 年版。

[2] 杨红樱《笑猫日记》(1–30)，明天出版社 2024 年版。

[3] 杨红樱《杨红樱童话全集》，作家出版社 2020 年版。

[4] 杨红樱《女生日记》，作家出版社 2000 年版。

[5] 杨红樱《五·三班的坏小子》，作家出版社 2001 年版。

[6] 杨红樱《男生日记》，作家出版社 2002 年版。

[7] 杨红樱《漂亮老师和坏小子》，作家出版社 2003 年版。

[8] 杨红樱《假小子戴安》，作家出版社 2005 年版。

[9] 张陵主编《杨红樱现象》，作家出版社 2016 年版。

[10] 王泉根主编《杨红樱作品精选导读》，浙江少年儿童出版社 2012 年版。

[11] 乔世华《杨红樱的文学世界》，湖北少年儿童出版社 2013 年版。

[12] 杨红樱《变"要我读"为"我要读"》，《人民日报》2015 年 6 月 1 日 24 版。

[13] 庄建《杨红樱：三千万儿童的选择》，《光明日报》2009 年 3 月 2 日 5 版。

[14] 余长安，陈碧红《为孩子构筑理想天国》，《光明日报》2010 年 9 月 15 日
     3 版。

[15] 陈慧茹《杨红樱：中国儿童文学的骄傲》，《成都日报》2010 年 9 月 9 日 1 版。

[16] 李节《"我的世界里只有孩子"——儿童文学作家杨红樱访谈》，《语文建设》
     2010 年第 5 期。

后记

　　本书是 2018 年国家社科基金项目"晚清以来中国儿童文学理论资料的收集整理与研究"（项目编号：18BZW143）的阶段性研究成果。杨红樱不是一个儿童文学理论家，但是其文学实践以及其一直以来对儿童教育、儿童心理、儿童文学创作和儿童文学阅读的思考却很有针对性，也很有启发，不但有助于我们理解她的童书创作，对我们更好地领悟儿童文学创作的真谛亦大有助益。因此本书有专章来讨论这一问题。

　　"在过去的一个多世纪里中国儿童文学的坐标上，不论我们以怎样的线段或者图形来描绘，杨红樱都注定是这一线段或图形中最能显现历史进程自然也无法绕开的那一个'点'"。这是我数年前在一本书中对杨红樱创作成就和文学地位所做出的判断。当我个人对中国儿童文学的发展历史和现状、创作和接受有了更进一步的认识之后，我越发确信自己数年前的这一判断。

　　表面上看，一个作家的价值和地位应该是由充当仲裁者的专家学者、教科书或学术机构来认定的，但事实上，唯有经得起人民群众评判的作品，才可能真正经得住时间、历史和市场的考验而成为"经典"。杨红樱在儿童文学史上的地位绝不是由少数几个专家认定的，她是被最广大的儿童读者率先发现并充分认可的童书作家，而且一代又一代儿童读者以持之以恒阅读和热爱推动着杨红樱进入到文学史册中。

当 18 世纪人类发现了儿童之后，真正的儿童文学才有可能出现。在那以后，人们一直试图对"儿童文学"的定义、评价标准做出准确的阐释和辨析，但也一直莫衷一是。杨红樱在童书写作上取得的巨大成就、对中外儿童眼睛和心灵的卓越征服的事实已经有力地提醒世人：一个优秀的儿童文学作家必然应该是在儿童教育学、儿童心理学、儿童语言学、儿童哲学等多方面都非常优秀的专家；唯有成为懂儿童的多面手，他才可能真正地走进广大少年儿童的现实生活和心灵世界当中去，能够发现并表达出儿童的性灵之美，以美好空灵的艺术创造让儿童懂得爱和同情，才可能在成人和儿童之间成功架设一座沟通的心桥。所以，为儿童写作一定是一门蕴藏无数玄奥的艺术，真正的儿童文学一定是儿童发自内心喜欢阅读的。

有"作家中的作家"之美誉的阿根廷诗人博尔赫斯说过这样一句话："一切伟大的文学，最终都将变成儿童文学"。 优秀的儿童文学作品不仅仅安慰孩子，也慰藉成人；不仅仅化育孩子，也塑造成人；它是人一生最忠实的侣伴，不仅引导儿童的精神成长，亦激发成人的智慧，还一定是儿童和成人所乐于共同分享的，它参与到人对美好梦想的建构中，并持久促动着人凝神聚力地高高举起梦想的火把。

图书在版编目（CIP）数据

童书作家杨红樱 / 乔世华著. -- 北京：作家出版社，
2025.4

ISBN 978-7-5212-1969-2

Ⅰ.①童… Ⅱ.①乔… Ⅲ.传记文学 – 中国 – 当代
Ⅳ.I25

中国版本图书馆 CIP 数据核字（2022）第 129341 号

童书作家杨红樱

作　　者：乔世华
统筹策划：王淑丽
特约编辑：王淑丽
责任编辑：杨兵兵
装帧设计：张晓光
版式设计：张晓光
出版发行：作家出版社有限公司
社　　址：北京农展馆南里10号　　邮　　编：100125
电话传真：86-10-65067186（发行中心）
　　　　　86-10-65004079（总编室）
E-mail:zuojia@zuojia.net.cn
http://www.zuojiachubanshe.com
印　　刷：北京尚唐印刷包装有限公司
成品尺寸：152×230
字　　数：250千字
印　　张：23
印　　数：001-4000
版　　次：2025年4月第1版
印　　次：2025年4月第1次印刷
ISBN 978-7-5212-1969-2
定　　价：45.00元